CORSAIRE

Clive Cussler est né aux États-Unis en 1931. Après avoir servi dans l'armée en tant qu'ingénieur mécanicien, il entame une carrière dans la publicité et se lance également dans l'écriture. Dès ses premiers romans, *Mayday* et *Iceberg*, il donne naissance à son héros récurrent Dirk Pitt. Clive Cussler a également acquis une solide réputation de chasseur d'épaves, il est d'ailleurs président de l'Agence nationale maritime et sous-marine (NUMA). Cette activité inspire nombre de ses romans dont *Renflouez le Titanic !*, qui lui a valu un succès mondial.

Né en 1968 dans le Vermont, Jack Du Brul est l'auteur de nombreux thrillers vendus à plusieurs millions d'exemplaires à travers le monde tels que *La Forge de Vulcain* (2005) et *Le Tribut de l'or noir.*

Paru dans Le Livre de Poche :

Atlantide
Cyclope
Dragon
Iceberg
L'Incroyable Secret
Mayday !
Odyssée
Onde de choc
L'Or des Incas
Panique à la Maison-Blanche
La Poursuite
Quart mortel
Raz de marée
Renflouez le Titanic !
Sahara
Trésor
Vixen 03
Vortex

En collaboration avec Dirk Cussler :

Dérive arctique
Le Trésor du Khan
Vent mortel

En collaboration avec Craig Dirgo :

Bouddha
Chasseurs d'épaves
Pierre sacrée

En collaboration avec Jack Du Brul :

Croisière fatale
Rivage mortel

En collaboration avec Paul Kemprecos :

À la recherche de la cité perdue
Glace de feu
Mort blanche
Le Navigateur
L'Or bleu
Serpent
Tempête polaire

CLIVE CUSSLER
JACK DU BRUL

Corsaire

ROMAN
TRADUIT DE L'ANGLAIS (ÉTATS-UNIS) PAR BERNARD GILLES

GRASSET

Titre original :
CORSAIR
publié par G.P. Putnam's sons, 2009

ISBN : 978-2-253-16719-8 – 1re publication LGF

« ... que d'après les Lois de leur prophète et les Ecrits de leur Coran, les nations qui n'auraient pas reconnu leur autorité se rendraient coupables de péché, qu'ils ont le droit et le devoir de leur livrer bataille où qu'elles se trouvent et de réduire en esclavage tous ceux qu'ils pourraient faire prisonniers, et que chaque Mahométan tombé au combat irait tout droit au Paradis. »

Adresse de Thomas Jefferson au Congrès continental relatant les justifications de l'ambassadeur de Barbarie en Angleterre, Sidi Haji Abdul Rahman Adja, à propos de leur traque des navires chrétiens, 1786.

« Nous ne devrions pas les combattre du tout à moins que nous ne décidions de leur livrer bataille à jamais. »

John Adams à propos des pirates barbaresques, 1787.

Baie de Tripoli, février 1803.

L'escadre venait à peine d'arriver en vue des murailles de la capitale de la Barbarie qu'une tempête éclata, obligeant le ketch *Intrepid* et le brick *Siren* à regagner la haute mer. A travers sa lunette, le lieutenant Henry Lafayette, le premier officier du *Siren*, avait pourtant aperçu les mâts de l'USS *Philadelphia*, qui avait amené les deux navires de guerre américains aussi près du repaire des pirates.

Six mois auparavant, lancé à la poursuite d'un corsaire barbaresque, le *Philadelphia*, une frégate de quarante-quatre canons, s'était échoué sur les hauts fonds en s'approchant trop du port de Tripoli, pourtant réputé dangereux. Le capitaine William Baimbridge avait fait tout son possible pour sauver son navire, y compris jeter ses canons par-dessus bord, mais en vain. Encerclé par une dizaine de canonnières ennemies, Baimbridge avait dû baisser pavillon et livrer la grosse frégate au pacha de Tripoli. D'après le consul de Hollande, Baimbridge et ses officiers avaient été bien traités, mais, comme la plupart de ceux qui tombaient aux mains des pirates barbaresques, les membres de l'équipage avaient été réduits en esclavage.

Estimant qu'il n'y avait aucun espoir de récupérer le *Philadelphia*, les commandants de la flotte américaine en Méditerranée avaient pris la décision de l'incendier. Quant à l'équipage, le pacha de Tripoli avait fait savoir qu'il était prêt à les relâcher contre le versement d'une rançon d'un demi-million de dollars.

Depuis des siècles, les pirates des côtes barbaresques lançaient des expéditions sur les côtes d'Europe, remontant parfois loin au nord, jusqu'en Irlande et en Islande. Ils pillaient les villes et ramenaient en Afrique du Nord des captifs réduits en esclavage ou condamnés à ramer sur les galères, tandis que les femmes les plus belles rejoignaient les harems des puissants. Les familles riches pouvaient racheter leurs captifs, mais les pauvres finissaient leur vie dans l'esclavage et le malheur.

Pour protéger leurs flottes marchandes, les puissances maritimes, l'Angleterre, l'Espagne, la France et la Hollande versaient des tributs exorbitants aux trois principales villes de la Côte barbaresque, Tanger, Tunis et Tripoli. Protégés jusqu'à leur indépendance par l'Union Jack, les tout jeunes Etats-Unis d'Amérique versaient également aux potentats une taxe équivalant presque à dix pour cent du produit de leurs impôts. Tout cela changea avec l'arrivée de Thomas Jefferson, troisième président des Etats-Unis qui décida d'en finir avec ces pratiques.

Prenant cette décision pour une rodomontade de la jeune démocratie, les Etats barbaresques lui déclarèrent la guerre.

Jefferson répliqua en envoyant une escadre en Méditerranée.

La simple apparition de la frégate *Constitution* convainquit le sultan du Maroc de renoncer à sa demande de rançon et de relâcher les marins américains détenus à Tanger. En retour, le commodore Edward Preble lui rendit les deux navires marchands qu'il avait capturés.

Le pacha de Tripoli, en revanche, ne se laissa pas aussi facilement impressionner, surtout après la capture de l'USS *Philadelphia*, rebaptisé *Présent d'Allah*. Désormais propriétaire de l'un des plus gros navires américains et enhardi par son succès, le pacha avait repoussé toute offre de négociation, exigeant le versement immédiat de la rançon. Les Américains ne croyaient guère les pirates barbaresques capables de manœuvrer le navire aux voiles carrées et de le transformer en bâtiment corsaire, mais l'idée de voir un drapeau étranger flotter à sa poupe avait de quoi rendre fou de rage jusqu'au dernier des mousses.

Les Américains avaient à peine eu le temps d'apercevoir les mâts du *Philadelphia*, protégé par les cent cinquante canons du port de Tripoli, qu'une tempête inouïe se déchaîna, comme on n'en avait jamais vue. En dépit de tous leurs efforts, les capitaines ne purent garder leurs navires réunis et l'escadre se mit à dériver loin vers l'est.

La situation n'était pas réjouissante à bord du *Siren*, mais son premier officier, Henry Lafayette, préférait ne pas imaginer ce que devait endurer l'équipage de l'*Intrepid*. Non seulement le ketch de soixante-quatre tonneaux était plus petit que sa frégate, mais avant la Noël précédente, l'*Intrepid* n'était qu'un navire négrier, baptisé *Mastico*. Après sa capture par le *Constitution*, les Américains avaient découvert dans ses cales quarante-deux Noirs d'Afrique enchaînés, cadeau du pacha de Tripoli au sultan d'Istanboul.

Aucun récurage ne parvint à masquer la puanteur de cette misère humaine.

La tempête finit par retomber le 12 février, mais les deux navires ne réussirent à se rejoindre que le 15 pour enfin faire voile de conserve en direction de Tripoli. Cette nuit-là, le capitaine Stephen Decatur, commandant la petite escadre, convoqua un conseil de guerre à bord de l'*Intrepid*. Accompagné de huit marins lourdement armés, Henry Lafayette s'y rendit en chaloupe.

— Vous avez essuyé la tempête bien à l'aise et vous venez maintenant chercher la gloire à mon bord, n'est-ce pas ? lança plaisamment Decatur en tendant la main à Lafayette pour l'aider à franchir le plat-bord.

C'était un bel homme, large d'épaules, avec les yeux bruns et d'épais cheveux noirs. Le regard intense, il possédait une manière d'autorité naturelle.

— Je n'aurais manqué ce rendez-vous pour rien au monde, monsieur, répondit Lafayette.

Amis depuis leurs années de jeunesse, lorsqu'ils n'étaient tous deux qu'enseignes de vaisseau de deuxième classe, les deux hommes avaient le même grade et le même âge ; Lafayette témoignait pourtant à Decatur la déférence due au commandant de l'escadre et au capitaine de l'*Intrepid* qu'il venait de rejoindre.

Aussi haut de taille que Decatur, Lafayette avait cependant la carrure plus étroite d'un maître d'armes.

Les yeux sombres, presque noirs, il n'avait, une fois revêtu d'un vêtement indigène, rien à envier pour l'apparence au redoutable Suleiman Al-Jama, le pirate légendaire qu'ils espéraient un jour affronter. Originaire du Québec, Lafayette avait gagné l'Etat américain du Vermont dès l'âge de seize ans pour participer à l'édification de la nouvelle démocratie. Parlant déjà bien l'anglais, il avait anglicisé son nom en Henry avant de devenir citoyen américain puis avait fini par rejoindre la Navy après avoir travaillé dix ans sur les navires transporteurs de bois du lac Champlain.

Sur les quatre-vingts hommes que transportait le ketch de soixante pieds, bien peu avaient revêtu un déguisement. La plupart devaient donc se dissimuler derrière le plat-bord ou dans la cale dès que l'*Intrepid* franchirait la jetée du port de Tripoli.

— Henry, je vous présente Salvador Catalano. Il nous servira de pilote à l'approche du port.

Catalano était un homme trapu, basané, la poitrine étonnamment velue. Il portait un turban crasseux autour de la tête, et, à la ceinture, un grand poignard courbe dont le pommeau s'ornait d'une pierre rouge semi-précieuse.

— J'imagine qu'il ne nous aide pas pour rien, murmura Lafayette à Decatur.

— Ça nous a coûté une rançon de roi, répondit Decatur sur le même ton.

— Heureux de faire votre connaissance, monsieur Catalano, dit Lafayette en serrant la main graisseuse du Maltais. Et au nom de l'équipage de l'USS *Siren*, je tiens à vous remercier pour l'aide que vous nous apportez.

Catalano lui décocha un large sourire édenté.

— Les corsaires du pacha ont si souvent attaqué mes navires que c'est pour moi une juste vengeance.

— C'est bien de vous avoir avec nous, répondit Lafayette d'un air absent.

Car l'officier examinait avec attention l'étrange navire sur lequel il se trouvait à présent. L'*Intrepid* possédait deux hauts mâts, mais plusieurs haubans pendaient de façon piteuse, ses voiles étaient rapiécées et encroûtées de sel, et, bien que l'on eût récuré le pont à la pierre et au savon noir, les poutres en chêne exhalaient une odeur fétide. Henry plissa le nez de dégoût.

Le ketch n'était armé que de quatre caronades, une petite pièce d'artillerie de marine sans recul, capable de pivoter à 360 °. Equipés chacun d'un mousquet et d'une épée à portée de main, les hommes qui devaient prendre part à l'attaque étaient allongés partout où ils avaient pu trouver de l'espace. La plupart semblaient encore souffrir des séquelles de ces cinq jours de tempête.

Henry adressa un sourire à Decatur.

— Vous avez là une jolie troupe, monsieur.

— Peut-être, mais elle n'obéit qu'à moi. Autant que je sache, monsieur Lafayette, au cours de toutes vos années de service personne ne vous a encore appelé capitaine.

— C'est tout à fait vrai capitaine, dit-il avec un élégant salut.

Il fallut attendre encore une nuit pour que le vent leur permît d'approcher de Tripoli. A travers leur lunette en cuivre, Decatur et Lafayette virent les murailles de la ville émerger lentement des vastes étendues désertiques. Les fortifications et les remparts du château du pacha étaient hérissés de plus de cent cinquante canons. La hauteur de la jetée qui enserrait le bassin de mouillage ne permettait d'apercevoir que la pomme des trois mâts du *Philadelphia*.

— Qu'en pensez-vous ? demanda Decatur à Henry, qu'il avait nommé premier officier pour l'attaque.

Les deux hommes se tenaient serrés derrière le pilote maltais. Henry jeta un coup d'œil à la voilure et au sillage qui s'étirait derrière le petit ketch ; il évalua leur vitesse à quatre nœuds.

— Je crois que si nous ne ralentissons pas l'allure, nous atteindrons le port bien avant le coucher du soleil.

— Dois-je ordonner qu'on cargue le foc et la grand-voile, capitaine ? demanda Salvador Catalano.

— Oui, cela vaudrait mieux. La lune nous éclairera suffisamment tout à l'heure.

Les ombres s'allongèrent avant de se mêler aux vagues, puis le dernier rayon de soleil disparut à l'horizon. Le ketch entra dans la baie de Tripoli et s'approcha des imposantes murailles de la cité barbaresque.

La lune en croissant baignait le môle, la forteresse et le château du pacha d'une lumière glauque, tandis que les trous noirs abritant les canons semblaient autant de béances menaçantes. Au-dessus des murailles, on apercevait la silhouette d'un minaret, d'où les hommes de l'*Intrepid* avaient entendu monter l'appel à la prière, quelques instants avant le coucher du soleil.

Le *Philadelphia* était à l'ancre juste au pied du château. Le navire semblait en bon état et l'on avait même remis en place les canons jetés par-dessus bord au moment de l'échouage.

Henry Lafayette se sentit agité par des sentiments contradictoires : à la fois rempli d'émotion par la pureté des lignes de la frégate, et submergé par la colère à la vue du drapeau tripolitain flottant à la poupe et à l'idée que trois cent sept membres d'équipage croupissaient dans les geôles du pacha. Il aurait aimé que Decatur lance ses hommes à l'assaut du château pour libérer les prisonniers, mais il savait que jamais le capitaine ne donnerait un tel ordre. Le commodore Preble, commandant de la flotte de Méditerranée, avait été très clair : pas question que les pirates barbaresques fassent d'autres prisonniers américains.

Au mouillage dans le bassin ou amarrés à la jetée, des dizaines de navires marchands ou de bateaux de pirates hérissés de canons se serraient dans le port. Au bout de vingt, Lafayette cessa de les dénombrer.

Une nouvelle émotion s'empara de lui : la peur.

Si leur plan ne se déroulait pas comme prévu, l'*Intrepid* ne ressortirait jamais du port, et soit ils trouveraient la mort, soit, pis, ils finiraient comme esclaves.

La bouche sèche, Henry Lafayette songeait aux longues heures qu'il avait passées à s'entraîner au coutelas et qui lui paraissaient soudain dérisoires, tout comme la paire de pistolets dépareillés glissés dans sa large ceinture d'étoffe. Il jeta un coup d'œil aux marins dissimulés derrière les plats-bords. Armés de haches, de piques, d'épées et de poignards, ils semblaient prêts à vendre chèrement leur peau et n'avaient sur ce point rien à envier aux pirates barbaresques. Ces hommes courageux étaient tous volontaires et il savait pouvoir compter sur eux. Un enseigne de vaisseau parcourait leurs rangs, vérifiant que chaque chef d'escouade avait une lampe allumée et la bonne longueur de cordon imprégné d'huile de baleine.

A nouveau, son regard se porta sur le *Philadelphia*. Ils pouvaient à présent apercevoir trois marins de garde dont les cimeterres brillaient à la lumière de la lune, mais avec la faiblesse du vent, il leur fallut encore deux heures pour arriver à portée de voix.

— Salut à vous, lança Catalano en arabe.

— Que voulez-vous ? s'écria l'un des marins.

— Je m'appelle Salvador Catalano, répondit le pilote maltais qui s'en tenait aux instructions de Decatur et de Lafayette. Je suis à bord du *Mastico*. Nous devions acheter du bétail vivant pour la base britannique de Malte, mais nous avons été pris dans la tempête. Notre ancre a été emportée et nous ne pouvons plus mouiller. Serait-il possible de nous amarrer à votre beau vaisseau pour la nuit ? Au matin, nous irons accoster pour procéder aux réparations.

— S'ils ne mordent pas à l'hameçon, murmura Decatur à Lafayette, nous allons avoir des ennuis.

— Ça ira. Regardez à quoi nous ressemblons depuis leur navire. Ça vous inquiéterait, vous, un petit ketch comme le nôtre ?

— Non. Probablement pas.

Le capitaine barbaresque observait l'*Intrepid* en se grattant la barbe d'un air dubitatif.

— Bon, d'accord, amarrez-vous, mais il faudra partir à l'aube.

— Merci. Qu'Allah conserve en son cœur une place particulière pour vous.

Repassant à l'anglais, il chuchota aux deux officiers :

— Ils sont d'accord.

Tandis que la brise légère poussait l'*Intrepid* vers le *Philadelphia*, on apercevait la gueule menaçante des canons dont on avait ôté les protections. Une seule salve réduirait le ketch à l'état de brindilles et taillerait en pièces ses quatre-vingts marins.

Lorsque l'*Intrepid* en fut presque à toucher la frégate, les pirates qui les surplombaient de près de cinq mètres distinguèrent les silhouettes tapies derrière le plat-bord.

L'un des pirates s'écria :

— Les Américains !

— Dites à vos hommes d'attaquer, lança Catalano.

— A bord, on n'obéit qu'aux ordres du capitaine, rétorqua calmement Decatur.

Au-dessus de leurs têtes, les pirates sortaient leurs sabres et l'un d'eux cherchait à saisir le tromblon accroché dans son dos. Les coques des deux navires s'entrechoquèrent.

— A l'abordage ! hurla Decatur.

Henry Lafayette toucha la Bible qu'il gardait sur lui en permanence et sauta vers l'un des sabords du *Philadelphia*. Une main sur le rebord en bois, l'autre sur le bronze du canon, il opéra un rétablissement, se retrouva debout dans l'entrepont et tira son coutelas. A la lueur de l'unique falot de marine accroché au plafond bas, il vit deux pirates reculer face aux soldats arrivés par d'autres sabords. Soudain, l'un des pirates l'aperçut, et, son cimeterre à la main, se rua sur lui. Ses pieds nus martelant le plancher, il poussa un hurlement, technique utilisée avec succès face à des marins désarmés de navires marchands.

Henry n'en fut nullement impressionné. La peur qui l'avait étreint avant l'abordage s'était muée en une colère froide.

Il laissa l'homme approcher. Au moment où celui-ci s'apprêtait à lui porter un coup de sabre à hauteur de hanche qui l'aurait proprement coupé en deux, Lafayette s'avança d'un pas et lui plongea sa lame dans la poitrine. Le pirate s'était élancé avec une telle force que la lame du coutelas ressortit dans le dos. Lâchant son cimeterre, l'homme s'effondra sur Lafayette qui dut appuyer son genou sur lui pour retirer son arme. Au même instant, il pivota de côté, évitant de justesse un coup de hache à l'épaule. Il riposta aussitôt et sa lame s'enfonça dans le ventre de son assaillant. L'angle du coup ne lui permit pas de l'éviscérer, mais un flot de sang jaillit de la blessure, indiquant que le pirate était désormais hors de combat.

Le pont de batterie offrait un aspect cauchemardesque. Des silhouettes indistinctes échangeaient des coups de sabre et de hache, le fracas de l'acier était entrecoupé de hurlements de douleur lorsqu'une lame entaillait la chair. Une odeur de poudre à canon flottait dans l'air, bientôt couverte par la senteur âcre du sang.

Il se jeta dans la mêlée. Avec son plafond bas, le pont de batterie ne se prêtait guère au combat à l'épée ou à la pique, mais les Américains se battaient comme des lions. L'un d'eux, frappé par derrière, s'écroula et Henry s'aperçut que le corsaire qui venait de le tuer était plus grand que les autres. Son turban atteignait presque les poutres au-dessus de lui. Henry n'eut que le temps de parer le coup de cimeterre, mais la violence du choc lui engourdit le bras. L'Arabe lui porta un nouveau coup et Lafayette dut faire appel à toute son énergie pour lever son coutelas et écarter la lame menaçante.

Il recula, suivi par le pirate qui agitait dangereusement son arme. Sur la défensive, sentant ses forces décliner, Lafayette tira le pistolet de sa large ceinture. Bien que Decatur eût recommandé le silence pour ne pas alerter l'armada pirate à l'ancre dans le port, il visa au jugé et appuya sur la détente ; la petite quantité de poudre s'enflamma et la balle de calibre 58 s'enfonça dans la poitrine du pirate.

Tout homme normalement constitué se serait aussitôt effondré, mais le géant abattit son cimeterre. Henry n'eut que le temps de parer le coup qui allait lui sectionner le bras. Pourtant, le pirate avait frappé avec une telle violence, que Henry fut projeté de l'autre côté du pont de batterie et s'écroula sur l'un des canons de dix-huit livres. Ignorant les consignes de silence de Decatur, il tira d'une sacoche pendue à sa ceinture la lampe à huile allumée et approcha la flamme de la lumière du canon de bronze. Malgré le fracas du combat, il entendit le grésillement de la poudre qui s'enflammait et se plaça entre son adversaire et la bouche du canon ; après avoir manœuvré de telles armes pendant des années, il en connaissait le temps de mise à feu.

Le pirate, lui, prit l'immobilité de Henry pour une façon d'accepter l'inévitable. Il leva son cimeterre, s'attendant à rencontrer la résistance de la chair et des os. C'est le moment que choisit l'Américain pour bondir de côté. Trop absorbé par le coup qu'il allait porter, l'Arabe ne remarqua ni le mouvement de son adversaire ni la fumée s'élevant à l'arrière du canon. Un rugissement éclata.

En dépit des épais cordages destinés à atténuer le mouvement, le canon recula, si bien qu'il heurta le pirate entre les jambes, lui écrasant le bassin, les articulations des jambes et lui broyant les os des cuisses. Son corps désarticulé s'effondra sur le pont, plié en deux.

Henry prit une seconde pour jeter un coup d'œil par le sabord. Le boulet de dix-huit livres avait touché le mur de la forteresse et déclenché une avalanche de gravats.

— Deux d'un seul coup. Pas mal, mon ami Henri, pas mal du tout.

C'était John Jackson, le maître d'équipage.

— Si le capitaine Decatur le demande, c'est un de ces brigands qui a tiré au canon.

— C'est bien ce que j'ai vu, monsieur Lafayette.

Le grondement du canon avait agi comme un coup de pistolet au départ d'une course. Les pirates arabes abandonnèrent le combat et se ruèrent sur les sabords pour se jeter dans les eaux calmes du port. Quant à ceux qui choisissaient d'escalader les échelles pour gagner le pont supérieur, ils allaient sans nul doute tomber sur les hommes de Decatur.

— Au travail.

Les hommes retournèrent du côté bâbord, où les marins de l'*Intrepid* étaient prêts à leur passer les matériaux à incendier. Suivi de Jackson et de six hommes chargés de tonnelets de poudre noire, Henry Lafayette descendit une échelle et passa devant les quartiers de l'équipage où pendaient encore des hamacs mais où tout le reste de l'équipement avait été pillé. Ils descendirent plus bas encore, jusqu'au faux pont, le plus bas de la frégate, et pénétrèrent dans l'une des réserves. La plupart des marchandises entreposées avaient été emportées, mais il en restait suffisamment pour mettre à feu le navire.

Ils œuvrèrent avec célérité. Henry indiqua où poser les cordeaux, puis les alluma lui-même avec sa lampe à huile. Les flammes jaillirent rapidement, plus rapidement qu'ils ne l'avaient imaginé. En un instant, la réserve fut envahie par une fumée âcre. Ils battirent en retraite, le bras replié sur la bouche pour pouvoir respirer. Soudain, le plafond s'embrasa dans un rugissement de canonnade. John Jackson fut projeté à terre et aurait été écrasé par une poutre enflammée si Henry ne l'avait tiré par les pieds. Il le remit debout, puis les deux hommes se mirent à courir, suivis par les soldats.

Lorsqu'ils atteignirent l'échelle, Henry fit passer ses hommes devant lui.

— Vite, vite, sans ça on va tous mourir ici !

Tandis qu'un torrent de flammes se propageait dans la coursive, il grimpa à la suite de Jackson, poussant des épaules le postérieur du maître d'équipage. Arrivés en haut, ils roulèrent tous deux sur le pont pour échapper à l'énorme flamme qui jaillissait comme de la bouche d'un volcan et se répandait autour d'eux.

Ils se retrouvaient dans une mer de flammes. Les parois, le plafond, le pont tout entier étaient en feu et l'épaisseur de la fumée leur arrachait des larmes. Courant comme des fous, Jackson et lui atteignirent l'échelle suivante et grimpèrent sur le pont de batterie. Les sabords vomissaient de la fumée mais il y avait là un peu plus d'air frais et pour la première fois depuis cinq minutes, ils purent respirer sans être pris de quintes de toux.

Une petite explosion secoua le *Philadelphia*, projetant Henry sur John Jackson.

— Allez, on y va.

Ils sortirent par l'un des sabords et des hommes de l'*Intrepid* les aidèrent à monter à bord du petit ketch. Des marins administrèrent à Henry plusieurs claques dans le dos qu'il prit pour des félicitations avant de se rendre compte qu'ils cherchaient à ôter la suie de sa chemise d'Indien.

Stephen Decatur se tenait au-dessus d'eux, un pied sur le bastingage.

— Capitaine, s'écria Lafayette, les ponts inférieurs sont nettoyés.

— Très bien, lieutenant.

Il attendit que quelques-uns de ses hommes fussent descendus au moyen de cordages avant de les rejoindre.

Le *Philadelphia* était en feu. Les flammes jaillies des sabords commençaient à escalader le gréement. Bientôt, la chaleur serait suffisamment intense pour faire sauter la poudre des canons dont huit étaient braqués sur l'*Intrepid*.

Ils détachèrent le cordage de proue reliant le ketch à la frégate, mais celui de poupe se coinça. Henry écarta ses hommes et tira son sabre. Le cordage faisait près de trois centimètres d'épaisseur mais la lame affûtée le trancha d'un seul coup.

L'incendie consumait tellement d'air qu'il n'y avait plus de vent pour gonfler les voiles du ketch, dangereusement proche du *Philadelphia* dont les gréements étaient à présent en feu. Les hommes utilisèrent des rames pour éloigner leur vaisseau du bûcher flottant, mais aussitôt une nouvelle explosion les projeta en arrière.

Comme des confettis, des morceaux de voile enflammée se mirent à pleuvoir sur le pont et le feu prit aux cheveux d'un marin.

— Henry, lança Decatur, mettez la chaloupe à l'eau et tirez-nous de ce guêpier.

— A vos ordres.

Henry, Jackson et quatre marins descendirent la petite embarcation, s'amarrèrent à la proue de l'*Intrepid* et s'éloignèrent du ketch. Lorsque le cordage se tendit, ils durent souquer plus ferme encore pour lutter contre le vent généré par l'incendie.

— Souquez, fils de chiennes ! hurla Henry. Souquez !

Arc-boutés sur leurs rames, les veines gonflées sur le cou, les marins hâlèrent les soixante-quatre tonnes de leur navire jusqu'au moment où Decatur put faire hisser les voiles et profiter du vent soufflant du désert.

Soudain, un éclair jaillit en haut de la muraille du château, suivi par le grondement d'un canon. Le boulet s'enfonça dans la mer, bien au-delà du ketch et de la chaloupe, mais il fut suivi d'une dizaine d'autres. Puis des rides concentriques se formèrent à la surface de l'eau : des soldats tiraient au fusil depuis la jetée.

A bord de l'*Intrepid*, les marins souquaient ferme, eux aussi, en renfort de la voilure, tandis que derrière eux, les derniers gréements du *Philadelphia* s'embrasaient.

Pendant vingt longues minutes, les marins ramèrent sous une grêle de projectiles. Un boulet traversa la grand-voile, mais ce fut la seule fois où l'*Intrepid* fut touché. Les fusils se turent les premiers, puis le navire fut enfin hors de portée des canons. Les hommes épuisés tombèrent dans les bras les uns des autres en riant, tandis que derrière eux le navire en flammes faisait danser ses ombres sur les murs de la forteresse.

Henry ramena la chaloupe sous les bossoirs.

— Bravo, mon ami, dit Decatur en souriant.

Haletant, trop fatigué pour répondre, Henry se contenta d'un vague salut.

Soudain, tous les regards se tournèrent vers le port car dans une dernière gerbe d'étincelles, les mâts du *Philadelphia* se couchaient dans les eaux du port. Puis, comme pour un dernier adieu, ses canons crachèrent des boulets dont certains s'enfoncèrent dans l'eau et d'autres dans les murailles du château.

Les marins poussèrent un rugissement où se mêlaient la joie du travail accompli et la haine des pirates barbaresques.

— Et maintenant, capitaine ? demanda Lafayette.

Decatur répondit sans le regarder, les yeux tournés vers la mer.

— Ce ne sera pas terminé ce soir. J'ai reconnu l'un des bateaux corsaires dans le port. C'était celui de Suleiman Al-Jama. Ça veut dire le faucon en arabe. Je vous parie tout ce que vous voulez qu'à l'heure qu'il est il se prépare à nous prendre en chasse. Pour ce que nous avons fait ce soir, le pacha ne se vengera pas sur nos marins captifs, ils ont trop de valeur pour lui. Mais Al-Jama, lui, va vouloir se venger.

— Autrefois, c'était un homme de religion, non ?

— Oui, il y a encore quelques années, dit Decatur. Il était ce que les musulmans appellent un imam. Une sorte de prêtre. Mais sa haine du christianisme était telle que le prêche ne lui a plus suffi, et il a pris les armes contre tous les navires qui ne battent pas pavillon musulman.

— J'ai entendu dire qu'il ne faisait pas de prisonniers.

— Je l'ai aussi entendu dire. Ça ne doit guère être du goût du pacha, parce que l'on peut exiger une rançon pour des prisonniers, mais il a peu d'influence sur lui. Quand il a autorisé Al-Jama à utiliser le port de Tripoli, le pacha a fait un pacte avec le diable. J'ai aussi entendu dire que lorsqu'il lance une expédition, il n'a aucun mal à trouver des volontaires. Ses hommes lui sont dévoués jusqu'au suicide.

« Les pirates ordinaires ne cherchent qu'à gagner de l'argent. Cela fait des générations qu'ils font ça. Vous avez vu ce soir comment la plupart ont quitté le *Philadelphia* dès l'abordage ? Ils n'avaient aucune intention de périr dans un combat qu'ils ne pouvaient pas remporter.

« Mais il en va tout autrement pour les disciples d'Al-Jama. Pour eux, c'est un devoir sacré. Ils ont même un mot pour ça : le djihad. Ils combattront jusqu'à la mort s'ils pensent pouvoir emmener un infidèle avec eux.

Henry songea au pirate qui s'était battu avec acharnement, même après avoir reçu une balle. Etait-ce l'un des hommes d'Al-Jama ? Il n'avait pu voir ses yeux, mais il avait senti comme une folie en lui, comme si le fait de tuer un Américain était plus important que d'empêcher l'incendie du *Philadelphia*.

— A votre avis, pourquoi nous haïssent-ils à ce point ? demanda-t-il.

Decatur le fusilla du regard.

— Lieutenant Lafayette, de toute ma vie je n'ai jamais entendu une question aussi sotte. Mais je vais quand même vous répondre. Ils nous haïssent parce que nous existons. Ils nous haïssent parce que nous sommes différents d'eux. Mais surtout, ils nous haïssent parce qu'ils pensent avoir le droit de nous haïr.

Henry demeura silencieux pendant une longue minute, s'efforçant de réfléchir à la réponse de Decatur, mais un tel système de pensée lui était si étranger qu'il n'y parvenait pas. Lui-même avait tué un homme, ce soir-là, mais sans haine. Il n'avait fait qu'obéir aux ordres. Point. Il n'y avait là rien de personnel. Comment pouvait-il en être autrement ?

— Quels sont vos ordres, capitaine? finit-il par demander.

— L'*Intrepid* n'est pas aussi rapide que le *Saqr*, surtout avec le nombre d'hommes que nous sommes à bord. Nous allons rejoindre le *Siren*, comme prévu, mais plutôt que de retourner à Malte en convoi, je veux que vous attendiez à bord du *Siren* et que vous appreniez à cet Al-Jama que la marine américaine n'a pas peur de lui ni de ses semblables. Dites au capitaine Stewart qu'il n'est pas question d'échouer.

Un sourire se peignit sur les traits de Henry. Depuis deux ans, il n'avait que rarement combattu, à part la capture de l'*Intrepid* et maintenant l'incendie du *Philadelphia*.

— Si nous parvenons à le capturer ou à le tuer, ce sera excellent pour notre moral.

— Et cela affectera considérablement le leur.

*

Une heure après le lever du soleil, la vigie du *Siren* lança un cri d'alarme :

— Voile à l'horizon ! Voile à l'horizon ! Cinq degrés à tribord.

Henry Lafayette et le lieutenant Charles Stewart, le capitaine du navire, attendaient cet instant depuis les premières lueurs de l'aube.

— Enfin ! dit Stewart.

Il avait reçu sa nomination à l'âge de vingt-cinq ans, un mois avant la création officielle de la Navy par le Congrès. Il avait passé son enfance aux côtés de Decatur, et, comme lui, Stewart était une des étoiles montantes de la Navy. A bord, on murmurait qu'il serait élevé au grade de capitaine avant le retour de la flotte aux Etats-Unis. Mince, le visage long, il avait les yeux plutôt écartés et profondément enfoncés dans leurs orbites. Sévère mais juste en matière de discipline, il était apprécié des marins qui estimaient avoir de la chance lorsqu'ils étaient affectés sur l'un de ses navires.

Dix minutes plus tard, alors que le sable charrié par le vent griffait le verre de la longue-vue, la vigie hurla de nouveau :

— Il navigue en parallèle à la côte.

— Le gaillard doit soupçonner notre présence, grommela Stewart. Il essaye de nous contourner avant de se lancer à la poursuite de l'*Intrepid*. (Il se tourna vers Jackson, le maître d'équipage.) Toutes voiles dehors !

Jackson transmit l'ordre aux hommes perchés dans les gréements, et, dans un ensemble parfait, une douzaine de voiles se déroulèrent avant d'éclore sous la brise. Grand mât et mât de misaine craquèrent sous l'effort lorsque le navire de deux cent quarante tonneaux se mit à fendre les flots de la Méditerranée.

Stewart jeta un coup d'œil à l'écume qui se formait aux flancs du navire, estima leur vitesse à dix nœuds et se dit que vu le temps, ils ne tarderaient pas à en faire cinq de plus.

— Il nous a repérés, lança la vigie. Il a sorti plus de voiles.

— Aucun navire n'est plus rapide que nous dans ces eaux, fit Henry.

— Oui, mais il a deux fois moins de tonnage que nous. Au besoin, il peut longer la côte de très près et demeurer hors de portée de nos canons.

— Quand j'ai parlé avec le capitaine Decatur, j'ai eu l'impression que ce Suleiman Al-Jama ne craignait pas le combat.

— Vous croyez qu'il va venir nous affronter ?

— C'est ce que pense Decatur.

— Parfait.

Au cours des quatorze heures suivantes, le *Siren* poursuivit sans relâche le *Saqr*. Déployant plus de toile, le brick américain filait plus vite que le navire d'Al-Jama, mais le capitaine arabe connaissait ces eaux mieux que personne. Sans cesse, il attirait le *Siren* près d'écueils dangereux et le forçait à ralentir l'allure à la recherche d'eaux plus profondes. Le *Saqr* parvenait également à trouver des vents plus forts le long du rivage, des vents venus du désert, loin derrière les falaises qui bordaient interminablement la côte.

L'écart entre les deux navires diminua considérablement lorsque le soleil se mit à décliner et que la brise de terre faiblit.

— D'ici une heure on l'aura rattrapé, dit Stewart en prenant le verre d'eau tiède que lui tendait son valet de cabine.

Il lança un coup d'œil au pont de batterie découvert. Les marins se tenaient debout à côté de leurs pièces, visiblement désireux d'en découdre. On avait également disposé une certaine quantité de poudre, mais pas trop, au cas où un boulet les aurait frappés de plein fouet. Des aides artificiers, des garçons âgés d'une dizaine d'années, étaient prêts à courir jusqu'au magasin pour réapprovisionner les canons. D'autres hommes, en grappes, étaient perchés dans la mâture, prêts à déployer ou ramener les voiles au gré des ordres. Enfin, des tireurs d'élite s'apprêtaient à gagner le haut du grand mât et du mât de misaine. Deux d'entre eux, des frères originaires des Appalaches, parlaient un sabir incompréhensible du reste de l'équipage, mais ils étaient capables de tirer et de recharger quatre coups à la minute, et de mettre quatre fois dans le mille.

Soudain, deux panaches de fumée blanche jaillirent à la poupe du Saqr et quelques instants plus tard, un boulet s'enfonça dans l'eau à une cinquantaine de mètres devant le *Siren* et l'autre loin derrière.

Stewart et Lafayette échangèrent un regard inquiet.

— Leurs canons de poupe sont à longue portée, dit Henry. Une portée au moins deux fois plus longue que les nôtres.

— Monsieur Jackson, dix degrés à bâbord, ordonna Stewart pour se débarrasser des canonniers du *Saqr*.

Même manœuvre à chaque canonnade. Direction l'endroit où est tombé le boulet le plus proche.

La brise de terre tomba soudainement. Les grandes voiles triangulaires du *Saqr* se mirent à pendre, tandis que celles du *Siren* demeuraient gonflées. Ils se placèrent à la poupe du navire pirate, mais de façon à éviter leurs pièces. A cent cinquante mètres environ, trois canons du *Saqr* tonnèrent, déployant un nuage de fumée qui le dérobait aux regards. Deux boulets passèrent loin au-dessus d'eux, tandis que le troisième frappait le flanc du *Siren* sans toutefois le pénétrer.

Stewart demeurait silencieux tandis qu'ils se rapprochaient, risquant à chaque instant d'être touchés. Comme les canons du *Saqr* ne donnaient plus, il attendit que l'équipage arabe s'écarte des pièces qu'il venait de recharger avant de lancer :

— Feu à volonté !

Quatre caronades crachèrent en même temps, enveloppant de fumée les flancs du *Siren* qui se ruait vers le *Saqr*. Du haut de la mâture, les tireurs d'élite abattaient au mousquet des pirates qui se croyaient invisibles derrière le bastingage.

Deux autres canons tonnèrent avant que l'on pût distinguer si la première salve avait fait mouche. Le *Saqr* répliqua par une bordée parfaitement ajustée. Un boulet écrasa une caronade avec son cordon allumé au moment même où elle tirait. Le boulet tua deux hommes qui servaient la batterie voisine et en mutila un troisième. Des barils de poudre se mirent à flamber comme de gigantesques torches. Un autre boulet tiré du *Saqr* toucha le grand mât du *Siren* sans pour autant l'abattre, tandis que les autres arrachaient le bastingage en plusieurs endroits.

— Monsieur Jackson, hurla Stewart pour se faire entendre dans le fracas de la bataille, réduisez la grand-voile avant que nous la perdions tout à fait. Monsieur Lafayette, prenez le commandement à la proue. Faites tirer les caronades et réduisez-moi ces canons au silence.

— A vos ordres, monsieur.

Après un rapide salut, Henry se rua vers la proue, sous la mousquetade venue du *Saqr*.

L'incendie faisait rage sur le pont du navire barbaresque, mais un homme donnait des ordres d'une voix forte et calme. Il était vêtu d'une robe blanche et l'on voyait distinctement sa barbe noire entremêlée de deux filets de poils blancs partant de la commissure des lèvres. Il avait un grand nez, si crochu qu'il atteignait presque sa lèvre supérieure.

Suleiman Al-Jama dut se sentir observé car il tourna à son tour les yeux vers le navire américain. A une centaine de mètres, Henry sentait la haine qui émanait de cet homme. La fumée d'une nouvelle canonnade le déroba un moment à sa vue et un instant plus tard, il dut se baisser lorsque le bastingage à côté de lui vola en éclats. Quand il se redressa, Al-Jama le dévisageait toujours.

Henry détourna le regard.

Arrivé sur la proue, il organisa une brigade de seaux pour éteindre les flammes. La caronade touchée par le boulet était détruite, mais le canon voisin fonctionnait encore. Henry décida de le servir lui-même, car le jeune enseigne chargé de cette batterie était brûlé au point d'en être méconnaissable.

Il approcha le boutefeu de la lumière du canon. Un coup de tonnerre et le fût recula sur ses rails. Avant même de vérifier s'il avait fait des dégâts au *Saqr*, il donna l'ordre de l'écouvillonner. Le boulet avait traversé le bastingage à côté d'un canon, et par l'ouverture on voyait des hommes agonisants se tordre de douleur, allongés sur le pont.

— Rechargez !

Presque à bout portant, les deux bâtiments lâchèrent une bordée l'un contre l'autre. La nuit tombait, mais les marins étaient si proches qu'ils pouvaient viser grâce à la lueur des incendies.

Mais peu à peu, au fur et à mesure de leur destruction, les canons du *Saqr* se taisaient. Lorsque au bout d'une minute le vaisseau tripolitain cessa de riposter, Stewart ordonna d'approcher plus encore le *Siren*.

— Parés à l'abordage.

Des marins saisirent les grappins, d'autres des haches, des piques et des sabres. Henry vérifia les chiens des deux pistolets glissés dans sa ceinture et sortit son coutelas.

Soulevant un nuage d'écume dans son sillage, le *Siren* se rua sur le *Saqr* comme un taureau, et quand les deux navires ne furent plus qu'à trois mètres de distance, les marins jetèrent les grappins. Lorsque les deux coques s'entrechoquèrent, Henry bondit sur le *Saqr*.

Ses pieds n'avaient pas plus tôt atteint le pont qu'une série d'explosions secoua le vaisseau pirate. Ses canons n'avaient nullement été réduits au silence. Ils avaient feint leur destruction pour attirer le *Siren* dans un piège.

Douze canons crachèrent leurs boulets sur le brick américain, fauchant les hommes alignés derrière le bastingage. Il fallait aussitôt virer de bord. Les marins coupèrent les cordes des grappins.

A la vue de ses hommes ainsi décimés, Henry eut l'impression d'avoir été lui-même taillé en pièces. Mais il n'eut pas le temps de regagner son navire, qui, déjà, s'était éloigné d'environ six mètres. Il était pris au piège sur le *Saqr* et les balles de mousquet tirées du *Siren* sifflaient à ses oreilles.

Les servants arabes des canons ne l'avaient pas vu sauter à bord. Seule issue pour lui, plonger dans la mer et compter sur ses qualités de nageur pour gagner le lointain rivage. Courbé en deux, il se dirigea vers le bastingage et l'avait presque atteint lorsqu'une silhouette se dressa devant lui.

Avant que l'homme ait pu comprendre de quoi il retournait, Henry tira l'un de ses pistolets de la main gauche et fit feu, une fraction de seconde avant de heurter de son épaule la poitrine du pirate.

Au moment où ils basculaient tous les deux par-dessus bord, il reconnut les filets blancs dans la barbe de l'homme : Suleiman Al-Jama.

Ils tombèrent dans l'eau agrippés l'un à l'autre et lorsque Henry refit surface, il aperçut Al-Jama haletant à côté de lui et qui se débattait d'étrange façon. Il vit alors la tache sombre sur la robe blanche de l'homme. Sa balle l'avait atteint à la jointure de l'épaule et il ne pouvait lever le bras.

Le *Saqr* et le *Siren* se trouvaient déjà à une quinzaine de mètres et échangeaient à nouveau des bordées.

Même si Henry avait hurlé à pleins poumons, personne n'aurait pu l'entendre.

Al-Jama, lui, avait de plus en plus de mal à garder la tête au-dessus des vagues et sa robe chargée d'eau l'entraînait vers le fond. A la différence de Henry, le pirate n'était visiblement pas un bon nageur. Sa tête disparut un moment sous la surface avant de réapparaître. Pas une seule fois il n'appela à l'aide.

Il disparut à nouveau, plus longtemps cette fois, et lorsqu'il refit surface, il avait du mal à tenir la bouche au-dessus de l'eau. Henry se débarrassa de ses lourdes bottes et utilisa sa dague pour fendre la robe d'Al-Jama qui se mit à flotter un peu plus loin. Pourtant, l'homme n'en avait plus pour longtemps.

La côte se trouvait distante de près de six kilomètres, et Henry n'était pas sûr d'y parvenir avec le poids du pirate, mais la vie d'Al-Jama était entre ses mains et il avait le devoir de tout faire pour le sauver.

Il entoura de son bras la poitrine nue de l'homme qui tenta de le repousser.

— Lorsque nous sommes tombés du navire, dit Henry, vous avez cessé d'être mon ennemi, mais je vous jure devant Dieu que si vous résistez, je vous laisse vous noyer.

— Je préférerais encore ça, répondit Al-Jama avec un fort accent arabe.

— Comme vous voudrez.

Henry tira de sa ceinture son deuxième pistolet et le frappa violemment à la tempe. Puis, saisissant l'homme assommé sous un bras, il se mit à nager en direction du rivage.

1

Washington D.C.

Saint Julian Perlmutter cala son imposant postérieur à l'arrière de sa Rolls Royce Silver Dawn, modèle 1955, prit la flûte de champagne posée sur la tablette devant lui, en avala une petite gorgée et poursuivit sa lecture. A côté de la flûte de champagne et des canapés, se trouvaient des photocopies des lettres adressées à l'amiral Charles Stewart tout au long de son incroyable carrière. Stewart avait servi tous les présidents des Etats-Unis depuis John Adams jusqu'à Abraham Lincoln, et avait reçu plus de commandements qu'aucun autre officier dans toute l'histoire américaine. Quant aux originaux des lettres, ils se trouvaient en sûreté dans le coffre de la Rolls.

Peut-être l'un des plus grands historiens de la marine au monde, Perlmutter déplorait qu'un philistin leur eût fait subir l'outrage de la photocopie : la lumière endommage le papier et fait pâlir l'encre, mais en dépit de cette gaffe, il n'en boudait pas moins son plaisir et se mit à lire les copies dès qu'il eut quitté Cherry Hill, dans le New Jersey.

Cela faisait des années qu'il recherchait ces documents, et il lui avait fallu user de tout son charme (et de son carnet de chèques) pour éviter qu'ils ne finissent dans quelque boîte à archives de l'Etat. Si les lettres devaient se révéler sans intérêt, il projetait de garder les copies pour sa documentation personnelle et de faire don des originaux, ce qui lui permettrait une belle déduction fiscale.

Il jeta un coup d'œil par la vitre. Comme d'habitude, la circulation dans la capitale était cataclysmique, mais Hugo Mulholland, son chauffeur de longue date, s'en sortait bien. La Rolls glissait sur la I-95 comme si elle était la seule voiture sur terre.

La correspondance était passée de génération en génération dans la famille Stewart, mais la branche qui la détenait en dernier se mourait. Le seul enfant de Mary Stewart Kilpatrick, dont Perlmutter venait de quitter la maison, ne s'y intéressait pas le moins du monde, et son unique petit-fils était un autiste profond. Saint Julian ne regrettait pas le prix qu'il l'avait payée, sachant que cet argent servirait à l'enfant.

La lettre qu'il lisait à présent était adressée au ministre de la Guerre, Joel Roberts Poinsett, et avait été écrite à l'époque où il exerçait pour la première fois le commandement de l'arsenal maritime de Philadelphie, entre 1838 et 1841. Le contenu des lettres était plutôt austère : listes de marchandises à expédier, progrès dans les réparations d'une frégate, remarques à propos de la qualité des voiles reçues. Bien que compétent, on sentait que Stewart aurait mille fois préféré commander un navire.

Perlmutter posa la lettre à côté de lui et engloutit un canapé qu'il fit passer avec une gorgée de champagne avant d'entreprendre la lecture d'une nouvelle lettre, écrite à Stewart par un maître d'équipage qui avait servi sous ses ordres pendant les guerres barbaresques. L'écriture était à peine lisible, et l'auteur, un certain John Jackson, ne semblait guère instruit. Il rappelait avoir participé à l'incendie du USS *Philadelphia* et à la bataille navale qui s'était ensuivie avec le *Saqr*, un navire pirate.

Saint Julian connaissait bien cette histoire. Il avait lu le récit de première main de l'incendie de la frégate américaine, rédigé par le capitaine Decatur, mais sur l'affrontement avec le *Saqr*, il n'y avait guère d'autre document que le rapport de Stewart au ministère de la Guerre.

En lisant la lettre, Saint Julian avait presque l'impression de sentir l'odeur de poudre à canon et d'entendre les hurlements de l'équipage lorsque le *Saqr* avait lâché une bordée après avoir attiré le *Siren* à portée de ses batteries.

Dans sa lettre, Jackson s'enquérait du sort du commandant en second du brick, Henry Lafayette. Perlmutter se rappelait que le jeune lieutenant avait sauté à bord du navire tripolitain quelques instants avant le déclenchement de la canonnade, et qu'il avait probablement été tué, puisque aucune rançon n'avait été réclamée par la suite.

Se rendant alors compte qu'il s'était trompé, il poursuivit sa lecture, intrigué. Jackson avait vu Lafayette se battre avec le capitaine du *Saqr*, puis les deux hommes avaient basculé par-dessus bord. « Notre gars est tombé dans la mer avec ce démon de Suleiman Al-Jama. »

Le nom fit tressaillir Perlmutter. Ce n'était pas le contexte historique qui l'avait alerté, car il se rappelait à peine le nom du pirate, mais son incarnation moderne : Suleiman Al-Jama était le nom de guerre d'un terroriste à peine moins recherché qu'Oussama Ben Laden.

Le moderne Al-Jama, qui apparaissait dans plusieurs vidéos de décapitation, était la figure spirituelle de référence pour d'innombrables terroristes qui s'étaient fait sauter avec une bombe au Moyen-Orient, au Pakistan et en Afghanistan. Son plus beau fait d'armes avait été un assaut contre un poste de l'armée pakistanaise, qui avait entraîné la mort d'une centaine de soldats.

Saint Julian parcourut la pile de lettres pour voir si Stewart lui avait répondu et gardé une copie, comme il le faisait d'ordinaire, et il trouva effectivement une missive adressée à John Jackson. Il la lut avec stupéfaction, puis la relut, plus lentement. Il se renfonça ensuite dans son siège, faisant crisser le cuir sous son poids. Y avait-il des implications contemporaines à ce qu'il venait de découvrir ? Probablement pas, se dit-il.

Il s'apprêtait à parcourir une autre lettre lorsqu'il se ravisa. Et si cette information intéressait le gouvernement ? Ils n'en tireraient probablement rien, mais ce n'était pas à lui d'en décider.

D'habitude, quand il tombait sur quelque chose d'intéressant, il transmettait l'information à son ami Dirk Pitt, le directeur de la National Underwater and Marine Agency, mais il avait le sentiment que cette fois-ci, cela ne relevait pas du champ de compétence de la NUMA. Perlmutter était un vieil habitué de Washington et il avait des contacts partout. Il savait qui appeler.

Le téléphone de la voiture était en bakélite et arborait un cadran rotatif. Perlmutter détestait les téléphones portables et n'en possédait pas. Son gros doigt parvint à peine à s'insérer dans les trous du cadran.

— Allô ? dit une voix de femme.

Saint Julian l'avait appelée sur sa ligne directe, évitant ainsi l'armée des secrétaires.

— Salut, Christie, c'est Saint Julian Perlmutter.

— Saint Julian ! s'écria Christie Valero. Ça fait une éternité. Comment vas-tu ?

Saint Julian se frotta la panse, qu'il avait proéminente.

— Tu me connais. Je ne perds jamais mon temps.

— Je n'en doute pas. Est-ce que tu as fait la recette des coquilles Saint-Jacques de ma mère, depuis que tu as réussi à me l'extorquer ?

En dehors de son érudition en matière de marine, Perlmutter avait une solide réputation de gourmet et de bon vivant.

— Elle fait maintenant partie de mon répertoire. Quand tu voudras la goûter, tu n'auras qu'à me passer un coup de fil.

— Je n'oublierai pas. Tu sais que je suis incapable de suivre une recette plus compliquée que « percez le couvercle et placez le récipient au micro-ondes ». Bon, s'agit-il d'un appel de courtoisie ou bien as-tu quelque chose en tête ? Je suis un peu débordée en ce moment. La conférence n'a lieu que dans quelques mois, mais madame le dragon nous rend fous.

— Ça n'est pas une façon de parler d'elle, la reprit-il doucement.

— Tu plaisantes ? Fiona adore ça.

— Je te crois sur parole.

— Bon, qu'y a-t-il ?

— Je viens de tomber sur quelque chose d'intéressant, et je me suis dit que tu serais heureuse d'être la première à l'apprendre.

Il lui rapporta la teneur de la lettre adressée à Charles Stewart par son ancien maître d'équipage.

Lorsqu'il eut terminé, Christie Valero ne lui posa qu'une seule question :

— Dans combien de temps peux-tu être à mon bureau ?

— Hugo, fit Saint Julian après avoir reposé le combiné du téléphone. On va à Foggy Bottom. Notre sous-secrétaire d'Etat chargée du Moyen-Orient a envie de bavarder avec moi.

2

Quatre mois plus tard, au large des côtes somaliennes.

L'étrave d'un cargo de cent soixante-dix mètres de long déchirait la surface bleue et translucide de l'océan Indien. Bien qu'un énorme panache de fumée noire s'échappât de son unique cheminée, le navire avançait à peine. Visiblement, il avait dépassé depuis longtemps l'âge de sa mise à la ferraille.

Il était si bas sur l'eau qu'au départ de Bombay, il avait dû décrire un large cercle pour éviter les tempêtes, car les vagues de plus d'un mètre vingt déferlaient sur le pont. En outre, il donnait de la gîte sur bâbord et se remplissait un peu d'eau de ce côté. La coque peinte d'un vert improbable s'ornait par endroits de taches d'autres couleurs, lorsque l'équipage en repeignant avait manqué de peinture d'origine. De longues traînées de rouille s'étalaient sous les dalots et l'on avait fixé de larges plaques de métal pour consolider des structures affaiblies.

La superstructure du cargo se situait un peu en arrière, ménageant trois espaces de stockage sur le pont avant et deux sur le pont arrière. Les trois grues étaient rouillées et leurs câbles s'effilochaient. Les ponts eux-mêmes étaient encombrés de barils et de diverses pièces mécaniques de rebut. Aux endroits où le bastingage rouillé avait disparu, l'équipage avait tendu des chaînes.

Tout cela, les hommes qui observaient le cargo depuis le bateau de pêche l'avaient évidemment remarqué, mais ils n'étaient pas en position de faire les difficiles.

Le capitaine somali était un homme maigre, le visage taillé à coups de serpe, avec une dent manquante au milieu de la bouche. Ses autres dents étaient vilainement cariées et ses gencives noirâtres. Il s'entretint brièvement avec trois hommes parmi la foule présente sur le pont puis saisit le micro d'un transmetteur radio.

— Allô, le cargo ?

En dépit d'un fort accent, il parlait l'anglais de façon compréhensible.

Un instant plus tard, une voix retentit dans le petit haut-parleur.

— Etes-vous le bateau de pêche à bâbord de mon navire ?

— Oui. On a besoin docteur. Quatre marins à moi sont très malades. Vous avez ?

— L'un de nos officiers a été médecin de la Navy. Quels sont les symptômes ?

— Je connais pas le mot *sinthome*.

— Comment sont-ils malades ? demanda l'opérateur radio du cargo.

— Ils vomissent beaucoup depuis beaucoup de jours. Mauvaise nourriture, je crois.

— C'est bon. Je pense qu'on peut s'en occuper. Rangez-vous le long de notre navire, à hauteur de la superstructure. Nous allons ralentir le plus possible, mais nous ne pourrons pas nous immobiliser complètement. Vous comprenez ?

— Oui, oui. Je comprends. Vous pouvez pas arrêter. Ça va, dit l'homme qui répondait au nom de Hakim.

Il adressa un sourire carnassier à ses compagnons et s'adressa à eux dans sa langue.

— Ils m'ont cru. Ils ne vont pas s'arrêter, probablement parce que leurs machines auraient du mal à repartir, mais ça ira quand même. Abdi, prends la barre, va te ranger sous la superstructure et garde la même allure qu'eux.

— D'accord.

— On y va, dit-il aux deux hommes qui étaient restés avec lui.

Ils retrouvèrent alors quatre hommes qui se tenaient jusqu'alors dans la cabine, sous le poste de pilotage. Ces hommes s'étaient entouré les épaules de vieilles couvertures et marchaient comme s'ils étaient perclus de crampes.

Le cargo avait beau être plus grand que le bateau de pêche, il était si bas sur l'eau que son bastingage surplombait à peine celui des Somalis. Des membres de l'équipage du cargo lâchèrent des pneus en guise de protection et retirèrent une partie du bastingage pour permettre le transfert des malades. Hakim en compta quatre. L'un d'eux, un Asiatique de petite taille, portait une chemise d'uniforme ornée d'épaulettes noires. L'autre était soit africain soit antillais, quant aux deux autres il n'aurait su dire d'où ils venaient.

— Vous êtes le capitaine ? lança Hakim à l'officier.

— Oui. Le capitaine Kwan.

— Merci pour faire ça. Mes hommes sont malades, mais nous devons rester à la mer pour pêcher des poissons.

— Je ne fais que mon devoir, répondit Kwan d'un air un peu hautain. Votre bateau devra rester contre le nôtre le temps que nous soignions vos hommes. Nous faisons route vers le canal de Suez et nous ne pouvons pas faire un détour pour les amener à terre.

— Ça n'est pas problème, fit Hakim avec un sourire onctueux tout en jetant au marin africain du cargo un filin que celui-ci amarra au bastingage.

— C'est bon, allez-y, dit alors Kwan.

Hakim aida l'un de ses hommes à grimper sur le bastingage de leur bateau. Il y avait moins de trente centimètres d'espace entre les deux bâtiments et comme la mer était d'huile, il risquait peu de glisser. Les deux hommes grimpèrent à bord du cargo et s'écartèrent pour laisser monter les deux suivants.

C'est à ce moment-là que le capitaine Kwan comprit son erreur.

D'un même mouvement, les quatre hommes venaient en effet de jeter bas leurs couvertures, révélant des AK-47 aux crosses sciées. Aziz et Malik, les deux autres marins du bateau de pêche, saisirent des armes identiques dans un coffre en bois et se ruèrent à leur tour sur le cargo.

— Des pirates ! s'écria Kwan avant qu'on lui enfonce dans l'estomac le canon du fusil d'assaut.

Les mains sur le ventre, il tomba à genoux. Hakim tira un pistolet dissimulé dans le creux de ses reins, tandis que ses hommes éloignaient l'équipage du cargo du bastingage, hors de vue de ceux qui auraient pu les apercevoir depuis la passerelle.

Le chef somali remit le capitaine sur ses pieds et lui appuya le canon de son pistolet sur le cou.

— Faites ce qu'on dit et personne sera tué.

Un éclair de défiance passa dans les yeux de Kwan, mais si bref que le pirate ne s'en aperçut pas. Il acquiesça d'un air gauche.

— Amenez-nous à la salle radio, reprit Hakim. Vous dites à votre équipage que vous allez faire réunion dans le mess. Tout le monde doit être là. Si nous, on trouve quelqu'un sur le bateau, on le tue.

Pendant ce temps-là, ses hommes entravaient avec des liens en plastique les poignets des marins. Ils en mirent trois au grand Noir musclé, au cas où.

Tandis qu'Aziz et Malik se chargeaient des marins, Kwan conduisait Hakim et les quatre pirates « malades » dans la superstructure. Le système de climatisation fonctionnait si mal, qu'à l'intérieur, il faisait à peine moins étouffant qu'à l'air libre. Les coursives semblaient n'avoir jamais été nettoyées depuis le lancement du navire, le linoléum du sol était fendu et craquelé, et dans tous les coins s'amoncelaient des tapons de poussière de la taille de gros lièvres.

Il leur fallut moins d'une minute pour atteindre la passerelle où se tenaient un homme derrière la grosse barre en bois et un officier penché sur une table encombrée de restes de nourriture et à moitié recouverte par une carte si vieille et aux couleurs si défraîchies qu'on s'attendait à y voir figurer les côtes de la Pangée. Les vitres étaient rendues presque totalement opaques par le sel.

— Comment ça s'est passé avec les pêcheurs ? demanda l'officier sans lever les yeux.

N'obtenant pas de réponse immédiate, il leva la tête et découvrit les quatre pirates qui tenaient en joue toute la salle avec leurs fusils, et son capitaine, la tête penchée sous la pression du pistolet contre son cou.

— Pas d'héroïsme, dit Kwan. Ils m'ont promis de ne faire de mal à personne si on obéit à leurs ordres. Ouvrez un canal de diffusion intérieure, s'il vous plaît, monsieur Maryweather.

— Bien, capitaine.

Le jeune officier, Duane Maryweather, appuya sur le bouton de l'interphone situé près de la radio de bord, puis tendit le micro au capitaine.

Hakim enfonça le canon de son pistolet dans le cou de Kwan.

— Si vous donnez l'alerte, je vous tue tout de suite, et mes hommes massacrent votre équipage.

— Vous avez ma parole.

Il prit le micro et les haut-parleurs disséminés dans tout le navire répercutèrent sa voix :

— Ici le capitaine. Tous les membres de l'équipage doivent se rendre au mess immédiatement. Y compris les marins et officiers affectés aux machines.

— Ça suffit, dit Hakim en lui reprenant le micro. Abdoul, prends la barre.

Il agita son pistolet en direction de Maryweather et de l'homme de barre.

— Vous deux, à côté du capitaine.

— Vous ne pouvez pas laisser un seul homme à la barre, protesta Kwan.

— C'est pas le premier bateau qu'on prend.

— Non, j'imagine.

En l'absence d'appareil d'Etat stable, la Somalie était la proie de seigneurs de la guerre rivaux, dont certains avaient recours à la piraterie pour financer leurs armées. Les eaux de la corne de l'Afrique en étaient devenues parmi les plus dangereuses du monde. Chaque jour ou presque, des navires étaient attaqués ; les Etats-Unis et d'autres grandes puissances maintenaient bien une présence navale dans la région, mais la mer était trop vaste pour que leurs vaisseaux de guerre puissent protéger tous les navires croisant au large des côtes. Les pirates utilisaient d'habitude des vedettes rapides et au début volaient surtout à bord l'argent liquide et les valeurs ; mais rapidement, ils n'en restèrent pas là. A présent, les navires étaient détournés, leurs cargaisons vendues au marché noir et les équipages soit abandonnés sur des chaloupes, soit détenus en attente d'une rançon versée par les armateurs, soit purement et simplement tués.

Si les attaques se faisaient de plus en plus sauvages, la taille des navires augmentait également. Au début, les pirates s'attaquaient surtout aux petits cargos faisant du cabotage, mais ils s'en prenaient désormais aux pétroliers, aux porte-conteneurs, et avaient même un jour arrosé pendant un quart d'heure un paquebot d'un feu nourri d'armes automatiques. Récemment, un nouveau seigneur de la guerre avait commencé à mettre au pas les autres pirates de la côte nord, espérant bien, à terme, s'assurer la vassalité de tous ceux de la région.

Il s'appelait Mohammed Didi et avait combattu dans la capitale, Mogadiscio, au milieu des années 1990, période chaotique au cours de laquelle l'ONU tentait de sauver de la famine un pays en proie à une terrible sécheresse. Il s'était fait un nom en pillant les convois d'aide humanitaire, mais avait définitivement établi sa réputation avec l'affaire du Black Hawk Down, lorsqu'il avait détruit un Humvee au lance-roquettes en attaquant une position américaine. Il avait ensuite sorti les corps du véhicule carbonisé et les avait découpés en morceaux à la machette.

Après le retrait sans gloire des *marines* américains, Didi avait affirmé son pouvoir jusqu'à devenir l'un des nombreux seigneurs de la guerre se partageant le pays. Puis, en 1998, il avait participé aux attentats d'Al-Qaida contre les ambassades américaines au Kenya et en Tanzanie. Au cours des semaines précédant l'attaque, il avait donné asile aux terroristes et même fourni des guetteurs. Inculpé par la Cour pénale internationale de La Haye, avec un demi-million de dollars de récompense pour sa capture, Didi savait que tôt ou tard, l'un de ses rivaux serait trop heureux de toucher le magot. Il déplaça le théâtre de ses opérations dans une région de marais côtiers, à cinq cents kilomètres au nord de Mogadiscio.

Avant son arrivée, la plupart des victimes de la piraterie étaient relâchées immédiatement. C'était Didi qui avait initié la pratique des demandes de rançon. S'il ne parvenait pas à en obtenir le versement, ou si à son avis les négociations traînaient en longueur, il faisait massacrer les équipages sans le moindre état d'âme. Le bruit courait qu'il portait un collier de dents en or prélevées sur les mâchoires des hommes qu'il avait personnellement tués. Les pirates qui s'étaient emparés du vieux cargo avaient prêté allégeance à Didi.

Hakim et l'un de ses hommes forcèrent le capitaine Kwan à les conduire à son bureau, tandis que les autres pirates amenaient les marins de la passerelle jusqu'au mess. Le bureau de Kwan jouxtait sa cabine, un pont en dessous du poste de pilotage. Aménagées de façon spartiate, les deux pièces étaient cependant très propres et seules deux taches de peinture apparaissaient sur les parois métalliques. Sur son bureau vide, Kwan avait disposé la photo encadrée d'une femme, vraisemblablement son épouse.

Une lumière blafarde filtrait par l'unique hublot.

— Montrez-moi le manifeste de l'équipage, dit Hakim.

Kwan s'approcha d'un coffre boulonné au sol, derrière sa table, et entreprit de composer le code.

— Quand la porte s'ouvre, vous reculez, ordonna le pirate.

Kwan lança un regard par-dessus son épaule.

— Je vous assure que nous n'avons pas d'armes.

Mais il s'exécuta et recula d'un pas après avoir ouvert le coffre.

Couvert par la Kalachnikov de son complice, Hakim vida un à un les dossiers qu'il jetait au fur et à mesure sur le bureau du capitaine. Soudain, il poussa une exclamation en découvrant une grosse enveloppe pleine de billets de différentes monnaies. Il renifla avec délice une liasse de billets de cent dollars.

— Combien il y a ?

— Douze mille dollars, peut-être un peu moins.

Hakim fourra l'enveloppe dans l'échancrure de sa chemise, puis poursuivit sa fouille jusqu'à découvrir ce qu'il cherchait. Il ne savait lire ni le somali ni l'anglais, mais il avait reconnu les passeports. Il y en avait vingt-deux en tout. Il en retira ceux de Kwan, de Duane Maryweather et de l'homme de barre. Il trouva également ceux des trois hommes présents au moment où ils avaient abordé le navire. Il se montra enchanté. Ils s'étaient déjà emparés d'un quart de l'équipage.

— Et maintenant, amenez-nous au mess.

A leur arrivée, la salle brillamment éclairée était pleine de monde ; certains marins fumaient, ce qui avait l'avantage de couvrir un peu l'odeur de sueur. Il y avait là des marins de toutes nationalités, et même sans les armes pointées sur eux, ils faisaient peine à voir. Visiblement, ces hommes n'avaient tant entretenu ce vieux rafiot bon pour la ferraille que parce qu'ils savaient ne pouvoir trouver d'engagement sur un autre navire.

L'un des marins tenait un chiffon ensanglanté sur l'arrière de son crâne : de toute évidence, il avait fait quelque chose qui avait déplu à l'un des pirates.

— Que se passe-t-il, capitaine ? demanda le chef mécanicien dont la combinaison était tachée de graisse.

— A votre avis ? Des pirates se sont emparés du navire.

— Silence ! rugit Hakim.

Il parcourut le paquet de passeports trouvés dans le bureau de Kwan et compara photos et visages jusqu'à être sûr que tous les membres de l'équipage étaient présents. Il avait un jour commis l'erreur de faire confiance au capitaine sur le nombre de marins présents à bord, mais deux d'entre eux, non signalés, avaient battu à mort l'un de ses hommes et avaient presque réussi à envoyer un message de détresse avant d'être découverts.

— Très bien. Personne joue les héros.

Il reposa les passeports et promena le regard autour de lui. Il savait reconnaître la peur dans les yeux des gens, et ce qu'il vit lui plut infiniment. Il envoya alors l'un de ses hommes sur le pont donner l'ordre à Abdi de ramener le bateau de pêche à la base le plus rapidement possible et d'annoncer la capture du cargo.

— Je m'appelle Hakim et ce bateau est maintenant à moi. Si vous obéissez à mes ordres, vous serez pas tués. Si vous essayez de fuir, vous serez abattu et votre corps ira nourrir les requins. Ces deux choses-là, il faut s'en souvenir tout le temps.

— Mes hommes obéiront à vos ordres, dit Kwan d'un air résigné. Nous ferons tout ce que vous nous direz. Nous voulons tous revoir nos familles.

— C'est très sage, capitaine. Avec votre aide, je contacterai le propriétaire du navire pour négocier votre libération.

— Ces salauds ne nous donnent même pas un pot de peinture, murmura le chef mécanicien à l'un de ses compagnons, autour de la table. Tu parles s'ils vont accepter de payer pour sauver notre peau.

Deux des pirates ramenèrent alors de la cuisine tout ce qui aurait pu être utilisé comme armes : fourchettes et couteaux de toutes sortes et posèrent le sac dans le couloir dans l'intention évidente de le jeter ensuite par-dessus bord.

— Ces types savent ce qu'ils font, murmura Duane au radio. Dès qu'ils auraient eu le dos tourné, moi je serais allé chercher un couteau.

Mais Maryweather ne s'était pas rendu compte que l'un des pirates se tenait juste derrière lui. Il reçut un coup de Kalachnikov sur le crâne et s'effondra sur la table en formica. Lorsqu'il releva la tête, il saignait du nez.

— Encore un mot, et on vous tue, dit Hakim d'une façon qui ne laissait guère de doute sur ses intentions. Je vois qu'il y a des toilettes à côté du mess, alors vous allez tous rester ici. Il n'y a qu'une seule sortie : la porte sera fermée de l'extérieur et gardée. (Il s'adressa alors à ses hommes en somali.) Allons voir ce que transporte ce cargo.

Ils quittèrent la salle et entourèrent la poignée avec un gros fil de fer qu'ils attachèrent à une rambarde de l'autre côté de la coursive. Hakim ordonna à l'un de ses hommes de garder la porte, puis ils entreprirent la fouille du cargo.

En dépit des dimensions imposantes du navire, les espaces intérieurs étaient remarquablement petits. La partie arrière était bloquée par des rangées de conteneurs tellement serrés les uns contre les autres que même le pirate le plus mince ne pouvait s'y faufiler. Il leur faudrait attendre l'arrivée au port pour voir ce qu'ils recelaient. En revanche, ce qu'ils découvrirent dans les trois espaces de l'avant rendait superflue toute fouille des conteneurs, en tout cas pour l'instant. Au milieu des pièces de machines éparses, de moteurs de voiture indiens et de plaques de tôle, ils découvrirent six pick-up. Equipés d'une mitrailleuse, ces véhicules jouissaient d'un grand succès dans toute l'Afrique. Il y avait aussi un camion plus gros, mais il avait l'air en mauvais état et ne devait probablement pas rouler. Le navire transportait également des palettes de sacs de blé portant le logo d'une organisation humanitaire, mais le butin le plus intéressant était constitué de centaines de fûts de nitrate d'ammonium. Utilisé avant tout comme engrais, le nitrate d'ammonium, mélangé à du gazole, formait un puissant explosif. Il y avait là de quoi faire sauter la moitié de Mogadiscio si Mohammed Didi en exprimait le désir.

Hakim savait que l'exil de Didi dans les marais n'avait pas un caractère définitif. Il évoquait sans cesse son retour dans la capitale et l'affrontement décisif avec les autres seigneurs de la guerre. Cette énorme quantité d'explosifs lui donnerait à coup sûr un avantage décisif. Dans un mois, voire moins, Didi serait le maître de toute la Somalie, et lui, Hakim, recevrait les plus extraordinaires récompenses pour s'être emparé du cargo.

Il regrettait à présent d'avoir renvoyé Abdi aussi vite, mais il n'y pouvait plus rien. Leur petit transmetteur radio ne portait pas au-delà de quelques kilomètres et le bateau de pêche était déjà loin.

Il retourna sur le pont fumer le cigare cubain trouvé dans la cabine du capitaine. Le soleil descendait rapidement à l'horizon, incendiant le ciel d'une couleur de bronze. Mais Hakim et sa bande de pirates n'étaient pas sensibles aux beautés du crépuscule. Bas et cruels, ces hommes ne songeaient qu'à ce qui pouvait leur être utile. On pouvait certes défendre l'idée qu'après tout ils n'étaient que le produit de leur pays dévasté, qu'ils n'avaient eu aucune chance de se sortir de leur éducation à la brutalité ; pourtant l'immense majorité des Somaliens n'avaient jamais touché une arme de leur vie, et ceux qui s'enrôlaient dans les milices des seigneurs de la guerre ne le faisaient que par goût de la domination qu'ils pouvaient exercer sur les autres, comme sur l'équipage de ce navire.

Il jouissait de voir le capitaine baisser humblement la tête. Il aimait la peur qu'il lisait dans les yeux des marins. Dans la cabine, il avait trouvé une photo du capitaine en compagnie d'une femme, probablement son épouse, et l'idée de pouvoir la rendre veuve le remplissait d'aise.

Aziz et Malik firent leur apparition sur la passerelle, vêtus de vêtements trouvés dans les cabines des officiers. Aziz, âgé seulement de vingt-cinq ans mais qui avait déjà à son actif une dizaine de détournements de navires, était si maigre qu'il avait dû percer de nouveaux trous dans sa ceinture pour faire tenir son nouveau jean. Malik, âgé, lui, d'une quarantaine d'années, avait combattu l'ONU et les Américains aux côtés de Mohammed Didi. Un shrapnel reçu au cours d'un affrontement avec une milice rivale lui avait emporté la moitié du visage et entraîné de graves conséquences psychiques. Il parlait peu, et seulement pour débiter des phrases souvent incohérentes. Mais il suivait les ordres à la lettre, et Hakim ne lui en demandait pas plus.

— Allez chercher le capitaine. Je veux lui parler de la société qui possède ce navire. Je veux savoir combien, d'après lui, elle serait disposée à nous verser. (Il étudia les yeux d'Aziz.) Et laisse tomber la bang, ajouta-t-il, employant le nom local du cannabis.

Les deux pirates gagnèrent le pont principal par l'escalier. Avec le crépuscule, l'intérieur du navire était de plus en plus sombre et seules quelques lampes éclairaient les coursives. Aziz fit signe au garde de dénouer le fil de fer et dès que la porte s'entrouvrit, Malik et lui braquèrent leurs armes vers l'intérieur. Les trois hommes ne purent retenir un cri de surprise.

Le mess était vide.

3

Malik et Aziz venaient de pénétrer dans la salle vide lorsque le troisième pirate sentit une présence dans la coursive. Scrutant la pénombre, il braqua son fusil d'assaut. S'il n'avait pas été à ce point sidéré par la disparition de l'équipage, il aurait probablement inspecté calmement les lieux, mais, tendu comme une corde d'arc, il lâcha une rafale au hasard. La flamme jaillie du canon de son AK-47 lui révéla que la coursive était vide, tandis que les balles ne faisaient qu'arracher un peu de peinture aux parois décaties.

— Que se passe-t-il ? demanda Aziz.

— J'ai cru avoir vu quelqu'un, bredouilla le pirate.

Aziz prit rapidement les choses en main.

— Malik, fouille le pont avec lui. Moi, je vais aller prévenir Hakim.

Mais le chef des pirates avait entendu la rafale et ils se rencontrèrent en chemin. Il tenait son pistolet à bout de bras, comme il l'avait vu faire dans les séries télévisées.

— Qui a tiré et pourquoi ? demanda-t-il avec colère.

Il ne ralentit pas l'allure en voyant Aziz et celui-ci dut battre en retraite.

— La salle est vide et Ahmed a cru voir quelqu'un. Malik et lui sont en train de fouiller le pont.

— Comment ça, la salle est vide ?

— L'équipage a disparu. Pourtant, la poignée était toujours attachée avec le fil de fer et Ahmed ne dormait pas, mais ils sont quand même partis.

La porte de la salle était entrouverte et Hakim l'ouvrit d'un coup de pied. Elle alla frapper la paroi métallique et le bruit retentit dans toute la coursive. Mais les vingt-deux membres de l'équipage étaient tous assis autour de la table, comme ils les avaient laissés à leur départ. Ils le considéraient avec anxiété.

— Qu'est-ce que c'était que cette fusillade ? demanda le capitaine Kwan.

Hakim fusilla Aziz du regard.

— Un rat.

Il saisit le jeune homme par le bras et le poussa hors de la salle. Dès que la porte se fut refermée derrière eux, Hakim gifla Aziz deux fois en un parfait aller-retour.

— Espèce d'imbécile. T'es tellement défoncé que t'as même des hallucinations.

— Non, Hakim, je te le jure. On a tous vu que...

— Ça suffit ! Si je te surprends encore une fois à fumer de la bang pendant une de mes opérations, je te descends. Compris ?

Aziz, les yeux baissés, ne répondit rien. Hakim le prit par le menton et le força à le regarder dans les yeux.

— Compris ?

— Oui, Hakim.

— Remets le fil de fer sur la porte et va trouver Malik et Ahmed avant qu'ils trouent la coque du navire.

Dès qu'Aziz se fut éloigné, Hakim posa l'oreille contre la porte, mais n'entendit rien à travers l'épaisseur du métal. Il jeta un coup d'œil dans la coursive vide. Il n'y avait rien d'inhabituel, mais il eut soudain le sentiment d'être observé. Un sentiment si entêtant qu'il en frissonna. A cause de ces imbéciles, songea-t-il, je vais me mettre à poursuivre des fantômes.

*

Deux ponts en dessous du mess, dans une section du navire dont les pirates n'avaient même pas idée, Juan Rodriguez Cabrillo regardait frissonner le Somali. Un petit sourire naquit sur ses lèvres.

— Hou, fit-il à l'adresse de l'image sur l'écran plat qui dominait le fond de ce qu'on appelait le Centre d'opérations.

Ce Centre d'opérations était le cerveau ultra performant du navire, un espace bas de plafond éclairé d'une lumière bleuâtre par les innombrables écrans d'ordinateur. Les consoles étaient de couleur noire ou grise et le sol recouvert d'un linoléum antistatique. On se serait cru à bord de l'*Enterprise* de la série Star Trek, ce qui était intentionnel. Deux sièges devant le panneau principal étaient réservés au gouvernail du navire et au système d'armement, tandis que tout autour étaient disposés les postes de travail des radar, sonar et commandes diverses.

Au milieu se trouvait ce qu'on avait baptisé le fauteuil Kirk. De là, Cabrillo possédait une vue panoramique sur la salle, tandis que depuis l'ordinateur enchâssé dans le bras du fauteuil, il pouvait diriger toutes les fonctions du navire.

— Tu n'aurais pas dû les laisser faire ça, lui dit d'un ton de reproche Max Hanley. Et si les gars de Mohammed Didi étaient revenus quand la porte secrète était ouverte ?

— Mon pauvre Max, tu es inquiet comme ma grand-mère. On leur aurait repris l'*Oregon* et on aurait appliqué le plan B.

— C'est-à-dire ?

— Je te le décrirai quand je l'aurai trouvé.

Juan se leva et s'étira. Il était grand, solidement bâti, un visage aux traits puissants et des yeux d'un bleu intense, les cheveux coupés court, blondis par une jeunesse californienne et la pratique de la natation. A plus de quarante-cinq ans, il était encore costaud et musclé.

Cabrillo dégageait une sorte d'aura que l'on aurait bien été en peine de définir. Il n'avait pas le poli d'un cadre supérieur ni la rigidité d'un militaire de carrière. On avait plutôt le sentiment d'un homme qui savait ce qu'il attendait de la vie et s'en donnait les moyens. Ajoutons à cela une confiance en soi inépuisable, née... d'une suite ininterrompue de succès.

Max Hanley, la soixantaine, était, lui, un vétéran de la guerre du Vietnam. Plus petit que Cabrillo, le visage fleuri, et une couronne de cheveux en forme de fer à cheval autour de sa calvitie. Il aurait pu perdre quelques kilos, ce que Juan lui rappelait de temps en temps avec un plaisir non dissimulé, mais Max, comme à son habitude, faisait la sourde oreille.

C'était Cabrillo qui avait eu l'idée de cette société, mais c'était grâce à Max Hanley qu'elle valait à présent plusieurs millions de dollars. Il en assurait la gestion quotidienne mais faisait également fonction d'ingénieur en chef à bord de l'*Oregon*, qu'il aimait peut-être encore plus que Juan.

En dépit des sept pirates lourdement armés qui « tenaient » le navire et des vingt-deux membres de l'équipage « retenus captifs » dans le mess, personne ne s'inquiétait dans le Centre d'opérations, surtout pas Cabrillo.

Cette opération avait été préparée dans les moindres détails. Lorsque les pirates étaient montés à bord, moment le plus délicat, parce que personne ne savait comment ils allaient se comporter avec l'équipage, des tireurs d'élite placés à la proue tenaient en joue les sept Somalis. Les marins portaient tous, également, un gilet pare-balles ultra fin, que l'Allemagne mettait encore au point pour l'OTAN.

Partout dans le navire étaient disséminés des appareils d'écoute et des mini-caméras, en sorte que les pirates étaient sous surveillance constante. Partout où ils allaient, deux membres au moins de la Corporation les suivaient depuis les compartiments secrets de l'*Oregon*, prêts à réagir au moindre incident.

Le vieux cargo contenait en fait deux navires en un. De l'extérieur, ce n'était qu'un vieux rafiot promis bientôt à la casse, mais cette apparence n'avait pour but que de tromper les inspecteurs des douanes, pilotes de ports et autres visiteurs. Comment, en outre, conserver un véritable souvenir d'un navire en aussi piètre état ?

Les coulées de rouille avaient été faites au pinceau et les débris encombrant le pont placés là intentionnellement. Le poste de pilotage et les cabines de la superstructure n'étaient que des décors de théâtre. Les pirates à la barre ne maîtrisaient en rien l'*Oregon*. En revanche, l'homme de barre du Centre d'opérations disposait de toutes les informations nécessaires grâce au système informatique et procédait aux corrections de trajectoire nécessaires.

Cette coquille délabrée abritait en fait l'un des navires espions les plus performants du monde. L'*Oregon* était équipé d'armes cachées et possédait des équipements électroniques capables de rivaliser avec n'importe quel destroyer de la classe Aegis. Le blindage de la coque pouvait résister à la plupart des armes rudimentaires utilisées par les terroristes, comme les lance-roquettes. L'*Oregon* emportait également dans ses flancs deux mini sous-marins, qui pouvaient sortir à partir de portes spéciales aménagées le long de la quille, et un hélicoptère McDonnell Douglas MD-520N, stationné sur la plage arrière et dissimulé derrière une fausse muraille de conteneurs.

Quant aux logements de l'équipage, ils rivalisaient avec les plus luxueuses cabines d'un grand paquebot. Les hommes et les femmes de la Corporation risquaient leur vie tous les jours, et Juan tenait à ce qu'ils bénéficient d'un maximum de confort.

— Où est notre hôte ? demanda Max.

— Encore en train de bavarder avec Julia.

— Tu crois que c'est parce qu'elle est médecin ou parce qu'elle est canon ?

— Comme son nom l'indique, le colonel Giuseppe Farina est italien. Et comme il a une très haute opinion de lui-même, je crois qu'il lui fait du plat parce que c'est une femme. Linda Ross et toutes les autres femmes l'ont envoyé balader dès qu'il est monté à bord. Notre chère Dr Julia Huxley est la dernière, et comme elle ne peut pas quitter l'infirmerie au cas où il y aurait une urgence, le colonel Farina en profite.

— Quelle perte de temps d'avoir un observateur, dit Max.

— On fait avec ce qu'on a, pas avec ce qu'on veut, répondit Juan d'un ton pontifiant. Les huiles ne veulent pas le moindre ennui au cours du procès une fois qu'ils auront mis la main sur Didi. Farina est chargé de s'assurer que nous respecterons toutes les procédures prévues.

Le visage de Max s'assombrit.

— Combattre le terrorisme avec les méthodes du marquis de Queensbury ? C'est ridicule.

— C'est pas tout à fait ça. Ça fait quinze ans que je connais Giuseppe. C'est un type bien. Comme on n'a aucun moyen d'obtenir l'extradition de Didi par les voies légales, puisque le système judiciaire somalien ne fonctionne pas...

— Pas plus que le reste, d'ailleurs.

Juan ignora l'interruption.

— On a proposé une alternative. Le prix que nous payons, c'est la présence de Giuseppe jusqu'à ce qu'on amène Didi dans les eaux internationales et qu'on le remette à la marine américaine. Pour ça, Didi n'a qu'à mettre le pied sur ce bateau et l'affaire est dans le sac.

Max acquiesça, comme à regret.

— Il faut dire qu'on a chargé tellement d'explosifs sur ce bateau qu'il va avoir envie de les voir lui-même.

— Exactement. L'appât rêvé pour une vermine de son acabit.

La Corporation avait accepté un boulot plutôt inhabituel pour elle. D'ordinaire, elle travaillait pour l'Etat américain, effectuant des tâches trop risquées pour des soldats ou des agents de renseignements. Cette fois-ci, ils travaillaient avec la CIA pour amener Mohammed Didi devant la Cour pénale internationale. Le gouvernement américain aurait aimé le transférer directement à Guantanamo, mais il finit par conclure un accord avec ses alliés prévoyant qu'il serait conduit en Europe, sous réserve qu'il soit capturé et qu'on n'ait pas négocié sa reddition.

Langston Overholt, le principal contact de la Corporation au sein de la CIA, avait demandé à son protégé, Juan Cabrillo, de s'emparer de Didi d'une façon qui ne puisse être qualifiée légalement d'enlèvement. Cabrillo et ses hommes avaient présenté un projet en vingt-quatre heures, alors que cela faisait des mois que tout le monde s'efforçait de trouver une solution.

Juan jeta un coup d'œil au chronomètre incrusté dans un coin de l'écran principal. Puis il vérifia la vitesse et la direction du navire et en conclut qu'ils n'atteindraient pas la côte avant l'aube.

— Ça te dirait de te joindre à moi pour le dîner ? Je crois qu'il y a du homard thermidor.

Max se tapota l'estomac.

— Huxley m'a prévu trente minutes d'exercice sur une machine StairMaster.

— Hum, je vois : la bataille contre les kilos, version longue.

— Je voudrais voir ton tour de taille à toi dans vingt ans, cher ami !

*

Le navire arriva en vue de la côte un peu après l'aube. Les marais et la mangrove s'étiraient à perte de vue. Familier des canaux en eau profonde permettant de gagner leur base secrète, Hakim prit lui-même la barre. Jamais ils ne s'étaient emparés d'un navire aussi gros, mais il était persuadé de pouvoir atteindre son but sans s'échouer, ou tout au moins d'approcher suffisamment de la base pour pouvoir décharger leur cargaison sans trop d'efforts.

Une brume poisseuse alourdissait l'air, et lorsque le soleil s'éleva à l'horizon, la température devint presque insupportable.

Au fur et à mesure que le cargo s'enfonçait dans le marécage, la coque se recouvrait de vase. Hakim ne savait évidemment pas se servir du sonar monté à la proue, mais la quille du navire n'était qu'à deux mètres cinquante du fond du chenal. La forêt se faisait de plus en plus dense, jusqu'à former une sorte de toit au-dessus d'eux.

L'étroitesse du chenal lui permettait à peine de manœuvrer, et dans son souvenir il ne le voyait pas aussi petit, mais il faut dire que jamais il ne s'était retrouvé dans la cabine de pilotage d'un aussi gros navire. La proue heurta un tronc submergé qui aurait coulé son bateau de pêche, mais le cargo l'écarta comme un fétu de paille. Plus qu'un coude avant leur base, mais cette partie du chenal était la plus étroite et la rive opposée semblait tellement proche...

— Tu crois que tu vas y arriver ? demanda Aziz.

Encore furieux de l'incident de la veille, Hakim ne lui accorda même pas un regard.

— On est à moins d'un kilomètre du camp. Même si on n'y arrive pas, on pourra décharger le navire et transporter la marchandise.

Il raffermit sa prise sur la barre et écarta légèrement les pieds. La proue s'engagea dans le coude du chenal et il attendit la dernière seconde avant de tourner la roue. Le navire ne répondit pas aussi rapidement et poursuivit sa route vers la rive.

Et puis, lentement, la proue se mit à pivoter, mais un peu trop tard. Ils allaient s'échouer. Hakim tira violemment la manette de commande en arrière dans l'espoir d'atténuer le choc.

Plusieurs ponts en dessous, Cabrillo était assis dans son siège habituel du Centre d'opérations. Eric Stone était de loin le meilleur pilote de l'*Oregon*, mais il était à présent bouclé dans le mess, sous le nom de Duane Maryweather. De toute façon, dans des eaux aussi peu profondes, Cabrillo ne faisait confiance qu'à son propre jugement et n'aurait pas fait appel à lui.

Bien que Hakim ait mis la manette sur « en arrière toute », Cabrillo ignora la demande et poursuivit en marche avant, tout en actionnant les réacteurs à pompe directionnels qui propulsaient le navire.

Sur le pont, et bien qu'aucune branche d'arbre n'eût bougé, on eut soudain l'impression qu'un vent miraculeux s'était levé. La proue pivota brusquement, comme poussée par une main invisible. Hakim et Aziz échangèrent un regard surpris. Comment croire que le cargo ait ainsi tourné aussi rapidement ? En outre, ils ne se rendirent même pas compte que le navire avait repris tout seul la bonne direction dans le chenal après le coude. Hakim n'en tourna pas moins la roue, persuadé de maîtriser la trajectoire.

— Allah a sûrement béni cette mission depuis le début, dit Aziz, bien que les deux hommes ne fussent pas particulièrement religieux.

— C'est peut-être aussi que je sais ce que je fais, rétorqua Hakim.

Le camp des pirates se trouvait sur la rive droite, et bientôt, le pont du navire se retrouva presque à son niveau, car ainsi placé en hauteur, le camp était protégé des marées et des inondations. Le long du rivage courait un ponton en bois d'environ trente-cinq mètres de long, auquel on accédait par des échelles métalliques fichées dans le sol dur, dérobées sur l'un des premiers bâtiments détournés. Le navire de Hakim alla s'amarrer à côté de deux petits bateaux de pêche.

Le camp proprement dit, un peu en retrait de la rive, était constitué de baraquements fabriqués de bric et de broc. Il y avait des tentes autrefois destinées aux réfugiés et des huttes traditionnelles en terre sèche, ainsi que des bicoques en bois recouvertes de tôle ondulée. Huit cents personnes vivaient là, dont trois cents enfants. Le périmètre était gardé par quatre miradors fabriqués avec des tuyaux et des planches. Le sol était jonché de détritus. Des bandes de chiens faméliques, à moitié sauvages, rôdaient un peu partout.

Des grappes de gens en liesse se pressaient sur le ponton en si grand nombre qu'ils menaçaient de le faire écrouler. Il y avait là des enfants à moitié nus, des femmes en robe couverte de poussière, avec des enfants attachés dans le dos et des centaines d'hommes armés de fusils d'assaut. Certains tiraient en l'air, sans même réveiller les bébés endormis tant ce vacarme semblait habituel. Au milieu du ponton, entouré d'un groupe de fidèles, se tenait Mohammed Didi.

En dépit de sa terrible réputation, Didi n'avait rien d'imposant. Très maigre, il était de taille moyenne, et son uniforme disparate lui donnait une allure d'épouvantail. Une barbe clairsemée et parsemée de touffes blanches recouvrait le bas de son visage. Il avait les yeux chassieux, bordés de rose, avec les blancs striés de rouge. Didi était tellement maigre que le gros pistolet pendant à sa ceinture faisait saillir sa hanche comme s'il souffrait d'une scoliose.

Un visage de marbre, sans la moindre expression. Une autre de ses particularités. Jamais il ne montrait la moindre émotion, ni quand il tuait un homme ni quand il tenait dans ses bras pour la première fois l'un de ses innombrables enfants. Jamais.

Il portait autour du cou un collier de perles blanches irrégulières, qui, de plus près, se révélaient être des dents humaines incrustées d'or.

Hakim mit un bon quart d'heure pour faire accoster le gros cargo, et s'approcha même une fois si vite que les gens sur le ponton refluèrent en désordre. Cela lui aurait même pris plus longtemps si Cabrillo, fatigué de la maladresse du Somali, n'avait fini par assurer lui-même la manœuvre. Les pirates à bord lancèrent des filins à la foule et l'on amarra le navire.

L'épaisse fumée crachée par la cheminée disparut après une dernière volute, Hakim actionna la sirène et la foule redoubla de vivats. Il envoya Aziz aider à déployer l'échelle de coupée de façon à ce que Mohammed Didi pût voir par lui-même sur quoi ils avaient mis la main.

*

Dans le Centre d'opérations, Giuseppe Farina indiqua le moniteur.

— Voilà notre gaillard, au milieu.

— Le type avec des plumes de poulet sur le visage ? demanda Max Hanley.

— Oui. Il ne paye pas de mine, mais c'est un tueur impitoyable.

Farina portait un treillis militaire italien et des bottes en cuir noir luisant. Il était bel homme, les yeux et les cheveux noirs, le teint olivâtre, le visage comme sculpté dans le marbre. Les petites rides au coin de ses lèvres et sur son front, il les devait à la malice et à un sens prononcé de l'humour. Lorsque Juan se trouvait à Rome pour retourner un agent russe pour le compte de la CIA, Giuseppe et lui avaient souvent fait la fête ensemble.

— Nos ordres sont clairs, n'est-ce pas, il faut attendre que Didi monte à bord de l'*Oregon* ? demanda Juan. (Farina acquiesça.) Et ensuite ?

— Ensuite, vous vous emparez de lui de la façon qu'il vous plaira. Ce navire bat un pavillon national, il est donc la propriété de... où donc est enregistré ce bateau ?

— En Iran.

— Tu plaisantes.

— Non, dit Juan avec un sourire paresseux. Quel meilleur pavillon arborer pour écarter tout soupçon d'être un navire espion américain ?

— C'est vrai, concéda Giuseppe. Mais ça risque de faire des difficultés à La Haye.

— Relax, Giuseppe. On a aussi des papiers indiquant que l'*Oregon* est en fait le *Grandam Phoenix*, enregistré au Panamá.

— Curieux nom.

— C'était le nom d'un bateau dans un livre que j'ai lu il y a quelques années. Ça m'avait plu. Vous verrez, il n'y aura plus aucun problème une fois que Didi sera traduit devant la Cour pénale internationale.

— Oui. Dès qu'il aura posé le pied sur votre navire, il ne sera plus en Somalie. Ce sera... la proie idéale.

— Comment allez-vous expliquer au tribunal qu'un colonel italien se trouvait à bord d'un cargo détourné par un type dont la tête est mise à prix pour un demi-million de dollars et qui risque d'être traduit en justice ?

— On ne l'expliquera pas, dit Farina. Votre participation ne sera jamais évoquée. J'ai apporté un médicament qui effacera tous ses souvenirs des dernières vingt-quatre heures. A son réveil il aura la gueule de bois, mais ça ne laisse aucune séquelle durable. Nous avons capturé un bateau de pêche somalien et il nous attend au-delà des douze milles des eaux territoriales. Vous transférerez Didi à bord de ce bateau, et à ce moment-là, un croiseur américain, chargé de la surveillance du trafic maritime effectuera une visite de routine et le découvrira. Net et sans bavure, et surtout sans reddition.

— C'est dingue, grommela Max.

— Président, dit Mark Murphy pour attirer l'attention de Juan.

Murphy était chargé du système de défense à bord du navire. De son poste d'opération, situé près de la barre, il pouvait déchaîner l'arsenal dissimulé dans l'ancien cargo transporteur de bois : torpilles, missiles mer-mer et mer-air, mitrailleuses de calibre 30, canons Vulcan de 20 mm guidés par radar, l'Orikon de 40 mm, et le gros canon de 120 mm dans sa cache de proue.

Derrière Murphy, Cabrillo vit sur l'écran que Mohammed Didi se dirigeait vers l'échelle de coupée qu'on avait descendue.

— Viens dans ma toile, dit l'araignée à la mouche.

4

Bahiret el Bibane, Tunisie.

Alana n'avait cure du sable ou de la chaleur étouffante qui leur arrivait par vagues incessantes depuis le désert. C'étaient les mouches qui l'exaspéraient. Elle avait beau se tartiner la peau de crème et border soigneusement sa moustiquaire le soir, cette engeance ne désarmait pas. Après presque deux mois de fouilles, elle se rendait compte avec horreur que les ouvriers locaux ne semblaient même pas remarquer les horribles insectes. Pour se réconforter, elle avait tenté d'imaginer quelque terrible désagrément dans son Arizona natal que ces gens n'auraient pas supporté, mais elle n'avait rien trouvé de pire que les embouteillages.

Il y avait onze Américains et une cinquantaine de travailleurs locaux sur ce chantier de fouilles archéologiques, tous sous la houlette du professeur William Galt. Sur les onze Américains, six étaient des post-doctorants comme Alana Shepard. Les cinq autres étaient encore en troisième cycle à l'Université de l'Arizona. Il y avait huit hommes pour trois femmes, mais jusque-là, cela n'avait pas posé de problème.

En apparence, ils fouillaient un site romain à moins d'un kilomètre de la côte. On avait longtemps cru que ces bâtiments en ruine avaient abrité une résidence d'été du gouverneur Claudius Sabinus, mais la découverte d'un vaste temple d'une construction totalement inconnue changeait complètement la donne. Dans le camp des archéologues, on commençait à dire que Sabinus était le chef d'une secte, et, qu'étant donné l'époque de son gouvernorat, il aurait pu se convertir au christianisme.

Le professeur Bill (c'est ainsi que Galt aimait se faire appeler) se méfiait de telles conjectures, mais il ne pouvait empêcher son équipe d'en discuter à l'heure des repas.

Mais pour certains d'entre eux, tout cela n'était qu'une couverture. Alana et sa petite équipe de trois membres se trouvaient là pour des raisons bien différentes. Bien qu'également consacrée à l'archéologie, leur mission avait plus pour but d'assurer l'avenir que de découvrir le passé.

Jusqu'à ce jour, les choses allaient plutôt mal. Après sept semaines de fouilles, ils n'avaient toujours rien découvert, et ils commençaient à se dire qu'on les avait embarqués dans une entreprise délirante.

Elle se rappelait encore l'excitation éprouvée lorsqu'elle avait été approchée par Christie Valero, du ministère des Affaires étrangères, mais depuis un certain temps déjà, le désert avait consumé ce qui restait de son enthousiasme.

Alana Shepard n'était pas très grande, et en dépit de ses trente-neuf ans, on la prenait souvent pour une de ses étudiantes. Deux fois divorcée – la première fois, c'était une grave erreur commise à dix-huit ans, la deuxième une erreur encore plus grave avant ses trente ans –, elle avait un fils, Josh, que la mère d'Alana gardait quand celle-ci travaillait sur le terrain.

Comme il était plus facile de garder les cheveux courts dans le désert, elle avait coupé sa frange au milieu du front et gardé à peine de quoi recouvrir la nuque. Anna n'était pas particulièrement belle, mais on la trouvait mignonne, un terme qu'elle affirmait détester mais qu'au fond elle adorait. Elle était titulaire d'un double doctorat de l'Université de l'Arizona en géologie et en archéologie, ce qui la qualifiait particulièrement pour ce travail, mais aucun des diplômes affichés sur le mur de son bureau à Phoenix n'aurait pu l'aider à trouver ce qui n'existait pas.

Avec son équipe, elle avait exploré le lit asséché de la rivière sur des kilomètres sans rien trouver d'anormal. Les gorges de grès creusées par la rivière des millions d'années auparavant étaient désespérément lisses jusqu'au moment de former ce qui avait été autrefois une chute d'eau.

Ils n'avaient pas jugé utile de poursuivre leurs recherches plus en amont. Lorsque la rivière coulait encore, deux siècles auparavant, les chutes auraient constitué un obstacle insurmontable.

Le bruit d'un marteau-piqueur tira Alana de sa rêverie. La machine était montée à l'arrière d'un camion et réglée horizontalement de façon à pouvoir attaquer la falaise de face. La pointe en diamant entamait faci lement le grès friable. Mike Duncan, un géologue du Texas, habitué des champs de pétrole, manœuvrait la machine à l'arrière de la plate-forme. Ils utilisaient ce marteau-piqueur pour sonder d'anciens éboulements, à la recherche de grottes ou de cavernes. Après plus d'une centaine de trous semblables, ils n'avaient rien trouvé.

Elle observa la scène pendant plusieurs minutes tout en s'épongeant la gorge. Lorsque la machine eut percé la roche sur plus de dix mètres, Mike coupa le moteur dont le bruit décrut jusqu'à laisser entendre à nouveau le souffle du vent.

— Rien, dit-il d'un ton dégoûté.

— Je répète qu'on aurait dû percer d'autres trous sur la roche, là-bas, plus en aval, lança Greg Chaffee.

Au sein de leur équipe, le dénommé Greg Chaffee était l'œil du gouvernement. Agent de la CIA, se disait Alana sans vouloir trop approfondir la question. Chaffee n'avait aucun titre universitaire ni aucune qualification professionnelle justifiant sa présence parmi eux, aussi son opinion était-elle généralement de peu de poids. Mais au moins effectuait-il le travail qu'elle lui confiait, et en outre, il parlait couramment l'arabe.

Quatrième membre de leur petit groupe, Emile Bumford était spécialiste de l'empire ottoman, et plus particulièrement des Etats barbaresques. Alana le tenait pour un butor prétentieux. Il refusait de quitter le camp installé près des ruines romaines au prétexte que ses compétences ne seraient utiles qu'après une découverte.

Ce n'était pas faux, mais à Washington, le jour de leur rencontre avec la sous-secrétaire d'Etat Valero, il s'était vanté de sa longue expérience de terrain, affirmant même « adorer la sensation de la terre sous ses ongles ». Jusque-là, il n'avait guère eu l'occasion d'abîmer ses ongles manucurés, sauf les innombrables fois où il effaçait les plis de la saharienne qu'il portait avec affectation.

— Encore une de tes intuitions ? demanda Mike à Chaffee.

Ils partageaient un même goût pour les courses de chevaux et avaient plus confiance dans leurs pronostics respectifs que dans ceux des journaux spécialisés.

— Ça peut pas faire de mal, dit Chaffee en haussant les épaules.

— Ça ne servirait à rien non plus, rétorqua Alana, un peu plus sèchement qu'elle ne l'aurait voulu. Désolée, je ne voulais pas être désagréable. Mais là-bas, les falaises sont trop hautes et les pentes trop raides. Il n'aurait pas été possible de faire descendre des chameaux pour décharger un bateau.

— Sommes-nous même sûrs qu'il s'agisse bien de l'ancien lit de la rivière ? demanda Mike. On ne trouve pas de vastes cavernes dans le grès. Il est trop tendre. Le toit s'effondrerait avant que l'érosion ait pu la creuser suffisamment pour abriter un bateau.

Alana avait pensé la même chose. Ils devaient chercher du calcaire, tendre et solide à la fois, et susceptible d'abriter des cavernes. Le problème, c'est qu'ils n'avaient découvert que du grès et quelques escarpements en basalte.

— La lettre de Charles Stewart était très claire quand à la localisation de la base secrète d'Al-Jama, dit-elle. Rappelez-vous : Henry Lafayette y a vécu deux ans avant la mort du vieux pirate. D'après les images satellite, c'est le seul lit de rivière possible dans un rayon de cent soixante kilomètres de l'endroit indiqué par Lafayette.

— En tout cas, on a de la chance d'être du bon côté de la frontière libyenne, ajouta Greg.

Ses cheveux blonds et son teint clair le rendant particulièrement sensible au soleil, il portait des chemises à manches longues et un grand chapeau de paille. Ses chemises étaient toujours trempées de sueur au col et sous les bras, et il devait les laver tous les jours.

— Malgré la prochaine conférence de Tripoli, reprit-il, je ne crois pas que le vieux Mouammar Kadhafi apprécierait de nous voir faire des trous dans son jardin.

— Mon père travaillait sur les champs pétrolifères libyens avant que Kadhafi les nationalise, dit Mike.

Il était plus grand et plus mince que Greg, et, avait le cuir si tanné par une vie passée au grand air, que les petites rides autour de ses yeux ne disparaissaient jamais. Il avait aussi les mains calleuses comme de l'écorce de chêne et il mâchonnait une chique de tabac de la taille d'une balle de golf.

— Il me disait toujours que les Libyens sont les gens les plus gentils du monde, ajouta-t-il.

— Les gens, oui. Le gouvernement, pas vraiment, dit Alana en buvant une gorgée d'eau chaude à sa gourde. Même s'ils accueillent une conférence de paix, je ne crois pas qu'ils aient changé de politique. (Elle se tourna vers Greg Chaffee.) Est-ce que la CIA ne pense pas que la Libye, un moment, a donné asile à Suleiman Al-Jama, le terroriste qui a pris le nom du pirate dont nous recherchons la cachette ?

Il ne mordit pas à l'hameçon.

— Ce que j'ai lu dans la presse, c'est qu'Al-Jama a cherché à entrer dans le pays mais qu'il n'y a pas été autorisé.

— Ça fait des semaines qu'on fouille ce lit de rivière sans rien trouver, dit Mike d'un air dégoûté. Cette mission n'est qu'une perte de temps.

— Les huiles semblent penser le contraire, répondit Alana sans grande conviction.

Elle songea alors à sa rencontre à Washington avec la sous-secrétaire d'Etat Christie Valero. Ce jour-là, dans le bureau du ministère, dans le quartier de Foggy Bottom, elle avait découvert l'un des hommes les plus grands qu'elle eût jamais vu. Son nom, déjà, était inoubliable puisqu'il s'appelait Saint Julian Perlmutter ; il lui rappelait Sydney Greenstreet, sauf que le vieil acteur lui avait toujours semblé sinistre et que Perlmutter était un gros homme jovial. Ses yeux étaient aussi bleus que ceux d'Alana étaient verts. Christie Valero, elle, était une petite femme blonde, jolie, de quelques années plus âgée qu'Alana. Les murs de son bureau s'ornaient de photos de tous les endroits où elle avait été en poste pendant vingt ans de carrière, toujours au Moyen-Orient.

Christie Valero se leva pour accueillir Alana, mais Perlmutter lui serra la main sans quitter le canapé.

— Merci d'avoir accepté de nous rencontrer, dit Christie.

— Ce n'est pas tous les jours qu'on me propose d'être reçue par une sous-secrétaire d'Etat.

— Il y en a treize à la douzaine dans cette ville, fit Perlmutter en riant. Allumez une lampe dans une fête et vous les verrez s'enfuir comme des cafards.

— Encore une blague comme ça, dit Christie, et je te fais interdire de tous les dîners d'ambassade.

— Ça, c'est un coup en dessous de la ceinture, dit Saint Julian avant d'éclater de rire. Je dirais même que ça touche directement la ceinture.

— Docteur Shepard...

— Je vous en prie, appelez-moi Alana.

— Entendu, Alana, eh bien voilà : nous sommes face à une affaire où vos talents nous seraient d'un grand secours. Il y a quelques semaines de cela, Saint Julian est tombé sur une lettre écrite dans les années 1820 par un amiral du nom de Charles Stewart. Dans cette lettre il raconte l'histoire incroyable d'un marin qui a survécu alors qu'on l'avait cru tué lors d'une bataille navale le long des côtes barbaresques, en 1803. Il s'appelait Henry Lafayette.

Christie Valero lui raconta alors le rôle joué par Lafayette dans l'incendie du *Philadelphia* et sa disparition dans la mer après l'attaque contre le *Saqr*. A ce moment-là, Saint Julian reprit la suite du récit.

— Lafayette et Suleiman Al-Jama ont gagné le rivage. Henry a ôté la balle à mains nues et a enduit la blessure de sel gratté sur un rocher. Le capitaine pirate a déliré de fièvre pendant trois jours, mais il a fini par s'en tirer. Heureusement pour eux, Henry a réussi à recueillir de l'eau de pluie et il avait l'habitude de trouver de la nourriture sur les rivages.

« Il faut également savoir que cet Al-Jama n'était pas devenu pirate par cupidité mais par haine des infidèles.

— C'est de lui que Suleiman Al-Jama tire son nom ? demanda Alana en faisant ainsi référence au terroriste contemporain.

— Oui.

— Je ne savais pas qu'il y en avait eu un autre, autrefois.

— Il l'a choisi en toute connaissance de cause. Pour beaucoup d'islamistes, le premier Al-Jama fait figure de héros et de guide spirituel. Avant de devenir pirate, il avait été imam. Nombre de ses écrits lui ont survécu et sont toujours étudiés avec beaucoup d'attention parce qu'ils justifient les attaques contre les non-croyants.

— On a un portrait de lui exécuté avant son premier voyage en mer, dit alors Christie Valero. On trouve souvent des reproductions de ce tableau dans des caches de terroristes. Dans tout le monde musulman, il a une stature de guide pour les terroristes. Pour eux, c'est le premier djihadiste, le premier à avoir combattu l'Occident.

— Excusez-moi, mais en quoi puis-je vous être utile ? demanda Alana, plutôt troublée. Je suis archéologue.

— J'y arrive, répondit Saint Julian. Et j'essayerai d'être bref.

« Bon, Lafayette et Al-Jama semblaient venir de deux planètes différentes, mais il y avait entre eux un lien étrange. Vous voyez, Lafayette avait sauvé deux fois la vie d'Al-Jama. La première fois en l'amenant jusqu'au rivage, la deuxième en soignant sa blessure par balle. C'était une dette que le musulman ne pouvait ignorer. En outre, Henry, qui était Canadien français, ressemblait énormément au fils qu'Al-Jama avait perdu longtemps auparavant.

« Ils se retrouvaient dans le désert à au moins cent soixante kilomètres de Tripoli. Suleiman savait que s'il ramenait Henry là-bas, le pacha le ferait emprisonner avec l'équipage du *Philadelphia*, ou, pis, le ferait exécuter pour l'incendie du navire.

« Pourtant, il y avait une autre solution. Al-Jama ne lançait pas seulement ses expéditions depuis la ville, mais aussi depuis une base secrète dans le désert, très loin à l'ouest. Il partait souvent de là, pour éviter le blocus naval. Il pensait qu'après avoir défait le *Siren*, ses hommes voudraient le retrouver dans ce repaire.

« Alors ils se sont mis en route vers l'ouest. La plupart du temps, ils suivaient le rivage, mais parfois, ils étaient forcés de faire des crochets par l'intérieur des terres. Henry ne savait pas combien de temps cela leur avait pris. Probablement quatre semaines, et ils ont dû vivre l'enfer. Ils manquaient d'eau, et plus d'une fois ils ont cru tous deux mourir de soif. « L'eau, l'eau partout,/et pas une goutte à boire. » Coleridge avait raison. Ils ont été sauvés par les rares chutes de pluie et par l'eau des coquillages qu'ils ramassaient.

« Il s'est aussi passé quelque chose de curieux. Les deux hommes ont commencé à nouer une amitié. Al-Jama parlait un peu l'anglais, et Henry a réussi à apprendre l'arabe très rapidement. Je ne connais pas le thème de leurs discussions, mais apparemment ils parlaient beaucoup. Lorsqu'ils sont arrivés enfin à la cachette, Al-Jama ne maintenait plus Henry en vie par obligation mais parce qu'il aimait sincèrement le jeune homme. Plus tard, il l'appellera "mon fils", et Henry l'appellera "père".

« Dans la base secrète, ils ont retrouvé le *Saqr*, mais les hommes, qui croyaient leur capitaine disparu, étaient retournés chez eux, le long de la côte barbaresque. Dans son rapport au ministère de la Marine,

Charles Stewart raconte qu'à la fin de la bataille, le *Saqr* brûlait et était sur le point de couler, mais visiblement, il était parvenu à s'échapper.

« D'après Henry Lafayette, la cachette était bien approvisionnée et un vieux serviteur s'occupait d'eux. De temps à autre, une caravane de chameaux apportait de la nourriture en échange de produits des pillages entreposés là. Cependant, il leur avait fait promettre de ne pas dire à ses hommes qu'il était encore en vie.

— Le produit des pillages ? demanda Alana.

— Les mots exacts de Henry étaient "une montagne d'or", répondit Perlmutter. Le bruit courait qu'Al-Jama était même en possession du joyau de Jérusalem.

Alana se tourna vers la sous-secrétaire d'Etat.

— Vous voulez m'envoyer à la chasse au trésor ?

Christie Valero acquiesça.

— D'une certaine façon, oui, mais ce ne sont ni l'or ni un joyau mythique qui nous intéresse. Que savez-vous des fatwas ?

— N'est-ce pas une sorte de proclamation à l'intention des musulmans ?

— Exactement. Suivant qui les a émises, elles ont une influence énorme dans le monde musulman. Au cours de la guerre entre l'Iran et l'Irak, l'ayatollah Khomeiny en a publié une autorisant les soldats à se faire sauter lors d'attaques suicides. Vous devez savoir que le Coran interdit formellement le suicide, mais les troupes de Saddam Hussein étaient en train de vaincre celle de Khomeiny et la situation était désespérée. Il a alors décrété qu'il était licite de se faire exploser si l'on entraînait des ennemis avec soi. Sa stratégie a été couronnée de succès, un peu trop à notre goût. Les Iraniens ont fini par repousser les troupes irakiennes et par obtenir un cessez le feu, mais sa fatwa est demeurée en vigueur, et elle est toujours utilisée pour justifier des attentats-suicides, de l'Indonésie à Israël. Si elle pouvait être combattue par un religieux doté d'une même autorité, on pourrait assister à une diminution drastique des attentats-suicides dans le monde entier.

Alana commençait à comprendre.

— Suleiman Al-Jama ?

Saint Julian se pencha en avant, faisant craquer le cuir du canapé.

— D'après ce qu'a dit Henry Lafayette à Charles Stewart, après son retour aux Etats-Unis, Al-Jama a complètement changé de position vis-à-vis des chrétiens. Avant d'être sauvé par Henry, il n'avait jamais parlé à aucun chrétien. Henry lui a lu la Bible qu'il portait toujours sur lui, et Al-Jama a commencé à s'attacher aux similitudes entre les deux religions plutôt qu'à leurs différences. Dans les deux années qui ont précédé sa mort dans sa cachette, il a étudié le Coran comme il ne l'avait jamais fait auparavant et a beaucoup écrit sur la façon dont la chrétienté et l'islam devraient coexister en paix. Voilà pourquoi, à mon avis, il ne voulait pas que ses marins sachent qu'il avait survécu à la bataille navale, parce qu'ils auraient voulu lancer de nouvelles expéditions, et que lui ne le voulait pas.

Christie Valero l'interrompit.

— Si ces documents existent, ils constitueraient une arme formidable dans la guerre contre le terrorisme, parce que cela saperait les justifications que se donnent la plupart des fanatiques. Les tueurs qui ont suivi aveuglément les directives d'Al-Jama sur le meurtre des chrétiens seraient tenus de prendre en compte, ne fût-ce que pour une question d'honneur, ce qu'a écrit le vieux pirate à la fin de sa vie.

« Je ne sais pas si vous savez, reprit-elle, que dans deux mois doit se tenir une conférence de paix à Tripoli, en Libye. Ce sera la plus grande conférence de ce genre dans toute l'histoire de l'humanité, et peut-être une occasion unique de mettre un terme définitif à toutes les guerres. Toutes les parties envisagent de faire des concessions importantes, et les Etats pétroliers sont disposés à verser des milliards de dollars d'aide au développement. J'aimerais tellement que la secrétaire d'Etat puisse lire un écrit d'Al-Jama sur la réconciliation. Ce serait un pas important en faveur de la paix.

Alana fit la grimace.

— Est-ce que ça ne serait pas surtout symbolique ?

— Sans aucun doute, répondit Saint Julian. Mais une grande part de la diplomatie tient à la symbolique. Les parties en conflit cherchent une réconciliation. Entendre un imam révéré, un homme qui a inspiré tant de violence, changer ainsi d'opinion, serait un coup diplomatique formidable, et permettrait d'assurer le succès de cette conférence.

Alana se rappelait son enthousiasme à l'idée de contribuer ainsi à la stabilité du Moyen-Orient, mais à présent, après des semaines de recherches infructueuses, elle se sentait fatiguée, sale et inutile. Elle se releva. Fin de la pause.

— Allez, les gars. Il nous reste encore environ une heure avant de retourner aux ruines romaines et de nous entretenir avec le chef des fouilles.

Pour pouvoir poursuivre son travail avec le reste de l'expédition, il était en effet explicitement convenu qu'Alana et ses équipiers devaient rentrer au camp tous les soirs. C'était compliqué, mais les autorités tunisiennes refusaient de laisser quiconque seul dans le désert.

— Autant aller vérifier l'intuition de Greg, ajouta Alana, parce que finalement, la géologie ne nous apprend pas grand-chose.

5

Le plan de Juan Cabrillo pour capturer Mohammed Didi était des plus simples. Dès qu'il pénétrerait dans la superstructure avec son entourage, il serait encerclé par des hommes armés. La surprise à elle seule était gage de réussite, et d'une réussite en douceur. Une fois le bonhomme capturé, ne restait plus qu'à foncer vers l'océan. Aucun de leurs bateaux de pêche ne pourrait prétendre les rattraper, et nulle part, Juan n'avait vu d'indice permettant de penser que les rebelles disposaient d'un hélicoptère.

Il était tellement confiant qu'il ne songeait même pas à participer en personne à l'action. Eddie Seng, qui avait pris l'identité du capitaine Kwan, dirigerait l'équipe. Comme Cabrillo, Eddie était un vétéran de la CIA, et l'un des plus redoutables combattants de l'*Oregon*. Pour l'aider, comme toujours, Franklin Lincoln, ancien des SEAL, qui se trouvait sur le pont lors de l'abordage par les pirates, et que ces derniers avaient pris à tort pour un Africain. Originaire de Detroit, Linc était d'un flegme à toute épreuve.

Les yeux rivés sur l'écran, Cabrillo vit alors ses rêves s'évanouir.

Installée en haut d'une des grues de chargement, la caméra balayait complètement le quai. Au moment de monter à bord, Didi s'immobilisa, échangea quelques mots avec ses compagnons et fit un pas de côté. Des dizaines de Somalis se ruèrent alors sur le pont du cargo en hurlant comme des sorcières.

— Président ! s'écria Mark Murphy.

— Je vois.

— Qu'allez-vous faire ? demanda Giuseppe Farina.

— Donnez-moi une seconde. (Juan ne parvenait pas à détacher ses yeux de l'écran. Il appuya sur une touche incrustée dans l'accoudoir de son fauteuil.) Eddie, tu as vu ça ?

— Je suis devant un moniteur, ici, en bas. Apparemment, le plan A est à l'eau. Qu'est-ce que tu proposes ?

— Ne bouge pas et reste hors de vue jusqu'à ce que je trouve une solution.

Mohammed Didi finit par escalader à son tour l'échelle de coupée, mais il y avait déjà une centaine de Somalis à bord du navire et d'autres se bousculaient derrière leur chef.

Juan passa en revue les options disponibles. L'*Oregon* et son équipage disposaient d'une puissance de feu suffisante pour abattre jusqu'au dernier Somali, mais il refusa même de l'envisager. La *Corporation* était une entreprise mercenaire, une société de sécurité et de surveillance à but lucratif, mais il y avait des limites que jamais elle ne franchirait. Jamais ils ne tueraient de civils aveuglément. Abattre des types brandissant des AK-47 ne l'empêcherait pas de dormir, mais dans cette foule il y avait aussi des femmes et des enfants.

Eric Stone fit irruption dans le Centre d'opérations par une porte située à l'arrière. Il était encore vêtu comme Duane Maryweather.

— Excusez mon retard. Apparemment, il y a plus de monde que prévu à notre petite fête.

Il prit un siège devant le poste de navigation et salua Murphy en échangeant un petit coup, poing contre poing. Les deux hommes étaient très amis. En dépit de quatre années passées à Annapolis et six dans la Navy, Stone ne s'était jamais départi de son allure d'étudiant sérieux et un peu timide. Il était le plus souvent vêtu d'un pantalon chino et d'une chemise à col ouvert, et aux tracas des lentilles de contact avait toujours préféré les lunettes.

Mark Murphy, lui, cultivait une apparence de surfer punk. Authentique génie, il avait travaillé comme designer pour l'industrie d'armement, et avait fait à cette occasion la connaissance d'Eric. Aucun des deux n'avait encore trente ans. Mark, habituellement vêtu de noir, gardait volontairement la tignasse emmêlée. Cela faisait deux mois qu'il se laissait pousser le bouc, mais sans grand résultat.

Bien que tout semblât les opposer, ils formaient à eux deux l'une des meilleures équipes du navire et montraient une étonnante capacité à deviner les moindres pensées de Cabrillo.

— Abaissez les... commença Cabrillo.

— Les canons à eau, termina Murphy. Déjà fait.

— Attendez mon ordre pour tirer.

— Entendu.

Juan lança un regard à Linda Ross, vice-présidente de la *Corporation* pour les opérations. Elle aussi ancienne de la Navy, Linda avait travaillé sur un croiseur Aegis avant d'exercer des fonctions d'assistante auprès du haut état-major, ce qui la rendait également apte au combat naval et aux tâches administratives. Elle avait un visage d'elfe, des yeux brillants taillés en amande, le nez et les joues parsemés de taches de rousseur. Ses cheveux étaient ce jour-là d'un blond vénitien, mais elle changeait fréquemment de couleur. Elle avait également une voix haut perchée, presque semblable à celle d'une petite fille, plutôt incongrue lorsqu'il s'agissait de lancer des ordres au combat. Mais elle était aussi bon officier que n'importe quel homme à bord.

— Linda, dit Juan, je veux que tu surveilles Didi. Suis-le partout avec les caméras et préviens-moi au moment même où il pénètre dans la cale.

— Compris.

— Giuseppe, vous devez être satisfait : Didi est monté à bord de son plein gré.

— Il est à vous, maintenant.

Juan prit à nouveau le micro.

— Eddie, Linc, retrouvez-moi au Magasin de magie, au pas de course !

Il glissa une radio portable dans une poche et coiffa des écouteurs de façon à demeurer en permanence en communication. Avant de quitter la salle, il demanda à Hali Kasim de le mettre en contact avec Kevin Nixon, magicien en chef du Magasin. Dans l'escalier, où il s'était rué plutôt que de prendre l'ascenseur, Cabrillo expliqua ce qu'il voulait à l'ancien maquilleur de Hollywood. Après cela, il joignit Max Hanley et lui transmit ses ordres. Max grommela en écoutant ce que Juan voulait faire, sachant que tout cela donnerait ensuite des migraines à ses ingénieurs, mais il dut reconnaître que l'idée était bonne.

Juan arriva au Magasin de magie sur les talons d'Eddie et de Linc. L'endroit tenait tout à la fois du salon de coiffure et du placard à vêtements. Le long d'une cloison on apercevait une table de maquillage avec un miroir, tandis que le reste de la pièce était occupé par des vêtements suspendus à des cintres, du matériel d'effets spéciaux et des objets divers.

Les deux chiens de chasse, comme les appelait Max, étaient vêtus d'uniformes noirs de combat bardés de poches pour les munitions, couteaux de combat et autres accessoires. Ils étaient également armés de fusils d'assaut Barrett REC7, probablement destinés à remplacer les M16.

— Laissez tomber la quincaillerie, lança Cabrillo.

Sortant d'une vaste salle où étaient entreposés les déguisements, Kevin fit alors irruption dans le Magasin de magie. Il apportait avec lui des *dishdashas*, une sorte de longue robe couramment portée dans la région. Evidemment, ces robes, autrefois blanches, avaient été artificiellement vieillies et usées. Les deux hommes les enfilèrent par-dessus leurs vêtements. Linc avait l'air boudiné comme une saucisse, mais au moins, à part ses bottes de combat, son uniforme noir était-il dissimulé.

Nixon leur donna également des turbans qu'ils entreprirent d'enrouler autour de leurs têtes tandis qu'il leur appliquait du maquillage. Perfectionniste, Kevin détestait le travail bâclé, mais l'impatience de Cabrillo était visible.

— Pas besoin que ça soit parfait, dit Juan. Les gens voient ce qu'ils ont envie de voir. C'est la règle numéro un dans le déguisement.

La voix de Linda résonna dans ses écouteurs.

— Dans deux minutes environ, Didi va atteindre la cale principale.

— Trop tôt. On n'est pas encore prêts. Il y a quelqu'un sur le pont ?

— Deux jeunes sont en train de jouer avec la barre.

— Fais donner la corne de brume et envoie le son dans la cale par le réseau de haut-parleurs.

— Pourquoi ?

— Fais-moi confiance, répondit Juan.

Le beuglement de la corne de brume retentit dans la mangrove, provoquant l'envol d'une multitude d'oiseaux et faisant s'enfuir les chiens du camp, la queue entre les pattes. Dans la coursive où se trouvaient Mohammed Didi et ses hommes, le fracas fut ressenti comme une véritable agression sonore. Ils eurent beau se couvrir les oreilles de leurs mains, rien n'y faisait.

— Bien vu, dit Linda au directeur. Didi s'est arrêté et a envoyé un de ses hommes dans le poste de pilotage. Les jeunes vont en prendre pour leur grade.

— Que se passe-t-il, ailleurs ?

— La corne de brume n'a pas arrêté les pillages. Je vois deux femmes en train d'emporter le matelas de la cabine du capitaine. Deux autres sont en train de décrocher ces horribles tableaux de clowns. Et ne me demande pas pourquoi, mais il y a un type qui cherche à démonter le siège des toilettes.

— D'une certaine façon, c'est un trône.

Kevin termina son maquillage au moment même où l'homme envoyé par Didi faisait irruption dans la cabine de pilotage et distribuait quelques paires de claques aux deux gamins.

Linda coupa la corne de brume avant même que la main du pirate n'eût atteint le tableau de commandes. L'homme se montra surpris puis haussa les épaules et retourna auprès de son chef.

Dans le Magasin de magie, l'armurier qui venait d'arriver leur tendit trois Kalashnikov AK-47. Ces armes semblaient en aussi mauvais état que celles des pirates, mais comme tout à bord de l'*Oregon*, il s'agissait d'une ruse : elles fonctionnaient parfaitement. Il leur donna aussi des masques à gaz qu'ils glissèrent dans les poches de leurs dishdashas.

— Vous nous avez fait descendre et vous nous déguisez en Somalis, dit Linc, mais je ne connais pas le plan.

— Avec tous ces rebelles armés, on ne peut pas se pointer vers Didi en costumes de ninjas. Il faut l'approcher sans éveiller de soupçons.

— De là les robes, fit Eddie.

— Dans tout ce tohu-bohu, on passera inaperçus, dit Juan. On se fondra dans la foule en attendant le moment propice.

— Si Didi ouvre l'un des fûts de nitrate d'ammonium et qu'il découvre qu'il est rempli d'eau de mer, il va sentir le piège et fuir aussitôt l'*Oregon*.

— Pourquoi croyez-vous qu'on se dépêche ? Kevin ?

Nixon fit un pas en arrière et contempla son œuvre. Puis il fouilla dans un tiroir, en sortit deux paires de lunettes noires de style aviateur et les tendit à Juan et à Eddie. La couleur de la peau était acceptable, mais sans latex, il ne pouvait guère modifier les traits. Avec un peu de temps, il aurait pu les transformer en jumeaux de Didi, mais avec les lunettes noires, il sembla satisfait. Il hocha la tête et s'apprêtait à donner son satisfecit lorsqu'il s'aperçut que Juan entraînait déjà les deux hommes hors de la salle.

— Linda, où est Didi, à présent ? demanda Juan dans sa radio.

— Ils sont juste devant la cale. Il y a une douzaine d'hommes avec lui. Tous armés jusqu'aux dents. Et le chef pirate, Hakim, a un sourire jusqu'aux oreilles.

— Ça m'étonne pas. Mais pas pour longtemps.

Juan conduisit Linc et Eddie face à une porte donnant sur l'une des coursives, et souleva un judas dans un miroir sans tain ; voyant que la salle était plongée dans l'obscurité, il ouvrit la porte et les trois hommes franchirent le seuil. Ils se retrouvèrent dans une sorte de placard à fournitures équipé d'un évier, avec des seaux, des balais et des étagères remplies de produits d'entretien. C'était l'un des nombreux passages entre les deux parties de l'*Oregon*.

Au moment d'ouvrir la porte donnant sur la partie publique du navire, Juan prit soudain conscience qu'il se retrouvait à présent en situation de combat. L'adrénaline se répandit en lui comme une drogue. Il retrouva les impressions anciennes : peur, anxiété, excitation, mais aussi la maîtrise de soi.

Aucun des membres de la Corporation n'aurait reconnu éprouver un tel vertige. Il imaginait déjà l'horreur de Linc et d'Eddie s'il leur avouait sa peur et leur demandait s'ils éprouvaient la même chose. Le bon soldat reconnaît sa peur mais se débrouille en même temps pour la transformer et la rendre utile au combat.

Juan ne perdit pas une seconde. Il ouvrit la porte et pénétra dans la partie publique du navire. Des femmes somalis passèrent devant lui, transportant un tapis roulé qu'elles avaient dû trouver dans une cabine. Elles ne lui accordèrent même pas un regard.

Les trois hommes gagnèrent en courant un escalier les menant plus profondément encore dans les entrailles du cargo. Lorsqu'ils arrivèrent en bas de l'escalier, un homme armé saisit Cabrillo par le bras et lui dit quelque chose en somali qu'il ne comprit pas.

— Je dois parler au seigneur Didi, dit Juan en arabe, en espérant que l'homme comprendrait cette langue.

— Non, il ne faut pas le déranger.

— Comme tu voudras, grommela Juan en anglais avant de lui balancer un violent uppercut qui souleva de terre le trop maigre Somali.

Linc et Eddie tirèrent l'homme inconscient sous l'escalier métallique.

— Celui-là, il ne faudra pas l'oublier à la fin de l'opération, dit Juan en se précipitant vers la cale.

D'après Linda Ross, Mohammed Didi y était arrivé depuis trois minutes et inspectait encore les camions.

— Comment réagit-il ?

— Comme un enfant dans un magasin de bonbons.

— Bon, je crois que le moment est venu. Dis à Max de commencer à envoyer la fumée et d'être prêt à utiliser les canons à eau. N'oublie pas : je veux que ces gens quittent le navire et qu'il n'y en ait pas d'autres qui montent à bord pour piller.

— Compris.

Le dispositif caché le plus important de l'*Oregon* était probablement son mode de propulsion. A la place du traditionnel moteur diesel, il était équipé de propulseurs magnétohydrodynamiques. Des aimants refroidis à l'hélium liquide captaient des électrons libres dans l'eau de mer, apportant au navire une source quasi inépuisable d'électricité ; cette énergie était ensuite utilisée pour alimenter quatre pompes à réaction projetant de l'eau à travers deux tubes directionnels sous la coque. Ce système de propulsion révolutionnaire permettait de mouvoir les onze mille tonnes du navire à une vitesse inimaginable. Mais pour conserver l'apparence d'un vieux cargo poussif, l'*Oregon* était également équipé de générateurs capables de projeter de la fumée par la cheminée.

C'était cette fumée que Max, grâce au système de ventilation, redirigeait dans la partie du navire que les Somalis croyaient maîtriser.

En approchant de la porte de la cale n° 3, Juan remarqua la fumée qui commençait à jaillir des grilles de ventilation du plafond. Dans moins d'un quart d'heure, le navire serait envahi de ce gaz toxique. On entendait des voix venues de l'intérieur de la cale.

— Prêts ? demanda Juan.

Eddie et Linc acquiescèrent.

Ils s'élancèrent dans la cale et Juan se mit à crier « au feu ! au feu ! ».

Occupés à examiner l'un des gros pick-up, Didi et la douzaine de pirates se retournèrent.

— Qu'est-ce qui se passe ?

— Il y a le feu. De la fumée, dit Juan qui savait que son accent saoudien devait sembler étrange au Somali. Ça vient de partout.

Didi jeta un coup d'œil aux fûts de nitrate d'ammonium. Songeait-il à les sortir du navire ou craignait-il surtout de les voir exploser ? La fumée sortait à présent des bouches de ventilation de la cale. Juan observait Hakim, qui le remarqua mais ne parvenait pas à saisir son regard derrière les lunettes noires.

La voix de Linda lui parvint dans les écouteurs dissimulés sous le turban.

— Les femmes et les enfants gagnent la passerelle, mais les combattants ne semblent pas plus inquiets que ça.

— Avez-vous vu vous-même les flammes ? demanda Didi.

— Euh, non, monsieur.

Un éclair passa dans les yeux du chef des pirates.

— Je ne vous connais pas. Quel est votre nom ?

— Farouk, monsieur.

— D'où êtes-vous ?

Incroyable. L'incendie menaçait et ce type lui faisait subir un interrogatoire.

— Ce n'est pas le moment, monsieur.

— Bon, ça va. Allons voir ce qui vous a fait tellement peur. Quelqu'un a peut-être tout simplement fait des grillades.

Juan fit signe à Eddie de les conduire dans la coursive menant à l'escalier. En dépit de la pression qu'exerçait Juan, Didi marchait lentement, au milieu du groupe. Au moment de franchir une porte étanche, Eddie jeta un bref coup d'œil en arrière. Juan acquiesça.

Dès que Mohammed Didi, précédé de Juan et de Linc, eut franchi la porte, un panneau d'acier dissimulé dans le plafond s'abattit avec force. La descente du panneau fut si rapide que les hommes piégés derrière n'eurent pas le temps de réagir.

Le groupe de pirates avait été ainsi coupé en deux, mais ils étaient encore nombreux.

— Que se passe-t-il ? demanda Didi à la cantonade.

Hakim se rappela alors l'histoire bizarre de Malik et d'Aziz au sujet de la disparition de l'équipage. Il promena autour de lui un regard effrayé, superstitieux. Il se passait des choses étranges sur ce navire, et sa soudaine envie de fuir n'avait rien à voir avec l'incendie.

Deux pirates s'efforcèrent en vain de soulever le panneau métallique, tandis que leurs camarades tambourinaient de l'autre côté. La fumée s'épaississait de seconde en seconde.

— Laissez-les, lança Didi, qui sentait lui aussi qu'il se passait des choses anormales.

Il s'élança dans l'escalier sans même remarquer l'absence du garde qu'il avait lui-même posté là.

Ce type a l'instinct de survie d'un rat, songea Juan. Il ralentit l'allure de façon à pouvoir parler au Centre d'opérations sans attirer l'attention.

— Linda, tu nous suis ?

— Oui.

— Avec tous ces gars, je ne peux pas m'emparer de Didi. Quand on sortira sur le pont, je veux que tu balances la sauce. Compris ?

— Compris.

Ils quittèrent la coursive par la prochaine entrée secrète et débouchèrent sur le pont principal, non loin de la passerelle. Au moment où ils posèrent le pied sur la superstructure, sous un soleil de plomb, un jet d'eau craché par un canon frappa violemment Didi à la poitrine, le projetant contre ses hommes et en renversant trois. Linc en saisit deux restés debout à bras-le-corps et leur entrechoqua la tête. Il aurait pu leur briser le crâne, mais il lui suffisait de les voir s'écrouler sur le pont, assommés.

Ignorant le torrent d'eau à ses pieds, Hakim se tourna vers Juan, sidéré. Le jet d'eau de mer avait lessivé son maquillage et arraché ses lunettes, révélant son teint pâle et ses yeux bleus. Son hurlement couvrit les plaintes des femmes frappées elles aussi de plein fouet. Il avait déjà sa Kalachnikov à la hanche lorsque Juan le poussa d'un coup d'épaule contre le bastingage.

Une rafale jaillit de l'AK-47, mais passa heureusement au-dessus des têtes des femmes et des enfants qui se pressaient autour de lui tout en attirant l'attention des hommes armés présents en nombre sur le pont.

Juan lui envoya un violent coup de coude dans le ventre et la Kalachnikov tomba sur le sol. Puis d'un coup de poing à la mâchoire, il le précipita par-dessus le bastingage. Hakim n'eut pas la chance de tomber à l'eau, dans l'étroite bande séparant le cargo du quai, mais alla s'écraser sur le bateau de pêche utilisé pour l'attaque de l'*Oregon*. En voyant l'angle bizarre de son cou, Juan comprit que le pirate était mort.

Il en fut ravi

Il se fraya alors un chemin au milieu de la foule paniquée des Somalis qui prenaient de plein fouet le puissant jet d'eau du canon. Pris dans ce cyclone, ils ne semblaient pas remarquer sa peau blanche jusqu'à ce qu'un enfant d'environ six ans, transportant une pile de draps et de serviettes, ne s'apprête à donner l'alerte. Juan lui pinça alors fortement le bras, espérant lui arracher un cri qui se serait perdu au milieu de ceux des autres enfants fuyant le navire. Au lieu de cela, le garçon se jeta sur le sol et entoura de ses bras la jambe de Juan. Ce dernier tenta de se dégager, mais l'enfant s'accrochait à lui avec la ténacité d'une murène. Puis il commit l'erreur de vouloir mordre Juan au mollet. N'ayant jamais vu de dentiste de sa vie, il ne réussit qu'à perdre quatre dents de lait. Du sang jaillit de sa bouche et il se mit à pleurer.

Juan se débarrassa de l'enfant et rejoignit son équipe.

— Allez, les gars !

Juan aida Linc à entraîner Didi plus loin dans la superstructure, tandis qu'Eddie les couvrait.

En dépit du jet qui s'abattait sur eux, les pirates finirent par s'apercevoir que leur chef était en danger. L'un d'entre eux lâcha même une courte rafale, sans se rendre compte qu'il risquait de toucher Didi.

Les balles ricochèrent contre le plafond avant de se perdre dans la coursive.

Eddie se rua sur lui, assomma le tireur de deux coups de crosse de son AK-47, plaça le sélecteur sur automatique et lâcha une longue rafale. Les trois derniers pirates s'aplatirent sur le sol, donnant à l'équipe le temps de tourner un coin.

Juan se mit alors en position de tir tout en écoutant Linda lui donner des informations sur les pirates encore présents à bord. Il y avait un Somali à quelques pas de lui. Il jeta un coup d'œil, l'aperçut de dos et lui abattit la crosse de son AK-47 sur l'arrière du crâne.

Soit il avait mal calculé son coup soit le pirate avait le crâne le plus dur du monde, quoi qu'il en soit, l'homme se retourna et lui enfonça dans l'estomac le canon de son arme pour l'éloigner et pouvoir lâcher une rafale.

D'un coup de pied, Juan plaqua le canon du fusil contre le mur, puis, se servant de son AK-47 comme d'une batte de base-ball, il frappa une deuxième fois le pirate à la tête. La joue ouverte, l'homme s'effondra sur le sol.

Le deuxième avertissement de Linda lui parvint au moment même où il relevait les yeux. Deux pirates jaillissaient du mess en tirant. Juan reçut une balle juste au-dessus de la cheville droite et vacilla. Au moment où il allait s'effondrer, Eddie le saisit par le bras et le tira en arrière, derrière le coin.

— Ça va ? demanda Seng.

Juan fléchit le genou.

— Je ne crois pas que la prothèse ait été trop abîmée.

Au cours d'une mission pour la National Underwater and Marine Agency, la NUMA, il avait reçu un éclat d'obus tiré par un destroyer chinois et on avait dû lui mettre une prothèse en dessous du genou. C'était là-dessus que l'enfant s'était cassé les dents.

Juan rajusta ses écouteurs.

— Dis-moi quelque chose, Linda.

— Les deux qui viennent de te tirer dessus se sont mis à l'abri dans le mess et il y en a six autres qui arrivent de derrière.

— Eddie, surveille derrière.

Juan traversa le couloir en courant et gagna une cabine qu'il ouvrit avec un passe. Destinée en principe au chef mécanicien, cette cabine était plus petite que celle du capitaine qu'Eddie avait précédemment utilisée. Pour maintenir l'illusion du vieux rafiot, le mobilier était bon marché et la décoration se réduisait à quelques affiches de corrida et à des voiliers en bouteille. Il gagna le cabinet de toilette. Au-dessus du lavabo en porcelaine, se trouvait un miroir fixé à la paroi avec de la colle. Il brisa le miroir d'un coup de crosse de son AK-47 et réduisit les fragments en petits morceaux. Il en prit un, de la taille d'une carte à jouer, et se rua hors de la cabine.

Après avoir regagné le coin de la coursive, il disposa le bout de miroir de façon à voir les deux pirates. Comme l'avait dit Linda, ils étaient tapis devant la porte du mess ; l'un penché en avant, l'autre au-dessus de lui. Tous deux avaient leur arme braquée sur le coin, mais dans la pénombre ne pouvaient voir le miroir.

Avec la lenteur d'un cobra guettant sa proie, Juan fit un tout petit peu dépasser le canon de son arme du coin de la coursive.

Appelons cela un sixième sens, la capacité de connaître sa position dans son environnement, son orientation dans l'espace ; en tout cas, bien qu'il ne quittât pas le miroir des yeux, et alors que six terroristes les tenaient en joue, il savait très exactement à quelle hauteur placer le canon de sa Kalachnikov. Il appuya sur la détente.

La rafale de balles heurta le mur voisin de la porte du mess et ricocha avec assez de force pour claquer cette porte contre les armes des pirates. Juan se mit en mouvement sans cesser de tirer et les pirates ne tentèrent même pas de retirer leurs armes ou d'ouvrir la porte. Juan réussit ainsi, sans être vu, à glisser le canon de son

AK-47 dans l'entrebâillement de la porte et à lâcher une rafale à bout portant. Lorsqu'il retira son arme, le canon était couvert de sang. Par la fente, il aperçut les deux corps criblés de balles.

Il fit signe à ses hommes qui le suivirent au pas de charge en portant plus qu'en emmenant avec eux le seigneur de la guerre.

— Ils arrivent, prévint Linda.

Juan savait qu'il s'agissait des six gaillards précédemment mentionnés. Il ôta le chargeur vide de son AK-47 et en mit un nouveau à la place. Il y avait encore une cartouche dans le magasin – même lorsque la fusillade faisait rage, Juan ne laissait jamais son arme vide – et il n'eut donc pas besoin de l'armer. Dès qu'il aperçut une ombre bouger, il fit feu, permettant ainsi à ses hommes de se mettre à couvert.

Dans cet espace confiné, le bruit était assourdissant, et le mélange de fumée crachée par la ventilation et d'odeur de poudre rendait la respiration presque impossible, sans compter qu'on n'y voyait goutte.

A l'autre extrémité de la coursive, une série d'éclairs lumineux signala l'origine d'une riposte. Comme s'il avait été frappé par derrière, Eddie Seng se mit à tituber avant de s'effondrer sur le président. D'une main, Juan le saisit par le col et le tira dans le mess sans cesser de faire feu.

De son côté, Didi ne cessait de s'agiter sous la poigne de fer de Linc qui l'avait amené également dans le mess. Tous les meubles avaient disparu, et en dépit de la fusillade, deux hommes étaient occupés à déménager la cuisinière. Lorsqu'ils se rendirent compte que ceux qui venaient d'entrer n'étaient pas des leurs, ils lâchèrent l'appareil et voulurent s'emparer de leurs armes posées sur les brûleurs.

Le fusil d'assaut à la hanche, Juan réussit pourtant à lâcher une rafale d'une redoutable précision et les deux hommes s'écroulèrent, la poitrine sanguinolente hachée par les balles.

Une porte secrète aménagée dans une cloison s'ouvrit avec un léger déclic : Linda avait envoyé des renforts. Deux hommes jaillirent dans la salle, et une seconde plus tard, Mohammed Didi se retrouva avec des menottes en plastique flexible aux poignets. Puis Juan aida Eddie à se remettre sur ses pieds et ils franchirent tous la porte qu'ils refermèrent derrière eux. Une fois en sécurité, Juan s'adossa à la cloison et se laissa glisser à terre, les mains sur les genoux, dégouttant d'eau. Il lui fallut un moment pour reprendre haleine.

— Ça aurait pu mieux se passer, dit-il en haletant.

— A qui le dis-tu, fit Eddie.

— Ça va ?

— La balle a creusé le gilet pare-balles. Ça fait un mal de chien, mais je suis prêt à repartir. Donne-moi une minute.

Giuseppe Farina fit son apparition en compagnie du Dr Huxley. Cette dernière avait revêtu la blouse blanche de rigueur, enfilé des gants en latex et tenait à la main une sacoche de médecin. La quarantaine, les cheveux noirs ramenés en queue-de-cheval, elle affichait un air sérieux et déterminé.

— On a pas été trop cow-boys pour vous ? demanda Juan en souriant à l'observateur italien.

Farina jeta un regard assassin à Didi avant de répondre.

— Je m'attendais peut-être à un peu plus.

— Qui êtes-vous, tous ? demanda Didi avec un fort accent. Vous pouvez pas m'enlever. Je suis citoyen somalien. J'ai des droits.

— Ça n'est plus le cas dès que vous avez posé le pied sur ce bateau avant qu'il ait franchi la douane, rétorqua Juan. A présent, vous êtes sur mon territoire.

Il éprouvait une furieuse envie de dénouer le foulard crasseux passé autour du cou de Didi et de le lui enfoncer dans la gorge.

Julia Huxley s'accroupit pour fouiller dans son sac, et se releva avec une seringue et une paire de ciseaux de chirurgie. Tandis que Linc le maintenait toujours fermement, elle coupa une partie de sa manche et nettoya la peau à l'alcool.

— Qu'est-ce que vous faites ? s'écria Didi, paniqué.

Il voulut s'échapper mais Linc le tenait serré à bras-le-corps.

— C'est de la torture !

Avant que quiconque ait pu esquisser le moindre geste, Juan bondit devant le seigneur de la guerre et l'arracha des mains de Linc. Puis il l'étreignit à la gorge et le souleva de façon à ce que leurs yeux fussent à la même hauteur. Didi avait du mal à respirer mais personne ne vint à son secours. Même l'observateur européen était tétanisé par la rage dont faisait preuve le président de la Corporation.

— Vous voulez voir ce que c'est que la torture ? Je vais vous montrer, moi, espèce d'ordure, espèce d'assassin !

Il enfonça alors le pouce sur un nerf de l'épaule de Didi qui laissa échapper un petit cri de douleur. Puis il l'enfonça plus profondément encore et le cri se transforma en hurlement.

— Ça suffit, Juan, dit le Dr Huxley.

Juan relâcha la pression et laissa tomber Didi qui porta les mains à sa gorge et s'effondra sur le sol. Il pleurait et un filet de salive coulait au coin de ses lèvres.

— C'est bien ce que je pensais, dit Juan avec un calme qui contrastait avec sa fureur précédente. Au fond, tous ces durs ne sont que des lâches. Je regrette que vos hommes ne soient pas là pour vous voir.

Julia se pencha et enfonça l'aiguille dans le bras du pirate. Un instant plus tard, les yeux de Didi se révulsèrent et l'on n'en vit plus que le blanc. Elle se pencha à nouveau vers lui et abaissa ses paupières.

— Félicitations, Juan, dit Farina en lui tendant la main. Mission accomplie.

— Elle ne sera totalement accomplie que lorsque nous aurons quitté les eaux somaliennes et que cette ordure ne sera plus sur mon bateau. (Il tapota sa radio.) Linda, dis à Max de couper la fumée et donne-moi un aperçu de la situation.

— Les pirates qui vous poursuivaient sont entrés dans le mess. L'un d'eux est en train d'examiner les gars que vous avez descendus, mais ils ne sont pas en état de dire grand-chose. Sur le pont, les canons à eau ont rempli leur tâche. Les gens fuient le navire aussi vite qu'ils le peuvent.

— A ton avis, combien y en a-t-il encore à bord ?

— Exactement quarante-trois. Y compris les pirates que vous avez enfermés près de la cale. Les autres se sont déjà occupés de celui que tu as assommé et laissé sous l'escalier. Il s'est réveillé dès qu'ils l'ont jeté à l'eau.

— Dis à Eric qu'il se prépare à s'éloigner du quai.

— Qu'est-ce qu'on fait avec les pirates encore présents dans la superstructure ?

— Verrouille-la et dis à l'armurier de venir ici avec des fusils à seringue et des lunettes de vision nocturne.

Linda transmit les ordres de Juan. Sur le grand écran, elle vit un groupe de jeunes utiliser le puissant jet d'un des canons à eau comme un jeu. Elle prit alors la maîtrise de ce canon-là et coupa l'eau. Les jeunes s'immobilisèrent, déçus, comme si on leur avait ôté leur jouet. Elle ajusta ensuite sa cible et rouvrit la valve. Le jet les frappa à hauteur des genoux, et les six gamins furent projetés comme des fétus de paille jusqu'à l'échelle de coupée qu'ils dégringolèrent. Ils se relevèrent prestement et s'enfuirent à toutes jambes en direction du village.

— Verrouillage, annonça Mark Murphy après avoir pianoté un instant sur son clavier. Une dernière touche enfoncée, et dans tout le navire, des volets d'acier s'abattirent devant les portes, fenêtres et hublots. La superstructure était désormais hermétiquement fermée.

Un chat aurait pu se déplacer dans une telle obscurité, mais sans lunettes de vision nocturne, un homme se retrouvait aveugle.

Linda passa les caméras intérieures sur l'imagerie thermique et scanna toutes les pièces et toutes les coursives. Il y avait encore treize personnes prisonnières dans le navire. En passant les caméras en mode de basse intensité lumineuse, elle s'aperçut que tous ces hommes étaient armés. Grâce aux micros, elle les entendait s'interpeller, mais aucun n'osait bouger de là où il se trouvait.

A peine avait-elle terminé son balayage qu'elle entendit la voix de Juan dans la radio.

— Comment ça se présente, maintenant ?

— On en a treize. Les pirates qui se trouvaient dans le mess en sont sortis, et je dirais donc que maintenant vous avez la voie libre.

— Parfait.

— Bonne chasse.

Deux ponts au-dessus, Juan éteignit les lumières dans la coursive et installa une paire de lunettes de vision nocturne de troisième génération devant ses yeux. A la main, il tenait un pistolet étroit à crosse de noyer avec un canon particulièrement allongé. Fonctionnant au gaz, cette arme pouvait tirer dix aiguilles chargées d'un sédatif puissant capable d'endormir en dix secondes un homme de poids moyen. Pourtant, ces dix secondes pouvaient permettre à n'importe qui de vider un chargeur d'arme automatique, d'où la nécessité de l'obscurité.

Eddie et Linc étaient armés de la même façon.

Juan ouvrit à nouveau la porte secrète. A travers ses lunettes, tout autour de lui avait pris une teinte verte plutôt glauque. Les surfaces réfléchissantes renvoyaient une lueur blanche et brillante qui aurait pu gêner Juan et ses équipiers s'ils n'avaient pas été habitués à ces lunettes de vision nocturne. Une odeur âcre de fumée flottait encore dans l'air.

— Il y en a trois sur ta droite, lui dit Linda. A trois mètres cinquante dans la coursive, et ils sont en train de s'éloigner.

Par gestes, Juan transmit l'information à ses hommes, et, comme des ombres de cauchemar, ils se glissèrent hors de la salle et ajustèrent leurs cibles ensemble. Les pistolets émirent un petit bruit sourd et en un éclair, Juan et ses compagnons retournèrent dans le mess.

Les fines aiguilles transpercèrent sans mal les vêtements et se logèrent dans les chairs. Les trois hommes se retournèrent d'un même mouvement, et l'un d'eux, pris de panique, ouvrit le feu. Les flammes du fusil d'assaut ne révélèrent qu'une coursive vide, et pour la deuxième fois en douze heures, Malik et Aziz eurent le sentiment de poursuivre des fantômes.

— Ce bateau est infesté de djinns, dit Aziz d'une voix pâteuse avant de s'écrouler.

Malik, plus grand et plus costaud, tituba un moment avant de s'affaler à son tour sur le troisième pirate, déjà étendu au sol.

— Plus que dix, fit Linda. Mais il y a un autre problème.

— J'écoute.

— A terre, les pirates sont en train de s'organiser. Il y a un type qui les rassemble pour les lancer de nouveau à l'abordage de l'*Oregon*. Il y en a apparemment vingt-cinq ou trente prêts à tenter le coup.

— Je suis sur haut-parleurs ?

— Oui.

— Mark, découvre une des mitrailleuses de 30 du pont et disperse cette foule. Eric, fais-nous partir.

Eric Stone et Mark Murphy échangèrent un sourire et entreprirent d'exécuter les ordres de Juan. Mark appuya sur les touches permettant l'extraction d'une des mitrailleuses de calibre 30 dissimulée dans un fût d'huile, sur le pont.

Le couvercle du fût s'ouvrit et l'arme en sortit en position verticale avant de s'abaisser en direction de la jetée en terre, derrière l'appontement. Sur l'écran de Murphy, une caméra jouxtée à la M60 lui donnait une image des lieux assortie d'un cercle de visée.

Il lâcha une rafale au-dessus de leurs têtes et une pluie métallique de douilles vides s'abattit sur le pont du navire. Les pirates en armes soit s'aplatirent au sol, soit disparurent derrière la jetée. Quelques-uns ripostèrent, mais leurs cartouches étaient aussi efficaces que des billes en plastique sur un rhinocéros.

A côté de Murphy, Eric Stone mit en route les moteurs magnétohydrodynamiques. Dans ces marais, l'eau saumâtre était fortement mélangée à l'eau douce mais conservait une salinité suffisante pour que les moteurs tournent à 80 % de leur capacité. En arrière toute. Les énormes hydropompes firent bouillir l'eau à la poupe de l'*Oregon*, et le grand navire s'éloigna lentement de l'appontement en bois.

Les cordages utilisés par les pirates se tendirent comme des cordes d'arc avant de claquer. Eric éloigna le navire d'une quinzaine de mètres du quai puis enclencha le système de positionnement dynamique pour que l'*Oregon* garde la position GPS.

De toute façon, il n'était pas question de quitter ces marais sans que le président soit sur le pont, prêt à donner un coup de main en cas de pépin.

Mais soudain...

Comme une volée de flèches tirées par des archers, une pluie de roquettes s'éleva au-dessus de la digue, traînant derrière elle une fumée qui semblait obscurcir le ciel.

6

Eric abattit son poing sur le bouton d'alarme anticollision. Le hurlement électronique se répercuta dans les moindres recoins du navire.

A une distance aussi courte, pas question de déployer le système Gatling de défense rapprochée ; pourtant, Mark le mit en batterie pour la deuxième salve qui n'allait pas manquer de partir.

Quelques roquettes s'égarèrent au loin, éclatant sans dommage au milieu de la mangrove. Mais même s'il n'offrait que sa proue aux attaques, l'*Oregon* constituait une cible de choix. Des roquettes RPG s'abattirent sur la proue, arrachant le bastingage et une patte de l'une des ancres. D'autres explosèrent contre les volets fermés de la superstructure.

Son blindage permit à l'*Oregon* de résister à ce déluge de feu qui aurait réduit en miettes tout autre navire. Par endroits, les roquettes avaient entamé l'acier, et toute la peinture de la superstructure avait été brûlée, mais aucune de ces grenades n'avait réussi à pénétrer. Pourtant, il demeurait des zones sensibles. Le navire n'était pas complètement à l'abri d'une attaque à la roquette. Le radar ultra perfectionné était dissimulé dans la fausse cheminée, et un coup bien placé pouvait le détruire.

— Ça arrive, lança une voix dans la radio un court instant avant que la première roquette RPG ne touche le navire.

L'explosion à la proue fut si forte, qu'en attendant la deuxième, ils prirent la précaution de se boucher les oreilles avec les mains et de garder la bouche ouverte, de peur que la différence de pression dans les sinus ne fasse éclater les tympans.

La superstructure résonna comme une cloche géante. A chaque explosion, les hommes titubaient en arrière bien qu'ils fussent assez éloignés du lieu de l'impact. Dans ces zones-là, les déflagrations étaient mortelles. L'un des pirates, appuyé contre une cloison, fut éventré, tandis que ses deux compagnons perdaient définitivement l'ouïe.

— Dis à Eric de nous éloigner de cet enfer, hurla Juan dans son micro.

Aussitôt après avoir appuyé sur le bouton d'alarme, Eric débrancha le GPS et reconfigura la vision sur l'écran central de façon à ce que sur une moitié apparaisse le sillage de l'*Oregon* et sur l'autre le repaire des pirates. Il n'avait ni le temps ni la place de faire virer ce navire de cent cinquante-deux mètres.

Une fois encore, il fit machine arrière.

Le canal était si étroit qu'il avait l'impression de vouloir enfiler un fil sur une aiguille avec des moufles. Au moins le premier kilomètre et demi était-il en ligne droite, ce qui lui permit d'augmenter la puissance. Malheureusement, la superstructure offrait une vaste prise au vent qui venait de se lever.

Deux roquettes RPG partirent du quai. Cette fois-ci, Mark avait eu le temps de sortir la mitrailleuse Gatling à six tubes, qui se mit à cracher à près de mille coups à la minute.

Les roquettes russes vinrent s'écraser contre le rideau de balles de 20 mm et les deux charges explosèrent au-dessus de l'eau, tandis que le quai était haché menu par les autres munitions. Mark s'aperçut alors que les pirates s'apprêtaient à poursuivre l'*Oregon* à bord de leurs bateaux de pêche. Ils ne constituaient pas un danger une fois en mer, mais dans la mangrove ils conservaient l'avantage.

Mark visa le long de la coque du premier bateau et lâcha une rafale d'une seconde. Les balles ouvrirent une tranchée dans l'eau juste à côté de l'embarcation, forçant les rebelles à s'aplatir. Ils quittèrent leur bateau et avaient franchi la moitié de la jetée lorsque Murphy tira de nouveau.

Le petit bateau se désintégra en un nuage d'éclats de bois, de métal et de verre. Lorsque le réservoir de carburant explosa, les pirates furent jetés au sol et une épaisse fumée s'éleva dans les airs.

Le deuxième bateau avait déjà quitté le quai lorsque ses occupants comprirent qu'ils allaient constituer la nouvelle cible. Mark faillit éclater de rire en les voyant sauter du bateau sans se soucier du sort de leurs camarades. Lorsque tous se furent échappés, il tira. La cabine de pilotage fut pulvérisée comme une cabane de jardin prise dans une tornade. La proue pratiquement détruite, les gaz ouverts à fond, l'eau s'engouffra dans la coque éventrée et le bateau coula en quelques instants comme un sous-marin plongeant sous la surface. Sauf qu'il ne réapparut pas.

Dans la superstructure, Juan et ses deux équipiers reprirent la chasse. Incapable d'entendre Linda parce que ses oreilles bourdonnaient encore, Juan se fiait à son instinct de chasseur. Ils se déplaçaient en silence, et, méthodiquement, inspectaient le moindre recoin. En pénétrant dans la sinistre salle où l'une des roquettes avait fait explosion, ils se précipitèrent sur les deux pirates rendus complètement sourds. Le troisième, lui, ressemblait à une poupée de chiffons éventrée.

Les explosions et les mouvements du navire avaient paniqué les pirates. Ils hurlaient dans l'obscurité et certains s'arrachaient les ongles sur les cloisons en métal. Ils ne se doutaient pas qu'on les observait. Et puis soudain, une aiguille s'enfonça dans leurs chairs.

Si ces hommes n'avaient pas attaqué d'innocents navires au large des côtes, Juan aurait presque éprouvé de la pitié pour eux. Mais il ressentait à leur égard le mépris de tout marin et c'est sans remords qu'il envoya le dernier au pays des rêves.

— Terminé, Linda, annonça-t-il. Débloque la superstructure et envoie du renfort par ici. Dis à Huxley de soigner les blessés du mieux qu'elle peut, mais je veux que ces ordures aient quitté le navire d'ici une demi-heure.

Juan ôta ses lunettes de vision nocturne dès l'ouverture des volets et l'allumage des néons, puis essuya d'un revers de manche son front trempé de sueur. Il savait que la température élevée n'était pas la seule cause de cet accès de transpiration.

Quelques instants plus tard la superstructure grouillait de monde venu s'occuper des pirates inconscients. Giuseppe fit son apparition, une bouteille d'eau à la main qu'il tendit à Juan, puis les deux hommes se dirigèrent vers le Centre d'opérations. L'Italien dut allonger le pas pour rester à hauteur du président.

— Je me disais, mon ami, qu'il serait pas mal de garder certains de ces hommes pour les mettre avec Didi quand nous le placerons dans le bateau de pêche, dit Giuseppe.

Juan réfléchit un moment.

— Ça serait plus crédible que si on le trouvait tout seul sur son yacht ?

— Oui.

— Avez-vous suffisamment de cette drogue qui efface les souvenirs ?

— Je devrais en avoir assez pour deux personnes supplémentaires.

— Dans ce cas d'accord, dit Juan au moment où ils pénétraient dans le centre nerveux du navire.

D'un coup d'œil, Juan prit connaissance de la situation. Ils étaient suffisamment loin du camp des rebelles pour ne plus craindre les roquettes RPG, et comme il ne voyait aucun bateau lancé à leur poursuite, il en déduisit que Murphy s'en était débarrassé. Eric avait fait reculer l'*Oregon* qui se trouvait à présent presque dans l'axe du chenal.

— Comment vas-tu, monsieur Stone ?

— J'ai l'impression de vider la mer avec un seau. Entre la marée montante, le vent qui se lève et les hauts-fonds... je ne comprends pas comment tu as pu nous amener ici.

— Tu veux que je prenne les commandes ?

— Je préférerais essayer moi-même d'abord.

— Attention, on est attaqués ! hurla soudain Murphy.

L'équipage n'avait pas remarqué un chemin longeant le canal sur lequel les rebelles, à bord de camions, poursuivaient à présent le cargo. Alors que celui-ci ralentissait pour se remettre dans l'axe, ils tirèrent de nouvelles roquettes RPG.

La mitrailleuse Gatling était toujours en batterie, mais Murphy avait cessé de faire tourner les tubes. Il appuya sur un bouton et ouvrit le feu. Trop tard pour les deux premières roquettes qui s'abattirent sans dommage sur la coque, mais il parvint à en abattre deux autres en plein vol.

— Je prends les commandes, lança Juan.

— Entendu, répondit aussitôt Eric.

Alors que ce dernier effectuait son demi-tour méthodiquement, avec lenteur, Juan poussa les moteurs à fond et enclencha la propulsion de proue puisqu'ils se trouvaient encore en marche arrière.

La Vulcan Gatling hurla de nouveau avec un bruit de scie industrielle. Sur le sentier, l'avant d'un des camions fut coupé en deux, éparpillant autour de lui hommes et armes dans un jaillissement de verre et de métal. Le camion finit sa course sur le toit et s'enfonça dans le sol exhibant ses roues arrière qui tournaient encore.

Un deuxième pick-up fut touché sur le flanc et son réservoir explosa dans une gerbe de flammes et de fumée. Mark s'apprêtait à tirer sur le troisième lorsqu'il disparut derrière un gros bouquet de végétation. Il attendit que le véhicule réapparaisse de l'autre côté des arbres, mais les secondes s'écoulèrent sans qu'il se passât rien.

A travers l'objectif du dispositif de visée, il lui sembla déceler du mouvement dans la végétation mais il choisit de ne pas ouvrir le feu. Alors que le navire accélérait, l'angle de tir se modifiait. Bientôt, il lui faudrait quitter la Vulcan montée près de la proue pour la deuxième, installée à la poupe. Mark activa l'ouverture hydraulique du volet. Les panneaux métalliques glissèrent sur le côté, révélant la mitrailleuse à six tubes, mais il faudrait encore un moment pour qu'elle sorte et que la caméra soit branchée sur son moniteur. Soudain, la jungle qu'il surveillait s'illumina d'une multitude d'éclairs, et une seconde plus tard, des munitions de 20 mm antiaériennes tirées depuis un camion raclèrent les flancs de l'*Oregon*. A la différence des RPG, les obus renforcés du canon percèrent le blindage du navire et semèrent la désolation à l'intérieur.

Heureusement, les ballasts de l'*Oregon* étaient remplis, ce qui le faisait paraître lourdement chargé et n'exposait qu'un seul de ses ponts secrets. Un obus pénétra dans la salle de réunion, détruisant deux fauteuils en cuir avant de s'encastrer dans la paroi du fond. Un autre atteignit l'office et détruisit une palette de sacs de farine, recouvrant toute la pièce d'un épais manteau blanc. Un troisième explosa dans la cabine d'un ingénieur qui n'était pas en service. Occupé à observer la bataille sur le circuit interne de télévision, l'homme reçut une multitude d'éclats dans le dos.

Tout cela se produisit en un clin d'œil et Mark ne put rien y faire. Il était impuissant tant que l'ordinateur ne lui annonçait pas que la deuxième mitrailleuse était prête.

— Qu'est-ce que c'est que ce merdier ? grommela Juan sans détourner son attention de la délicate manœuvre qu'il était en train d'accomplir.

— Plus qu'une sec...

L'écran de Murphy devint vert et il déclencha le tir. La salve hacha la jungle où se dissimulait le camion. Des arbres de trente centimètres d'épaisseur furent fauchés comme des tiges de blé. L'un d'eux s'abattit sur le sol dans un nuage de bois et de feuilles, écrasant le camion et ses deux canons, mais Mark n'interrompit le torrent de balles que lorsque les arbres eurent disparu et que le camion et ses occupants ne furent plus qu'un amas de métal broyé et de chair brûlée.

L'*Oregon* avait à présent effectué la moitié de son demi-tour. Juan avait exécuté la manœuvre avec la précision d'un chauffeur de camion et la proue frôla la rive à quelques centimètres. Quelqu'un appuyé au bastingage aurait pu arracher des feuilles aux branches des arbres. Puis le gros navire pivota et sa proue fit face à l'est, en direction de la mer.

Eric lança à Juan un regard empreint de respect. Jamais il n'aurait osé manœuvrer aussi rapidement dans un chenal aussi étroit.

— Tu crois pouvoir continuer à partir d'ici ? demanda celui-ci à son pilote.

— C'est comme si c'était fait.

Le navire enregistra automatiquement sa position grâce au bouquet de satellites GPS. Maintenant que le périlleux demi-tour avait été effectué, Eric n'avait plus qu'à parcourir le chemin inverse avec l'aide de l'ordinateur de navigation pour éviter les hauts-fonds et les écueils. Il avait déjà la position exacte du bateau de pêche abandonné qui n'attendait plus que Mohammed Didi.

Juan quitta son fauteuil et se tourna vers Giuseppe Farina.

— Allons voir qui vous voulez garder et qui vous voulez renvoyer à terre. Je veux que ces pirates soient dehors avant que nous ayons quitté la mangrove.

Il conduisit l'observateur italien plusieurs ponts en dessous, jusqu'au garage à bateaux. Là, près de la ligne de flottaison, une porte pouvait s'ouvrir sur la mer, avec une rampe de lancement recouverte de teflon, pour la rendre plus glissante. On pouvait ainsi lancer des zodiacs ou son RHIB, une chaloupe rigide et gonflable. Cette embarcation-là avait été conçue pour les commandos SEAL de la marine, avec une poche d'air autour de la coque pour lui permettre de flotter dans n'importe quelles conditions, et deux puissants moteurs hors-bord capables de l'entraîner à plus de cinquante nœuds. Le garage était éclairé au néon, mais on pouvait aussi utiliser des lampes de bataille rouges pour les opérations de nuit.

L'équipage avait déjà gonflé un gros canot noir et y avait déposé les pirates inconscients et ligotés. Une fois réveillés, ils pourraient se détacher et ramer jusqu'au rivage. Huxley soignait encore les blessés à l'infirmerie, tandis que les morts seraient jetés à la mer.

— On prendra celui-ci, celui-là, et l'autre, là-bas au fond, dit Farina en montrant Malik et Aziz. Quand ils sont montés à bord, ils avaient l'air de chefs. Allez savoir, ils auront peut-être des renseignements à donner.

— A mon avis, on ne tirera rien du plus jeune. Il fume plus de shit qu'un hippie à un concert du Grateful Dead.

— Ils ne jouent plus, vous savez, rétorqua Farina en souriant.

— Vous voyez bien ce que je veux dire.

— On essayera quand même. Une petite désintoxication forcée lui fera peut-être du bien.

Une demi-heure plus tard, Huxley arriva dans le garage en compagnie de deux marins qui faisaient office d'infirmiers. Ils amenèrent plusieurs blessés sur des civières.

— Comment vont-ils ? demanda Juan.

— Nous avons un blessé, répondit Huxley.

— Hein ? Pourquoi est-ce qu'on ne m'a rien dit ?

— Ça ne servait à rien avant qu'il soit tiré d'affaire.

— Qui est-ce ? Que s'est-il passé ?

— C'est Sam Pryor. Un obus triple A a pénétré dans sa cabine. Il a reçu des éclats dans le dos. J'ai retiré une vingtaine de petits fragments. Il a perdu beaucoup de sang et il a des muscles déchirés, mais ça ira.

— Dieu merci. (Il se dit qu'il réprimanderait Mark Murphy pour n'avoir pas mis en batterie plus tôt la mitrailleuse Gatling de poupe.) Et ces types, là ?

— Deux sont devenus sourds. Je ne sais pas si c'est définitif et de toute façon je ne pourrais pas faire grand-chose. Deux autres ont des blessures superficielles. J'ai retiré les shrapnels, je les ai lavés, habillés, et je leur ai injecté des doses massives d'antibiotiques. S'ils sont infectés, ça va être dur pour eux, étant donné leurs conditions de vie.

Les deux Somalis blessés avaient reçu un sachet en nylon qui devait contenir des médicaments et des instructions écrites sur la façon de les utiliser, mais Juan se dit qu'ils ne les prendraient pas et que ces médicaments ne tarderaient pas à se retrouver au marché noir.

On installa les blessés dans le canot et on ouvrit la porte. Juan appela le Centre d'opérations et demanda à Eric d'immobiliser le navire, ce qui fut fait en quelques minutes étant donné leur allure réduite. Par l'ouverture de la porte, on apercevait la végétation luxuriante de la mangrove. Avec la marée montante, le canot serait déporté vers l'ouest avant de s'échouer dans le marais. Les hommes se réveilleraient d'ici une heure, et, en dehors d'une légère déshydratation, ne devraient guère souffrir.

Il aida ses hommes à pousser le canot sur la rampe. L'embarcation toucha l'eau sans éclaboussures et ne tarda pas à s'éloigner du navire.

Juan appuya une nouvelle fois sur le bouton de l'interphone.

— C'est bon, Eric, repars doucement, et quand ils seront à quatre cents mètres de la poupe, pousse à fond et conduis-nous au bateau de pêche.

— Compris.

Une demi-heure plus tard, Juan et Giuseppe Farina se retrouvaient sur le pont supérieur. Les membres de l'équipage travaillaient à réparer les dégâts superficiels causés par les roquettes RPG. On remplaçait les parties de bastingage arrachées et on recouvrait d'épaisse peinture marine les endroits éraflés. D'autres marins, installés dans des nacelles suspendues, réparaient les trous forés par les obus dans le blindage de la coque. D'autres enfin remplaçaient dans les cabines les meubles et matelas endommagés. Max Hanley, de son côté, dressait la liste de tout ce qu'il faudrait acheter pour rendre le cargo à sa « gloire » ancienne.

L'*Oregon* taillait sa route à plus de trente nœuds, bien loin de sa vitesse maximale, lorsque la voix haut perchée de Linda retentit dans le minuscule haut-parleur.

— Président, nous avons un écho radar à quatre miles devant nous.

Juan saisit une paire de jumelles et aperçut effectivement un petit point sur l'océan désert. Quelques instants plus tard, il distinguait un bateau de pêche très semblable à celui qui les avait attaqués.

— Quand donc le destroyer américain doit-il arriver dans la zone ? demanda Juan.

— Demain à l'aube. Ça nous laisse amplement le temps de disparaître dans la nuit. A ce moment-là, Didi et les autres ne seront pas encore réveillés, et si jamais ils l'étaient, ils seraient tellement abrutis par les médicaments qu'ils seraient dociles comme des agneaux. Et ne vous inquiétez pas, leur bateau n'a ni radio ni essence, et il n'y a absolument aucun risque qu'un autre navire apparaisse avant votre bâtiment.

Eric amena l'*Oregon* contre le flanc du vieux bateau de pêche, de façon à ce que les hommes du garage à bateaux puissent sauter à bord et l'amarrer au cargo. Juan et Farina amenèrent Mohammed Didi sur le bateau malodorant et l'installèrent dans la cabine de pilotage. A ce moment-là, sa tête heurta le montant d'une couchette avec un bruit des plus satisfaisants.

Juan Cabrillo regarda le seigneur de la guerre avec un mépris non dissimulé.

— Pour tout le mal que tu as fait, on aurait dû t'amener à Guantanamo, mais c'était pas mon boulot. La pire cellule dans la pire prison du monde serait encore trop douce pour toi. Après la vie que tu as menée, la prison en Europe te semblera des vacances, alors quand on te condamnera à perpète, j'espère que tu auras le bon goût de mourir sur-le-champ.

De retour sur le pont, il ne put cependant s'empêcher d'éclater de rire. Linc et Eddie avaient attaché Aziz sur une chaise avec une canne à pêche dans une main et une bouteille de bière scotchée dans l'autre.

A peine les amarres larguées, la voix de Hali Kasim, le spécialiste des communications à bord de l'*Oregon*, retentit dans l'interphone :

— Juan, tu as un appel urgent de Langston Overholt.

— Transmets-le ici. Allô, Lang ? C'est Juan. Sachez d'abord que vous êtes sur haut-parleur. Notre représentant italien est avec moi.

— On laisse tomber les plaisanteries, dit Overholt depuis son bureau de Langley. En combien de temps pouvez-vous être à Tripoli ?

— Ça dépend du trafic sur le canal de Suez. Peut-être dans quatre jours. Pourquoi ?

— La secrétaire d'Etat était partie là-bas pour des conversations préliminaires. On vient de perdre la trace de son avion. On craint qu'il se soit écrasé.

— On sera là-bas dans trois jours.

7

Au-dessus du désert du Sahara.

Lorsque son doigt glissa à côté de la corde, Fiona Katamora poussa un juron, puis leva aussitôt les yeux pour s'assurer que personne ne l'avait entendue. Pourtant, elle se trouvait seule dans sa chambre privée, à l'arrière de l'avion, mais sa mère avait pour habitude de fourrer du savon dans la bouche de ses enfants pour sanctionner tout juron et quarante ans plus tard, le réflexe lui était resté.

Le violon était son refuge. L'archet à la main, elle oubliait toutes ses préoccupations et n'existait plus que pour la musique. Rien d'autre ne pouvait à ce point la calmer. Souvent, et surtout depuis qu'elle avait accepté ce poste de secrétaire d'Etat, elle se disait que c'était sa seule façon de ne pas devenir folle.

Fiona Katamora était de ces êtres rares qui n'apparaissent qu'une fois par génération. A six ans, elle donnait des concerts de violon en soliste. Ses parents, qui avaient été internés aux Etats-Unis pendant la Seconde Guerre mondiale en raison de leurs origines japonaises, lui avaient appris leur langue, tandis que de son côté elle apprenait l'arabe, le mandarin et le russe. Elle entra à Harvard à l'âge de quinze ans et à la faculté de droit à dix-huit. Avant de passer l'examen du Barreau, elle prit un congé sabbatique pour se perfectionner en escrime, et serait allée aux Jeux olympiques sans une malencontreuse entorse au genou une semaine avant la cérémonie d'ouverture.

Tout cela, et bien d'autres choses encore, elle le faisait sans effort apparent. Fiona Katamora possédait une mémoire quasi photographique et n'avait besoin que de quatre heures de sommeil par nuit. En dehors de ses talents d'athlète, d'universitaire et de musicienne, elle était charmante, gracieuse, et avait un sourire contagieux, capable d'illuminer la soirée la plus morose.

Une fois admise au Barreau, Fiona n'avait que l'embarras du choix face à la centaine de propositions de travail qui s'offraient à elle, y compris celle d'un poste de professeur dans son ancienne université, mais elle choisit de servir le public. Elle rejoignit un cercle de réflexion de Washington, spécialisé dans les questions énergétiques et se fit vite remarquer par la pertinence de ses analyses. Cinq ans plus tard, elle fit une thèse d'un de ses rapports et obtint son doctorat.

Sa réputation ne cessa de croître à Washington, au point qu'elle fut régulièrement appelée comme consultante à la Maison Blanche auprès des présidents des deux partis. Bientôt, on fit appel à elle au gouvernement.

Toujours célibataire à quarante-six ans, Fiona Katamora demeurait d'une beauté remarquable, avec une chevelure d'un noir d'obsidienne et un visage lisse, sans la moindre ride. Elle était svelte, et plutôt grande pour une Asiatique. Dans ses interviews, elle déclarait être trop occupée pour avoir une vie de famille, et, bien que la presse à scandale ne cessât de lui prêter diverses aventures avec des hommes riches et célèbres, on ne lui connaissait pas vraiment de liaisons.

Au cours de ses deux années en qualité de secrétaire d'Etat, elle avait parcouru le globe, restaurant la réputation des Etats-Unis comme puissance pacifique et arbitre impartial. C'est ainsi qu'elle avait servi de médiatrice entre certains mouvements séparatistes et leurs gouvernements et offert ses bons offices en Serbie à l'occasion d'une élection contestée qui aurait pu déboucher sur des violences graves.

Fiona avait également dépoussiéré le secrétariat d'Etat lui-même, et gagné à cette occasion le sobriquet de « Mme Dragon » par sa façon de traquer les postes inutiles. Pour le reste de l'appareil gouvernemental, le secrétariat d'Etat avait ainsi fini par devenir un modèle d'efficacité.

A présent, elle se rendait à une conférence qui s'annonçait comme le couronnement d'une carrière déjà remarquable. Ces conversations préliminaires devaient en effet dresser le cadre des futurs « Accords de Tripoli ». Dix présidents américains avaient échoué à amener la paix au Moyen-Orient, mais si quelqu'un pouvait y parvenir, c'était bien Fiona Katamora.

Elle termina son morceau de Brahms et reposa violon et archet. Puis elle s'essuya les doigts à un mouchoir marqué à son chiffre et fit quelques exercices pour chasser des crampes, annonciatrices d'une arthrite qu'elle redoutait.

On frappa à la porte de sa cabine.

— Entrez.

Son assistante personnelle, Grace Walsh, passa la tête par l'entrebâillement. Grace suivait sa patronne de poste en poste depuis plus de dix ans.

— Vous m'aviez demandé de vous prévenir quand il serait quatre heures.

— Merci, Grace. Savez-vous dans combien de temps on doit arriver ?

— Je savais que vous me le demanderiez, alors j'ai demandé au pilote. Nous devrions atterrir dans environ quarante-cinq minutes. Nous survolerons bientôt le territoire libyen. Je peux vous apporter quelque chose ?

— Oui, une bouteille d'eau, s'il vous plaît. Merci.

Fiona se plongea dans la masse de papiers étalés sur le lit. Il y avait des dossiers sur tous les principaux acteurs de ces pourparlers, accompagnés de photos et d'une brève biographie. Elle avait déjà parcouru ces dossiers et se rappelait de presque tous les participants, mais voulait s'assurer de n'avoir négligé aucun détail. Elle relut donc les dossiers des différents ministres, leurs relations avec leurs dirigeants respectifs, le nom de leur femme et de leurs enfants, leurs études, tout ce qui pouvait permettre d'avoir une approche plus personnelle.

Le personnage le plus intriguant du lot était sans conteste le nouveau et dynamique ministre libyen des Affaires étrangères, Ali Ghami. Son dossier était certainement le plus mince de tous. D'après les quelques renseignements en sa possession, Ghami n'était qu'un fonctionnaire subalterne lorsqu'il avait attiré l'attention du président Mouammar Kadhafi. Quelques jours après leur rencontre, Ghami était nommé ministre des Affaires étrangères. Depuis six mois, date de sa nomination, il avait multiplié les tournées dans la région, appelant à soutenir la future conférence de paix. D'abord reçu fraîchement dans les différentes capitales du Moyen-Orient, sa personnalité dynamique et son charme avaient fini par convaincre les plus réticents. Par bien des côtés, il ressemblait à Fiona, ce qui ne manquait pas de l'intriguer.

Grace frappa de nouveau, déposa une bouteille de Dasani sur la table de nuit et s'apprêta à repartir.

— Attendez une seconde, dit Fiona en lui montrant une photo de Ghami. Qu'est-ce que votre intuition féminine vous dit sur cet homme ?

Grace prit la photo et l'approcha d'un des hublots du Boeing 737. Sur cette photographie officielle, Ghami, cheveux et moustache poivre et sel, portait un complet occidental d'excellente coupe.

Elle lui rendit le cliché.

— Ce n'est pas à moi qu'il faut le demander. Adolescente, je suis tombée amoureuse d'Omar Sharif en regardant le *Docteur Jivago*, et ce type lui ressemble trop.

— Bel homme, c'est vrai, mais regardez ses yeux.

— Qu'est-ce qu'ils ont, ses yeux ?

— Je ne saurais le dire exactement. Soit il y a quelque chose, soit il manque quelque chose. Je ne sais pas.

— La photo pourrait être tout simplement mauvaise.

— Disons surtout que ça ne me plaît pas de ne presque rien savoir de notre hôte.

— On ne peut pas avoir de fiche détaillée sur tout le monde, dit Grace en la taquinant. Rappelez-vous quand vous avez enquêté sur ce bel avocat que vous vouliez...

Un énorme craquement coupa Grace au milieu de sa phrase. Les deux femmes échangèrent un regard inquiet. Elles avaient l'habitude des voyages en avion et savaient qu'un tel bruit n'annonçait rien de bon.

Elles attendirent un instant sans rien dire, puis, quelques secondes plus tard, relâchèrent leur respiration en pouffant nerveusement.

Fiona se leva pour aller demander au pilote de quoi il retournait. Elle n'avait pas encore gagné la porte qu'une violente secousse ébranla la carlingue et que l'avion se mit à chuter à une vitesse vertigineuse. Collée au plafond, Grace poussa un hurlement. Fiona, elle, réussit à garder les pieds au sol en poussant des deux mains le plastique moulé au-dessus d'elle.

A l'avant de l'appareil, les membres de son équipe hurlaient eux aussi de frayeur.

La voix du pilote, un colonel de l'armée de l'air, résonna dans la sonorisation de bord.

— Je ne sais pas ce qui s'est passé, mais attachez tous vos ceintures.

Puis les passagers entendirent dans la sono les voix tendues du commandant de bord et du copilote qui tentaient de reprendre la maîtrise de l'avion :

— Comment ça, tu ne peux joindre personne ? On parlait avec Tripoli il y a à peine deux minutes.

— Aucune explication, répondit le copilote. La radio est morte, c'est tout.

— T'occupe pas de ça maintenant, aide-moi... merde, le réacteur bâbord a canné. Essaye de le faire repartir.

La sono fut brutalement coupée.

— On va s'écraser ? demanda Grace, qui était retombée sur ses pieds.

Les deux femmes s'étreignaient comme des petites filles dans une maison hantée.

— Je n'en sais rien, répondit Fiona avec un calme qu'elle était loin d'éprouver.

— Que s'est-il passé ?

— Aucune idée. Probablement un ennui mécanique.

Mais sa propre réponse ne la satisfaisait pas. L'avion n'avait aucune raison de plonger de la sorte alors que ses deux réacteurs fonctionnaient, d'autant qu'il pouvait voler avec un seul réacteur. Il y avait forcément une autre cause à cette chute brutale. Et cet énorme bruit ? Elle songea à un missile.

La descente en plongée se stabilisa. Les pilotes avaient pu reprendre une certaine maîtrise de l'appareil en sorte qu'ils ne piquaient plus en chute libre, mais ils descendaient toujours vers le sol à une vitesse vertigineuse.

Fiona et Grace parvinrent à gagner la cabine principale, à s'asseoir dans les fauteuils en cuir et à attacher leurs ceintures. Mme Katamora prononça quelques mots rassurants à l'intention de son équipe terrorisée, mais elle-même n'en menait pas large. Elle craignait, en parlant plus longuement, de laisser jaillir comme un volcan la terreur qui l'habitait elle aussi.

— Mesdames et messieurs, dit la voix du copilote, nous ne savons pas ce qui s'est passé. L'un de nos réacteurs est hors service et l'autre ne fournit qu'un tout petit peu de poussée. Nous allons devoir atterrir dans le désert. Ne vous inquiétez pas. Le colonel Markham a déjà réalisé un atterrissage semblable aux commandes d'un F-16 lors de la première Guerre du Golfe. Lorsque je donnerai le signal, je veux que tout le monde se mette en position de sécurité. Baissez la tête entre les genoux et entourez-la de vos bras. Dès que l'avion sera arrêté, je veux que le steward ouvre la porte de la cabine aussi rapidement que possible. L'agent du Service Secret affecté auprès de madame Katamora devra quitter l'avion le premier.

Il n'y avait qu'un seul agent de sécurité à bord de l'avion. Ses autres gardes du corps ainsi que de nombreux collaborateurs se trouvaient déjà en Libye depuis près d'une semaine pour préparer son arrivée.

Frank Maguire, l'agent de sécurité, déboucla sa ceinture et changea de siège de façon à se trouver entre Fiona et la porte. Le moment venu, il lui suffirait de quelques secondes pour l'entraîner dehors.

Fiona étreignit la main de Grace et se mit à prier, ce qu'elle n'avait pas fait depuis des années. Mais elle ne demandait pas que leurs vies soient épargnées. Elle priait pour qu'en cas de malheur, la chance incroyable que constituait ce sommet de la paix ne fût pas perdue à jamais. Altruiste jusqu'à la fin, Fiona Katamora songeait plus à la paix dans le monde qu'à sa propre vie.

Elle risqua un regard par le hublot. Sous l'avion, très près, s'étendait un désert parsemé de collines déchiquetées. Sans être pilote, elle voyait bien qu'en dépit des assurances de l'équipage, ils avaient peu de chances de s'en sortir.

— C'est bon, annonça le copilote. On y est. Mettez-vous en position de sécurité et tenez ferme.

Au même instant, les passagers entendirent le pilote demander : « Tu as vu le... » avant que la communication soit à nouveau coupée. Ils n'avaient aucune idée de ce qu'il avait vu, ce qui, au fond, valait mieux pour eux.

8

Mike Duncan conduisait le camion, Alana assise à ses côtés. L'ancien lit de la rivière était jonché de grosses pierres rondes qu'ils pouvaient parfois contourner, mais que d'autres fois ils étaient obligés de déplacer. Après des semaines de crapahutage dans ce terrain meurtrier, elle avait les fesses en compote.

La veille, au camp, ils avaient plaidé leur cause auprès du représentant du gouvernement tunisien, qui les croyait à la recherche d'un moulin romain, faisant valoir que retourner tous les soirs aux ruines constituait une précaution inutile. Ils demandèrent l'autorisation de rester éloignés quelques jours, en soulignant que Greg Chaffee possédait un téléphone satellitaire et qu'en conséquence, ils ne seraient jamais vraiment sans contact avec l'équipe principale d'archéologues.

Alors que les véritables archéologues faisaient des progrès remarquables dans leurs fouilles des ruines romaines, l'équipe d'Alana n'avait encore rien à montrer après plusieurs semaines de recherches. En demeurant plus longtemps dans le désert, en élargissant leur champ d'investigations, ils espéraient bien retrouver la trace du vieux corsaire barbaresque, Suleiman Al-Jama.

La seule chose qui la réconfortait, c'était son dialogue quotidien par internet, le soir, avec son fils, à Phoenix. Cette prouesse technologique ne laissait pas de l'émerveiller. Grâce aux communications modernes par satellite, elle se sentait moins isolée aujourd'hui que lors de ses premières fouilles, encore étudiante, dans le désert d'Arizona, à moins de trois cents kilomètres de son université.

Le fonctionnaire tunisien refusait obstinément de satisfaire à leur requête jusqu'au moment où Greg l'entraîna à l'écart pendant deux minutes. A leur retour sous la grande tente servant aux repas, le Tunisien adressa un large sourire à Alana et leur accorda la permission demandée, sous réserve qu'ils prennent contact une fois par jour et reviennent au camp dans les soixante-douze heures.

— Bakchich, répondit ensuite Greg à son regard interrogateur.

Alana avait pâli.

— Et s'il avait refusé l'argent et t'avait dénoncé ?

— On est en Afrique du Nord.

— Mais...

Alana ne savait plus quoi répondre.

Toute sa vie, elle avait respecté l'autorité, obéi aux lois. Jamais elle n'avait triché aux examens, toujours calé le limitateur de vitesse de sa voiture à la vitesse prescrite. Pour elle, le monde était peint en noir et blanc, ce qui d'un côté lui facilitait l'existence et d'un autre la rendait extrêmement compliquée. Elle se sentait à l'aise avec ses choix moraux, mais était bien obligée de vivre dans une société qui passe son temps à explorer les zones grises pour fuir ses responsabilités.

Nulle naïveté dans une telle attitude, car elle savait bien comment fonctionnait le monde, mais elle n'autorisait aucune intrusion dans sa vie de cette corruption minable. Jamais elle n'aurait songé à proposer un pot-de-vin au représentant du ministère tunisien de l'Archéologie.

Cela dit, pas question pour elle de refuser les avantages offerts par l'action de Greg. Alors ils étaient repartis, dans l'espoir de trouver un chemin après les chutes d'eau, qui les mènerait à la base secrète de Suleiman Al-Jama.

Ils avaient emporté assez d'eau et de nourriture pour trois jours et une seule tente, mais Alana se sentait à l'aise avec ses compagnons. Ils avaient également un bidon de 190 litres de gazole leur permettant de parcourir près de cinq cents kilomètres.

Pour autant, aucun parmi eux ne faisait preuve d'un optimisme excessif. La chute d'eau était trop haute pour permettre le passage d'un voilier. Mais les accords de Tripoli approchaient et Alana savait que la secrétaire d'Etat s'envolait aujourd'hui même vers la Libye pour des conversations préliminaires.

— Tu es vraiment obligé de rouler sur tous les nids-de-poule que tu vois ? demanda Greg, assis à l'arrière du camion découvert.

— Oui, parfaitement, répondit Mike, sérieux comme un pape.

Greg passa sur la droite, de façon à se retrouver derrière Alana.

— Dans ce cas, roule dessus avec les pneus gauches, veux-tu ?

Comme d'habitude, le ciel était dépourvu de nuage, en sorte qu'il faisait 42° lorsqu'ils s'arrêtèrent pour déjeuner. Alana tendit à chacun une bouteille d'eau tirée de la glacière et un sandwich préparé par le personnel du camp. D'après le compteur, ils avaient parcouru cent douze kilomètres, et d'après ses souvenirs, la chute d'eau se trouvait encore à quarante-huit kilomètres de là.

— Et là-bas, qu'est-ce que tu en penses ? demanda Mike, la bouche pleine, en indiquant avec son sandwich l'autre rive de la rivière asséchée.

Alors que d'habitude le lit était encaissé entre des falaises abruptes, là, l'érosion avait sculpté les berges qui montaient en pente douce jusqu'au désert.

— La pente doit faire 60°, voire plus, répondit Greg.

— Si on trouvait quelque chose au sommet pour arrimer le câble du treuil, on pourrait grimper sans problème.

Alana acquiesça.

— Je suis d'accord.

Dès qu'ils eurent terminé leur repas, expédié rapidement tant la chaleur était insoutenable, Mike conduisit le camion jusqu'au pied de la rive. De près, la pente semblait plus raide que de là où ils se trouvaient auparavant, et d'une dizaine de mètres plus élevée. Il fit avancer le camion jusqu'à ce que les roues arrière n'exercent plus de poussée et fassent jaillir des gerbes de poussière. Alana et Greg descendirent. Elle déroula alors le câble du treuil monté à l'avant du camion, tandis que Greg Chaffee, le plus en forme de la bande, entreprenait l'escalade de la rive. A chacun de ses pas, il déclenchait de petites avalanches de poussière et de cailloux et fut rapidement forcé de s'aider de ses mains et jura comme un charretier lorsqu'un coup de vent arracha son chapeau de paille. Il accrocha alors l'extrémité du câble à sa ceinture et poursuivit son ascension, s'écorchant les doigts sur la pierre.

Il fallut à Greg dix minutes pour atteindre le sommet, le dos de sa chemise trempé de sueur, la calvitie brûlante au sommet du crâne. Il disparut alors à la vue des autres, tirant le câble derrière lui.

Il réapparut quelques instants plus tard.

— J'ai enroulé le câble autour d'un rocher, hurla-t-il. Essaye de monter et récupère mon chapeau au passage.

Alana alla chercher le chapeau avant que le vent ne l'emporte au loin et remonta dans la cabine. Mike passa la première et enclencha le treuil. L'appareil n'était pas particulièrement puissant, mais il suffisait à la tâche exigée de lui. Lentement, le camion se mit à escalader la pente. Alana et Mike échangèrent un sourire, tandis qu'en haut, Greg poussait un hurlement de triomphe.

Soudain, une ombre passa sur le visage d'Alana et elle leva les yeux, s'attendant à voir un faucon ou un vautour.

Un gros avion biréacteur passait au-dessus d'eux, à moins de trois cents mètres d'altitude. On entendait à peine le rugissement des réacteurs, comme s'ils étaient coupés et que l'appareil descendait en vol plané. Il n'y avait aucun terrain d'atterrissage dans les environs, au moins de ce côté-ci de la frontière libyenne, et elle se dit que l'avion devait être en difficulté.

Elle remarqua alors deux détails. D'abord un trou béant près de la queue, elle-même tachée apparemment de liquide hydraulique. Ensuite l'inscription sur le fuselage : United States of America.

Greg avait cessé ses hurlements de triomphe. La main au-dessus des yeux pour se protéger du soleil, il suivit la trajectoire de l'avion.

Soudain, Alana comprit de quel avion il s'agissait et qui se trouvait à l'intérieur.

Occupé à faire grimper le camion, Mike Duncan n'avait rien vu et il s'étonna d'entendre Alana expirer bruyamment.

— Que se passe-t-il ?

— Gagne le haut de la rive le plus vite possible.

— C'est ce que je fais, mais pourquoi une telle hâte ?

— L'avion de la secrétaire d'Etat est sur le point de s'écraser.

Evidemment, Mike ne pouvait rien faire. Ils étaient totalement dépendants du treuil.

— Tu vois quelque chose ? hurla Alana à l'intention de Greg.

— Non, répondit-il aussi fort pour couvrir le bruit du moteur. Il a survolé des collines à trois ou quatre kilomètres d'ici. Je ne vois aucune fumée, rien. Le pilote a peut-être réussi à se poser sans dommages.

Pendant huit minutes qui leur parurent une éternité, le camion escalada la rive avec peine.

Ils finirent par arriver au sommet de l'escarpement. Greg ôta le câble enroulé autour de la pierre qu'il avait profondément entaillée.

— Il s'est peut-être posé en Libye, grommela Mike.

— Pardon ? fit Alana.

— J'ai dit que l'avion a peut-être franchi la frontière libyenne, lança-t-il suffisamment fort pour être entendu de Greg.

Alana avait beau diriger cette équipe, elle se tourna vers Greg Chaffee pour quêter son approbation ; elle le soupçonnait fort d'appartenir à la CIA, ce qui en faisait une sorte d'expert de ce genre de situation.

— Il ne doit y avoir personne à quatre-vingts kilomètres à la ronde, dit Greg. S'ils ont réussi à se poser, il y a peut-être des blessés et nous sommes les seuls à avoir un véhicule.

— Pour qui travailles-tu réellement ? demanda Alana.

— On perd du temps, là.

— Greg, c'est important. Si on doit franchir la frontière libyenne, j'ai besoin de savoir pour qui tu travailles.

— C'est bon, j'appartiens à la CIA. Je suis chargé de garder un œil sur vous trois. Enfin... sur vous deux, puisque le brave Dr Bumford n'a pas quitté le camp depuis notre arrivée. Tu as reconnu l'avion, n'est-ce pas ? (Alana acquiesça.) Alors tu sais qui est à bord.

— Oui.

— Tu serais prête à la laisser mourir par peur de tomber sur une patrouille libyenne ? Ils l'ont quand même invitée, non ? Ils ne vont rien nous faire si on cherche à la secourir !

Alana se tourna vers Mike Duncan. L'homme avait le visage impénétrable. Ils auraient aussi bien pu parler du temps qu'il faisait.

— Qu'en penses-tu ? demanda-t-elle.

— Je ne suis pas un héros, mais je pense quand même qu'il faudrait aller voir.

— Dans ce cas, allons-y.

Ils s'enfoncèrent dans le désert. Nulle trace de présence humaine, ils avaient l'impression de rouler à la surface de la lune. Du lit asséché de la rivière aux collines que Greg avait évoquées, ce n'était qu'une morne étendue caillouteuse, sans vie. Dans un tel environnement, seuls pouvaient survivre des lézards et quelques insectes, encore avaient-ils la sagesse de demeurer enfouis en ces heures les plus chaudes de la journée.

Greg essaya alors, en vain, de joindre ses supérieurs grâce à son téléphone satellitaire. Il bénéficiait d'un canal spécial, le même que celui qu'utilisait l'armée, et l'échec de ces tentatives de communication demeurait incompréhensible. Il remplaça la batterie par une autre, qu'il gardait dans son sac à dos.

— Quelle saloperie, lança-t-il, furieux. Avec un budget de trente milliards de dollars par an, ils m'envoient en mission avec un téléphone vieux de cinq ans, et qui ne marche pas. J'aurais dû m'en douter. Ecoutez, il faut que vous sachiez que ce n'était pas une mission prioritaire. Si on trouve les papiers d'Al-Jama, tant mieux. Mais sans ça, la conférence aura quand même lieu.

— Mais Christie Valero a dit que...

— Elle a dit ce qu'il fallait pour que tu acceptes. Mike et moi on parie sur les courses de chevaux, alors on sait que les paris risqués, parfois ça marche aussi, mais cette histoire, depuis le début, ça n'est qu'une farce. Pour moi, cette mission est une punition parce que j'ai foiré un truc à Bagdad, il y a quelques mois. Pour vous... je n'en sais rien, mais vous voyez bien qu'on m'a envoyé ici avec du matériel de merde, alors tirez-en vous-mêmes les conclusions.

Après la sortie de Greg, ils roulèrent un long moment en silence. Alana songeait à la fois aux propos de Greg et à l'avion de la secrétaire d'Etat. Dans les deux cas, rien de bien réjouissant. Elle n'avait jamais rencontré Fiona Katamora, mais lui vouait une admiration sans bornes, voyant en elle le modèle dont l'Amérique avait besoin. L'idée qu'elle ait pu périr dans un accident d'avion avait quelque chose d'insupportable.

Mais les propos de Greg n'étaient pas moins désolants et elle décida de ne pas en tenir compte. Et puis il y avait peut-être d'autres raisons à son amertume. Christie Valero et Saint Julian Perlmutter s'étaient montrés convaincants. Détruire à la base les justifications utilisées par les islamistes pour leurs actions meurtrières constituait peut-être le plus grand progrès dans la guerre contre le terrorisme. Plus que jamais, elle était persuadée que cette mission revêtait une importance cruciale pour les futures négociations de paix, et l'opinion de Greg à ce sujet lui importait finalement assez peu.

Mike s'engagea dans un canyon entre les collines, à l'ombre, où il faisait beaucoup plus frais qu'en plein désert. Ils roulèrent ainsi pendant huit cents mètres avant d'émerger de l'autre côté. Toujours aucune trace de l'avion, aucune colonne de fumée dans le ciel. Pourtant, il volait si bas qu'il devait à présent avoir atterri.

Ils poursuivirent leur route pendant une heure, conscients qu'ils avaient franchi la frontière à un moment ou à un autre, et qu'ils se trouvaient à présent illégalement en territoire libyen. Heureusement, Greg parlait arabe. S'ils tombaient sur une patrouille, il saurait les tirer d'affaire.

Les dunes de sable et de pierre se succédaient, monotones, sous la chaleur écrasante du soleil qui transformait l'horizon en une ligne fluide et tremblotante. Ils venaient d'arriver au sommet d'une colline et s'apprêtaient à redescendre lorsque Mike écrasa la pédale de frein, passa la marche arrière et se retourna pour regarder derrière lui.

— Que se passe-t-il ? demanda Alana, alors que le camion redescendait la pente qu'ils venaient d'escalader.

Ce fut Greg qui répondit.

— Une patrouille !

Un véhicule militaire découvert apparut alors au sommet de la colline, un soldat agrippé à une mitrailleuse d'aspect redoutable. Haut sur roues, équipé de pneus ballons et doté d'une cabine cubique, l'engin semblait parfaitement adapté au désert.

— Laisse tomber, Mike, lança Greg d'une voix forte pour couvrir le rugissement du moteur. Tenter de fuir ne fera qu'aggraver les choses.

Mike Duncan hésita un instant puis finit par hocher la tête. Il savait que Chaffee avait raison. Il ralentit et lorsque le camion s'immobilisa, il coupa le contact, tira le frein à main et laissa ses mains sur le volant, bien en vue.

Le véhicule libyen s'arrêta à vingt mètres d'eux, permettant au mitrailleur de couvrir le trio. Quatre soldats jaillirent alors de la porte arrière, l'AK-47 à la main.

Alana n'avait jamais eu aussi peur de toute sa vie. Avec de grands gestes, les soldats libyens leur crièrent de descendre du camion. Greg Chaffee s'efforçait de leur parler en arabe, mais sans résultat. L'un des soldats fit un pas en arrière et arrosa le sol d'une rafale d'arme automatique, soulevant des geysers de sable.

Alana poussa un hurlement.

Mike, Greg et elle levèrent alors les mains au-dessus de la tête, en un geste universel de reddition. Un soldat saisit Alana par le poignet et la tira de la cabine. Mike ne fit pas mine de protester contre cette brutalité, mais reçut néanmoins un violent coup de crosse dans l'épaule, qui lui engourdit le bras jusqu'au bout des doigts.

Alana s'affala sur le sol, plus mortifiée que physiquement blessée. Greg, lui, sauta à bas du camion, les bras toujours levés.

— Je vous en prie, dit-il en arabe, nous ne savions pas que nous avions franchi la frontière libyenne.

— Parle-leur de l'avion, dit Alana en se remettant debout et en ôtant la poussière sur ses fesses.

— Nous avons vu un avion qui semblait sur le point de s'écraser, dit-il aux soldats. Nous voulions aller voir ce qui s'était passé.

Bien qu'aucun ne portât d'insigne particulier sur son uniforme, l'un d'entre eux semblait visiblement le chef.

— Où avez-vous vu ça ? demanda-t-il.

Greg fut soulagé de voir que le dialogue s'engageait.

— Nous faisons partie d'une équipe de recherches archéologiques qui travaille en Tunisie, juste de l'autre côté de la frontière. L'avion a volé au-dessus de nous à environ mille pieds d'altitude... euh, trois cents mètres.

— Vous avez vu l'avion s'écraser ? demanda le militaire mal rasé.

— Non. Pas du tout. On s'est dit qu'il avait réussi à se poser dans le désert, parce qu'on n'a pas vu de fumée.

— C'est une bonne nouvelle pour vous, répondit-il de façon énigmatique.

— Que voulez-vous dire par là ? demanda Greg.

Le Libyen ignora la question et remonta dans son véhicule de patrouille. Il revint quelques instants plus tard, tenant quelque chose dans ses mains. Ils ne comprirent qu'en le voyant tendre une paire de menottes à chacun de ses hommes.

L'un des soldats saisit Alana à l'épaule, par derrière.

— Qu'est-ce que vous faites ? s'écria-t-elle. Nous n'avons rien fait de mal.

Lorsqu'elle sentit le métal tiède sur ses poignets, elle se retourna et cracha au visage de l'homme. Celui-ci lui retourna une gifle qui l'envoya au sol.

Mike repoussa le soldat qui s'apprêtait à le menotter et fit deux pas en direction d'Alana, étendue par terre, à moitié inconsciente. Le chef du petit groupe de soldats tira alors un pistolet de son étui et lui logea calmement une balle entre les deux yeux.

La tête de Mike Duncan fut projetée en arrière et il s'écroula à quelques pas d'Alana. Sonnée par la formidable gifle, elle ne put que contempler, hébétée, le troisième œil qui s'était ouvert au front de Mike et d'où s'échappait un filet de sang sombre.

Elle sentit qu'on la remettait sur ses pieds mais fut incapable de résister lorsqu'on la poussa à l'arrière du camion. Greg Chaffee, qu'on installa sur la banquette à ses côtés, semblait lui aussi en état de choc. Il faisait chaud dans le véhicule, plus chaud encore qu'à l'extérieur, et cela fut pire lorsqu'un soldat leur jeta un sac en toile sur la tête.

L'épais tissu absorba les larmes d'Alana Shepard.

9

Hôtel Corinthia Bab Africa, Tripoli.

L'ambassadeur Charles Moon se leva dès que son secrétaire eut ouvert la porte et s'avança vers son hôte.

— Monsieur le ministre, dit Moon d'un ton grave, je vous suis reconnaissant de prendre sur votre temps pour venir me voir.

— Dans des circonstances aussi dramatiques, répondit Ali Ghami, le président Kadhafi aurait aimé vous faire part personnellement de son inquiétude, mais les affaires de l'Etat l'accaparent beaucoup. Je vous prie de voir dans mon humble présence le signe que nous partageons votre angoisse face à un événement aussi désastreux.

L'ambassadeur américain saisit la main que lui tendait le ministre libyen des Affaires étrangères et lui fit signe de prendre place sur le canapé disposé près de la haute fenêtre s'ouvrant sur la Méditerranée. Au loin, un pétrolier s'éloignait vers l'ouest. Les deux hommes s'assirent.

Alors que Moon, plutôt de petite taille, portait son costume comme un sac en toile de jute, le ministre libyen, bel homme, les cheveux parfaitement coiffés, était vêtu d'un élégant complet Savile Row et arborait de belles chaussures impeccablement cirées. Il parlait un anglais parfait avec une légère pointe d'accent qui ajoutait encore à son exquise distinction. Il croisa les jambes et effaça d'un geste un pli à son pantalon.

— Mon gouvernement tient à vous assurer que nos équipes de secours fouillent sans relâche la région et que nous avons également dépêché des avions de reconnaissance. Nous sommes déterminés à savoir ce qu'il est advenu de l'avion de Mme Katamora.

— Nous vous en sommes infiniment reconnaissants, répondit Charles Moon d'un ton très formel.

Diplomate de carrière, Moon savait bien que le ton de leur conversation était aussi important que les mots prononcés.

— Les mesures qu'a prises votre gouvernement répondent tout à fait à notre attente. Votre visite seule me dit à quel point vous prenez au sérieux ce qui pourrait se révéler une terrible tragédie.

— Je sais que la coopération entre nos deux pays n'en est encore qu'à ses balbutiements. Vous ne disposez même pas d'une ambassade et devez travailler dans une suite d'hôtel, mais je ne veux pas que cette situation puisse compromettre ce qui a débuté sous les meilleurs auspices.

Moon acquiesça.

— Depuis la reprise de nos relations en mai 2006, votre gouvernement nous a constamment soutenus, et cette fois-ci, je ne crois pas du tout qu'il puisse s'agir d'un acte, disons... délibéré. A moins que d'autres éléments apparaissent au grand jour, nous considérons cela comme un tragique accident.

Ce fut au tour de Ghami d'acquiescer.

— Oui, un tragique accident.

— Mon gouvernement pourrait-il faire quelque chose pour vous aider ? demanda Moon qui connaissait pourtant déjà la réponse. Le porte-avions *Abraham Lincoln* se trouve en ce moment à Naples et pourrait contribuer aux recherches d'ici un jour ou deux.

— Rien ne me plairait plus que d'accéder à votre proposition, monsieur l'ambassadeur, mais je crois que nos équipes de recherche, aussi bien civiles que militaires, suffisent amplement à la tâche. Je préfère ne pas imaginer les conséquences diplomatiques si par malheur un nouvel accident d'avion venait à survenir. En outre, le peuple libyen n'a pas oublié la dernière fois où des avions de guerre américains ont survolé notre pays.

Il faisait référence aux bombardements du 14 avril 1986, réalisés par des FB-111, qui avaient détruit plusieurs casernes et endommagé le réseau de défense antiaérien libyen. Ces frappes avaient été la riposte à une série d'attentats à la bombe en Europe et aux Etats-Unis, attribués à un groupe soutenu par la Libye. La Libye avait bien entendu nié toute implication, mais de fait, il n'y avait plus eu de tels attentats avant ceux d'Al-Qaida, une dizaine d'années plus tard.

Un petit sourire apparut sur les lèvres d'Ali Ghami.

— Bien entendu, nous acceptons le fait que certains de vos satellites espions aient été repositionnés au-dessus de notre territoire. Si vous repérez l'avion et si vous nous faites part de sa localisation, nous saurons comment vous aurez obtenu cette information. (Moon s'apprêtait à protester, mais le Libyen l'arrêta d'un geste.) Je vous en prie, monsieur l'ambassadeur, vous n'êtes pas obligé de me répondre.

Pour la première fois depuis douze heures, lorsque le transpondeur de l'avion s'était tu, Moon se surprit à sourire.

— Je m'apprêtais seulement à vous dire que bien entendu, nous vous communiquerions l'information.

— Il y a encore autre chose à discuter, dit Ghami. A l'heure actuelle, et si vous en êtes d'accord, je ne vois pas de raison d'annuler ni même d'ajourner la prochaine conférence de paix.

— J'ai parlé avec le président ce matin, et il est du même avis. Si par malheur le pire était arrivé, ce serait faire insulte à la mémoire de Mme Katamora que de manquer une occasion unique d'apporter la stabilité à la région. Elle serait la première, je crois, à vouloir que nous agissions de la sorte.

— Au cas où, comme vous l'avez dit, le pire serait advenu, savez-vous qui représenterait votre pays à la conférence ?

— Franchement, non. Le président refuse même d'envisager une telle éventualité.

— Je comprends.

— Mme Katamora et lui étaient très proches.

— Je l'imagine bien. D'après ce que j'ai vu et lu dans la presse, c'était une femme remarquable. Excusez-moi, c'est une femme remarquable. Monsieur l'ambassadeur, je ne vais pas prendre plus longtemps sur votre temps. Je tenais simplement à vous témoigner personnellement notre inquiétude et vous assurer que nous vous tiendrons informés de nos avancées.

— Je vous en remercie.

— D'une façon plus personnelle, Charles, si c'est la volonté d'Allah, je ne la comprends vraiment pas.

Moon comprit que seul un sentiment profond pouvait lui permettre de mettre ainsi en question la volonté de Dieu.

— Merci.

L'ambassadeur des Etats-Unis raccompagna le ministre libyen des Affaires étrangères jusqu'à l'ascenseur.

— Je me demande... si l'appareil s'est écrasé, comment allons-nous procéder ?

— Je ne comprends pas, fit Ghami.

— Si l'appareil s'est écrasé, mon gouvernement va certainement demander qu'une équipe d'experts américains examine l'épave sur place. Les techniciens du National Transportation Safety Board savent parfaitement déterminer les causes d'un accident d'avion.

— Je vois, oui, dit Ghami en se passant la main sur la joue. Nous avons ici des spécialistes identiques. Cela dit, il faut que j'en parle au président.

— Très bien. Je vous remercie.

Une minute après que Moon fut retourné à son bureau, on frappa à la porte.

— Entrez.

— Qu'en pensez-vous ? demanda Jim Kublicki, le chef de l'antenne de la CIA à l'ambassade.

Ancienne vedette universitaire de football américain, Kublicki travaillait pour l'agence depuis quinze ans. Presque aussi grand que le battant de la porte, il ne pouvait agir sous couverture tellement il était repérable, mais c'était un administrateur compétent et les quatre agents assignés à l'ambassade l'appréciaient et le respectaient.

— S'ils sont impliqués dans cette affaire, Ali Ghami est hors de cause, répondit Moon.

— D'après ce que j'ai appris, Ghami est le chouchou de Kadhafi. Si ce sont les Libyens qui ont abattu l'avion, il est forcément au courant.

— Dans ce cas, je suis persuadé qu'ils n'ont rien fait et qu'il s'agit d'un accident.

— On en sera vraiment sûrs quand ils auront découvert l'épave et qu'une équipe aura pu l'examiner.

— Tout à fait d'accord.

— Lui avez-vous demandé si nous pouvions faire venir une équipe du NTSB ?

— Oui. Ghami y était favorable, mais il faut d'abord qu'il en parle avec Kadhafi. Je crois qu'il ne s'attendait pas à cette requête et qu'il lui faut un peu de temps pour trouver un moyen d'accepter sans reconnaître que dans ce domaine-là, les Américains sont meilleurs qu'eux. Ils ne peuvent pas se permettre un incident diplomatique en nous opposant un refus catégorique.

— S'ils le font, ça voudra dire quelque chose, dit Kublicki, avec la paranoïa habituelle des agents secrets. Bon, comment est-il, lui ?

— Je l'avais déjà rencontré, bien sûr, mais cette fois-ci, j'ai découvert l'homme derrière les politesses diplomatiques. Il est charmeur et agréable, même en ces circonstances. J'ai bien senti qu'il était réellement choqué par ce qui s'est passé. Il a engagé sa propre réputation dans cette conférence, et ça se passe mal avant même qu'elle ait commencé. Il est furieux. Il est difficile de croire qu'un régime comme celui-ci ait pu produire un homme tel que lui.

— Quand on a renversé Saddam Hussein, Kadhafi a senti passer le vent du boulet. Après la capture de Saddam, combien de temps a-t-il fallu à la Libye pour abandonner son programme nucléaire et désavouer le terrorisme ?

— Quelques jours, me semble-t-il.

— Exactement. Quand le danger guette, on retourne sa veste.

Moon fit la moue. Il n'avait rien d'un chauvin et s'était fermement opposé à l'invasion de l'Irak, bien qu'il reconnût, à présent, que sans elle, la future conférence de paix n'aurait peut-être jamais vu le jour. Il haussa les épaules. Qui sait ? Le passé était le passé et il n'y avait aucun moyen de revenir en arrière.

— Vous avez des nouvelles ? demanda-t-il à Kublicki.

— Le NRO a transféré un de ses satellites espion du Golfe pour qu'il couvre le désert, à l'ouest de la Libye. Les spécialistes ont déjà reçu les premières images. Si l'avion est dans cette région-là, ils le découvriront.

— Ça fait quand même des milliers et des milliers de kilomètres carrés, dit Moon. Et une partie de cette région est très montagneuse.

— Ces satellites sont capables de lire une plaque minéralogique à 1 600 km d'altitude.

Moon était trop bouleversé par la situation pour lui faire remarquer que relever les détails d'une cible précise n'avait rien à voir avec fouiller une zone aussi vaste.

— Vous avez d'autres informations à me communiquer ?

Comprenant qu'on le congédiait, Kublicki se leva.

— Non, monsieur l'ambassadeur. Il n'y a plus qu'à attendre, maintenant.

— Très bien, merci. Au passage, pourriez-vous demander à ma secrétaire de m'apporter de l'aspirine ?

— Bien sûr.

L'agent secret quitta le bureau.

Charles Moon appuya ses pouces contre ses tempes. Depuis qu'il avait appris la disparition de l'avion, il s'efforçait de maîtriser ses émotions, mais la fatigue commençait à avoir raison de sa posture professionnelle. Il savait que si Fiona Katamora était morte, c'en était fini des Accords de Tripoli. Il avait menti à Ali Ghami. Le président et lui avaient discuté de l'éventuel remplacement de la secrétaire d'Etat. Le président lui avait dit qu'il enverrait le vice-président, car un sous-secrétaire ne faisait pas le poids. Le problème, c'est que le vice-président, un jeune député bien de sa personne, n'avait été choisi que pour son image. Il n'avait aucune expérience diplomatique et tout le monde s'accordait à le trouver plutôt bête.

Lors d'une réception à la Maison Blanche, rencontrant un représentant kurde, il n'avait cessé de plaisanter sur la supposée sauvagerie des montagnards. Au cours d'un dîner d'Etat offert au président chinois, il lui avait demandé de ne pas lui faire de chinoiseries. Puis il y avait eu cette vidéo sur Internet, où on le voyait loucher sur le décolleté d'une actrice en se pourléchant les lèvres.

Guère religieux, Charles Moon éprouva soudain le besoin de se jeter à genoux et de prier le ciel pour la survie de Fiona Katamora. Il aurait aussi voulu prier pour les centaines, les milliers de gens qui mourraient encore dans cette violence sans fin si la secrétaire d'Etat venait à disparaître.

— Votre aspirine, monsieur l'ambassadeur, dit la secrétaire.

Il leva les yeux vers elle.

— Laissez-moi le flacon, Karen. Je vais en avoir besoin.

10

Dès que les portes en cuivre soigneusement polies de l'ascenseur de l'*Oregon* s'ouvrirent, Juan Cabrillo sentit la profonde pulsation rebondir jusque dans sa poitrine.

Il ne s'agissait pas des moteurs révolutionnaires du navire, mais d'un système stéréo perfectionné. Pour lui, la musique beuglant dans l'unique cabine de cette partie du cargo ressemblait à une explosion continue accompagnée d'une voix ressemblant à une dizaine de chats en rut en train de se bagarrer. Les miaulements s'élevaient sans aucune relation avec la pulsation, et de temps à autre, les amplificateurs des musiciens se mettaient à hurler, sans raison apparente.

Les goûts musicaux de Mark Murphy (si l'on pouvait parler de musique) expliquaient qu'il n'y eût pas d'autre cabine dans cette partie de l'*Oregon*.

Cabrillo s'immobilisa un instant devant la porte. Les membres de la Corporation avaient reçu des sommes rondelettes pour décorer leurs cabines comme ils l'entendaient. La sienne était ornée de divers bois exotiques et ressemblait plus au salon d'un manoir anglais qu'à une suite dans un bateau. Franklin Lincoln, qui avait grandi dans le plus complet dénuement dans les rues de

Detroit, et avait passé vingt ans dans la Navy à dormir où on le lui disait, avait équipé sa cabine d'un lit de camp, d'une cantine et d'une armoire en métal. Le reste de l'argent, il l'avait consacré à personnaliser sa Harley Davidson. La cabine de Max, elle, était encombrée d'un bric-à-brac de meubles dépareillés qui semblaient venus d'une vente de charité.

Et puis il y avait Mark et son complice dans ses activités criminelles, Eric Stone. La cabine d'Eric était un rêve de geek, équipée de tous les appareils, consoles et jeux vidéo imaginables. Le sol, en caoutchouc antistatique, était encombré de kilomètres de câbles, les murs ornés de posters de pin-up et de jeux vidéo. Le lit, poussé dans un coin, n'était qu'un amas informe de draps et de couvertures.

Mark, lui, avait fait le choix du dépouillement. Les murs de sa cabine étaient du même gris que la moquette, l'un des murs était recouvert par des dizaines d'écrans plats. Il y avait également deux fauteuils en cuir bien rembourrés, un lit à deux places et une austère commode. Les éléments de mobilier les plus remarquables de la pièce étaient sans conteste les quatre haut-parleurs, hauts de plus de deux mètres, qui ressemblaient vaguement au musée Guggenheim de Bilbao. Murphy affirmait que les angles aigus dans un système stéréo ont une influence sur le son. Vu les horreurs qu'il écoutait, Juan se demandait comment son jeune spécialiste des armements pouvait s'en rendre compte.

Murphy et Stone se tenaient devant le mur d'écrans vidéo, observant l'imagerie satellite envoyée par Langston Overholt. Alors que l'*Oregon* faisait route vers la Libye, Cabrillo avait passé un contrat avec

Langston : ils agiraient sous couverture comme un groupe de recherche et de secours ; il avait également demandé qu'on leur fournisse les images satellites que le NRO avait certainement obtenues dès que l'on avait appris la disparition de la secrétaire d'Etat.

Mark et Eric avaient modifié un logiciel de reconnaissance de forme pour tenter de retrouver une épave d'avion. Le NRO disposait de dizaines de spécialistes attelés aux mêmes tâches, et équipés de matériel et de logiciels plus performants, mais Juan était persuadé que ses hommes découvriraient avant eux l'épave du 737.

Juan alluma la lumière pour attirer leur attention.

Mark fit taire la musique au moyen d'une télécommande.

— Merci, dit Juan. Quel est le nom de ce groupe ? Je te demande ça pour ne pas risquer d'acheter ce CD par erreur.

— The Puking Muses, répondit Mark sur le ton de l'évidence.

— C'est vrai, pas de risque de se tromper.

Mark était vêtu d'un jean déchiré et d'une chemise ornée de l'inscription « Pedro for President ». Il arborait une tignasse noire emmêlée, mais, à la surprise de Juan, avait quand même consenti à raser le duvet famélique qu'il baptisait pompeusement du nom de barbe. Eric, lui, était vêtu comme à son habitude d'une simple chemise et d'un pantalon chino.

— Il était temps que tu te débarrasses de cet oiseau mort sur ton visage, fit Juan en se passant la main sur le menton.

— La fille avec qui je discute sur le Net m'a dit que j'étais mieux sans barbe.

Mark avait retrouvé son effronterie habituelle, mise un peu en sourdine après l'admonestation du président, consécutive à son erreur en Somalie. Sam Pryor, l'ingénieur blessé, assurait ne pas lui en vouloir, mais proclamait quand même à qui voulait l'entendre qu'en sortant de l'infirmerie, il ferait de Murphy son valet personnel.

— Une fille intelligente. Epouse-la. Bon, qu'est-ce que vous avez découvert ? Attendez. Avant de me répondre, qu'est-ce que c'est que ce truc-là ?

Il montrait sur l'écran l'endroit où le Sahara touche la Méditerranée, à environ quatre-vingts km à l'ouest de Tripoli et de ses faubourgs. Alors que la côte se déroulait presque en ligne droite, on distinguait une avancée de la mer dans les terres, en forme de rectangle parfait. Il s'agissait visiblement d'une œuvre humaine, et, d'après l'échelle sur les moniteurs, d'une taille gigantesque.

— Une nouvelle sorte d'usine hydroélectrique, dit Eric. Elle n'est apparue qu'il y a un mois.

— Je croyais que la Méditerranée n'avait pas de marée suffisante pour ce genre de centrale électrique, fit Juan.

— C'est vrai, mais cette centrale ne fonctionne pas avec le flux et le reflux des marées. Ils ont construit cette usine dans une baie étroite bien plus profonde que celles qu'on trouve habituellement dans la région. Ils ont élevé une digue pour barrer l'ouverture et asséché la baie. Puis ils l'ont élargie et creusée plus profondément. Il y a une série de vannes en haut de la digue. A marée haute, l'eau s'engouffre dans les vannes, puis dans des canalisations et fait tourner des turbines pour produire de l'électricité.

— C'est absurde. Quelle que soit sa taille, la baie va finir par se remplir d'eau.

— Tu oublies la configuration du lieu, rétorqua Eric avec une petite grimace. Le désert !

Le directeur comprit aussitôt.

— L'évaporation. Astucieux.

— Le réservoir doit être large, mais pas forcément profond. Ils ont calculé le taux d'évaporation en fonction de la quantité d'électricité qu'ils voulaient produire. Lorsque le soleil se couche, le lac artificiel est presque vide. Puis on ouvre les vannes, l'eau s'engouffre dans les turbines et le cycle se répète.

— Et le...

— L'excès de sel ? Il est récolté pendant la nuit et vendu aux collectivités territoriales européennes pour saler les routes. Ils disposent là d'une énergie propre, complètement renouvelable, et qui rapporte en plus quelques millions de dollars par an grâce au salage des routes pendant l'hiver.

— Il y a quand même un problème potentiel, dit Mark. Avec le temps, l'évaporation pourrait changer la météo dans la région.

— D'après le rapport que j'ai lu, ce sera négligeable, dit Eric, défendant cette réalisation face à la paranoïa naturelle de Mark.

— Ce rapport a été écrit par la société italienne chargée de la conception de l'usine. Evidemment, ils disent que ce sera négligeable, mais en réalité ils n'en savent rien.

— Ça n'est pas notre problème, dit Juan avant que Mark ait pu ramener l'une de ses théories du complot. Le nôtre, c'est de trouver l'avion de la secrétaire d'Etat. Vous avez découvert quelque chose ?

Mark avala une demi-canette de Red Bull avant de répondre.

— Bon, nous avons deux scénarios. Le premier, c'est que l'avion a explosé en plein vol, soit à la suite d'une panne catastrophique, comme le TWA 800 sur la rive sud de Long Island, ou a été frappé par un missile, également comme le TWA 800, ça dépend de ce qu'on croit. Si c'est le cas, et compte tenu de la vitesse et de l'altitude de l'avion, on devrait avoir des débris sur deux cent soixante kilomètres carrés.

— Il serait presque impossible d'en détecter un sans savoir approximativement où l'explosion a eu lieu, dit Eric en essuyant ses lunettes sur un pan de sa chemise.

— Nous savons où les communications et le transpondeur se sont interrompus, fit valoir Mark. Une rapide extrapolation de la trajectoire, de la vitesse et de l'heure d'arrivée prévue à l'aéroport international de Tripoli indiquent que l'événement a pu avoir lieu du côté tunisien de la frontière et que l'avion se serait écrasé en Libye.

— C'est ce que vous avez, là ? demanda Juan en montrant l'image de désert sur la multitude d'écrans.

Mark secoua sa chevelure hirsute.

— Non, on a déjà vérifié, et nada. On a vu un camion abandonné et de nombreuses traces de pneu qui ont dû être laissées par des patrouilles frontalières, mais pas d'avion.

— C'est plutôt une bonne nouvelle. L'avion n'aurait donc pas explosé en vol.

— Bonne et mauvaise à la fois, rétorqua Eric. Comme nous ne connaissons pas la nature de l'événement, il devient difficile de chercher. Le système d'alimentation en oxygène est-il tombé en panne, tuant l'équipage, et donc l'avion aurait-il continué à voler jusqu'à manquer de carburant ? Dans ce cas, il a pu parcourir huit cents kilomètres voire plus à l'est de Tripoli et s'écraser peut-être en pleine mer. Il a pu aussi y avoir une panne de moteur. Si c'est ça, l'avion a pu planer sur des kilomètres avant de s'écraser.

— Mais ça n'expliquerait pas le silence radio, fit remarquer le directeur. L'équipage aurait lancé un message de détresse.

— On le sait bien, dit Mark, un peu sur la défensive. Il faut quand même qu'on explore toutes les hypothèses pour délimiter une zone de recherche. Il paraît peu vraisemblable que la radio tombe en panne en même temps que les réacteurs, mais des choses plus bizarres se sont déjà produites. Au fait, est-ce que les fédéraux ont interrogé les gens qui ont approché l'avion en dernier ? Il aurait pu être saboté.

— Lang m'a dit qu'en ce moment même, le FBI procède à des interrogatoires.

— Ils devraient aussi enquêter sur l'équipage. L'un d'eux pourrait être lié à Al-Qaida.

— Les membres de l'équipage appartiennent tous à l'armée de l'air, répondit Juan. Je doute qu'ils puissent représenter une menace.

— La CIA a dit la même chose pour Aldridge Ames, et je suis sûr que le FBI a fait une enquête serrée sur

Robert Hanssen. Il n'y a aucune raison qu'un militaire de l'armée de l'air ne puisse pas être acheté. Il aurait pu amener l'avion jusqu'à une base libyenne éloignée, où en ce moment même ils sont en train de torturer la secrétaire d'Etat. (Il se tourna vers Eric, le regard brillant.) Qu'est-ce que tu paries qu'ils lui font subir le supplice de la baignoire ? On le fait bien aux gars qu'on détient à Guantanamo, pas vrai ? Ou alors ils lui ont attaché des électrodes aux...

— Messieurs, évitons les dérapages, lança Juan avant qu'ils n'aient passé en revue les tortures les plus atroces.

— Oui, bien sûr, grommela Eric, demeuré pourtant silencieux durant la sortie de Mark. Euh... si les deux réacteurs sont tombés en panne, on a factorisé la vitesse, l'altitude et une descente d'environ quatre cent cinquante mètres par minute. Ca nous donne une zone de plus ou moins cent cinquante kilomètres carrés.

— C'est ce que vous avez sur l'écran ?

— Pas vraiment, répondit Eric.

Mark enchaîna sur les derniers mots de son ami.

— En fait, nous avons envisagé la panne de moteurs et la coupure des communications radio, mais on a écarté rapidement ce scénario et on a trouvé quelque chose de mieux.

Juan commençait à perdre patience, mais il se contint. Il savait que Mark et Eric adoraient étaler leurs qualités de déduction, et il n'entendait pas les priver de ce plaisir.

— Bon, c'est quoi, la réponse ?

— La queue de l'appareil a été arrachée.

— Au moins une partie, corrigea Eric.

— Un défaut de structure dans la queue aurait très bien pu endommager les antennes radio, ce qui expliquerait le soudain silence. Et endommager aussi le transpondeur.

— Suivant l'étendue des dégâts, poursuivit Eric, l'avion a pu continuer à voler pendant un certain temps. Il devait être très instable, et le pilote n'avait que peu de façons d'intervenir. Il ne pouvait gouverner qu'en jouant alternativement de la poussée de chaque réacteur.

« Le problème, c'est que le 737 ne peut pas larguer sa cargaison de kérosène. Il doit voler en cercles pour brûler son carburant et ne pas risquer d'être trop lourd à l'atterrissage.

Juan voulut poser une question, mais Mark le devança.

— Ils ont refait le plein à Londres quand ils se sont brièvement arrêtés pour un entretien avec le ministre des Affaires étrangères britannique. D'après mes calculs, ils avaient encore assez de carburant pour voler pendant une heure après qu'on a perdu le contact avec eux.

Juan acquiesça.

— Même avec les réacteurs au ralenti, l'avion a pu parcourir un peu plus de trois cents kilomètres.

— Mais ils ne l'ont pas fait, dit Eric, sans ça ils auraient tenté un atterrissage d'urgence à Tripoli.

— Bien vu. Mais alors bon sang, où est cet avion ?

— On a combiné les deux scénarios. Panne de réacteur et destruction de la queue, dit fièrement Mark. C'est plausible. Très improbable, mais ça pourrait arriver. Ça rétrécit notre champ de recherches à environ deux cent soixante kilomètres carrés. On a trouvé un endroit possible, mais ça s'est révélé être une formation géologique qui a une vague forme d'avion. (Il montra le centre de l'écran.) Et là, on a trouvé ça.

Juan s'avança. Sur l'écran, on apercevait une zone montagneuse, pratiquement inaccessible sauf en hélicoptère ou avec un très bon 4 × 4. Mark appuya sur une touche du panneau de contrôle et zooma sur l'image.

— Le voilà, murmura le président.

L'avion, ou du moins ce qu'il en restait, se trouvait près du sommet de l'une des montagnes. Des débris jonchaient le sol sur près d'un kilomètre autour de l'épave. On voyait des marques sur le sol à l'endroit de l'impact, puis là où il s'était soulevé avant de retomber sur le ventre et de se désintégrer au cours de la décélération. On apercevait des traces d'incendie entre le deuxième impact et l'endroit où gisait l'épave. Le fuselage, ou du moins les deux tiers, présentait l'aspect d'un tube calciné entouré de débris d'ailes. L'un des réacteurs était visible à une trentaine de mètres de l'appareil. Aucune trace du deuxième.

— Des signes montrant qu'il y a eu des survivants ? demanda Juan qui connaissait déjà la réponse.

— Désolé, patron, dit Eric. S'il y en a eu, ils ne se sont pas manifestés pour demander de l'aide. M. Overholt nous a dit qu'on devrait recevoir une autre série d'images dans dix heures environ. On comparera les deux jeux pour voir si des choses ont changé sur le site. Mais regarde toi-même. Personne n'aurait pu survivre à un accident pareil, surtout avec l'incendie.

— Tu as raison. Je sais. Mais ça ne me plaît pas. Fiona Katamora était quelqu'un de remarquable. C'est terrible de mourir comme ça. Surtout à la veille des

Accords de Tripoli. Les gars, vous avez fait du bon boulot. Envoyez une petite note sur mon ordinateur avec les coordonnées exactes, pour que je puisse les transmettre. Inutile de faire perdre leur temps aux spécialistes du NRO alors que nous avons déjà retrouvé l'avion. Je suis sûr que Lang va nous demander d'inspecter le site avant d'annoncer la nouvelle aux Libyens. Au fait, où cherchent-ils, eux ?

— A quelques centaines de kilomètres de là, répondit Mark. A mon avis, il s'agit de simples gesticulations. Il savent que nous avons des satellites, alors ils brassent de l'air en attendant qu'on leur dise où il faut chercher.

— Tu as probablement raison. En tout cas, il faut se préparer à se rendre sur place, et comme on ne pourra pas utiliser l'hélicoptère, prépare un itinéraire pour le Pig.

— Max n'aime pas que tu l'appelles comme ça, lui rappela Eric.

— C'est lui qui a donné ce nom ridicule de *Powered Investigator Ground*, alors on l'appellera Pig. Il râle pour ce surnom parce qu'il râle tout le temps.

Juan s'efforçait de plaisanter, mais il ne cessait de songer aux victimes du crash.

En fermant les yeux, il imaginait leur terreur au moment où l'avion allait s'écraser contre le flanc de la montagne. Quelles avaient pu être les dernières pensées de Fiona Katamora ?

Une heure plus tard, il se retrouvait dans sa cabine, les pieds sur le bureau, un cigare cubain à la main, contemplant les volutes de fumée qui s'allongeaient paresseusement sur le coffrage du plafond. Tout était prêt pour leur arrivée à Tripoli, la nuit suivante. Il avait trouvé un intermédiaire à Nicosie, surnommé l'Enfant, un homme qu'il n'avait encore jamais rencontré mais qui avait des contacts dans tout le bassin méditerranéen. Moyennant finances, l'Enfant s'était arrangé avec la douane pour permettre le débarquement du Pig. Il avait aussi obtenu les visas nécessaires pour Juan et son équipe. Langston avait en effet exigé qu'ils vérifient sur place avant d'admettre la mort de la secrétaire d'Etat.

A nouveau, il examina la photo satellite dont il avait tiré une copie. Quelque chose le gênait dans l'image de cette épave, mais il n'aurait su dire quoi. Il avait tiré des images d'autres crashes d'avion mais n'avait rien remarqué d'anormal en les comparant. Bien sûr, il n'y avait pas deux accidents semblables, mais aucune anomalie ne l'avait frappé. Pourtant, il y avait bien quelque chose...

Juan avait passé un certain temps en Libye à l'époque où il travaillait pour la CIA. Ses deux missions n'avaient pas été particulièrement dangereuses. Pour la première, il s'agissait d'aider à la défection d'un général et de sa famille. La deuxième consistait à rencontrer un scientifique qui prétendait travailler sur le programme d'armement de Kadhafi. En réalité, il ne disposait de presque aucune information intéressante. Juan avait bien aimé les gens rencontrés lors de ces deux missions et s'était rendu compte qu'ils n'aimaient guère le régime mais avaient peur d'intervenir. Il en va toujours ainsi dans les Etats policiers.

Cela avait-il changé ? La Libye s'ouvrait-elle réellement à l'Occident ou considéraient-ils toujours les

Etats-Unis comme des ennemis ? A sa connaissance, les deux tendances coexistaient dans les cercles du pouvoir. Pourtant sa décision était prise : il ne croirait à la thèse de l'accident qu'après avoir écouté lui-même l'enregistreur de vol. Et il ne croirait à la mort de Fiona Katamora qu'après avoir vu les résultats des tests ADN que Langston leur avait demandé de récolter sur place.

Il avait été un bon agent de la CIA parce qu'il savait faire confiance à son intuition. Il en allait de même au sein de la Corporation.

Cette fois-ci aussi, il était bien décidé à vérifier ce que lui soufflait son intuition.

11

Leur contact en Libye était le pilote chargé d'amener l'*Oregon* dans le port de Tripoli. C'était un homme affable, de taille moyenne, les cheveux bouclés qui commençaient à grisonner. Ses sourcils formaient une ligne continue au-dessus de ses yeux et l'une de ses incisives était cassée. Quand il ne parlait pas, il agaçait cette dent avec le bout de la langue, ce qui amena Juan à penser que la cassure était récente. Une petite éraflure au coin des lèvres ne faisait que confirmer le soupçon de Juan.

Le pilote expliqua qu'il les aidait ainsi parce qu'il avait besoin d'argent pour sa nombreuse famille. Son beau-frère avait perdu récemment son travail à Dubaï dans le bâtiment et sa famille s'était installée chez lui. Ses parents étaient tous deux vivants, grâce à Dieu, mais ils lui revenaient cher, tout comme les deux mariages qu'il allait devoir bientôt financer. Et pour couronner le tout, il versait régulièrement de l'argent à toute une smala d'oncles, de tantes et de cousins.

Toutes ces informations, Juan les avait apprises dans le court laps de temps nécessaire pour franchir la distance entre l'échelle de coupée et sa cabine.

— Vous êtes un homme honorable, monsieur Assad, lui dit Juan, le visage impassible.

Le pilote écarta le compliment d'un geste, et le bout incandescent de sa cigarette virevolta comme une météorite dans la pénombre de la cabine. Le soleil était déjà couché et l'*Oregon* encore loin du port dont les lumières filtraient à peine à travers le hublot encroûté de sel. En outre, Juan n'avait allumé qu'une lampe de bureau anémique : bien qu'il se fût déguisé (perruque sombre, lunettes et gaze dans les joues pour arrondir ses traits), il n'avait guère envie qu'Assad le regarde avec trop d'attention, ce que l'homme évitait d'ailleurs soigneusement de faire.

— On fait ce qu'il faut pour s'en sortir, pontifia Assad. (Il posa sur le bureau une serviette en cuir fatiguée et l'ouvrit.) Notre ami commun à Chypre m'a dit que vous comptiez décharger un camion et que vous aviez besoin de visas et de tampons sur les passeports pour trois hommes et une femme.

Il tira de la serviette une liasse de papiers et un tampon de la douane. Juan, qui connaissait les formalités, lui tendit les quatre passeports sortis tout droit de la Boutique magique de Kevin Nixon.

Il ne fallut que quelques minutes au pilote pour reporter les informations avant d'apposer un coup de tampon sur chacun des passeports et de les rendre à Juan.

Il lui remit également un certain nombre de papiers.

— Donnez cela aux inspecteurs des douanes pour votre camion. Et puis, prenez ceci (il posa sur le bureau deux plaques minéralogiques). Ça facilitera vos déplacements dans mon pays.

Cela épargnait à Juan la peine d'en voler une en ville.

— Excellente idée. Merci.

Le Libyen sourit.

— Le secret des affaires, c'est être au service du client, n'est-ce pas ?

— Tout à fait vrai.

— Vous avez la mémoire des chiffres ?

— Pardon ?

— Des chiffres. Je veux vous donner un numéro de téléphone portable, mais je ne veux pas que vous l'écriviez.

— Ah. D'accord. Allez-y.

Assad récita une série de chiffres.

— Dites à la personne qui vous répondra où l'on peut vous joindre, et je vous rappellerai dans l'heure. (Il pouffa.) Sauf si je suis avec ma femme, hein ?

Juan s'efforça de sourire.

— Je suis sûr que nous n'aurons pas besoin de vos services, mais je vous remercie quand même.

La bonhomie d'Assad s'effaça soudain de son visage et ses yeux se rétrécirent sous la barre des sourcils.

— Je ne vois pas comment trois hommes et une femme dans un camion pourraient menacer mon pays, mais si j'apprends des choses bizarres par la presse, je n'hésiterai pas à prévenir les autorités. J'ai des moyens de me tenir à l'écart de tout ça, vous comprenez ?

Juan ne lui en voulait pas de cet avertissement. Il en avait tellement entendu de semblables au cours des années qu'en fait il l'attendait. Certains de ces informateurs auraient même eu le culot de passer à l'acte. Assad pourrait être l'un d'eux. Il en avait bien la tête. Mais Juan se disait aussi que si jamais l'envie le prenait de les doubler, le dénommé Assad les accompagnerait pour une petite partie de pêche en mer.

— Le gouvernement américain doit être furieux de la mort de sa secrétaire d'Etat, fit remarquer le Libyen.

— Je n'en doute pas. Mais comme vous l'avez vu sur mon passeport, je suis citoyen canadien. Je n'ai aucun pouvoir sur ce qui se passe chez notre voisin du sud.

— Ils doivent quand même avoir très envie de retrouver l'épave de l'avion.

— Certainement, répondit Juan, impassible.

— D'où êtes-vous, exactement ? demanda soudain Assad.

— De Saint John.

— Ah, en Nouvelle-Ecosse.

— Non, à Terre-Neuve.

— Qui fait partie de la Gaspésie.

— Non, c'est une île.

Assad hocha la tête : apparemment, il avait passé l'épreuve. Ce capitaine était peut-être bien canadien, après tout.

— Votre gouvernement a peut-être envie d'aider ses voisins du sud dans cette affaire, suggéra-t-il.

Juan comprit qu'Assad avait besoin de se rassurer et de se dire qu'ils étaient venus pour l'accident d'avion et pas pour autre chose. Etant donné le jour de leur arrivée, l'idée était d'ailleurs logique et Juan n'avait aucune raison de ne pas lui ôter ses inquiétudes.

— Je suis sûr qu'ils seraient tout disposés à apporter leur aide.

Assad lui sourit.

— Hier soir, à la télévision, le ministre des Affaires étrangères, Ali Ghami, a demandé aux gens qui auraient des informations sur cet accident de les communiquer immédiatement aux autorités. Il est de l'intérêt de tout le monde qu'on retrouve cet avion, n'est-ce pas ?

— Oui, bien sûr.

Juan, qui commençait à se lasser des questions d'Assad, ouvrit un tiroir et en tira une grosse enveloppe.

— Voilà ce qui était convenu pour notre transaction.

Assad fourra l'enveloppe dans sa serviette sans même l'ouvrir.

— Notre ami de Chypre m'a dit que vous étiez quelqu'un d'honorable. Je lui fais confiance et ne compterai pas l'argent.

Juan se retint de faire la grimace. Il savait fort bien qu'avant d'amener l'*Oregon* à quai, il aurait compté les billets au moins deux fois.

— Vous avez dit tout à l'heure que le secret des affaires, c'est être au service du client ; j'ajouterais que c'est aussi conserver une bonne réputation.

— Tout à fait vrai. Et maintenant, capitaine, si vous vous voulez bien me conduire au poste de pilotage, je ne veux pas vous retenir plus longtemps.

— Volontiers.

*

Juan s'était souvent dit que le crime organisé avait dû voir le jour sur les quais d'une antique cité phénicienne. Il imaginait deux débardeurs chaparder une amphore de vin et donner une ou deux coupes aux gardes pour qu'ils regardent ailleurs ; puis quelqu'un d'autre les ayant surpris les forcer à en voler de nouvelles. Dans cette pièce figuraient les trois éléments nécessaires à l'extorsion : les voleurs, les gardes corrompus et un puissant exigeant un tribut. La seule chose qui avait changé en deux mille ans, c'était l'échelle du vol. Les ports étaient des univers à part entière, et quelle que fût l'autorité du gouvernement local, ils se débrouillaient toujours pour maintenir une autonomie propice à la corruption.

Il l'avait constaté tout autour de la terre, et au cours de ses années à la CIA avait utilisé la corruption consubstantielle aux ports pour pénétrer les milieux du crime organisé. Avec leur ballet d'entrées et de sorties, les ports constituaient le meilleur des choix. Il n'était pas étonnant qu'autrefois la mafia se soit tellement investie dans le syndicat des camionneurs.

L'utilisation massive des conteneurs avait temporairement endigué les petits larcins, mais les commanditaires n'avaient pas tardé à comprendre qu'il était encore plus intéressant de détourner des conteneurs entiers.

Juan se tenait sur le pont, face au quai, en compagnie de Max Hanley, qui fumait la pipe. La fumée odorante masquait en partie l'odeur de gazole et de poisson pourri qui flottait dans le port. En face de leur poste d'amarrage, une grue mobile déchargeait un conteneur d'un navire de cabotage. Aucune lampe sur la grue et les lampadaires du quai étaient éteints. Le camion qui attendait sa cargaison n'avait même pas allumé ses phares. La scène était éclairée par la lampe-torche d'un marin qui se tenait près du conteneur. En quittant l'*Oregon*, M. Assad était allé directement surveiller le déchargement. En raison de l'obscurité, Juan ne voyait que sa silhouette, à côté de celle du capitaine, sur le quai, mais Eric, qui disposait de jumelles de vision nocturne, avait confirmé son identité.

— Apparemment, l'Enfant sait à qui s'adresser, dit Max. Notre M. Assad est un homme occupé.

— Que disait Claude Rains dans *Casablanca* ? « Je ne suis qu'un pauvre fonctionnaire corrompu », c'est ça ?

Le talkie-walkie de Juan grésilla.

— Président, l'écoutille est ouverte. On est prêts.

— C'est bon, Eddie. Assad nous a dit qu'on pouvait utiliser notre propre grue pour débarquer le Pig, alors prépare-la.

— Compris.

Comme le mystérieux navire amarré au quai d'en face, l'*Oregon* était plongé dans l'obscurité. De l'autre côté du port, de hautes grues montées sur rails déchargeaient un énorme porte-conteneurs dans la lumière crue des lampes à vapeur de sodium. Au-delà, s'alignaient des rangées de conteneurs, puis une barrière de sécurité et des rangées d'entrepôts et d'énormes réservoirs de carburant.

L'une des grues de l'*Oregon* se mit à tourner dans le ciel, le bras s'immobilisa au-dessus de l'écoutille ouverte et les câbles descendirent. Quelques minutes plus tard, ils remontaient leur charge avec une étonnante facilité.

Malgré l'obscurité, Juan reconnut la forme du Pig. Le *Powered Investigator Ground* était l'enfant chéri de Max. De l'extérieur, le Pig ressemblait à un camion banal portant le logo d'une imaginaire société de prospection pétrolière ; mais en dessous se cachait un châssis Mercedes Unimog, seul élément non modifié du véhicule. Le moteur turbodiesel avait été gonflé pour produire près de huit cents chevaux, et, avec un apport d'oxyde de nitrate pouvait atteindre les mille chevaux. Les grosses roues équipées de pneus auto-obturants étaient montées sur une suspension articulée qui pouvait surélever le véhicule. Placée au-dessus du train avant, la cabine blindée pouvant accueillir quatre personnes était capable de résister à un tir de fusil à bout portant. Le corps du camion était protégé de la même façon.

Lorsque Eric et Mark entendirent pour la première fois parler du projet de Max pour le Pig, ils l'avaient baptisé Q, en hommage à la voiture blindée de James Bond. Une mitrailleuse de calibre .30 était dissimulée derrière le pare-chocs avant. Il était aussi équipé de missiles guidés tirés depuis une rampe de lancement cachée dans les flancs, et d'un générateur de fumée qui pouvait laisser un épais nuage dans son sillage. A partir d'une écoutille sur le toit, le Pig pouvait lâcher un tir de mortiers et être également équipé d'un autre lanceur automatique de grenades de calibre .30. L'espace de chargement pouvait être réaménagé pour diverses missions : unité chirurgicale mobile, station de radar ou transport de troupes pouvant accueillir dix soldats et tout leur équipement.

Pourtant, bien qu'il constituât une version miniature de l'*Oregon*, et en dehors de la taille inhabituelle des pneus, l'aspect extérieur du Pig était normal. S'il ouvrait la porte arrière, un inspecteur ne verrait que les flancs bombés de six fûts de 190 litres. Et si ledit inspecteur se montrait encore plus curieux, la première rangée de fûts pouvait être ôtée pour en révéler une deuxième. Les premiers contenaient du carburant offrant au Pig une autonomie de près de trois mille kilomètres. La deuxième rangée constituait une façade dissimulant l'intérieur du camion, et l'équipe pariait sur le fait que personne ne demanderait à les bouger.

— Bon, Max, je crois que le moment est venu de mettre à l'épreuve ta géniale invention.

— Oh, homme de peu de foi, répondit Max d'un ton douloureux.

— Tu sais exactement ce qu'on doit faire ? demanda Juan, redevenu sérieux.

— Dès que tu auras quitté Tripoli, je quitte le port et mets le cap à l'ouest. Nous prendrons position dans les eaux internationales au nord du lieu de l'accident, et l'hélicoptère sera prêt à décoller en dix minutes.

— Je sais que vous serez à la distance maximum pour l'hélico, mais c'est une assurance, au cas où. Si les choses se déroulent comme prévu, vous nous suivrez de loin quand on filera en Tunisie.

— Et si ça ne se passe pas comme prévu ?

Juan prit une mine faussement horrifiée.

— Il y a eu des fois où ça ne s'est pas passé comme prévu ?

— Il y a deux jours en Somalie, et il y a quelques mois en Grèce, l'année dernière au Congo, et avant ça en...

— Bon, bon, bon...

Des crachotements se firent entendre dans le haut parleur du poste de pilotage. Juan s'y rendit rapidement et décrocha le téléphone mural.

— Ici Cabrillo.

— Président, le Pig est sur le quai et nous sommes prêts à partir. D'après les dernières nouvelles, les équipes de secours libyennes se trouvent à près de cinq cents kilomètres du lieu de l'accident.

— C'est bon, Linda, merci. On se retrouve sur la passerelle dans cinq minutes.

Il regagna le pont.

Max tapota sa pipe contre le bastingage, faisant jaillir une gerbe d'étincelles qui dégringolèrent le long du flanc du navire avant de s'éteindre une à une.

— On se revoit dans deux jours.

— C'est ça.

Ils se souhaitaient rarement bonne chance avant une mission.

*

Juan conduisait, Mark Murphy avait pris place à ses côtés, Linda Ross et Franklin Lincoln à l'arrière. Tous les quatre étaient vêtus de combinaisons kaki, uniforme habituel des travailleurs du pétrole en Afrique du Nord et au Moyen-Orient. Linda avait ramené ses cheveux sous une casquette de base-ball, et comme elle était plutôt mince, elle pouvait aisément passer pour un jeune homme.

Il faisait encore sombre alors que les dernières lumières du port de Tripoli s'amenuisaient dans le rétroviseur. Il n'y avait presque aucune circulation sur cette route côtière et après une heure ils n'avaient encore franchi aucun barrage. Une voiture de police, sirène hurlante et gyrophare tournoyant les avait bien doublés, mais s'était ensuite évanouie dans la nuit.

Juan faisait confiance à ses faux papiers, mais préférait tout de même demeurer incognito le plus longtemps possible. Ce n'était pas tant un contrôle routier qui l'inquiétait que les flics corrompus qui profitaient des barrages pour rançonner camions et voitures particulières. Il avait prévu de l'argent liquide pour une telle situation, mais savait aussi que ce genre de situation pouvait rapidement déraper.

Mark avait introduit dans le GPS les coordonnées du lieu de l'accident mais par malchance, il y avait un barrage routier à moins de trente mètres de l'endroit où ils devaient quitter la grande route pour s'enfoncer dans le désert. Deux voitures de police étaient garées de manière à bloquer l'une des deux voies de circulation. Vêtu d'un gilet réfléchissant, un flic était penché à la vitre d'une voiture venant en sens inverse et balayait l'intérieur avec sa lampe électrique. Dans l'une des voitures de police, on distinguait deux autres hommes, et Juan se dit qu'il devait y en avoir un quatrième, hors de vue. Il ralentit.

— Mark, est-ce qu'on peut passer le barrage et tourner plus loin ?

Le jeune spécialiste des armes secoua la tête.

— J'ai calculé notre route à partir des images satellite. Si on ne tourne pas ici, on va arriver à des falaises très escarpées. On ne peut pas le voir dans l'obscurité, mais il y a sur notre gauche une piste qui doit nous amener au sommet.

— Donc, c'est maintenant ou jamais, c'est ça ?

— Malheureusement oui.

Juan s'immobilisa assez loin du barrage pour permettre à la voiture de passer une fois les flics satisfaits.

Dans une poche dissimulée à droite de son siège, il pouvait sentir la crosse de son arme préférée, le Five-SeveN de la Fabrique Nationale. Les munitions militaires SS190 avaient une étonnante puissance de pénétration, et, en raison de leur petite taille, on pouvait en loger vingt dans le chargeur.

A cette distance, on apercevait une famille dans la voiture. La femme avait la tête couverte d'un foulard et son visage n'apparaissait que comme un ovale pâle dans la lueur de la torche électrique. Elle berçait doucement, contre son épaule, un bébé dont le vent emportait les pleurs. Un deuxième enfant était assis sur le siège arrière. Bien que ne comprenant pas l'arabe, Juan sentait la tension grandir entre le père et le flic.

— C'est un barrage légal ou une simple mordida ? demanda Linc, utilisant le mot « morsure » par lequel les Mexicains désignent le pot-de-vin.

Juan allait lui répondre lorsqu'il vit le policier se reculer et tirer son pistolet de son étui. La femme se mit à hurler, couvrant de ses cris les pleurs de son bébé. Le conducteur leva les mains en un geste de supplication.

Les deux autres policiers sortirent en trombe de leurs voitures, tirant eux aussi leurs armes de leurs étuis. L'un d'eux s'approcha du conducteur, tandis que l'autre s'avançait vers le camion de Juan et de son équipe, brandissant son arme.

Fou de rage, Juan comprit en un éclair qu'ils n'avaient plus le temps d'intervenir.

Mark Murphy ouvrit la boîte à gants, révélant un clavier et une petite manette. Tandis qu'il tapotait sur le clavier pour activer la mitrailleuse, le flic penché à la vitre de la voiture fit feu.

La tête du conducteur explosa, éclaboussant le pare-brise de sang et de cervelle. Puis il tira de nouveau, à deux reprises, tranchant net les cris de la femme et du bébé. Un quatrième coup de feu retentit : l'enfant sur le siège arrière avait dû subir le même sort.

Aussitôt, Juan passa la première et appuya à fond sur la pédale. L'accélération avait beau ne pas être le point fort du Pig, il n'en bondit pas moins comme un animal sur sa proie. Le flic qui s'avançait vers eux ouvrit le feu, mais ses balles ne creusèrent que de tout petits cratères sur les vitres blindées ou ricochèrent sur le blindage.

— C'est bon, hurla Mike.

Juan jeta un bref coup d'œil sur l'écran où l'on voyait la caméra montée sous la mitrailleuse et qui offrait à Mark la possibilité d'ajuster le tir. Le canon de la mitrailleuse, lui, pointait déjà sous le pare-chocs.

— Vas-y ! lança Juan.

Une vibration secoua le camion, tandis qu'une gerbe de flammes jaillissait sous la cabine. Voyant les balles déchirer le revêtement de la route, le policier voulut s'écarter sur la gauche, mais il bougea trop tôt, laissant à Murphy tout le temps nécessaire pour viser. Les balles l'atteignirent d'abord aux chevilles, puis creusèrent des trous dans tout son corps à la vitesse de quatre cents coups à la minute. Il fut projeté au sol, face contre le bitume, le dos déchiqueté comme s'il avait été lacéré par un lion.

Le flic qui avait abattu la famille se rua vers sa voiture, imité par le troisième flic qui se précipita lui aussi vers la sienne. Mark tourna le canon de son arme vers ce dernier : la rafale fit exploser le pare-brise et hacha menu la carrosserie. Le tueur trouva temporairement un abri derrière la portière partiellement fermée, mais il comprit que sa position était intenable. Il rampa à travers le siège, ouvrit l'autre portière et se jeta au sol, de l'autre côté de la voiture. Puis il s'accroupit derrière la roue avant pour laisser passer la rafale suivante.

Comme il semblait neutralisé pour l'instant, Juan se dirigea vers l'autre voiture. Le policier se trouvait presque installé derrière son volant lorsqu'il fut pris dans le faisceau du puissant projecteur halogène du Pig. Il tira plusieurs balles, mais elles n'eurent pas plus d'effet que celles de son collègue.

Une rage froide envahit Juan qui se dirigeait droit sur lui.

— Attention ! lança-t-il à ses compagnons une fraction de seconde avant que le Pig ne percute la voiture.

Dans un terrible fracas de métal, la portière s'encastra dans le corps du policier assassin, lui tranchant la tête, une jambe à hauteur de la cheville et un bras à hauteur du poignet. La voiture finit sa course sur le toit.

— La première voiture ! La première voiture ! s'écria Linda depuis le siège arrière.

Le conducteur se penchait à l'intérieur de son véhicule, probablement pour prendre sa radio. Juan n'avait pas le temps de manœuvrer le lourd camion pour utiliser la mitrailleuse installée à l'avant : il prit le FN Five-seveN et le tendit à Linda. Elle le saisit d'une main tout en baissant de l'autre sa vitre à l'épreuve des balles.

Elle ouvrit le feu dès qu'elle eut suffisamment d'espace pour glisser le canon de l'arme par la vitre.

Pourtant, l'angle de tir était mauvais et elle dut se pencher au dehors et s'agripper au rétroviseur. Elle appuyait si vite sur la détente que le bruit caractéristique du Five-SeveN ressemblait à une rafale de pétards.

Juan s'apprêtait à dire à Linda qu'il y avait probablement un quatrième tireur au barrage lorsque le flic émergea de derrière une dune et ouvrit le feu au pistolet mitrailleur. A cette distance, son arme manquait totalement de précision, et à cinq cents coups par minute, il ne lui fallut que quatre secondes pour vider son chargeur. Les balles sifflaient autour du Pig, rebondissant sur le blindage ou étoilant le pare-brise. L'une de ces balles passa par la vitre ouverte et termina sa course dans le montant de la portière, à deux centimètres de la tête de Linc en arrachant un fragment de métal qui alla se ficher dans le cou de l'ancien SEAL. Il s'en fallut de peu qu'il ne lui tranche la jugulaire.

Une main sur son cou ensanglanté, Linc eut quand même le réflexe de saisir Linda par les chevilles au moment où Juan braquait violemment de façon à présenter au tireur le flanc blindé du camion, l'empêchant de justesse de basculer au-dehors.

— Tu es touché, dit-elle en voyant le sang couler entre ses doigts.

— Je me suis coupé en me rasant ce matin.

Pourtant, il ne protesta pas lorsque Linda tira de dessous son siège une trousse de premiers secours.

Juan réussit à mettre le Pig en position de recevoir de flanc la rafale suivante. L'action de Linda lui avait donné les quelques secondes nécessaires. Cloué une nouvelle fois derrière sa voiture, le policier cherchait maintenant à atteindre sa radio.

Mark ouvrit le feu dès qu'il fut en position, sans viser l'intérieur du véhicule, car le tireur était trop bien protégé. Il cribla de balles l'arrière, jusqu'à ce que l'essence s'échappe du réservoir. Une munition sur sept était de type traçante, avec une tête en magnésium, ct il nc fallut qu'une courte rafale d'une seconde pour enflammer la mare de liquide. Les flammes jaillirent de sous la voiture avec une telle force qu'elles soulevèrent l'arrière. Le Libyen se mit à courir en direction du désert, mais pas assez vite.

Le mélange d'air et d'essence dans le réservoir explosa, projetant la voiture en l'air comme un météore. Elle s'écrasa au sol à près d'un mètre du policier au milieu des flammes et d'un nuage de poussière. Lorsque le nuage se fut dissipé, les passagers du camion virent que l'homme flambait comme une torche. Il se jeta par terre pour étouffer les flammes, mais avec ses vêtements imbibés d'essence elles refusèrent de mourir.

Murphy lâcha une nouvelle rafale de mitrailleuse. Un coup de grâce tiré par pitié.

— Où est le dernier type ? hurla Juan.

— Je crois qu'il s'est sauvé dans le désert, dit Linc, tandis que Linda, après lui avoir appliqué un pansement, nettoyait ses mains pleines de sang.

Juan étouffa un juron.

A tout moment un autre véhicule pouvait faire son apparition, mais il n'avait pas le choix. Pas question de laisser un témoin derrière eux. Un coup de volant et il quitta la route.

La suspension du Pig amortit avec douceur l'arrivée sur le sable et ils ne tardèrent pas à foncer à 65 km à l'heure. Les traces étaient clairement visibles dans les pinceaux des phares halogènes, et leur espacement prouvait que l'homme courait avec l'énergie du désespoir.

Une minute plus tard, ils aperçurent le flic corrompu qui détalait comme un lièvre, mais alors même que le camion fonçait vers lui, il ne tenta pas de se rendre. Juan se plaça juste derrière lui de façon à ce qu'il sente la chaleur du camion dans son dos.

— Qu'est-ce qu'on fait de lui ? demanda Mark, visiblement inquiet.

Juan ne répondit pas tout de suite. Il avait supprimé des vies d'innombrables fois, mais détestait tuer de sang-froid. Il l'avait souvent fait, bien sûr, mais chaque fois, avec le sentiment de perdre un peu de son âme. Il aurait aimé que le Libyen se retourne et leur tire dessus, mais l'homme avait abandonné son arme sur le barrage routier. Le mieux était encore de l'écraser.

Il s'apprêta à enfoncer la pédale d'accélérateur, mais au dernier moment, son pied se releva. Il devait y avoir un autre moyen. Soudain, le policier voulut s'écarter du camion, mais il trébucha et s'étala de tout son long dans le sable. Juan freina brutalement et donna un violent coup de volant. Trop tard. Les quatre passagers sentirent l'impact.

Aussitôt, Juan sauta à terre et se pencha sur le corps. Un coup d'œil rapide lui suffit pour savoir de quoi il retournait. Il remonta dans le camion, les lèvres serrées.

Juan se força à revoir les images de l'homme tirant sur le Pig, de Linda penchée à la vitre, de la blessure au cou de Linc, mais n'en éprouva nul réconfort. De retour sur la route où le véhicule de police brûlait encore, il se dirigea vers la voiture particulière.

Il reprit son pistolet à Linda, y glissa un chargeur plein et tira la glissière, puis sauta de la cabine, tenant son arme à deux mains et la pointa successivement sur les deux voitures de police. Après quoi il se pencha vers la première, arracha le micro de la radio et le jeta dans le désert, au cas où un bon Samaritain ait la fâcheuse idée d'appeler les autorités. La seconde radio n'était plus qu'un amas de plastique et il l'ignora.

Il gagna alors la voiture particulière et se pencha à la vitre. L'odeur cuivrée du sang le prit à la gorge. Le mari, la femme et les deux enfants étaient morts. Vu leurs blessures, ils avaient dû mourir instantanément, ce qui n'était tout de même qu'une maigre consolation et n'atténuait en rien la colère qu'il éprouvait face à ce massacre absurde. Il avisa alors un mince portefeuille sur les jambes de l'homme. Il le prit et découvrit que le conducteur se nommait Abdul Mohammed. Il vivait à Tripoli où il exerçait le métier de professeur de lycée. Dans le portefeuille, il découvrit également quelques dinars.

Finalement, il regrettait moins d'avoir écrasé le quatrième policier.

Cette jeune famille avait péri parce qu'elle n'avait pas de quoi payer un bakchich.

12

Pendant sept heures, longues et monotones, l'équipe poursuivit sa route dans le désert. Linc dormit la plupart du temps, balancé par les cahots du Pig. Linda avait proposé de conduire un peu, mais Juan avait décliné la proposition : il avait besoin d'avoir l'esprit occupé. Pourtant, chaque fois qu'il songeait au massacre de cette famille, ses phalanges blanchissaient sur le volant.

Mark et Eric avaient fait du bon boulot en préparant leur chemin à travers les montagnes grâce aux photos des satellites, et ils progressaient même plus vite que prévu. Le moteur fatiguait à peine dans les montées escarpées, et les freins puissants leur permettaient de franchir les descentes en toute sécurité. Max Hanley avait même fixé à l'arrière des chaînes qui traînaient sur le sol, et dont le balayage effaçait leurs traces.

Ils ne craignaient guère d'être suivis à partir du barrage routier, et pourtant ils éprouvaient un impérieux sentiment d'urgence. Les autorités libyennes ne mettraient pas longtemps à découvrir ce qui s'était passé sur la route et se lanceraient à la poursuite de ceux qui avaient tué les policiers, corrompus ou pas.

Juan recevait régulièrement des nouvelles de Max, depuis l'*Oregon*. La Navy envoyait un escadron de E-2C Hawkeys patrouiller à une cinquantaine de kilomètres de la côte. Ces avions à hélice de reconnaissance surveillaient le travail des équipes de secours libyennes et transmettaient leurs rapports à Max qui en faisait à son tour bénéficier Juan. Ainsi, celui-ci pouvait savoir à l'avance si un avion libyen approchait d'eux.

Jusque-là, ils avaient eu de la chance, car les Libyens concentraient leurs recherches à près de deux cents kilomètres du lieu de l'accident.

— Grâce au GPS, dit Mark, nous avons trouvé un bon endroit où dissimuler le Pig.

Juan jeta un coup d'œil autour de lui. Ils se trouvaient dans une vallée peu profonde, au milieu des montagnes, à mille deux cents mètres d'altitude. Seul le fond de la vallée abritait une maigre végétation, les pentes caillouteuses, elles, en étaient totalement dépourvues.

— Tourne à gauche et roule encore quatre cent cinquante mètres, ordonna Murphy.

Juan suivit ses indications et au pied d'une pente ils découvrirent ce que Mark et Eric avaient vu sur les images satellite : une ouverture étroite dans la roche, mais suffisamment large pour laisser passer le Pig et le dérober à toute observation.

— Parfait, murmura Juan en se dirigeant vers la faille.

En coupant le moteur, il se rendit compte que le réservoir était encore aux deux tiers plein : en terrain accidenté, le Pig consommait encore moins que ce qu'avait prévu Max.

Ils demeurèrent assis un moment, le temps de s'habituer au silence que ne venait plus troubler le ronronnement de leur moteur diesel.

— Nous sommes déjà arrivés ? demanda Linc d'un ton rêveur.

— On est tout près, mon grand. Réveille-toi, réveille-toi.

Linc s'étira en bâillant. Linda appuya alors sur un bouton et la cloison arrière de la cabine s'enfonça, révélant leur chargement. En raison de la nature particulière de cette mission, ils n'avaient emporté qu'un minimum de matériel. En dehors d'un petit arsenal composé de pistolets-mitrailleurs et de lance-roquettes, il y avait quatre sacs à dos préparés à bord de l'*Oregon*. Linda distribua les sacs, et, dès que Juan eut reçu le sien, il sauta à bas du camion et se dégourdit les jambes.

Même dans cette crevasse abritée, l'air était chaud et sec et sentait la poussière. Tout en sachant que le Sahara était habité depuis des millénaires, il avait du mal à imaginer qu'on pût vivre en un tel endroit. En tout cas, cela témoignait à ses yeux des immenses capacités d'adaptation du genre humain.

Quelques instants plus tard, les autres le rejoignirent. Après avoir consulté son GPS, Mark indiqua la direction du nord.

Ils n'avaient presque pas échangé une parole tout au long du voyage en camion et pour l'heure n'éprouvaient pas non plus le besoin de parler. Juan prit la tête de la petite colonne, les yeux protégés de la lueur du soleil par des lunettes noires enveloppantes, mais il sentait la chaleur sur sa nuque. Il tira un foulard de sa poche et le noua autour de son cou. Après toutes ces heures dans le Pig il était heureux de pouvoir marcher à nouveau.

Un quart d'heure plus tard, en haut d'un escarpement, ils découvrirent le premier débris de l'avion, un bout d'aluminium de la taille d'un couvercle de poubelle, peut-être un morceau d'aile. Un expert en aéronautique aurait identifié une partie de l'écoutille recouvrant le train avant d'un 737.

La pente en face d'eux était recouverte de débris, et un peu avant le sommet on apercevait la partie principale du fuselage. On avait l'impression de se retrouver après une tornade, face aux fragments épars d'une maison de pauvres, éparpillés dans le plus grand désordre.

L'impact avait dû être terrible. A part le bout de fuselage calciné, la plupart des débris de plastique et de métal n'étaient pas plus grands que le premier qu'ils avaient aperçu. Le sol avait été labouré par l'impact et offrait à la vue de larges cicatrices. L'explosion du kérosène avait également carbonisé le terrain, comme après un incendie de forêt, sauf que là il n'y avait aucun arbre.

Pendant leur approche, ils avaient eu le vent dans le dos et n'avaient pu sentir la puanteur du combustible. Elle flottait à présent dans l'air, rendant la respiration difficile. Ils se nouèrent tous un foulard sur le nez et la bouche, tentative un peu dérisoire pour se protéger.

Arrivés sur les lieux, ils se dispersèrent pour les premières recherches. Mark prit des photos numériques des plus gros débris et de l'endroit où ils étaient tombés. Il en prit plusieurs des écrous arrachés qui servaient à maintenir une rangée de sièges, après avoir recherché en vain la queue de l'appareil, dont il avait pensé, avec

Eric Stone, que sa perte avait pu être à l'origine de l'accident. S'ils avaient raison, elle devait se trouver à des kilomètres de là.

— Président, lança soudain Linda, qui se trouvait près d'un des réacteurs CFM International.

Il la rejoignit aussitôt, et, sans un mot, elle lui désigna le sol.

A moitié enfouie dans la terre, il distingua une main à moitié calcinée, apparemment, une main d'homme. Juan enfila des gants en latex et se pencha pour l'examiner, tira un tube en plastique de son sac à dos, et, à l'aide d'un écouvillon, recueillit un échantillon de sang. Après quoi, il retira l'alliance encore présente à l'annulaire et examina l'inscription à l'intérieur.

Il la tendit alors à Linda, qui lut à haute voix :

— FXM et JCF 5/15/88. (Elle le regarda.) Francis Xavier Maguire et Jenifer Catherine Foster. Mariés le 15 mai 1988. J'ai étudié la liste des passagers et des membres de l'équipage. Il était membre du Service Secret, chargé de la protection de Fiona Katamora.

Juan perdit alors tout espoir de retrouver vivante la secrétaire d'Etat. Et puis, comme pour confirmer ses craintes, Linc s'approcha, la mine sombre.

— J'ai trouvé une identification partielle sur le réacteur gauche. Le numéro de série correspond. C'était bien leur avion. Désolé.

Juan, qui connaissait les conséquences possibles de sa mort, eut l'impression de recevoir un coup de poing dans le ventre. Il savait aussi que sans le travail d'une équipe d'experts, il ne connaîtrait jamais les causes exactes de l'accident. Les éléments de preuve étaient en si mauvais état qu'il songea un moment à annuler la mission, d'autant que leur seule présence risquait de contaminer un peu plus le site avant l'arrivée de la NTSB. Mais il avait un contrat avec Langston Overholt et il n'était pas du genre à laisser un travail à moitié fait.

— Bon, on va continuer à prélever des échantillons. Mais soyez très prudents.

Il baissa les yeux sur ses pieds. Ils portaient tous des chaussures avec des semelles sans dessins, de façon à ne laisser aucune empreinte. Il replaça l'alliance sur la main amputée et s'assura qu'elle était exactement dans la même position qu'au moment où ils l'avaient trouvée.

Mark avait déjà gagné le fuselage et les trois autres firent de même. Le morceau de cabine s'étendait depuis l'arrière du cockpit jusqu'à la moitié de la partie où s'attachent les ailes. Le côté gauche, à la place des hublots, était béant et l'aluminium retourné vers l'intérieur, comme une longue bouche obscène. Des fils électriques et des conduites de fluides pendaient un peu partout et du liquide s'échappant de la carlingue avait taché le sol caillouteux.

Plus haut sur la colline, on apercevait les restes déchiquetés du cockpit. Le nez de l'appareil était enfoncé dans le sol sur au moins deux mètres cinquante, et le métal ressemblait à l'accordéon en caoutchouc d'un autobus articulé.

Juan grimpa à l'intérieur du fuselage. La luxueuse cabine prévue pour le travail d'un secrétaire d'Etat offrait un aspect désolé. Le sol était jonché de morceaux de plastique fondu, et des sièges il ne restait plus que la carcasse métallique.

Il compta onze cadavres. Comme la main de l'agent du Service Secret, ils étaient calcinés et impossibles à identifier. Nulle trace de vêtements, et en raison de la violence du choc, les corps étaient dispersés au hasard. La puanteur de la chair brûlée et de la putréfaction recouvrait l'odeur pourtant forte du kérosène. Des nuages de mouches s'envolaient et s'abattaient à nouveau sur les cadavres au fur et à mesure que Juan progressait dans la carlingue.

Il déglutit à plusieurs reprises pour ne pas vomir.

Mark Murphy, à quatre pattes, une minuscule lampe-torche entre les dents, examinait l'un des fauteuils calcinés par en dessous. Il grommelait des paroles indistinctes.

— Murphy, dit alors Juan, si ça ne te dérange pas...

La voix du président le fit sursauter. Il ôta la lampe de sa bouche.

— C'est la plus belle mise en scène que j'aie jamais vue de ma vie...

— Pardon ?

— C'est un faux écrasement, Juan. Quelqu'un est venu ici avant nous et a maquillé les éléments de preuve.

— Tu en es sûr ? Je m'attendais pourtant à trouver ce genre de spectacle.

— Oh, l'avion s'est bel et bien écrasé. Et c'est bien celui de Fiona Katamora, mais quelqu'un est venu tripatouiller par ici.

Juan s'accroupit pour se mettre au niveau de Mark.

— Donne-moi des preuves.

Au lieu de répondre, Mark appela Linc.

— Tu as remarqué, toi aussi ?

— Qu'est-ce que tu racontes ? J'ai remarqué un avion écrasé et des corps calcinés que je reverrai toute ma vie dans mes cauchemars.

— Enlève ce chiffon de ton visage et renifle.

— Pas question !

— Fais-le, je te dis.

— T'es dingue, toi, dit Linc, qui n'en ôta pas moins son foulard avant d'inspirer une petite goulée d'air.

Une lueur s'alluma dans ses yeux.

— Bon Dieu, t'as raison !

— Qu'est-ce qu'il y a ? demanda Juan.

— Tu ne le reconnaîtrais pas, parce que je doute que tu sois tombé dessus au cours de tes années à la CIA, et Linda non plus, parce que la Marine ne s'en sert pas.

— Quoi ?

— L'essence gélifiée.

— Hein ?

— Le napalm, quoi.

Mark adressa un signe de tête à l'ancien SEAL.

— Probablement un bon vieux lance-flammes. Voilà comment je vois les choses : d'une façon ou d'une autre, ils ont forcé le pilote à atterrir en territoire libyen et ont enlevé la secrétaire d'Etat. Après quoi, ils ont fait redécoller l'avion et l'ont écrasé ici, dans les montagnes, soit en utilisant un système de guidage à distance, soit, plus vraisemblablement, un pilote-suicide.

« Ensuite ils sont venus sur place s'assurer que tout s'était bien déroulé et emporter les restes du pilote, mais à ce moment-là, ils se sont aperçus que la cabine n'avait pas brûlé autant qu'ils l'auraient voulu, et ils l'ont passée au lance-flammes. Si nous n'étions pas arrivés aussi tôt, l'odeur se serait dissipée et aurait été indétectable. L'anomalie ne serait apparue qu'après l'analyse d'échantillons au chromatographe : là, les gars du NTSB se seraient aperçus qu'il y avait autre chose que du combustible d'aviation.

— Vous êtes sûrs, tous les deux ? demanda Juan en les regardant l'un après l'autre.

Linc hocha la tête.

— C'est comme le parfum de ta première petite amie.

— Ça devait être une fille extraordinaire, lança Linda.

— Nan, c'est juste un parfum qu'on n'oublie jamais.

Juan avait l'impression qu'on lui accordait une deuxième chance. Son pessimisme envolé, il sentait monter en lui une bouffée d'énergie. Mais une pensée s'imposa alors à lui et son humeur s'assombrit à nouveau.

— Attendez un instant. Quelle preuve avez-vous que cet avion s'est posé avant de s'écraser ici ?

— On devrait trouver ça dans le train d'atterrissage. Suivez-moi.

D'un même mouvement, ils descendirent dans la soute, sous la cabine passagers. Il régnait là une forte odeur de kérosène, mais au moins la puanteur de la chair décomposée par la chaleur du désert avait-elle disparu. Mark ouvrit la trappe d'accès au train d'atterrissage, découvrant les gros pneus et les contrefiches du train gauche. Tout semblait en excellent état.

Il descendit alors dans le logement et promena le rayon de sa lampe sur l'un des pneus, les yeux à quelques centimètres du caoutchouc.

— Rien, grommela-t-il avant d'examiner l'autre roue.

Il émergea une minute plus tard, tenant entre les doigts un petit caillou comme s'il se fût agi d'un diamant de la Couronne.

— La voilà, votre preuve.

— Une pierre ? s'étonna Linda.

— Un morceau de grès fiché dans le train d'atterrissage. Et il y a du sable au fond de la trappe.

Voyant leur moue interrogative, il se sentit obligé de préciser :

— Cet avion est censé avoir décollé de la base aérienne d'Andrews pour Londres, et ensuite s'être écrasé, c'est bien ça ? Où est-ce qu'il aurait pu ramasser un bout de grès qui ressemble exactement à toute la pierraille qu'on trouve ici à mille kilomètres à la ronde ?

— Il a atterri dans le désert, dit Juan. Mark, tu as gagné : c'est bien la preuve de ce que tu avances.

Juan glissa la pierre dans la poche de poitrine de sa veste.

— Au cas où les gars du NTSB manqueraient ces détails. Evidemment, il faudra analyser ce fragment, mais pour moi c'est signé.

Le bruit retentit brusquement, et un hélicoptère passa juste au-dessus d'eux, si bas que ses pales soulevaient un nuage de poussière.

Il arrivait du nord-est, probablement d'une base aérienne des environs de Tripoli, et avait dû voler à ras de terre pour échapper aux radars des avions AWACS de la marine américaine. Cela expliquait qu'ils n'eussent pas été avertis. L'appareil ralentit pour se poser et ils virent alors qu'il s'agissait d'un hélicoptère cargo russe

Mi-8, capable d'emporter une charge de près de cinq tonnes. Le bruit des turbines se modifia tandis que l'hélicoptère approchait le sommet de la colline.

— Et voilà encore une preuve qu'ils savaient où l'avion s'était écrasé, dit Mark en montrant l'hélicoptère peint en kaki.

— Venez, dit Juan en se dirigeant vers l'arrière de la soute. Allons nous mettre à couvert avant que la poussière retombe autour de leur hélico.

Ils traversèrent le fuselage en rampant et sautèrent à l'extérieur, de l'autre côté. Il y avait peu d'endroits où se dissimuler près de l'avion, et ils dévalèrent la pente jusqu'au lit asséché d'un très ancien torrent de montagne. Lorsqu'ils furent tous installés, Juan les dissimula sous une fine couche de sable et fit de même sur lui, du mieux qu'il le put. Leur poste d'observation n'était pas parfait, mais ils étaient suffisamment loin pour qu'aucun membre de l'équipage de l'hélico n'ait envie de s'aventurer de leur côté.

— A ton avis, qu'est-ce qui se passe ? chuchota Mark.

— Je n'en ai pas la moindre idée, répondit Juan. Et vous, Linda et Linc ?

— J'en sais rien du tout, grommela Linc.

— Ils se sont peut-être dit que leur petite mise en scène n'était pas assez bonne, dit Linda, et ils sont revenus mettre la touche finale.

Au sommet de la colline, les turbines finirent par s'éteindre et le gros rotor ralentit. Bientôt, il ne remua plus l'air qu'à la façon d'un ventilateur de plafond. Les portes disposées sous la queue s'ouvrirent, livrant le passage à des hommes. Ils portaient des tenues de camouflage pour le désert, la tête recouverte d'un keffieh blanc et rouge.

— Armée régulière ou guérilla ? demanda Linc.

Juan les observa une bonne minute avant de répondre.

— A la façon dont ils se dispersent tout autour, je dirais plutôt que ce sont des irréguliers. De vrais soldats seraient à présent rangés en formation de parade. Mais je ne comprends pas ce qu'ils font à bord d'un hélicoptère portant les insignes de l'armée libyenne.

Pour ajouter à la confusion, deux hommes sortirent de l'hélicoptère tenant par la bride un dromadaire. L'animal, tremblant sur ses jambes, grondait et crachait sur les hommes. Puis il vomit sur l'un d'eux tout ce qu'il pensait du vol en hélicoptère. L'équipe de la Corporation se mit à rire.

— Qu'est-ce qu'ils fabriquent avec ce bestiau ? dit Mark. Il a l'air à moitié mort.

Bien qu'il fût monté quelques fois à dos de dromadaire et qu'il n'eût pas trouvé l'expérience déplaisante, Juan ne connaissait pas grand-chose à ces animaux, et préférait les chevaux. Mais même à cette distance, on voyait bien que le dromadaire n'avait pas l'air en forme. Il avait la fourrure rare et terne, et sa bosse aurait dû être deux fois plus grosse.

Il avait une vague idée de ce qui se tramait, mais il préféra tenir sa langue et observer la scène.

Quelques minutes plus tard, la vingtaine d'hommes débarqués de l'appareil se rendit sur les lieux de l'accident. Les deux chameliers firent faire à leur bête des tours et des détours, laissant des traces fraîches sur les premières, de façon à ce que l'on crût à la présence de plusieurs dromadaires. Mais lorsque Juan s'aperçut que certains de ces hommes portaient des sandales de cuir, il n'eut plus aucun doute.

— Linda a raison. Ils savent bien que la thèse de l'accident ne résistera pas à une inspection minutieuse. Ils contaminent le site en faisant comme si un groupe de nomades y était passé.

Pendant près d'une heure, les hommes souillèrent tout ce qui put leur tomber sous la main. Ils concassèrent les débris au marteau, tirèrent de l'appareil des kilomètres de câbles brûlés et déplacèrent des pièces de façon à ce qu'on ne pût rien tirer de leurs positions respectives. Ils ouvrirent les trappes du train d'atterrissage et tirèrent au pistolet dans les pneus. Ils amenèrent aussi à l'hélicoptère des morceaux de l'avion. Lorsqu'il fut plein, il redécolla avec deux hommes à bord et revint vingt minutes plus tard. Ils avaient dû balancer les débris plus loin dans le désert.

Les experts auraient pu tirer quelque chose de l'amas d'acier, de plastique et d'aluminium qu'ils avaient découvert, mais c'était à présent chose impossible. Ils allèrent jusqu'à démembrer les cadavres et les enfouir dans des trous, puis ils allumèrent deux feux de camp, comme si une troupe de nomades avait campé là pendant quelques jours. Lorsque le dromadaire eut rempli sa tâche, l'un des hommes lui tira une balle entre les deux yeux.

Finalement, leur tâche accomplie, certains hommes s'éloignèrent dans différentes directions, probablement pour retrouver un peu de calme avant le voyage de retour en hélicoptère.

Juan se tourna vers son équipe.

— Bon, écoutez-moi. Retournez au Pig et gagnez la frontière tunisienne, mais ne vous dirigez pas tout de suite vers la côte. Attendez que je vous contacte par l'intermédiaire de Max, sur l'*Oregon*. Dites-lui ce que nous avons découvert et assurez-vous qu'il me suive à la trace.

Tous les membres opérationnels de la Corporation pouvaient être pistés grâce à des puces implantées chirurgicalement dans les jambes. Les puces utilisaient l'énergie du corps comme source d'alimentation, mais elles avaient parfois besoin d'être rechargées à travers la peau. Grâce à la technique GPS, les puces pouvaient être localisées à une dizaine de mètres près.

— Que vas-tu faire ? demanda Linda.

— Je vais avec eux.

— On ne sait même pas qui ils sont.

— C'est justement pour ça que j'y vais.

L'un des hommes masqués se dirigeait vers eux et n'était plus qu'à une centaine de mètres de l'endroit où ils se dissimulaient. Il avait à peu près la taille et la corpulence de Juan, et ce dernier avait déjà teint en noir ses cheveux blonds et portait des lentilles de contact brunes. Il parlait couramment l'arabe, et avec le keffieh sur le visage, il pouvait tenter sa chance.

Il lança les clés du Pig à Linc et avait déjà commencé à se glisser hors de leur cachette lorsque Linda le retint par le bras.

— Qu'est-ce qu'on fait avec le type ?

— Laissez-le. J'ai l'impression que d'ici vingt-quatre heures, le gouvernement libyen va annoncer qu'ils ont découvert le lieu de l'accident. Très bientôt, cet endroit va grouiller de monde. Laissez-le expliquer ce qu'il foutait ici.

Sur ces mots, Juan s'éloigna. En rampant, il lui fallut moins d'une minute pour gagner l'endroit où se trouvait l'homme qui ne se doutait de rien et il bénéficia en outre du bruit des turbines de l'hélicoptère que le pilote avait remis en marche.

Dissimulé aux yeux des autres par un repli de terrain, Juan attendit que l'homme ait terminé ce qu'il avait à faire pour franchir les derniers mètres. Alors qu'il se relevait pour remonter son pantalon, Juan le frappa à l'arrière du crâne avec une grosse pierre.

Après avoir rapidement vérifié son pouls et constaté qu'il vivait encore, Juan le dépouilla de ses vêtements. Heureusement, l'homme était l'un des rares à porter des bottes. Elles dissimuleraient le titane étincelant de sa jambe artificielle. Le keffieh une fois ôté révéla le visage d'un homme jeune d'une trentaine d'années, probablement un Libyen, mais Juan n'aurait pu l'affirmer avec certitude. Dans ses poches ni portefeuille ni rien qui pût permettre une identification. Les vêtements eux-mêmes ne portaient aucune étiquette.

Juan éloigna l'homme de l'avion et s'assura que son propre téléphone cellulaire était bien fixé dans son dos. Sans cet appareil, jamais il n'aurait tenté une telle aventure. Ensuite, il n'eut pas longtemps à attendre. Quelqu'un se mit à crier très fort, pour couvrir le bruit des moteurs de l'hélico.

— Mohammed ! Mohammed ! Dépêche-toi !

A présent, il connaissait le nom de l'homme. Il serra le keffieh autour de son visage et sortit de derrière l'escarpement. Le soldat qu'il avait repéré comme le chef se tenait à une quinzaine de mètres de l'hélicoptère et lui faisait signe. Juan se mit à courir.

— Une minute de plus et on te laissait ici avec les scorpions.

— Désolé, répondit Juan. C'est quelque chose que j'ai mangé.

— T'inquiète pas.

Le chef lui administra une claque sur l'épaule et les deux hommes grimpèrent à bord de l'hélicoptère. A l'arrière, des sièges repliés étaient alignés contre les parois. Juan s'installa un peu à l'écart des autres et s'assura que son pantalon recouvrait bien sa cheville en métal. Il constata également, rassuré, que tous n'avaient pas baissé leurs keffiehs ; il appuya la tête contre la chaude paroi d'aluminium et ferma les yeux.

Il n'aurait su dire s'il se trouvait au milieu de soldats de l'armée régulière ou de terroristes. De toute façon, s'il était démasqué, cela importait peu. La mort c'est la mort.

Quelques instants plus tard, l'appareil s'éleva dans les airs.

13

La musique en crescendo lui parvenait par vagues. Jamais l'orchestre n'avait aussi bien joué, avec une telle passion. Le visage luisant de sueur, le chef agitait sa baguette qui virevoltait face aux musiciens. De l'autre côté des projecteurs, le public était transporté, conscient de vivre un moment exceptionnel, magique. Le grondement régulier des percussions ressemblait à un barrage d'artillerie, mais ne parvenait pas à couvrir les notes liquides des cordes et des bois.

Puis on entendit un son discordant.

Certains musiciens trébuchèrent mais parvinrent à retrouver la partition.

Le bruit sourd se fit à nouveau entendre, suivi d'un cliquetis aigu, et la musique s'interrompit tout à fait.

Fiona Katamora quitta le concert qu'elle jouait dans sa tête, la main droite posée sur un archet imaginaire, la gauche sur des cordes tout aussi imaginaires.

Depuis son enlèvement, seule cette pratique mentale de la musique l'avait préservée de la folie.

Sa cellule n'était qu'une boîte en métal avec une seule porte, équipée d'un pot de chambre vidé trop rarement. Pour seule lumière, une ampoule de faible voltage, entourée d'un grillage. Ils lui avaient pris sa montre et elle ne savait pas depuis combien de temps elle était prisonnière. Probablement quatre jours.

Quelques instants avant l'atterrissage forcé dans le désert, le pilote leur avait annoncé qu'ils avaient repéré un ancien terrain d'aviation. Il parvint à prolonger quelque peu leur descente et à poser l'appareil. L'atterrissage sur la piste en terre battue fut rude mais se réalisa sans casse. Lorsque l'avion se fut enfin immobilisé, une clameur de joie, assourdissante, retentit dans la cabine. Tout le monde se leva en même temps, les gens s'étreignirent en riant, en essuyant des larmes de joie.

Lorsque le pilote et le copilote émergèrent du cockpit, ce fut à qui leur administra une claque dans le dos, leur serra la main. Frank Maguire alla ouvrir la porte principale et une bouffée d'air chaud du désert envahit la carlingue.

Sa tête, alors, explosa, projetant du sang et de la matière sur l'hôtesse qui se tenait derrière lui.

Jusque-là dissimulé dans des trous recouverts de bâches et de sable, un groupe d'hommes jaillit au même moment sur la piste. Ils étaient vêtus d'uniformes kaki et avaient la tête enveloppée d'un foulard. Plusieurs portaient des échelles et l'un d'eux réussit à la poser contre l'ouverture. Comme un chevalier défendant son donjon, le pilote se précipita pour la repousser mais le tireur qui avait déjà abattu Maguire lui logea une balle dans l'épaule. Il s'effondra, la main sur sa blessure. Un instant plus tard, trois hommes se ruèrent dans la cabine, la Kalachnikov à la main.

L'assistante de Fiona, Grace Walsh, poussa un cri tellement strident que Fiona en éprouva de l'agacement en même temps qu'elle craignait pour sa vie.

Ensuite, tout se déroula très vite. On les repoussa loin de la porte pour permettre l'entrée d'autres hommes dans l'avion. Les terroristes répétaient en arabe : « A terre ! Tout le monde à terre ! »

Fiona parvint pourtant à leur répondre dans la même langue.

— Nous ferons ce que vous nous dites. Inutile d'utiliser la violence.

Et elle se jeta à genoux.

Obéissant à la secrétaire d'Etat, ses collaborateurs et les membres de l'équipage s'allongèrent sur le sol.

L'un des hommes força alors Fiona à se remettre debout et la poussa vers la sortie, tandis qu'un autre homme escaladait l'échelle. A la différence des autres, il portait un pantalon et une chemise blanche à manches courtes.

Dès qu'elle l'aperçut, Fiona sut que jamais elle n'oublierait son visage. Des traits angéliques, une peau café au lait et de longs cils derrière des lunettes à monture d'acier. Il ne devait pas avoir plus de vingt ans, mince, l'air presque studieux. Quels rapports pouvait-il entretenir avec les brutes qui menaçaient ses collaborateurs ? Elle remarqua alors ce qu'il tenait dans les mains : un chapelet et un Coran.

Il lui adressa un sourire timide et on le conduisit dans le cockpit.

— Je vous en prie, ne faites pas ça, dit-elle d'un ton suppliant à l'homme qui la tenait par le bras.

Il la poussa plus brutalement encore vers l'échelle. Folle de rage, Fiona le griffa au visage et tenta de lui enfoncer le genou dans l'entrejambe. Elle réussit à lui arracher son keffieh et découvrit un homme qui n'avait rien d'un Libyen et semblait plutôt afghan ou pakistanais. Son agresseur lui décocha alors un violent coup de poing qui l'envoya sur le sol, à moitié inconsciente. Des hommes sur l'échelle la saisirent et la tirèrent hors de l'avion.

Au moment où on l'emmenait, elle croisa le regard de Grace, qui, visiblement, avait elle aussi compris ce qui allait se passer.

— Que Dieu vous bénisse, murmura Grace du bout des lèvres.

— Vous aussi, répondit silencieusement Fiona avant qu'on la fasse descendre jusqu'au sol.

On la conduisit alors à une trentaine de mètres de l'appareil, on la força à s'agenouiller et on la menotta dans le dos. A travers la petite vitre du cockpit, elle apercevait le jeune homme manipuler les commandes. Elle aperçut également un trou dans la queue de l'avion, comme si un missile l'avait traversée sans exploser. Visiblement, ils avaient voulu s'emparer d'elle tout en faisant croire à sa mort.

Le dernier terroriste termina d'entraver les gens laissés à bord, puis le pilote-suicide quitta le cockpit et vint l'étreindre devant la porte avant de saluer les autres, en bas. Une acclamation monta de leurs rangs, puis le pilote referma la porte et retourna dans le cockpit.

Des larmes coulaient sur les joues de Fiona. Elle voyait, pressés contre les hublots, les visages de ces hommes et de ces femmes avec qui elle avait travaillé pendant des années. Pour eux, elle entendait ne montrer aucune faiblesse, et elle ravala ses larmes.

Les réacteurs se mirent à rugir, de plus en plus fort, jusqu'à ce que le bruit devienne assourdissant. Des véhicules étaient dissimulés sous des bâches le long de la piste, dont un de ces petits tracteurs qu'on voit dans tous les aéroports du monde. Il s'avança devant l'avion et son conducteur y attacha un câble.

Il lui fallut ensuite plusieurs minutes pour amener l'avion au bout de la piste en terre battue. Les réacteurs hurlèrent à nouveau et le Boeing accéléra.

Fiona priait pour que les dégâts causés par le missile empêchassent l'avion de décoller, mais avec guère de carburant dans le réservoir et si peu de passagers, il gagnait rapidement de la vitesse. Le nez de l'appareil s'éleva lentement au-dessus de la piste, salué par des rafales AK-47 tirées en l'air, puis la queue toucha le sol, ce qui était probablement dû à la fois aux dégâts et à l'inexpérience du pilote.

Le nez commença alors de redescendre et Fiona crut que ses prières avaient été exaucées. Il ne parviendrait pas à décoller.

Mais l'appareil s'éleva dans les airs, sous les acclamations et les rafales redoublées.

Lentement, il gagna de l'altitude. Fiona se mordit les lèvres. Jusqu'où l'emmènerait-il ? Probablement à Tripoli, pour l'écraser sur la salle de conférence où devaient se tenir les pourparlers de paix. Pourtant, les terroristes autour d'elle ne semblaient pas se préparer au départ et observaient au contraire l'avion s'éloigner dans le ciel.

Puis l'appareil vira sur l'aile en direction d'une colline à quelque distance de là. Le pilote fit un effort pour reprendre la maîtrise de l'appareil, et pendant un instant il se redressa. Puis il bascula brutalement sur le dos et s'écrasa contre une colline avec violence, faisant trembler le sol. Des débris volèrent en tous sens, les ailes se séparèrent du fuselage avant de s'enflammer. L'un des réacteurs se détacha et atterrit de l'autre côté de la colline, arrachant des paquets de terre. La poussière soulevée par l'impact obscurcit les lieux pendant un moment avant de se dissiper. Les ailes brûlaient, tandis que le tube blanc du fuselage poursuivait sa route, loin de l'incendie.

Les hommes rugirent de plaisir.

Même à cette distance, Fiona savait qu'il n'y avait aucun survivant. Ils avaient certes échappé à l'horreur de brûler vifs, mais personne n'avait pu survivre à un tel choc. Un peu plus loin, sur le côté, un petit groupe de terroristes se mit à parler à voix basse, la mine sombre. On voyait bien qu'ils étaient déçus : l'avion n'avait pas suffisamment brûlé et ils devaient discuter de la marche à suivre.

De l'autre côté de la piste, on ôtait la bâche recouvrant un engin de terrassement qui se mit aussitôt à l'ouvrage, retournant la piste et effaçant ainsi toute trace d'un éventuel atterrissage. A l'allure où ils travaillaient, il ne faudrait que quelques heures pour faire place nette.

La réunion prit fin brusquement. L'homme que Fiona avait repéré comme le chef donna des ordres. Elle manqua l'essentiel mais comprit tout de même cette phrase : « Faites en sorte qu'il soit impossible de savoir que l'avion a été touché par un missile, et n'oubliez pas les menottes. »

Ensuite il s'approcha d'elle.

Toujours à genoux, elle lui demanda en arabe :

— Pourquoi avez-vous fait cela ?

Il se pencha vers elle et elle vit la folie dans son regard.

— Parce que c'était la volonté d'Allah. Emmenez-la, lâcha-t-il à l'adresse d'un de ses hommes. Suleiman Al-Jama va vouloir inspecter sa prise de guerre.

On lui jeta un capuchon sur la tête et on la fit monter à l'arrière d'un camion. Elle ne fut autorisée à ôter son capuchon que dans cette cellule, où on la revêtit d'une sorte de burqa qu'elle reconnut comme le chadri afghan ; ce vêtement recouvrait tout le corps à l'exception des yeux, protégés néanmoins par une fine dentelle à maille.

Le bruit qui avait mis fin au concert qu'elle se jouait mentalement était celui de la clé et du verrou. La porte s'ouvrit. Jusqu'alors, elle n'avait vu que les visages du pilote-suicide et de l'homme dont elle avait arraché le keffieh à bord de l'avion. Les deux hommes qui apparurent devant elle étaient également masqués d'un keffieh et portaient un uniforme kaki sans insignes.

L'un deux ricana en voyant que malgré ses menottes, elle avait réussi à se débarrasser de sa burqa. Détournant les yeux de façon à ne pas croiser le regard de Fiona, il ramassa la burqa et la lui enroula autour du corps et de la tête.

— Il faut être respectueuse, dit-il.

— Je reconnais votre accent, dit Fiona. Vous êtes du Caire. Des taudis d'Imbaba, si je ne me trompe pas.

Il leva la main pour la frapper mais parvint à retenir son geste.

— La prochaine fois, si vous osez encore parler, vous prendrez mon poing sur la figure.

Ils l'emmenèrent hors du bâtiment où se trouvait sa cellule et tout compte fait, elle fut plutôt satisfaite de la grille en dentelle qui protégeait ses yeux de la lumière brutale du soleil réfléchie par le sable du désert. D'après l'angle des rayons, elle calcula que ce devait être la fin de la matinée, mais la chaleur n'était pas aussi terrible qu'elle l'aurait dû. Elle en conclut qu'ils devaient se trouver dans la montagne.

Observer de tels détails et se jouer mentalement de la musique classique lui permettaient de ne pas sombrer, de ne pas se torturer en songeant au sort de ses amis et de ses collaborateurs.

Le camp des terroristes ressemblait à tous ceux qu'elle avait pu voir sur les photos de surveillance. Il y avait quelques tentes battues par le vent, serrées contre une falaise trouée d'innombrables grottes. La plus grande, elle le savait, serait leur dernier réduit si le camp venait à être attaqué et elle devait être bourrée d'assez d'explosifs pour faire sauter la moitié de la montagne.

Un instructeur faisait faire de la gymnastique à un groupe d'hommes, et à la précision de leurs mouvements, on devinait qu'ils approchaient de la fin de leur entraînement. Un petit peu en retrait, à l'abri de la montagne qui surplombait le camp, un autre groupe s'entraînait au tir avec des AK-47. Les cibles étaient trop lointaines pour que Fiona pût juger de la précision des tirs, mais avec les énormes quantités d'argent dont disposaient les groupes terroristes comme ceux d'Al-Jama, ils pouvaient se permettre de gâcher d'innombrables cartouches et d'entraîner les plus mauvaises recrues.

Au-delà du champ de tir la vue s'étendait sur un peu moins d'un kilomètre dans une vallée étroite débouchant sur un gros massif montagneux. Au fond de la vallée, on distinguait des travaux d'excavation en cours et une ligne de chemin de fer et des wagons de marchandises le long de bâtiments de bois en ruine. Et puis, au bout de la rangée de bâtiments, une énorme locomotive au diesel qui faisait paraître toute petite une machine ressemblant au camion qui l'avait amenée jusque-là. L'écran de dentelle de la burqa rendait difficile la perception des détails.

A nouveau, elle se dit qu'elle ne savait rien de cet endroit. Dans aucun des rapports de la CIA, de la NSA et du FBI qu'elle avait lus et relus, on n'avait fait mention d'un camp terroriste installé près d'une voie ferrée. Des années de guerre contre le terrorisme et on jouait encore à cache-cache.

Les deux hommes la conduisirent dans une grotte proche de la grotte principale. Des fils électriques accrochés au plafond alimentaient des ampoules de faible voltage disposées tous les dix mètres environ. L'air était plus frais et il flottait une odeur semblable à celle des caves dans les bâtiments depuis longtemps abandonnés. Ils arrivèrent à une barrière en bois munie d'une porte. L'homme qui l'avait menacée d'un coup de poing frappa et attendit qu'on lui dise d'entrer.

Il ouvrit la porte et elle se rendit compte qu'ils se trouvaient au fond de la grotte. Quatre ou cinq épaisseurs de tapis persans recouvraient le sol et un brasero était allumé dans un coin, relié à l'extérieur par un tuyau de cheminée qu'on apercevait au milieu des fils électriques.

Un homme était assis en tailleur au milieu de la salle, vêtu d'une robe blanche immaculée, la tête entourée d'un keffieh noir et blanc. Il lisait un livre à la lueur blafarde d'une ampoule, probablement le Coran. Il ne daigna même pas lever la tête lorsqu'elle entra.

Fiona comprit aussitôt la mise en scène. Dans son propre bureau, elle aurait été assise à sa table, penchée sur un document apparemment important, un stylo à la main. Elle aurait fait attendre son visiteur trente secondes, mais cet homme ne leva pas les yeux pendant une bonne minute. Cet exercice de domination n'eut pourtant aucun effet sur elle.

— Savez-vous qui je suis ? demanda-t-il enfin en refermant son Coran avec respect.

— Ali Baba ?

— Serez-vous ma Schéhérazade ?

— Il faudrait que je sois morte.

— Je ne goûte guère ce genre de pratiques, mais je suis sûr que l'on peut s'arranger.

Fiona avait bien l'intention de lui faire savoir qu'elle le tenait pour un monstre.

— Personne ne connaît votre véritable nom, mais vous vous faites appeler Suleiman Al-Jama. Vos buts avoués sont la destruction d'Israël et des Etats-Unis et la création d'un Etat islamique s'étendant de l'Afghanistan jusqu'au Maroc avec vous comme... sultan ?

— Je ne sais pas encore quel titre je prendrai. Sultan, ça n'est pas mal, mais cela a des connotations décadentes, vous ne trouvez pas ? Le harem, les intrigues de palais...

Il se mit debout avec aisance et se servit un thé sur le samovar posé près du brasero. Ses gestes étaient empreints d'une certaine grâce mais dans leur fluidité même évoquaient quelque chose du prédateur. Il se versa un verre sans lui en offrir un.

Il devait mesurer plus d'un mètre quatre-vingts, les épaules larges, et d'après l'épaisseur de ses poignets, devait être solidement bâti. Il avait le visage dissimulé et dans la pénombre on ne distinguait que des yeux sombres, profondément enfoncés dans leurs orbites.

— Votre Jésus a dit « bénis soient les faiseurs de paix ». Saviez-vous que dans l'islam il est considéré comme un prophète ? Pas le dernier, bien sûr, celui-là c'est Mohammed, que la paix soit sur Lui. Mais votre « Sauveur » est reconnu comme un grand maître.

— Nous adorons tous les deux le Dieu d'Isaac et d'Abraham, répondit Fiona.

— Mais vous ne croyez pas en son ultime message à son dernier prophète, les mots sacrés écrits à travers Mohammed et recueillis dans le Coran.

— Ma foi commence et se termine avec la mort et la résurrection.

Al-Jama ne dit rien mais elle devina qu'il avait une riposte cinglante toute prête. Il finit par lui dire :

— Retour à la citation. Pensez-vous être bénie ?

— Si je peux amener la fin de la violence, je crois que ce sera l'œuvre elle-même qui sera bénie, pas celle qui y aura contribué.

Il acquiesça.

— Bien dit. Mais pourquoi ? Pourquoi désirez-vous la paix ?

— Comment pouvez-vous demander une chose pareille ?

En dépit de ses premières résolutions, elle se sentait entraînée dans la conversation. Elle s'était attendue à une tirade sur les méfaits de l'Occident, pas à unc séance intellectuelle de questions-réponses. Visiblement, Suleiman Al-Jama était un homme cultivé et elle était curieuse de voir comment il justifierait ses meurtres de masse. Elle avait écouté les diatribes de Ben Laden, lu les interrogatoires des détenus de Guantanamo, et visionné des dizaines de vidéos de martyrs tournées avant leur suicide. Elle avait envie de savoir en quoi il était différent, tout en sachant qu'en fin de compte, cela n'avait aucune importance.

— Ma chère secrétaire d'Etat, sachez que la paix c'est la stagnation. Lorsque l'homme est en paix, son âme s'atrophie et son esprit créateur est ratatiné. C'est seulement à travers le conflit que nous devenons vraiment ce qu'Allah voulait de nous. La guerre apporte le courage et le sacrifice. Que nous amène la paix ? Rien.

— La paix nous amène le bonheur et la prospérité.

— Ce sont des choses qui tiennent à la chair, pas à l'esprit. Votre paix, c'est posséder un nouveau poste de télévision et une belle voiture.

— Tandis que votre guerre amène la souffrance et le désespoir, rétorqua Fiona.

— Donc, vous comprenez très bien. Car ce sont là des choses de l'esprit, pas du corps. Ce sont des choses qu'il nous faut éprouver. Pas le confort d'une belle maison, mais l'expérience de la douleur partagée. Voilà ce qui nous rapproche d'Allah. Pas votre démocratie, pas votre musique rock, pas vos films pornographiques. Tout cela nous distrait de notre vraie raison d'exister.

Nous n'avons d'autre tâche sur terre que de nous soumettre à la volonté d'Allah.

— Qui sait ce qu'est sa volonté ? Qui a décidé que vous connaissez ses intentions mieux que quiconque ? Le Coran interdit le suicide et pourtant vous avez envoyé un jeune homme écraser contre une montagne un avion plein de gens.

— Il est mort en martyr.

— Non, dit-elle sèchement. Vous avez convaincu un pauvre malheureux qu'il allait mourir en martyr et qu'il aurait soixante-dix-sept vierges au paradis, mais ne me dites pas que vous y croyez ! Vous n'êtes qu'un tueur de bas étage qui cherche à conquérir le pouvoir grâce aux autres et qui exploite leur foi aveugle pour parvenir à ses fins.

Suleiman Al-Jama se mit à rire et applaudit.

— Bravo, madame la secrétaire d'Etat, dit-il en passant à l'anglais. Bravo.

La surprise se peignit sur les traits de Fiona Katamora, mais la burqa la dissimula aux yeux d'Al-Jama. Le passage soudain à l'anglais et l'intensité de la conversation la déroutaient.

— Vous semblez reconnaître que l'histoire des hommes n'est que celle du pouvoir. Il y a quelques siècles, l'Angleterre a conquis la suprématie grâce à sa flotte. Les Etats-Unis l'exercent actuellement grâce à leurs richesses et à leur arsenal nucléaire. De quoi disposent les nations du Moyen-Orient à part la volonté de certains de leurs citoyens de se faire exploser ? C'est une arme rudimentaire, c'est vrai. Mais dites-moi, combien votre pays a-t-il dépensé au titre de la sécurité intérieure depuis qu'une poignée d'hommes armés de couteaux de cuisine ont détruit deux de vos plus hauts gratte-ciel ? Cent milliards de dollars ? Cinq cents milliards ?

Le chiffre véritable avoisinait plutôt le billion, mais Fiona garda le silence. Rien ne se déroulait comme elle l'avait prévu. Elle imaginait Al-Jama lui citer quelques passages tronqués du Coran pour justifier ses actes, pas se présenter comme un homme avide de pouvoir.

— Avant les attaques contre le World Trade Center, un musulman sur cinq cent mille était disposé à se sacrifier en martyr. Depuis lors, leur nombre a doublé. Cela fait dix mille hommes et femmes prêts à se faire exploser dans le cadre du djihad contre l'Occident. Croyez-vous être capables d'arrêter dix mille attaques lorsqu'elles seront lancées ? Des gens comme ce jeune homme qui pilotait l'avion, ou bien Ben Laden peuvent croire à la cause du djihad, madame la secrétaire d'Etat, mais ce ne sont que des pions, des outils qu'on exploite et qu'on jette après usage. Nous avons désormais un vivier de candidats au martyr presque inépuisable, et bientôt nous allons les utiliser lors d'attaques coordonnées ; la carte du monde sera alors redessinée de la façon dont je l'ai toujours envisagé.

Il ne s'exprimait pas comme un fanatique mais plutôt comme un chef d'entreprise exposant la stratégie de sa société.

— Vous n'êtes pas obligé de faire ça, dit Fiona d'un ton presque suppliant.

— Il est trop tard. (Il baissa le keffieh sur son menton et Fiona faillit s'évanouir en découvrant son visage.) Et votre mort sera le premier coup.

14

Linc n'avait pas plutôt démarré le Pig que Mark Murphy ouvrit le système de communication vocale.

— J'appelle Max.

On entendit une sonnerie de téléphone. Le Pig était si bien conçu qu'on entendait à peine le bruit du moteur.

Une voix inconnue répondit.

— Ici Max's Pizza. C'est pour une commande à emporter ou pour une livraison ?

— Ca serait bien s'ils pouvaient livrer, dit Linc. Ça me dirait, une petite pizza.

— Désolé. Je me suis trompé de numéro. (Il coupa la communication.) J'appelle Max Hanley.

Cette fois-ci, ce fut bien Max qui répondit « allô ? ».

— Max, ici Mark Murphy. Je suis à bord du Pig avec Linda et Linc.

— Content que vous appeliez enfin. Depuis que vous avez cessé, ça a déconné.

— J'imagine. T'es dans le Centre d'opérations ?

— Oui.

— Demande à quelqu'un de brancher les détecteurs personnels.

— Une seconde.

Tandis qu'ils attendaient, Mark utilisa l'ordinateur du Pig pour se brancher sur le circuit de télévision intérieure de l'*Oregon*, et fit apparaître sur son écran l'image de la salle de contrôle futuriste. Max se tenait à côté de la station de communication et regardait pardessus l'épaule du technicien de service.

— Intéressant, murmura Hanley. J'ai trois d'entre vous qui se dirigent vers l'ouest à 65 km/h, probablement à bord du Pig, tandis que le président se dirige vers le nord-est à 160 km/h. Que s'est-il passé, vous vous êtes disputés ?

— Très drôle. Ne le perds pas, surtout. Nous, on se dirige vers la frontière tunisienne. Juan, lui, est avec les gens qui ont certainement abattu l'avion de la secrétaire d'Etat. On pense qu'elle n'est pas morte.

— Tu as dit que l'avion avait été abattu ?

— Oui, et je ne crois pas que Fiona Katamora se trouvait à bord au moment où il s'est écrasé.

— Comment ont-ils pu faire une chose pareille ? En tout cas, vous feriez bien de vous tirer au plus vite. Il y a vingt minutes, les Libyens ont annoncé avoir repéré l'épave et autorisé une équipe américaine du NTSB à l'examiner. Ils étaient prépositionnés au Caire et seront à Tripoli vers midi, mais je suis sûr que les Libyens vont grouiller dans le coin avant eux.

— Ils ne trouveront rien, dit Mark. Une équipe est déjà venue en hélico pour ravager le site et empêcher toute possibilité de reconstitution sérieuse. Ils ont déplacé des débris, en ont emporté d'autres, et bousillé tout ce qu'ils pouvaient. Ils ont même amené un dromadaire boiteux pour qu'il laisse des traces un peu partout.

— Un dromadaire boiteux ?

— Pour faire croire que ce sont des nomades qui ont fait les dégâts.

— Ils ont tout prévu, grommela Max.

— L'arrivée du NTSB a-t-elle été annoncée publiquement ? demanda Linda.

— Non. D'après Langston, ça a été décidé au plus haut niveau et c'est tenu secret.

— Si les terroristes sont revenus bousiller l'épave, ça veut dire qu'ils ont une taupe dans l'appareil d'Etat.

— Ou qu'ils sont envoyés par l'Etat lui-même, rétorqua Max. Mark, tu as dit aussi qu'à ton avis, Fiona Katamora n'était pas dans l'avion.

— On a trouvé des preuves comme quoi l'avion a atterri dans le désert avant de s'écraser.

— Tu crois qu'ils l'ont enlevée ?

— Sans ça, pourquoi auraient-ils fait atterrir l'avion avant de l'envoyer s'écraser dans la montagne ? Ils voulaient faire croire à sa mort.

— Quel intérêt ?

— Mais enfin, Max, dit Linda. Elle est quand même secrétaire d'Etat ! Pour eux, c'est soit une source de renseignements soit une incroyable monnaie d'échange. N'oublie pas qu'elle était conseillère à la sécurité nationale du président précédent. Si on la croit morte, on ne partira pas à sa recherche. Ils pourront la faire parler, lui soustraire des informations d'une valeur incalculable.

Un silence pesant suivit les paroles de Linda. Que des terroristes aient pu s'emparer de Fiona Katamora se révélait peut-être plus dramatique encore que s'il se fût agi du président lui-même. Elu seulement depuis un an, ce dernier avait été tenu à l'écart des premières mesures prises dans le cadre de la guerre contre le terrorisme. Fiona Katamora, en revanche, en raison des postes qu'elle avait occupés depuis des années et de son incroyable aptitude à se remémorer les moindres détails, en savait plus que le président sur les opérations américaines en cours et les projets à plus long terme.

— Il faut la récupérer, dit Max.

Nul besoin de commenter une telle affirmation.

— Y a-t-il autre chose que l'on devrait savoir ? demanda Mark.

— Oui. Langston nous a parlé d'une mission menée pour le Département d'Etat en Tunisie, très près de la frontière libyenne.

— Le Département d'Etat lance des opérations, maintenant ? demanda Linc.

— C'est passé par la CIA et ils ont placé un gars à eux dans la mission. Priorité moyenne parce qu'elle n'avait pas de grandes chances de succès.

— Qu'est-ce qu'ils font en Tunisie ?

Max évoqua alors la lettre découverte par Saint Julian Perlmutter et l'histoire du pirate Suleiman Al-Jama au cours des guerres barbaresques. Il leur apprit que le corsaire aurait pu laisser des écrits sur la coexistence pacifique entre l'islam et la chrétienté, et les avoir dissimulés dans une grotte, dans le lit asséché d'une rivière.

— Joli coup, mais plutôt aléatoire, dit Linda. Ça a un rapport avec l'accident de l'avion ?

— Ces deux événements se sont déroulés en même temps, mais il ne semble pas qu'il y ait de lien. La secrétaire d'Etat n'était même pas au courant, c'est une sous-secrétaire, Christie Valero, qui a monté l'opération. Elle devait trouver que le jeu en valait la chandelle, ce que je pense aussi. Les déclarations des chefs religieux ont un poids extraordinaire dans la région. C'est l'ayatollah Khomeyni qui a déclaré que celui qui...

— ... se suiciderait dans le cadre de la lutte contre l'ennemi serait considéré comme un martyr, dit Linda en terminant sa phrase. On connaît nos classiques, Max. Mais je parie que toi, tu l'as appris en parlant avec Overholt.

Hanley ne la démentit pas.

— En tout cas, sur les quatre membres de la mission, trois se sont évanouis dans la nature. Le correspondant officiel du gouvernement tunisien leur avait donné la permission de ne pas revenir au camp pendant soixante-douze heures, mais leur camion a disparu.

— Et la CIA croit que leur disparition est liée à l'enlèvement de Katamora, c'est ça ? demanda Mark d'un ton sceptique.

— La CIA ne croit rien dut tout, répliqua Max qui faisait peu de cas du scepticisme de Mark. Mais ils veulent quand même qu'on vérifie.

— Je ne pense pas que ce soit une bonne idée, dit Linda. Juan vient de partir en hélico avec soit des terroristes soit une équipe des forces spéciales libyennes, en tout cas des gens impliqués dans l'accident de l'avion. On ne va pas s'enfoncer dans le désert à la recherche de ces archéologues alors qu'il peut avoir besoin de nous à tout instant.

— Attends un peu, dit soudain Mark, tout excité. Où est Stoney ?

— Il n'est pas de service pour l'instant, il doit donc être dans sa cabine.

— Max, transfère-lui cet appel et tu vas le voir rappliquer.

Max s'exécuta, et quelques instants plus tard, Eric Stone apparut sur l'écran grâce à sa webcam, et finit d'ingurgiter une boisson énergisante.

— Salut, quel effet ça fait de jouer les Lawrence d'Arabie ? lança-t-il en guise de salut.

— Hé, tu te tapes mes Red Bull ? fit Murphy d'un ton accusateur.

Eric écarta vivement la canette du champ de la caméra.

— Pas du tout.

— Voyou. Ecoute, quand on avait vérifié les images-satellites, on avait repéré un camion abandonné dans le désert, pas loin du trajet supposé de l'avion.

— Je m'en souviens.

— Envoie-moi un agrandissement et donne-moi les coordonnées GPS.

— Attends un peu.

Eric baissa les yeux et se mit à pianoter sur le clavier de son ordinateur. On apercevait sur l'écran un avatar de jeu vidéo qui ressemblait à un crapaud en armure médiévale et qui accumulait des points en disposant de façon répétitive des fleurs dans un panier.

— T'as l'air de jouer à un jeu vraiment débile, Eric, dit Linc en observant l'écran de son ami. Laisse-moi deviner, c'est Sir Ribbet et le bouquet de la mort ?

Comprenant qu'il ne parviendrait pas à expliquer ce qu'il faisait à un type comme Linc, Eric fit disparaître l'image de son écran au moyen d'une télécommande.

— C'est bon, je t'ai envoyé par courriel les coordonnées GPS et une photo du camion. Laisse-moi maintenant voir votre position... Vous n'êtes qu'à environ cent soixante kilomètres de là, ça ne devrait pas vous prendre plus de deux heures.

— A vol de corbeau, Stoney, pas au train où va le Pig, mais merci quand même. Tu veux bien envoyer aussi l'image sur l'écran principal du Centre d'opérations et renvoyer la communication sur Max ?

— C'est bon.

— A plus tard.

— C'est bien leur camion ? demanda Mark à Max dès que le contact fut rétabli.

— Overholt a dit qu'il y avait une sorte de marteau-piqueur sur la remorque à l'arrière, donc je dirais que c'est bien ça. Comment as-tu fait pour trouver une telle photo ?

— Je suis un génie, Max, répondit Murphy sans la moindre trace d'ironie. Tu le sais bien.

— C'est bon, petit génie, tu as gagné le droit de faire un détour. Je veux que vous alliez inspecter ce camion et ensuite que vous partiez interroger le quatrième membre de l'équipe, un certain Dr Emile Bumford. Il se trouve encore sur le site archéologique romain que le Département d'Etat utilisait comme couverture. Il a déjà parlé avec le sous-secrétaire d'Etat qui a monté l'opération. D'après ce que Lang m'a dit, Bumford n'a été d'aucune utilité, mais en face à face vous en tirerez peut-être quelque chose.

— Et le président ? insista Linda. J'ai l'impression qu'on l'abandonne.

— Ma chérie, rétorqua Max, il s'agit quand même de Juan Cabrillo. Avec un peu de chance, son hélico a atterri dans un hôtel cinq étoiles au bord de la mer, et dix minutes après son arrivée, il s'est retrouvé avec un verre à la main et une fille dans les bras.

*

Il leur fallut près de huit heures pour gagner l'endroit où Eric et Mark avaient remarqué le camion abandonné sur l'image satellite. Des heures passées à franchir d'interminables étendues caillouteuses et des lits de rivières asséchées, au point d'avoir l'impression de ne plus être que des sacs de peau remplis d'organes liquéfiés.

Mark et Linda avaient changé de place et cette dernière s'était installée à côté de Linc, qui conduisait. Ce dernier, pourtant, semblait détendu, les mains relâchées sur le volant, comme si le terrain bosselé n'était qu'une route ordinaire agrémentée çà et là de quelques nids-de-poule. Ils approchèrent du lieu repéré par GPS à la nuit tombante. Le Pig se montrait toujours aussi économe, mais ils ne disposaient plus désormais que de la quantité de carburant strictement suffisante pour les ramener de l'autre côté de la frontière tunisienne. Là, il leur faudrait trouver du gazole. Linc espérait pouvoir remplir le réservoir sur le site archéologique, mais ils devraient plus probablement demander à l'*Oregon* de leur en envoyer par hélicoptère.

Quelque chose qui se dressait à environ quatre cents mètres de là, au milieu du désert, attira soudain l'attention de Linc. Dans la lumière déclinante il lui sembla voir du mouvement. Il montra l'objet à Linda et à

Mark, mais eux non plus ne voyaient pas ce que cela pouvait bien être. Ils se trouvaient encore à un kilomètre et demi du camion abandonné, mais Linc décida d'aller y voir de plus près. Il gara le Pig derrière une dune basse et coupa le moteur.

— Mark, passe-moi mon REC7, tu veux bien ? demanda Linc.

Linda, elle, prit un Glock 19, version compacte du 17, l'un des pistolets les plus utilisés au monde.

Mark ouvrit la porte du compartiment arrière et tendit à Linc son fusil d'assaut. Moins à l'aise avec les armes de petit calibre qu'avec l'arsenal ultra moderne de l'*Oregon*, Mark s'en tenait à un antique pistolet de calibre .45, modèle 1911, qu'il fourra dans le creux de ses reins en descendant du camion.

Ils approchèrent avec précaution de l'objet inconnu qui se dressait au-dessus du sol. Arrivés à une cinquantaine de mètres, ils entendirent un cri obscène, inhumain, qui leur rappelait pourtant un cri d'enfant.

— Qu'est-ce que c'est que ce truc-là ? demanda Mark avec une terreur presque superstitieuse.

Linc avançait en premier, le fusil braqué sur l'étrange objet qui ressemblait à une croix inversée, avec deux formes sombres qui s'agitaient sur les deux bras.

C'est alors que l'une des formes déploya de larges ailes noires et Linc comprit aussitôt : un homme était crucifié, tête en bas, avec deux vautours à cou déplumé juchés sur ses aisselles. La tête des vautours était recouverte de sang, et l'un d'eux avait arraché un lambeau de chair qu'il ingurgita d'un mouvement brusque.

De son expérience en Afrique centrale au sein des SEALS, Linc savait qu'un tir d'avertissement ne suffirait pas à détourner les horribles oiseaux de leur festin. Il tira rapidement deux balles au but, et les vautours dégringolèrent de leur perchoir, laissant flotter quelques plumes en l'air.

— Mon Dieu, mon Dieu, mon Dieu, ne cessait de répéter Mark, horrifié, qui accompagna pourtant Linc et Linda jusqu'au corps crucifié.

Les vautours lui avaient infligé d'effroyables dommages, mais on voyait bien qu'il s'agissait d'un Blanc et qu'il était mort d'une balle en pleine tête. En raison du sang coagulé au pied de la croix, il était impossible de dire s'il avait été abattu avant ou après avoir été crucifié. Et comme ils ne se trouvaient qu'à un kilomètre et demi du camion, il n'était guère difficile de conclure qu'il s'agissait là d'un des membres de l'équipe du Département d'Etat.

Linc pouvait comprendre qu'un homme fût tué pour des raisons opérationnelles, mais la profanation de son corps dans une parodie de la crucifixion du Christ relevait de la perversion la plus odieuse.

Sans un mot, Linc s'en retourna au Pig pour y prendre une pelle.

Le sol était meuble et il ne lui fallut que vingt minutes pour accomplir sa triste tâche. Tandis qu'il s'affairait, Linda et Mark partirent à la recherche du camion, mais s'aperçurent qu'il avait été déplacé depuis le dernier passage du satellite : les traces de pneus s'éloignaient vers l'ouest. Ils découvrirent également d'autres traces d'un véhicule plus léger. Entre les deux séries de traces, se trouvait une unique douille en cuivre qui sentait encore la poudre et une tache d'un rouge noirâtre sur le sol, que des colonnes de fourmis s'employaient à nettoyer, grain de sable après grain de sable.

Ils firent part de leurs découvertes à Linc et tous en conclurent qu'après avoir franchi par inadvertance la frontière libyenne, l'équipe du Département d'Etat était tombée sur une patrouille. Pour une raison inconnue, l'un d'eux avait été abattu d'une balle dans la tête et les autres emmenés prisonniers. Quant au corps, il avait été transporté un peu plus loin et crucifié.

— Il est possible qu'ils aient vu l'avion de Katamora en difficulté et qu'ils aient décidé d'aller y voir de plus près, suggéra Mark.

— Et comme par hasard, ils seraient tombés sur une patrouille de gardes-frontières ? dit Linda d'un ton dubitatif.

— Pas une patrouille de gardes-frontières, répondit Linc. Les terroristes ont dû envoyer des équipes le long du trajet de l'avion pour éliminer d'éventuels témoins.

— D'après le lieu de l'embuscade, l'équipe du Département d'Etat se trouvait très au sud de son camp de base, fit remarquer Mark. Ils se sont trouvés au bon endroit, mais au mauvais moment.

— Que veux-tu qu'on fasse ? demanda Linc à Linda.

En sa qualité de vice-présidente chargée des opérations, elle était la plus gradée de l'équipe. Elle songea un instant à appeler Max et à lui laisser prendre la décision, mais Hanley n'avait pas vu le corps mutilé et ne pouvait éprouver ce qu'elle-même avait éprouvé. En matière de tactique, Linda laissait rarement les émotions intervenir dans ses décisions. Un bon chef n'agit jamais ainsi. Pourtant, cette fois-ci, il lui suffisait de regarder ses compagnons pour comprendre que la seule décision à prendre était de se lancer à la poursuite des bouchers qui avaient fait ça. Avec un peu de chance, ils en prendraient un vivant ; un simple soldat ignorait probablement le sort réservé à la secrétaire d'Etat, mais un renseignement valait mieux que pas du tout.

— Ils ont vachement d'avance, dit-elle, la mâchoire crispée par la colère.

— Je m'en fiche, dit Linc.

— Si ça doit rendre les choses plus faciles, dit Mark, on peut se dire qu'il y a une chance sur deux que les deux autres Américains aient été emmenés prisonniers quand les Libyens ont pris leur camion.

Linda n'y avait pas pensé, et cette remarque finit d'emporter sa décision.

— Allez, on y va.

Il était aussi facile de suivre les traces de pneus dans ce désert qu'une ligne discontinue sur une route de campagne. Le véhicule était en effet si lourd que les marques n'avaient pas encore été effacées par le vent. Lorsque le soleil disparut au loin derrière les montagnes, Mark activa le système FLIR destiné à repérer les attaques d'hélicoptères grâce à la détection des sources de chaleur, mais qui les préviendrait plusieurs kilomètres à l'avance de la présence du camion.

Linc chaussa alors des lunettes de vision nocturne. Utilisant des illuminateurs infrarouges à la fois passifs et actifs, il pouvait conduire confortablement en pleine obscurité si nécessaire. Cela dit, le quartier de lune qui se levait derrière eux donnait à ce système de troisième génération plus de lumière que nécessaire.

Ils roulaient sans dire un mot sur cette étendue désolée. A quoi bon parler puisqu'ils partageaient les mêmes pensées, les mêmes inquiétudes, mais aussi le même désir de vengeance. Peu leur importaient les nids-de-poule que leur puissant camion franchissait d'ailleurs sans encombre.

— A quelle distance sommes-nous de la frontière tunisienne ? demanda Linda au bout de deux heures.

Mark vérifia leur position sur l'ordinateur.

— A environ treize kilomètres.

— Reste vigilant. Je crois qu'ils ne la franchiront pas.

Un rideau de nuages obscurcit soudain la clarté de la lune. La lumière était devenue insuffisante pour les lunettes de vision nocturne et Linc activa les illuminateurs, envoyant des faisceaux dans le spectre proche de l'infrarouge, indétectables par la vision humaine mais qui se voyaient fort bien dans ses lunettes.

Ils roulèrent ainsi sur environ un kilomètre et demi. Mark Murphy savait parfaitement que n'importe qui équipé d'un appareil de vision nocturne pouvait voir le signal actif des lunettes de Linc, et il ne quittait pas des yeux son FLIR. Jusque-là, les scans thermiques n'avaient détecté aucune source de chaleur.

Soudain, un petit bip apparut. Trop petit pour signaler un homme, se dit-il, et il opta pour quelque animal nocturne. Mais brusquement, la cabine fut violemment éclairée.

La queue brûlante d'une roquette RPG apparut en blanc sur l'écran de Mark, tandis que les lunettes de vision nocturne de Linc étaient saturées par la flamme du moteur. Ils étaient tombés dans une embuscade, et si le lanceur de grenade n'avait pas tiré une fraction de seconde trop tôt, ils auraient été réduits en bouillie.

15

Le Pig se trouvait au sommet d'une colline et ils couvraient ainsi les alentours, mais sans abri cela ne leur servait à rien. Leur minuscule moment d'avance ne permettait pas à Linc d'enclencher la marche arrière : il appuya à fond sur l'accélérateur et dévala la pente au moment même où la roquette non guidée se dirigeait sur eux. Il appuya sur un bouton du tableau de bord pour activer la suspension hydraulique, abaissant ainsi le centre de gravité du véhicule.

Mark n'avait plus la hauteur nécessaire par rapport au sol pour mettre en batterie la mitrailleuse de calibre .30 installée sous le pare-chocs avant, mais le camion pouvait désormais descendre la dune à vive allure sans basculer. Linc appuya ensuite sur un autre bouton pour abaisser les chaînes, à l'arrière, destinées en principe à effacer leurs traces ; dans le cas présent, étant donné leur vitesse, elles soulevèrent un épais nuage de poussière qui ne gênait en rien leur propre FLIR mais gênait la vision nocturne du tireur de roquettes.

La grenade propulsée par roquette toucha terre à l'endroit où se trouvait le Pig quelques secondes auparavant, faisant jaillir une inoffensive gerbe de sable et de terre. Des balles traçantes se mirent alors à poignarder la nuit, se ruant sur le camion comme des chevaux de feu.

— Linda... commença Linc, mais elle l'interrompit.

— J'y suis.

Elle ouvrit la porte donnant sur l'arrière du camion et se lança à l'intérieur. Elle ouvrit aussitôt l'écoutille supérieure et poussa la mitrailleuse secondaire sur ses montants. Les trappes de l'écoutille la protégeaient sur les côtés et elle pointa le canon de son arme sur le mitrailleur qui les canardait de face. La mitrailleuse de calibre .30 rugit entre ses mains et cracha ses douilles de cuivre en un geyser saccadé. Elle visa l'endroit d'où partait le feu le plus intense, sans voir ce qui se passait à cent mètres de là en raison de l'obscurité, tandis que les zébrures de balles traçantes allaient se perdre dans le néant.

Elle maniait brutalement sa mitrailleuse pour contrer les mouvements erratiques de Linc qui évitait les nids-de-poule. Il devait y avoir un tireur de roquettes au milieu des hommes qui leur tiraient dessus au fusil d'assaut, car une explosion retentit soudain, projetant des corps haut dans le ciel.

Une autre RPG déchira la nuit, mais elle se dirigeait tellement loin d'eux que Linc put se permettre de l'ignorer. Il fonça alors en direction d'une dune de sable qui offrait une couverture parfaite à un groupe de tireurs. Il aborda la dune de biais, et arrivé au sommet, il enclencha la propulsion sur les quatre roues, en sorte que lorsqu'ils arrivèrent en bas de la pente, Linda avait toute la rangée des tireurs dans son champ de tir. Elle balaya leurs positions avec une fureur destructrice.

— J'ai une très grosse image thermique, annonça alors Mark, les yeux rivés sur l'écran de son ordinateur.

— Distance ?

— Environ cinq cents mètres. Elle est partiellement obscurcie par la topographie, mais il y a quelque chose de gros, là-bas, et ça devient de plus en plus chaud.

— Missiles, ordonna Linc.

Malgré les cahots, Mark ne manquait aucune touche sur son clavier. Des panneaux commandés hydrauliquement s'ouvrirent dans les flancs du Pig, révélant le nez conique de quatre missiles antichars Javelin FGM-148. Tiré en principe à l'épaule, le Javelin emportait une tête de dix-sept livres et se révélait capable de percer n'importe quel blindage.

Le missile était une arme du type « tire et oublie », guidé par infrarouge, en sorte que dès que Mark eut verrouillé le guidage sur la source de chaleur, le missile était prêt.

— Attention au feu ! cria-t-il à l'intention de Linda avant de lancer la roquette.

Le missile sortit de son tube avec un souffle brûlant et fila au travers du désert. Linc tourna le volant de façon à ce que Linda puisse arroser un autre nid de mitrailleuses qui lâchait sur le flanc du Pig un entêtant barrage de munitions.

Le Javelin atteignit la source de chaleur, ignorant la bataille qui faisait rage tout autour et les futiles tentatives de deux hommes qui tentèrent de l'abattre. A une dizaine de mètres de la cible, sa tête chercheuse avait soudain perdu le signal, rencontrant un contact plus proche et plus froid, mais le missile ignora le leurre et poursuivit sa course programmée.

Ce que le missile ne savait pas, c'était qu'un camion-citerne était passé entre lui et sa cible, et que l'image thermique plus froide correspondait au moteur. Le missile heurta le réservoir, juste derrière la cabine. Le chauffeur mourut sur le coup lorsque le mélange air-carburant explosa en une boule de feu qui sembla lécher les cieux. Des tentes toutes proches furent déchiquetées, les haubans transformés en rubans et les piquets en petit bois. Des filets tendus sur les palmiers pour dérober le camp à la vue des satellites espions s'enflammèrent comme de l'amadou. Des morceaux de métal du camion taillèrent en pièces l'équipe qui travaillait dans le camp, mais ne causèrent aucun dommage à l'appareil sur lequel ils intervenaient.

A la lueur de la colonne de flammes s'élevant du camion-citerne, Linc, Mark et Linda aperçurent deux choses: d'abord, que le camion foreur utilisé par l'équipe du Département d'Etat était également en feu, et ensuite ce que les combattants étaient censés protéger : un hélicoptère russe Mi-24, le plus redoutable hélicoptère de combat de toute l'histoire, niché dans un bunker de sacs de sable. C'était la chaleur de ses deux turbines Isotov que Mark avait détectée sur son FLIR. Les rotors tournaient et le pilote s'apprêtait à faire décoller son engin tueur de chars.

— Putain ! s'écria Mark. S'il arrive à décoller, on est cuits.

A peine avait-il prononcé ces mots que l'hélico (nom de code Hind) s'élevait dans les airs. Le pilote fit pivoter l'appareil sur son axe alors qu'il était encore partiellement dissimulé par les sacs de sable. Sous le nez du Hind, on apercevait une mitrailleuse Gatling à quatre tubes qui se mit à cracher dès qu'il dépassa les sacs de sable.

Linda eut tout juste le temps de plonger sous l'écoutille, tandis qu'autour du Pig, le désert crépitait de balles de calibre .50. Sous la violence des rafales, le pare-brise blindé du camion s'étoila et il n'aurait fallu que quelques secondes de plus pour qu'il volât en éclats.

Linc enfonça l'accélérateur, faisant jaillir une gerbe de sable derrière eux. Juste à leur gauche, une rafale fit éclater le sol. Puis vinrent six roquettes d'affilée, tirées depuis les rails placés sous les courtes ailes. Linc avait l'impression de conduire en pleine tempête de sable tant les missiles non guidés soulevaient des nuages de poussière autour d'eux. Il faisait de son mieux, zigzaguant entre chaque impact pour gagner de précieuses secondes. L'une des roquettes atteignit le pare-chocs arrière, secouant le Pig sur ses suspensions mais ne causant aucun dégât sérieux au blindage.

Linc lança un coup d'œil à Murphy.

— Prêt ?

— Vas-y !

Linc tourna violemment le volant et écrasa la pédale de frein. Le Pig pivota sur lui-même en glissant sur le sable mais sans se renverser, grâce à son large empattement. Dès que le nez fut pointé vers le Hind, Mark lâcha une paire de missiles Javelin dans l'espoir que les capteurs de chaleur suffisent à les guider, car il n'avait pas eu le temps d'ajuster son tir.

Le pilote de l'hélicoptère venait de perdre sa cible dans le tourbillon de poussière et attendait quelques secondes que le vent le dissipât. C'est du sein de cet impénétrable rideau que jaillirent soudain les deux missiles. Le système de refroidissement cryonique de l'un d'eux n'avait pas pu atteindre la température désirée et ne parvenait pas à distinguer la cible contre le sable du désert, encore chaud. Il explosa au sol, très à l'écart de l'hélico.

Le nez face aux missiles, le Hind présentait une signature thermique très faible car sa coque dissimulait la chaleur des turbines. Le pilote le savait et demeura immobile dans l'espoir que l'autre missile passe à côté. Mais le Javelin avait verrouillé sa cible. Pour son navigateur informatique, les quatre tubes brûlants placés sous l'hélicoptère appelaient irrésistiblement à la frappe.

Le capteur de chaleur envoya des corrections minimes aux ailerons du missile de façon à viser directement les quatre tubes encore chauds de la mitrailleuse Gatling. Le pilote éleva son appareil au dernier moment, en sorte que le missile manqua la mitrailleuse mais explosa juste sous le cockpit. La déflagration coupa l'hélicoptère en deux : la partie avant se désintégra presque entièrement tandis que la coque et la queue furent soulevées en l'air. Comme le rotor principal était en mouvement, l'hélicoptère perdit toute stabilité et se mit à tournoyer en laissant échapper un panache de fumée. Le Hind de dix tonnes s'écrasa alors au sol, ses rotors en aluminium labourèrent le sol avant d'exploser, projetant des éclats à une vitesse quasi supersonique ; les turbines Isotov, remplies de sable, se dilatèrent avant de s'arrêter.

Pourtant, les réservoirs de carburant auto-étanches résistèrent au choc. Il n'y eut pas d'explosions secondaires et les flammes jaillies des échappements s'éteignirent rapidement.

Mark laissa échapper un long soupir.

— Joli coup, Mark, dit Linc avant de s'adresser à Linda : Ça va, derrière ?

— Maintenant, j'ai compris ce que c'était que le Martini de James Bond : au shaker !

— Excuse-nous.

Elle passa la tête dans la cabine.

— Vous avez réussi à descendre le Hind, alors c'était une remarque, pas une plainte. A part ça, où est-ce qu'on est ? Dans une sorte de base militaire frontalière ?

— Probablement, répondit Linc.

— Amène-nous jusqu'au Hind, tu veux ? demanda Mark qui étudiait la carcasse de l'hélicoptère grâce au FLIR.

— C'est peut-être pas une très bonne idée. On devrait filer tant qu'il n'y a personne.

— Je ne crois pas qu'il s'agisse d'une base militaire frontalière, dit Murphy, mais j'ai besoin d'aller jeter un œil à l'hélico pour m'en assurer. En plus, il faut se débarrasser de tous les moyens de communication restés intacts. S'il y a des survivants dans le coin, inutile qu'ils puissent appeler des renforts.

Linc franchit les quatre cents mètres les séparant de l'épave et Mark n'attendit pas l'arrêt complet avant d'ouvrir la portière. Comme un chasseur primitif s'approchant d'une proie dangereuse pour s'assurer qu'elle est bien morte, Mark s'avança lentement vers le Hind abattu. Linda était retournée à son écoutille, prête à ouvrir le feu de sa mitrailleuse.

— Qu'est-ce que tu cherches ? demanda-t-elle sans cesser de surveiller le camp dévasté.

— Je ne cherche pas, j'ai trouvé.

— Bon. Qu'est-ce que tu as trouvé, alors ?

— Les entrées d'air ne sont pas normales. Elles sont trop grandes. Ainsi que les bouts de pales des rotors.

— Et donc ? demanda Linc depuis la cabine du Pig.

Mark se tourna vers lui.

— Cet hélico a été modifié pour effectuer des opérations à haute altitude. Je parie que si je vérifiais les tuyaux d'alimentation en carburant pour les turbines, ils seraient également plus gros. Et ça... c'est le rail de lancement d'un missile AA-7 Apex.

— Et alors ?

— L'Apex ne fait pas partie de l'armement classique du Hind. Ce sont des hélicoptères d'attaque au sol. L'Apex, lui, est un missile air-air, spécialement conçu pour le MIG-23 Flogger.

— Comment peux-tu en être sûr ? demanda Linda.

— Avant d'entrer dans la Corporation, je travaillais dans la conception des armements. Je connais tout ça par cœur. Bon, vous avez compris où je voulais en venir, non ?

— Missile air-air, hélicoptère modifié pour la haute altitude, dit Linc en bougeant les deux mains comme s'il soupesait ces deux éléments. Pas besoin d'être Sherlock Homes pour deviner. Ils ont utilisé cet engin pour abattre l'avion de la secrétaire d'Etat.

— Alors, cet endroit, c'est une base militaire libyenne ou un camp de terroristes ? demanda Linda.

— C’est la question à dix balles, ça, dit Mark en remontant dans le Pig. Allons voir si on trouve des éléments de réponse.

Ils roulèrent jusqu’au camp. Les tentes et les palmiers étaient réduits en cendres. Linc s’arrêta à côté d’un des mécaniciens tués du Hind, plaçant le Pig entre le corps et le désert. Mark sauta à terre et retourna le cadavre. Dans la lumière vacillante des incendies, il distingua un morceau de métal, probablement issu du camion-citerne, fiché dans la poitrine de l’homme. Mais il n’y avait ni uniforme ni insigne permettant de savoir à qui l’on avait affaire, et rien dans ses poches, pas même une plaque d’identification.

Sans trop s’éloigner du Pig, il examina ainsi plusieurs cadavres, mais en vain. En fouillant ce qui restait des tentes, il trouva un téléphone satellitaire, qu’il empocha, et un gros récepteur radio endommagé par l’explosion, mais rien qui pût indiquer l’identité de ces hommes ni au service de qui ils se trouvaient.

— Alors ? demanda Linda lorsqu’il remonta dans le Pig.

— On sait comment cet avion s’est écrasé, mais on ne sait toujours pas qui l’a abattu et pourquoi.

— Moi, ça ne m’inquiète pas, dit Linda tandis qu’ils reprenaient le chemin de la frontière tunisienne. Je parie que le président a eu la réponse à ces deux questions cinq minutes après l’atterrissage de l’autre hélico.

16

Dès l'ouverture des portes de l'hélicoptère, les yeux de Juan s'ajustèrent à la lumière vive de l'extérieur et il comprit qu'il était fait. Et refait.

Eviter d'être reconnu dans une base aérienne libyenne aurait été relativement aisé. Il y aurait eu là un millier d'hommes, des dizaines de bâtiments où se dissimuler, et l'anonymat né du constant renouvellement du personnel militaire.

Mais le Mi-8 n'avait pas atterri sur une base militaire aérienne. Ils se trouvaient au plus profond des montagnes, sur un plateau abrité donnant sur des vallées belles à couper le souffle. En dessous de la piste d'atterrissage en terre battue, se trouvait un camp d'entraînement. En sortant de l'hélico par l'arrière, il avait vu des dizaines de tentes, un terrain de parade, un parcours d'obstacles et un champ de tir.

Pourtant, Juan n'en tira pas immédiatement des conclusions. Même s'il s'agissait apparemment d'un camp de terroristes, il pouvait fort bien être financé par l'Etat libyen.

Sur l'un des côtés s'élevait un faux bâtiment de deux étages, fait d'un échafaudage drapé de toile d'emballage. Cette réplique de grandes dimensions était entourée d'un mur, avec une porte cochère ornée d'un cantilever donnant sur une allée circulaire, et une aile qui faisait penser à un solarium, sauf que l'ensemble était trop grand pour une résidence privée. L'arrière du bâtiment formait un espace clos, enserré par des barrières recouvertes de toile, figurant des haies.

Tandis que le vrombissement des turbines décroissait, on entendit au loin le ronronnement de générateurs et le chant du muezzin appelant les fidèles à la prière de midi. Des hommes traversaient le camp, un tapis de prière sous le bras, pour gagner le terrain de parade où ils se tournaient vers l'est, en direction de La Mecque. Ils devaient être au moins deux cents : un nombre élevé, certes, mais pas suffisant pour qu'il pût compter longtemps sur l'anonymat. Quelqu'un remarquerait rapidement l'absence du vrai Mohammed, et ils procéderaient à des recherches intensives.

Sa seule chance était de s'éclipser le plus vite possible et de revenir une nuit pour une reconnaissance nocturne.

— Allez, avance, lui ordonna-t-on.

Il descendit la rampe de débarquement de l'hélicoptère.

De l'autre côté de la vallée, on apercevait une sorte de chantier ou une excavation. Il serra son foulard autour de son visage et s'engagea sur le chemin menant au camp en contrebas, prenant soin de ne pas s'éloigner de l'homme qui le précédait de façon à ce qu'on ne pût voir ses yeux, et de boiter légèrement pour dissimuler sa haute taille.

Pas moyen de savoir si les hommes qui avaient effectué le sabotage étaient logés au même endroit, mais cela semblait plus que probable. Il les avait vus à l'œuvre et même s'ils n'étaient pas aussi disciplinés que des soldats de métier, ils faisaient preuve d'une cohésion qui ne peut venir que d'un entraînement et d'une pratique commune. Dès qu'ils auraient rejoint leur cantonnement, son espérance de vie ne dépasserait pas quelques secondes.

Le chemin courait le long d'un ravin aux pentes abruptes de sable et de rochers, traversées çà et là d'oueds et de rigoles. A mi-pente, une saillie surplombait une falaise verticale d'environ dix mètres. Juan en était à se dire qu'il n'avait aucune chance d'atteindre vivant le fond du ravin lorsque le chef qui marchait en tête de colonne se retourna et se mit à rassembler les keffiehs.

Connaissant la procédure, la plupart des hommes avaient déjà déroulé leurs foulards. Juan jeta un nouveau coup d'œil au camp sur sa gauche. Personne n'avait la tête recouverte. Ici, dans leur camp, ils n'avaient aucune raison de se dissimuler.

Plus une seconde à perdre.

Il enfonça les deux mains dans le dos de l'homme qui se trouvait devant lui en lançant d'un ton mauvais :

— Fais attention, toi !

L'homme se retourna brutalement, l'air furieux.

— Pourquoi t'as fait ça ?

— Tu m'as lancé un coup de coude dans le ventre. Tu m'as insulté, je devrais te tuer.

— Que se passe-t-il, là ? lança le chef.

— Ce fils de porc m'a poussé, s'écria Juan.

— Qui vient de parler ? Montre ton visage.

— Seulement quand il se sera excusé.

— Pas question. C'est toi qui m'as frappé dans le dos en premier.

Juan lança très mollement un coup de poing que l'autre évita facilement avant de lui retourner deux coups dans le ventre. C'était le prétexte que Juan attendait. Il arracha le foulard de l'homme et le fit pivoter de façon à ce que lui-même n'offrît que son dos à la vue des autres.

— Je ne te connais pas ! s'écria Juan. Cet homme est un imposteur, un infiltré.

— Tu es fou ? Ça fait sept mois que je suis ici.

— Menteur !

L'homme repoussa Juan, mais au lieu de résister, celui-ci lui saisit les poignets et recula hors du chemin. Aussitôt, Juan sentit ses pieds glisser. La pente, plutôt douce au début, devint rapidement plus raide. Les deux hommes prirent de la vitesse, et à un moment donné, Juan bascula en arrière et fit passer le terroriste par-dessus lui sans desserrer son étreinte. Ils dévalaient à présent la pente, Juan chevauchant l'homme qui glissait sur le dos.

Ils s'écrasèrent sur la première rigole et Juan entendit les os de l'homme craquer sur les cailloux qui dégringolaient avec eux. Le Libyen poussa un hurlement lorsqu'ils reprirent leur course folle comme une équipe de bobsleigh, sauf que le terroriste jouait le rôle du bob. Autour d'eux, les rochers se détachaient au fur et à mesure de leur passage, en sorte qu'avec le nuage de poussière on ne devait plus les voir d'en haut. Les deux jambes brisées de l'homme pendaient comme des chiffons et ils continuaient de dévaler la pente.

Juan, lui, utilisait sa jambe artificielle comme une sorte de gouvernail pour les maintenir au centre de la rigole. Chaque fois qu'il la tendait, il avait l'impression de recevoir un coup de masse sur son moignon, mais sans ces corrections de trajectoire ils auraient tous deux basculé irrémédiablement dans le précipice.

Sable et pierrailles s'accumulaient autour d'eux, et brusquement ils se retrouvèrent au sommet de l'avalanche ainsi créée. La friction du corps du terroriste sur le sol caillouteux diminua et leur vitesse sembla doubler. Juan ne parvenait plus à maîtriser leur descente. Soudain, la rigole se mit à tourner vers la gauche et le flot de pierres en avalanche ressembla à la crue d'une rivière qui les emporta tous les deux dans les airs. Lorsqu'ils retombèrent, le terroriste avait cessé de hurler et ils avaient gagné quelques précieux mètres d'avance sur la cascade de pierres qui les poursuivait.

La nouvelle ravine était plus large et plus profonde que la première, mais aussi plus sinueuse. Ils furent à nouveau rejoints par l'avalanche, alors que Juan était toujours à califourchon sur l'homme comme s'il chevauchait un tronc d'arbre au milieu d'un train de bois descendant la rivière. Juan risqua un coup d'œil au-dessus d'eux et aperçut de gros rochers qui dévalaient la pente au milieu d'un nuage de poussière. Il avait l'impression de se précipiter dans la gueule ouverte d'une gigantesque broyeuse, tandis qu'autour de lui les rochers se pulvérisaient en s'entrechoquant.

Un coup d'œil en bas de la pente. L'avalanche franchissait environ trois mètres de vide avant de retomber sur le sol. S'il y avait eu de l'eau, Juan aurait suivi le mouvement en espérant s'éloigner ensuite à la nage, mais là, pas la moindre goutte d'eau.

Il enfonça sa prothèse dans la pierraille jusqu'à sentir le sol dur. Quelques secondes avant d'être entraîné dans le vide avec son compagnon de hasard, il repoussa le cadavre de toutes ses forces et se retrouva au bord de l'avalanche.

Puis, à quatre pattes, il tenta de remonter l'éboulis. En vain. L'avalanche était trop rapide. Il chercha tout de même à gagner quelques secondes en se plaquant contre l'autre versant de la ravine.

Il ne lui restait plus que trois mètres environ à franchir mais il se trouvait encore coincé dans l'avalanche. Ses doigts ensanglantés cherchaient à s'agripper à la paroi et sa jambe artificielle agissait comme un piston, soulevant de la poussière à chaque mouvement. En vain.

Ses jambes passèrent par-dessus le bord du précipice, puis ses hanches. Il aperçut alors un petit arbuste, et, tout en sachant qu'en escalade il ne faut jamais se fier à la végétation, il s'accrocha à la racine, tandis qu'autour de lui dévalait un torrent de sable et de rochers. Il chercha alors à se hisser, mais la racine se détacha complètement et il accompagna le flot de pierrailles qui dégringolait, perdant dans sa chute son téléphone satellitaire.

Il atterrit plus bas, sur une large saillie, et se plaqua aussitôt contre la falaise, mais l'avalanche avait presque cessé. Les plus gros rochers jonchaient le sol tout en bas et seul un mince filet de sable coulait encore sur le rebord au-dessus de lui.

Soudain, une corde se mit à danser devant son visage. Levant les yeux, il s'aperçut que le rebord de la falaise le dissimulait aux terroristes. Ils ne lui lançaient pas une corde pour lui permettre de remonter : ils envoyaient quelqu'un voir s'il y avait des survivants.

Il ôta soigneusement ses bottes qu'il fourra dans l'échancrure de sa chemise d'uniforme. Puis il enroula le bout de corde autour du pied de sa prothèse et ressentit les mouvements de l'homme qui s'était porté volontaire pour partir à la recherche de ses deux compagnons. Après quoi, il saisit la corde à pleines mains et se lança dans le vide avant de se retourner pour se retrouver dos à la paroi. Grâce à la corde nouée autour de sa cheville, il parvint à descendre très lentement, si lentement que l'homme au-dessus de lui ne sentit jamais son poids.

Il lui fallut moins d'une minute pour atteindre le pied de la falaise. Sans son pied artificiel, sa descente aurait alerté le terroriste ou alors la corde lui aurait déchiré les chairs jusqu'à l'os. Arrivé en bas, il se précipita dans une anfractuosité de rocher et jeta un regard prudent vers le haut.

Une voix résonna dans la vallée.

— Je ne vois que des rochers. Je crois qu'ils sont tous les deux morts.

Juan prit le risque de le regarder. Le soldat – ou le terroriste, cela dépendait de ce qu'il découvrirait dans ce camp – observa un moment l'éboulis avant de remonter à l'aide de la corde. Juan, alors, s'effondra sur le sol, submergé par la douleur. Apparemment, il n'avait rien de cassé, mais son corps devait être recouvert d'ecchymoses. Il ne s'accorda que dix minutes de repos : plus longtemps, il se serait raidi au point de ne plus pouvoir bouger.

Au moment de se remettre en route, il découvrit son keffieh, à moitié enfoui dans le sable, et y vit un heureux présage. Il le glissa sur sa tête et déverrouilla sa prothèse de cheville. Il comptait trouver un abri où se dissimuler pour le reste de la journée, puis remonter de l'autre côté du chantier de construction qu'il avait repéré dans la vallée adjacente et qui devait forcément avoir un lien avec le camp d'entraînement.

Une fois là-bas, il lui faudrait une nouvelle fois compter sur la chance pour découvrir ce qu'il en était, avec l'espoir que Fiona Katamora serait détenue dans l'un ou l'autre de ces deux endroits.

Mais tout au fond de lui, il ne croyait guère à la chance.

17

Linda Ross et Franklin Lincoln gagnèrent le camp des archéologues à pied, une heure avant l'aube, au comble de l'excitation et manquant de sommeil. Mark Murphy était parti seul au volant du Pig : il devait rencontrer dans le désert George Adams, chargé de lui livrer en hélicoptère les quantités de carburant nécessaires à la poursuite de leur mission.

Ce n'était pas de gaieté de cœur qu'ils s'étaient séparés. Après avoir découvert le corps crucifié de l'Américain, ils en avaient conclu que les autres avaient été emmenés ailleurs. Probablement là où l'hélicoptère avait amené le président. Si c'était le cas, leur interrogatoire serait rapide, brutal, et très probablement couronné de succès. En ce moment même, une équipe de terroristes pouvait fort bien se diriger vers le chantier archéologique à bord d'un hélicoptère Mi-8.

Le temps pressait. Le sommet approchait, et, surtout, plus la captivité de la secrétaire d'Etat se poursuivait et plus elle courait le risque d'être elle aussi torturée.

Avec le lever du soleil, le camp s'éveilla. Linda et Linc remarquèrent que la plupart des archéologues étaient des étudiants profitant de l'été pour accomplir du travail de terrain. Les plus âgés devaient être professeurs ou assistants. Il y avait aussi une dizaine de Tunisiens, dont l'un, vêtu d'un complet mal coupé, s'agitait beaucoup sans faire grand-chose et qui devait donc être lc représentant du gouvernement.

Ils durent attendre presque une heure avant de voir le Dr Emile Bumford émerger de sa tente. Pour un homme qui venait de perdre les trois quarts de son équipe, le très raffiné M. Bumford ne semblait pas plus inquiet que cela. Il bâilla de façon théâtrale en sortant au soleil, comme s'il venait de passer une excellente nuit. Vêtu d'une ridicule tenue de safari, coiffé d'un panama, il se dirigea vers la tente des repas. Derrière la tente, des cuisiniers s'affairaient devant des grills, et, bien que l'odeur ne parvînt pas jusqu'à eux, Linda et Linc imaginaient les œufs au plat et les pommes de terre frites, eux qui en guise de petit déjeuner n'avaient eu droit qu'à des rations militaires froides. Le repas dura longtemps, car apparemment il fut suivi d'une réunion générale. Puis les étudiants allèrent chercher leur équipement et se dirigèrent vers un ensemble de ruines romaines. Les professeurs, un peu moins pressés, finirent eux aussi par disparaître derrière la colline séparant le camp du site archéologique.

Bumford retourna à sa tente en dernier. Il ne demeura à l'intérieur que quelques instants avant de s'asseoir sur une chaise au-dehors, à l'ombre d'un parasol, et d'ouvrir un livre épais comme une encyclopédie. Linc aurait aimé se glisser dans le camp et se saisir tout de suite de lui, mais des travailleurs tunisiens parcouraient encore les allées, les bras chargés de ballots de linge, ou bien s'occupaient à ranger les tentes des étudiants.

— J'ai suivi un cours d'archéologie lors de ma première année d'université, chuchota Linda. On a passé un long week-end à faire des fouilles, mais on n'a jamais eu de serviteurs comme ça.

— Parce que le Département d'Etat ne payait pas de supplément pour que vous puissiez travailler tout à votre aise.

— Bien vu. Bon, à ton avis, qu'est-ce qu'il fabrique, le Bumford ?

— Je dirais qu'il touche une confortable indemnité journalière et qu'il n'est pas du tout pressé de savoir ce qui est arrivé à Alana Shepard et aux autres.

— Jolie mentalité.

Une heure plus tard, le représentant du gouvernement tunisien vint voir Bumford et les deux hommes s'entretinrent pendant un moment. Bumford fit quelques grands gestes des bras et termina la conversation par un haussement d'épaules nonchalant.

Linc se mit à chuchoter en prenant un faux accent arabe :

— Professeur Bumford, avez-vous des nouvelles de vos compagnons ? (Il prit alors une voix nasillarde.) Je n'ai pas la moindre idée de ce qui a pu leur arriver... Vous avez dû contacter votre université et signaler leur disparition... Ce n'est pas de mon ressort. Je ne suis ici qu'en tant que consultant... Mais vous n'êtes pas inquiet ? Cela fait plusieurs jours... Ça n'est pas mon problème.

Le Tunisien quitta la scène.

La saynète de Linc semblait à peine exagérée, car Bumford retourna aussitôt à sa lecture sans paraître le moins du monde troublé.

Ils attendirent encore vingt minutes que le calme se fût installé dans le camp. On ne voyait plus aucun employé tunisien, et Linc en profita pour se glisser sans bruit jusqu'à l'arrière de la tente ; il tira de sa poche un couteau Emerson CQC-7A dont la lame était si affûtée qu'il coupa la toile en nylon sans plus de bruit qu'une motte de beurre.

Il pénétra dans la tente et se planta derrière Bumford qui ne se doutait pas le moins du monde de ce qui arrivait. Puis il se retourna et vit par l'ouverture Linda, accroupie derrière des fûts de gazole destinés au générateur électrique qui lui faisait signe d'attendre, car l'un des cuisiniers traversait le camp pour se rendre aux latrines. Dès qu'il eut disparu, Linda lui montra son poing serré.

D'un geste vif, Linc saisit alors l'orientaliste sous les aisselles et le tira à l'intérieur de la tente avant de le plaquer au sol. Puis il se mit sur lui à califourchon, lui appuya une main sur la bouche et de l'autre brandit son couteau de façon menaçante.

Un instant plus tard, Linda se glissa à son tour par l'ouverture que Linc venait de pratiquer dans la toile.

— Dis donc, t'as fait ça avec une telle facilité. Il doit bien peser cent dix kilos.

— Dis plutôt cent vingt. C'était mon côté « propre et soigné ».

Linda se pencha vers Bumford, le front en sueur, qui ouvrait des yeux grands comme des soucoupes.

— Mon collègue va ôter sa main. Vous ne crierez pas et ne bougerez pas. Compris ?

Bumford avait l'air d'un poisson mort.

— Hochez la tête si vous avez compris.

Comme il ne bougeait toujours pas, Linc lui releva et lui abaissa le menton plusieurs fois de suite. La terreur se lut dans les yeux de Bumford, et il acquiesça vigoureusement. Linc retira sa main.

— Qui êtes-vous ? gémit-il.

— Parlez doucement, dit Linda. Nous sommes ici pour Alana Shepard, Mike Duncan et Greg Chaffee.

— Qui êtes-vous ? répéta Bumford. Je ne vous reconnais pas. Vous ne faites pas partie de l'équipe.

Lorsque Linda tendit la main vers lui, Bumford sembla se rétracter dans le sol. Elle rajusta sur son nez les lunettes du professeur et replaça l'une des branches derrière son oreille.

— Nous sommes des amis. Nous avons besoin de vous parler des autres membres de votre équipe.

— Ils ne sont pas ici.

— C'est qui, ce type, un savant idiot ? demanda Linc.

— Professeur Bumford, dit Linda le plus gentiment du monde, nous sommes venus vous poser un certain nombre de questions. Nous faisons partie d'une équipe de sauvetage américaine.

— Des militaires ?

— Nous ne sommes que des civils sous contrat, mais à Washington on a pensé que votre mission était suffisamment importante pour faire appel à nous.

— C'est une perte de temps, fit Bumford, recouvrant un peu de son arrogance naturelle.

— Pourquoi dites-vous cela ?

— Vous savez qui je suis, n'est-ce pas ?

Linda comprit qu'il attendait un brin de reconnaissance capable de flatter son ego boursouflé.

— Vous êtes Emile Bumford, l'un des meilleurs experts mondiaux de l'empire ottoman.

— Dans ce cas, vous devez savoir que je n'ai pas besoin de justifier mes assertions. Il faut les prendre telles quelles. Pour le Département d'Etat, cette expédition est une pure et simple perte de temps.

— Mais alors dans ce cas, pourquoi êtes-vous venu ? demanda Linc.

Bumford ne répondit pas tout de suite et Linda remarqua la lueur furtive dans son regard.

— Ne mentez pas, lui dit-elle sèchement.

Bumford laissa échapper un soupir.

— J'ai perdu mon poste de professeur à cause d'une aventure que j'ai eue avec une étudiante, et je suis maintenant en plein divorce. L'avocat de ma femme me presse comme un citron, alors que l'enseignement ne m'a jamais beaucoup rapporté. Ajoutez à cela que je n'ai pas publié un livre en dix ans, et vous comprendrez tout.

— L'argent.

— Le Département d'Etat me verse cinq cents dollars par jour. J'en ai besoin.

— C'est pour ça que vous restez assis sur votre cul alors que votre équipe a disparu. Vous touchez votre salaire journalier !

Linda aurait voulu gifler ce visage béat, mais elle se contint.

— Bon, eh bien voici le moment venu de mériter votre argent. Dites-moi exactement pourquoi, à votre avis, cette expédition est une perte de temps.

— Connaissez-vous l'histoire de Suleiman Al-Jama qu'on nous a racontée ? Il se serait lié d'amitié avec un marin américain et aurait changé d'avis à propos de sa guerre sainte contre l'Occident.

— Oui, on en a entendu parler, dit Linda.

— Eh bien moi je n'y crois pas. Pas une seconde. J'ai étudié tout ce qu'Al-Jama a pu écrire. C'est comme si je le connaissais personnellement. Il ne pouvait pas changer. Aucun corsaire barbaresque ne pouvait changer. Ils ramassaient trop d'argent en attaquant les navires marchands européens.

— Je croyais qu'Al-Jama se battait pour des raisons idéologiques et pas pour l'argent, rétorqua Linc.

— Al-Jama était un homme comme les autres. Je suis certain qu'il a été tenté par les richesses que la course procurait. Il a peut-être commencé parce qu'il voulait tuer des infidèles, mais dans certains de ses derniers écrits il évoque les « récompenses » qu'il a accumulées. C'est lui qui le dit, pas moi.

— Récompense ne veut pas forcément dire trésor, dit Linda qui se rendait compte que Bumford interprétait les propos d'Al-Jama à travers le filtre de sa propre cupidité.

— Ma jeune dame, on m'a amené ici parce que je suis un expert sur ces questions. Si mes explications ne vous intéressent pas, je vous en prie, laissez-moi tranquille.

— Je suis curieux, dit Linc. La piraterie était-elle lucrative pour les pirates barbaresques ?

— Que savez-vous vraiment d'eux ?

— Je sais que les *marines* leur ont flanqué une raclée, comme le dit la chanson, « au large de Tripoli ».

— En fait, il s'agissait de cinq cents mercenaires sous le commandement de l'ancien consul d'Amérique, William Eaton, et d'une poignée de *marines* qui ont mis à sac la ville de Dema, un petit bled qui faisait partie du domaine personnel du pacha de Tripoli. Cette action a peut-être hâté la signature d'un traité de paix, mais ce n'était en rien une de ces batailles héroïques qu'on célèbre avec des hymnes.

Linc connaissait certains *marines* de ses amis qui l'auraient tué pour une telle remarque.

— Entre le quinzième et le dix-neuvième siècle, reprit Bumford, les pirates barbaresques avaient la mainmise sur les routes maritimes les plus lucratives : la Méditerranée et la côte de l'Atlantique Nord en Europe. A cette époque, les nations qui ne voulaient pas ou ne pouvaient pas payer l'exorbitant tribut réclamé par les pirates voyaient leurs bateaux arraisonnés, les cargaisons pillées et les équipages soit vendus comme esclaves soit libérés contre rançon. Des nations comme l'Angleterre, la France et l'Espagne versaient des millions en or pour protéger leur commerce maritime. Pendant un moment, même les Etats-Unis ont payé. D'après certaines études, plus d'un dixième du revenu fédéral allait à différents seigneurs de la côte barbaresque. Pour capturer des gens dans les villages côtiers, les pirates lançaient même des expéditions aussi loin que l'Irlande. D'après certaines estimations, plus d'un million et demi d'Européens ont été enlevés et réduits en esclavage. Vous vous rendez compte ?

— Oui, dit Linc d'un air ironique.

Mais Bumford était lancé sur son sujet favori et choisit de ne pas relever le sarcasme de l'Afro-Américain.

— C'était l'une des principales puissances navales de l'époque, reprit le professeur. Et Suleiman Al-Jama était peut-être le plus habile et certainement le plus cruel de tous ces pirates. Il avait d'abord fait des études pour devenir imam, mais il y avait dans sa famille une tradition de piraterie qui remontait à des générations. On raconte que ses ancêtres attaquaient déjà les navires revenant des croisades. Al-Jama avait ça dans le sang. Je regrette, mais d'après ce que je sais de lui, il n'aurait pas plus renoncé que le terroriste actuel portant le même nom à ce qu'il considérait comme une guerre sainte contre les puissances occidentales.

C'est là que Linda vit qu'elle s'était trompée. Il ne voyait pas les choses à travers le prisme de sa propre cupidité. Il voyait ce qu'ils cherchaient à faire à travers la conviction du caractère inévitable du terrorisme et du triomphe du dogme islamiste. Elle parlait à un homme battu, un homme qui ne s'était jamais attaqué aux extrémistes d'une culture qu'il prétendait enseigner mais n'avait jamais vraiment comprise.

Elle décida pourtant de poursuivre la discussion.

— Mais à un moment donné, Thomas Jefferson a décidé que les Etats-Unis ne payeraient plus le tribut. Pour la première fois dans leur histoire, les pirates faisaient face à une puissante marine de guerre disposée à les combattre plutôt qu'à leur donner de l'argent. Al-Jama a sûrement dû comprendre que leur règne était terminé. La déclaration de guerre unilatérale de Jefferson contre la piraterie signait le début de leur fin. Un pays s'était dressé contre leur forme de sauvagerie alors que le reste du monde continuait à courber l'échine.

En prononçant ces paroles, Linda sentait tellement le parallèle avec l'époque présente qu'un frisson la parcourut tout entière. L'Europe avait passé la dernière partie du vingtième siècle sous la menace constante du terrorisme. Des bombes avaient explosé dans des boîtes de nuit, partout s'étaient succédé enlèvements, assassinats et détournements d'avions sans que les autorités ne réagissent vraiment.

Après la première attaque contre le World Trade Center, les Etats-Unis avaient adopté la même attitude. Le gouvernement l'avait considérée comme un acte criminel alors que ce n'était en réalité que la première opération d'une guerre à venir. Les coupables avaient été arrêtés et jetés en prison, et jusqu'au 11 Septembre, on n'en avait plus guère parlé.

Mais après l'attaque de 2001, au lieu de se voiler la face une deuxième fois, le gouvernement américain avait réagi en attaquant ceux qui soutenaient le terrorisme. Comme deux cents ans auparavant, l'Amérique avait proclamé à la face du monde qu'elle préférait se battre plutôt que de vivre dans la peur.

— En admettant même qu'Al-Jama ait changé et trouvé un moyen de réconcilier l'islam et la chrétienté, reste encore à découvrir son navire, le *Saqr*, dit Bumford. Or, il est impossible qu'un vaisseau ait pu demeurer caché dans le désert pendant deux siècles. Il aurait été soit détruit par les éléments, soit pillé par des nomades. Croyez-moi, il n'y a plus rien à trouver.

— Simplement, comme ça, fit Linc en voyant Linda prête à exploser, si par hasard ce bateau avait pu être conservé, où pourrait-il se trouver, à votre avis ?

— D'après la lettre que j'ai lue à Washington, il devrait être dans le lit asséché de la rivière, au sud du camp, mais Alana, Mike et Greg l'ont exploré en totalité. Ils ne se sont arrêtés qu'en arrivant à une chute, qui, lorsque la rivière coulait, aurait été impossible à franchir. Il n'y a aucun navire barbaresque dissimulé dans les parages.

— Y avait-il un autre indice dans cette lettre ? Quelque chose qui pourrait paraître significatif ?

— Henry Lafayette disait qu'il était dissimulé dans une vaste caverne, accessible seulement, je cite, « grâce à un dispositif ingénieux ». Mais ne me demandez pas ce que c'est. Alana m'a harcelé pendant des semaines à ce sujet. Le seul autre indice dont je dispose, est une légende locale selon laquelle le navire est caché sous le noir qui brûle.

— Le quoi ? demanda Linda.

— Le noir qui brûle. Ce conte provient du journal du second d'Al-Jama, Suleiman Karamanli. Ce journal a été conservé dans les archives royales parce que cet homme était le neveu du pacha de Tripoli. Mais je n'ai aucune idée de ce que ça peut vouloir dire, désolé.

— Moi aussi, grommela Linda.

Si une archéologue aussi compétente qu'Alana Shepard n'avait pas pu découvrir le navire d'Al-Jama après plusieurs semaines de recherche, en utilisant le matériel le plus performant, il y avait peu de chances que Mark, Linc et elle y arrivent au cours des quelques jours qui restaient avant la conférence de paix.

Linda jeta un coup d'œil à sa montre. Il leur faudrait une heure pour rejoindre le lieu de leur rendez-vous avec Mark et le Pig. Leur rencontre avec Bumford n'ayant rien donné, elle leur dirait que le mieux était à présent de se tenir à la disposition de Juan pour le cas où il aurait eu plus de chance qu'eux.

— Allez, viens, Linc, dit-elle. M. Bumford, merci de nous avoir consacré tout ce temps. Et inutile de vous rappeler que vous ne nous avez jamais vus.

— Bien sûr. Au fait, avez-vous trouvé des indices, quelque chose à propos de la disparition de mon équipe ?

Linda ravala une répartie cinglante en l'entendant évoquer de façon si désinvolte le sort des autres.

— L'un des hommes est mort. Soit Greg Chaffee soit Mike Duncan. Une balle dans la tête. Les vautours n'en ont pas laissé suffisamment pour que nous puissions l'identifier. Pour les deux autres, on ne sait rien.

— Mon Dieu. Suis-je en sûreté en restant ici ? Je devrais peut-être rentrer aux Etats-Unis.

Linc saisit le bras de Linda avant qu'elle ne gifle le savant.

— Du calme. Il n'en vaut pas la peine. Allez, on y va.

Ils se glissèrent au-dehors par l'arrière de la tente et traversèrent le camp assoupi. Aucun des deux ne remarqua le jeune garçon qui avait écouté toute la conversation, accroupi près de la tente. Lorsqu'ils eurent disparu derrière une dune, l'enfant se précipita vers le représentant du gouvernement tunisien. Vingt minutes plus tard, l'information fut transmise à un contact à Tripoli en échange d'une somme conséquente, et quarante minutes après cela, dans un lointain camp d'entraînement de la montagne, les turbines d'un hélicoptère Mi-8 se mirent à vrombir.

18

Lorsque l'ambassadeur Charles Moon aperçut depuis l'hélicoptère les débris de l'avion, il faillit vomir sur les genoux de son voisin Ali Ghami, le ministre libyen des Affaires étrangères. L'appareil était pulvérisé, les débris éparpillés sur près d'un kilomètre et demi et en dehors des moteurs et d'un morceau de fuselage, les morceaux n'étaient pas plus gros qu'une valise.

— Qu'Allah ait pitié, dit Ghami, qui voyait également le site pour la première fois.

Au sol, protégés par un cordon de soldats libyens, des hommes examinaient l'épave. Il s'agissait d'une équipe avancée du NTSB et deux experts en aéronautique libyens, arrivés peu de temps avant l'ambassadeur américain, et dont l'hélicoptère était posé à environ un kilomètre et demi de l'épave.

— Monsieur le ministre, dit le pilote dans l'interphone, nous allons devoir nous poser à côté de leur appareil de façon à ce que notre rotor ne gêne pas les recherches.

— Entendu, répondit Ghami. Je crois que l'air frais et un peu de marche à pied nous feront du bien, à monsieur l'ambassadeur et à moi-même.

— Compris, monsieur.

Le ministre posa la main sur l'épaule de l'ambassadeur américain.

— Au nom de mon gouvernement et en mon nom propre, je vous présente mes condoléances, Charles.

— Merci, Ali. Quand vous m'avez appelé pour me dire qu'on avait retrouvé l'avion, je gardais encore espoir. Maintenant...

Il n'ajouta rien. Il n'y avait rien d'autre à dire.

Le pilote posa l'hélicoptère français EC155 près du gros hélicoptère peint aux couleurs de l'armée. Le garde du corps de Ghami, une montagne de muscles, dépourvu de cou, nommé Mansour, ouvrit la porte de l'hélicoptère alors que les pales tournaient encore. Ghami sauta lestement à terre et attendit que Moon, un peu plus lent en raison de son embonpoint, le rejoigne.

Ils se dirigèrent vers l'épave. Au bout de quelques pas, Moon se mit à transpirer, mais ni le ministre libyen ni son garde du corps ne semblaient affectés par la chaleur torride. De temps à autre, le vent leur amenait par bouffées des odeurs de kérosène et de plastique brûlé.

Moon jugea le spectacle qui s'offrait à eux plus terrible encore que ce qu'il avait aperçu depuis les airs. Tout était carbonisé. Ils s'immobilisèrent devant le cordon de soldats et attendirent l'arrivée du chef des inspecteurs du NTSB, qui se déplaçait lentement au milieu des débris en prenant des photos, tandis qu'un de ses collègues enregistrait tout sur un caméscope. Lorsqu'il aperçut les dignitaires, il glissa quelques mots à son compagnon et vint les rejoindre. Il avait le visage long et émacié, ses lèvres s'abaissaient aux deux coins.

— Monsieur l'ambassadeur ?

— Je me présente, Charles Moon. Et voici M. Ali Ghami, le ministre libyen des Affaires étrangères.

Les trois hommes échangèrent une poignée de main.

— Je m'appelle David Jewison.

Ghami tressaillit légèrement en entendant ce nom.

— Pourriez-vous nous dire quelques mots sur cet accident ? demanda Moon.

Jewison jeta un coup d'œil à l'épave, par-dessus son épaule, puis se tourna de nouveau vers l'ambassadeur.

— Une chose est sûre : nous ne sommes pas les premiers sur le site.

— Que dites-vous ? demanda sèchement Ghami.

Moon savait que la façon dont la Libye gérerait cette crise aurait un impact sur ses relations avec les Etats-Unis et les puissances occidentales, bien au-delà des Accords de Tripoli. La révélation de Jewison mettait Ghami et son gouvernement en mauvaise posture. De la falsification des éléments de preuve à la complicité le chemin n'était pas long.

— Apparemment, reprit Jewison, un groupe de nomades est déjà passé sur les lieux. Ils ont laissé derrière eux des centaines d'empreintes, des restes de feu pour cuisiner, des détritus qui correspondent bien à leur style de vie, et le cadavre d'un dromadaire abattu d'une balle dans la tête. D'après notre guide, vu l'état de ses dents, le dromadaire ne devait plus en avoir pour longtemps et il a été probablement sacrifié parce qu'il n'avait plus aucune valeur.

« Une partie des débris a été dérangée et certains éléments peut-être emportés. Les restes des passagers ont également disparu. Je crois que selon les coutumes musulmanes, les gens doivent être enterrés dans les vingt-quatre heures suivant leur mort. D'après mon homologue libyen, c'est probablement ce qu'ont fait les nomades. Je n'ai aucune raison de mettre en doute ses assertions, mais on n'aura aucune certitude avant de voir arriver des chacals.

— Avez-vous une idée de ce qui a pu arriver à l'avion ?

— Bien qu'on n'en soit qu'au tout début de l'enquête, il semblerait que l'avion ait perdu une partie de sa queue en plein vol. On ne sait pas pourquoi, parce qu'on ne l'a pas retrouvée ici, sur le site. Nous enverrons notre hélicoptère faire une reconnaissance le long du trajet de l'avion. Cet accident a pu entraîner une perte de liquide hydraulique, empêchant le bon fonctionnement du gouvernail et du gouvernail de profondeur. Sans le système hydraulique, les volets, les ailerons, les becs de bord d'attaque et les aérofreins des ailes principales ont dû également cesser de répondre. Si ça a été le cas, l'appareil devait être difficile voire impossible à gouverner.

— Y a-t-il des éléments permettant de savoir pourquoi l'avion a perdu une partie de sa queue ? demanda Ghami.

— On n'en a pas encore vu. On en aura une idée quand on l'aura retrouvée.

— Et si on ne la retrouve pas ? demanda Moon.

La question n'était pas délibérément provocante, mais il était curieux de voir la réaction de Ghami. Il avait beau éprouver pour lui une manière de sympathie personnelle, il n'oubliait pas pour autant la fonction qu'il occupait.

— Sans cet élément, la raison sera officiellement considérée comme inconnue.

Ghami se tourna vers l'ambassadeur.

— Je vous promets, Charles, que la queue de cet avion sera retrouvée et que l'on déterminera les causes de cette tragédie.

— Excusez-moi, monsieur le ministre, dit Jewison, mais c'est une promesse que vous ne pourrez peut-être pas tenir. Cela fait dix-huit ans que j'enquête sur les accidents d'avion. J'ai vu toutes sortes de choses, y compris un avion qui a explosé en plein vol et qu'on a dû repêcher dans l'océan au large de Long Island. Comparée à celle-ci, l'enquête a été relativement facile. Il est impossible de dire quels dommages résultent de l'écrasement et lesquels sont dus à vos compatriotes. (Ghami voulut protester, mais Jewison l'arrêta d'un geste.) Je voulais dire les nomades. Ils sont libyens et ce sont donc vos compatriotes, c'est tout ce que je voulais dire.

— Les nomades ne sont citoyens d'aucun pays sinon du désert.

— Quoi qu'il en soit, ils ont tellement massacré cet endroit que même si on retrouve la queue, je ne sais pas si on parviendra à déterminer les causes de l'accident.

Ghami soutint le regard de l'expert.

— Monsieur l'ambassadeur et d'autres représentants de votre gouvernement m'ont expliqué que vous étiez le meilleur au monde dans votre partie, monsieur Jewison. Ils m'ont assuré que vous trouverez la réponse. Je suis persuadé que vous consacrez à toutes les catastrophes aériennes les mêmes efforts, mais vous devez savoir, j'en suis sûr, la gravité de cette situation et l'importance de vos découvertes.

Jewison regarda tour à tour les deux hommes et comprit que dans son enquête, la politique allait tenir une place aussi importante que les techniques scientifiques.

— Dans combien de temps doit se tenir cette conférence ? demanda-t-il.

— Dans quarante-huit heures, répondit Moon.

Il hocha la tête, l'air résigné.

— Si nous retrouvons la queue et si elle n'a pas été endommagée par les nomades, je pourrai vous communiquer un rapport préliminaire avant cette date.

Ghami lui tendit une main que Jewison serra.

— Nous n'en demandons pas plus.

*

L'*Oregon* s'était mis en mode ultra silencieux. Pour atténuer le bruit des vagues contre la coque, on ne pouvait pas faire grand-chose, à part garder la proue face au vent. Mais à part cela, rien n'avait été négligé dans la position du navire. Max Hanley avait entouré l'*Oregon* de bouées passives qui recueillaient l'énergie des radars approchant et relayaient l'information à l'ordinateur du bord. Ils étaient ainsi prévenus longtemps à l'avance de la présence d'un autre navire dans les parages et cela sans avoir à utiliser leur propre radar. Si le bâtiment semblait se diriger vers eux, le système de positionnement dynamique du navire déplacerait l'*Oregon* en utilisant la puissance des batteries au zinc et à l'argent, particulièrement silencieuses. Avec sa coque et sa superstructure enduite d'un produit absorbant les ondes radar, un navire croisant à proximité ne pourrait les détecter qu'en étant presque dans son champ de vision.

Un sonar passif pendait depuis le moon pool jusqu'à la quille. Capables de capter à trois cent soixante degrés, les microphones acoustiques renseignaient sur toutes les formes de menaces sous-marines. D'autres capteurs recueillaient les données électroniques et les échanges radio des navires, avions et bases militaires de la côte libyenne. Juan Cabrillo avait très expressément conçu l'*Oregon* pour ce genre de mission. Sa furtivité lui permettait de demeurer proche d'une côte hostile pendant des jours, voire des semaines, et de collecter des informations sur les mouvements d'une flotte, les échanges électroniques ou tout ce qui pouvait intéresser un client.

L'*Oregon* était ainsi resté mouillé pendant vingt-huit jours au large de Cuba, au moment où, malade, Fidel Castro avait transféré le pouvoir à son frère Raul, et avait pu écouter tout ce qui se disait derrière les portes fermées du dictateur. Ils avaient pu de la sorte fournir aux services de renseignements américains des informations d'une importance capitale et dissiper la plupart de leurs incertitudes.

Mettre l'*Oregon* en mode ultra silencieux impliquait également de suspendre toutes les tâches habituelles de maintenance, ce qui n'était pas forcément pour déplaire à l'équipage. En outre, on avait fermé la salle de gymnastique pour éviter que des haltères s'entrechoquent malencontreusement et les repas étaient réduits à des poches préemballées et chauffées dans une marmite rivée au fourneau de la coquerie. L'équipe de cuisine s'était surpassée dans la préparation de ces repas, mais le résultat ne pouvait faire oublier les plats gastronomiques auxquels les membres de la Corporation avaient fini par s'habituer. L'argenterie et la vaisselle en porcelaine avaient été remplacées par des couverts en plastique et des assiettes en carton, tandis que radio et télévision devaient être écoutées avec un casque.

Max Hanley se trouvait à ce moment-là dans sa cabine et travaillait à une maquette de Swift Boat, l'une des vedettes fluviales les plus rapides qu'il ait eu à commander pendant la guerre du Vietnam. Hanley n'était pas du genre à s'attarder sur son passé, à cultiver la nostalgie : il conservait ses médailles militaires dans un coffre-fort de Los Angeles qu'il n'avait pas ouvert depuis des années, médailles qu'il n'arborait qu'à l'enterrement d'anciens camarades. Cette maquette, il ne la construisait que parce qu'il pouvait le faire de mémoire et que cela le distrayait de ses responsabilités présentes.

Le Dr Huxley avait pour sa part émis l'hypothèse que ce hobby était une façon de réduire le stress et de conserver une pression artérielle normale. Jusque-là, il avait réussi à s'y tenir plus longtemps que le yoga qu'elle lui avait tout d'abord prescrit. Il avait déjà construit et présenté à Juan une magnifique maquette de l'*Oregon*, qui trônait à présent sous une bulle en plastique dans la salle de conférence du navire et avait des plans pour un bateau à aubes du Mississippi lorsqu'il en aurait fini avec le Swift Boat.

On frappa à sa porte si doucement qu'il sut aussitôt que c'était Eric Stone qui poussait à ses ultimes conséquences les consignes de silence.

— Entre, dit Hanley.

Eric fit son entrée avec un ordinateur portable et un grand portfolio. Il avait l'air de ne pas avoir dormi depuis une semaine. Stone adoptait d'ordinaire une sorte d'attitude militaire, née de son entraînement à Annapolis, mais ce jour-là il avait la chemise déboutonnée et son pantalon chino était fripé comme du papier d'aluminium usagé.

Max s'inquiétait pour les membres de la Corporation lâchés en milieu hostile, mais Eric, lui, prenait cela encore plus à cœur. Max avait été son mentor lorsqu'il avait rejoint la société, mais depuis lors c'était Juan qu'il idolâtrait, tandis que Mark Murphy occupait la place du frère qu'il n'avait jamais eu. La fatigue creusait son visage d'ordinaire lisse et de toute évidence il ne s'était pas rasé depuis quelques jours.

— Tu as quelque chose ? demanda Max sans préambule.

Il montra le portfolio.

— Des cartes détaillées de l'endroit où se trouve Juan, et un historique.

— Je savais que tu y arriverais. (Sur son bureau, il ménagea un espace pour qu'Eric puisse déployer la carte et se leva pour mieux voir.) Explique-moi ce que je vois, là.

On distinguait un petit camp d'entraînement, haut dans les montagnes, à une trentaine de kilomètres de la côte. Le camp était bien dissimulé par les sommets montagneux, et sans la présence d'une sorte de large puits ouvert, il aurait été aisé de le manquer, même en connaissant son emplacement grâce au transmetteur GPS que Juan s'était fait implanter sous la peau. Il y avait une ligne sombre qui serpentait entre la mer et le puits et qui épousait de très près les contours du terrain. Là où la ligne rejoignait la côte, on distinguait deux vieux bâtiments et une longue jetée, et d'autres bâtiments au fond d'une vallée, là où la terre avait été excavée.

Eric désigna d'abord la zone du port.

— Voilà ce qui reste d'une gare charbonnière bâtie par les Britanniques dans les années 1840. Elle a été agrandie et on a allongé le quai en 1914, probablement en raison de la guerre mondiale qui s'annonçait. Ce quai a été partiellement détruit lors de la campagne de Rommel en Afrique du Nord, et les Allemands l'ont rebâti pour s'en servir de relais de ravitaillement pendant leur expédition vers l'Egypte. La ligne sombre, là, c'est la voie ferrée reliant la gare à la mine de charbon, ici. (Son doigt suivit les rails jusqu'aux bâtiments surplombant le puits de mine ouvert.) Il y avait autrefois un canal pour le transport du charbon, mais il s'est asséché et on a posé les rails sur son lit.

— On dirait qu'ils sont en train de rouvrir cette mine, dit Max.

— Exactement. Il y a environ cinq mois. La voie ferrée a été refaite pour pouvoir accueillir des wagons plus gros, et le but est de reprendre l'extraction du charbon.

— Personne n'a fait remarquer que c'est quand même curieux pour un pays qui dispose de quarante milliards de barils de pétrole dans son sous-sol.

— J'y ai pensé tout de suite, répondit Eric. Et ça ne s'explique pas du tout. Surtout si on tient compte de la volonté de développement durable du gouvernement avec l'usine hydroélectrique, un peu plus loin sur la côte.

— Alors qu'est-ce qui se passe là-bas, réellement ?

— La CIA pense qu'il s'agit d'une couverture pour un nouveau centre de recherches nucléaires souterrain.

— Je croyais que l'oncle Mouammar avait renoncé à ses ambitions nucléaires, dit Max. En outre, la CIA est du genre à croire que ma belle-mère s'est lancée dans un programme de recherches nucléaires du jour où elle a fait creuser une nouvelle cave sous sa maison.

Eric pouffa.

— Les services de renseignements étrangers ne croient pas aux thèses de la CIA. Pour eux, c'est une entreprise tout à fait légale. Le problème, c'est que je n'arrive à repérer aucune entreprise chargée des travaux sur place. Cela dit, ça n'est pas si étonnant que ça, parce que les Libyens ne sont pas réputés pour leur transparence. Il y avait quand même un article dans une revue professionnelle expliquant que la Libye est intéressée par la gazéification du charbon, conçue comme une alternative au pétrole ; d'après eux, leur système serait plus propre que le gaz naturel.

— Tu n'as pas l'air convaincu, dit Max.

— Les recherches m'ont pris un peu de temps, mais j'ai trouvé des informations sur des bateaux qui avaient utilisé les services de cette usine, autrefois. Apparemment, les navires qui faisaient le plein régulièrement là-bas étaient obligés de faire cinquante pour cent de maintenance en plus et voyaient leurs performances réduites de vingt pour cent

En tant qu'ingénieur, Max comprit aussitôt les implications des découvertes d'Eric.

— Le charbon est sale, c'est ça ?

— Dans un de ses rapports, le capitaine d'un cargo, le *Hydra*, écrit qu'il préférerait encore remplir ses réservoirs de sciure de bois que d'utiliser encore le charbon de cette usine.

— Donc, aucune technologie actuelle de gazéification ne permet de rendre le charbon propre. Alors qu'est-ce qu'ils fabriquent, là-bas, exactement ?

— Les bâtiments au nord de la mine ont été autrefois utilisés par l'armée libyenne comme centre d'entraînement.

— Finalement, tout ça est une histoire gouvernementale, dit Max, tirant un peu trop rapidement les conclusions.

— Pas forcément, rétorqua Eric. Ça fait deux ans qu'elle est désaffectée.

— Retour à la case départ, fit Max, dépité.

— J'en ai bien peur. Au cours des deux derniers jours, il y a eu des manœuvres militaires suspectes en Syrie, et notre satellite de couverture s'est déplacé vers l'est pour les surveiller. Cette image-ci date de deux mois, et c'est la plus récente que j'aie pu trouver.

— Pourquoi ne pas essayer d'avoir des images d'une société de satellites privée ?

— Déjà essayé : ça n'a rien donné. Même en offrant le double du prix demandé, on ne pourra pas avoir de clichés avant une semaine.

— Trop tard pour Juan ou pour Fiona Katamora.

— Ouais.

— Et tu as vraiment tout essayé pour découvrir le nom de la société qui travaille sur la voie de chemin de fer ?

— C'est comme peler un oignon couche après couche. J'ai jamais vu une telle protection. Chaque fois qu'on cherche qui est propriétaire, c'est l'impasse. Cela dit, j'ai quand même découvert que les sociétés qui travaillent en Libye le font en général en partenariat avec l'Etat.

— La boucle est bouclée : le gouvernement libyen est derrière tout ça, non ?

— Tu connais la Cosco, n'est-ce pas ?

— La compagnie chinoise de transport maritime ?

— Dont tout le monde croit qu'elle appartient à l'Armée populaire de libération. Je me demande si on n'a pas affaire à quelque chose d'un peu semblable, ici.

— Tu voudrais dire que ce serait seulement un secteur de l'Etat qui serait derrière tout ça ? (Eric acquiesça.) L'armée ?

— Ou l'OSJ, l'Organisation de sécurité de la Jamahiriya, leur principal service de renseignements. Depuis que Kadhafi a décidé de jouer les gentils, l'OSJ a été marginalisée. Ils ont peut-être joué cette carte pour retrouver un peu de leur prestige.

— Un pari plutôt risqué, puisque nous savons que ces gens sont liés d'une façon ou d'une autre à l'attentat contre l'avion de Katamora. (Eric ne dit rien et Max poursuivit.) Et si les terroristes avaient graissé la patte à cette faction pour qu'ils regardent ailleurs ? Ça a marché pour Ben Laden au Soudan, et ensuite en Afghanistan, jusqu'à ce qu'on dégomme les Talibans.

— C'est aussi à ça que j'ai pensé. Nous savons qu'autrefois, la Libye a donné asile à des terroristes. La mine et la voie ferrée pourraient cacher un camp d'entraînement pour terroristes, avec l'idée, quand même, d'utiliser les produits de la mine pour financer leurs activités. C'est la stratégie d'Al-Qaida en Afrique, qui se livre au trafic des diamants de la guerre.

Max prit un moment pour allumer sa pipe, comme il le faisait chaque fois qu'il voulait mettre de l'ordre dans ses pensées.

— On perd notre temps. Ça ne sert à rien de savoir qui est derrière tout ça. Juan aura probablement trouvé la réponse. A mon avis, la priorité c'est de le tirer de là et de voir ce qu'il a découvert.

— Tout à fait d'accord.

— Des suggestions ?

— Pas pour l'instant. Il faut attendre qu'il ait pris contact.

Max Hanley était connu comme un homme réservé et Eric fut donc surpris de l'entendre s'exclamer :

— Ça me fout en rogne, tout ça !

— Je comprends ce que tu veux dire.

— Juan n'aurait pas dû partir.

— Il a estimé que c'était nécessaire. Sans ça, comment aurait-on su d'où ils venaient ?

— Il y a de meilleurs moyens. On aurait pu suivre l'hélico au radar.

— On ne l'a jamais vu arriver sur le lieu de l'accident, rétorqua Eric. Comment aurait-on pu le suivre au retour ? Il volait tout le temps en rase-mottes. Complètement invisible. Et avant que tu me le dises, sache qu'on n'avait pas le temps de demander une couverture satellite. Juan a pris la seule décision possible.

Max passa la main dans ses cheveux poivre et sel.

— Tu as raison. Mais ça ne me plaît pas, cette histoire. Trop d'impondérables. A-t-on affaire à du terrorisme d'Etat, à une fraction de ce même appareil d'Etat, ou à une autre variété de terrorisme en pot, probablement le groupe de Suleiman Al-Jama ? On ne sait pas qui on combat, ni ce qu'ils veulent. On ne sait pas si Katamora est encore vivante ou pas. En gros, on ne sait rien du tout. Linc, Linda et Mark ont découvert un hélico apparemment armé pour descendre l'avion de la secrétaire d'Etat, mais encore une fois, on ne sait pas qui est derrière tout ça. Et puis on a un groupe d'archéologues disparus, et on ne sait pas si c'est ou non lié, et un universitaire gnangnan qui nous raconte qu'ils sont partis à la chasse au Dahu, tout ça pour qu'il puisse payer une pension à son ex. J'ai oublié une pièce du puzzle ? Ah oui, dans deux jours, doit se tenir la conférence de paix la plus importante depuis Camp David. Et comme on est sans nouvelles de Juan, je suis incapable de reconstituer ce puzzle.

Voilà bien le problème fondamental de Max, se dit Eric. Hanley n'était pas un chef comme l'était Juan. Qu'on lui pose un problème technique, et Max travaillera jusqu'à trouver la solution, ou qu'on lui présente un plan d'action et il fera en sorte de l'exécuter à la lettre. Mais lorsqu'il lui faut prendre une décision difficile, il souffre le martyre parce que ça n'est pas son point fort. Il n'était ni stratège ni tacticien et le savait mieux que personne.

— Si c'était moi, dit Eric diplomatiquement, je dirais à Mark et aux autres de se tenir proches de la mine transformée en camp terroriste pour le moment où Juan appellera.

— Et les archéologues et leur document ?

— Pour l'instant, c'est secondaire. Notre priorité, ce sont le président de la Corporation et la secrétaire d'Etat.

La sonnerie du téléphone retentit. Sur l'écran s'afficha le nom du technicien de service. Max mit le téléphone sur haut-parleur.

— Ici Hanley.

— Max, je viens de recevoir une alerte de sécurité d'Overholt.

— Quoi, encore ? grommela-t-il.

— Un hélico qui semble être le même que celui dans lequel Juan s'est embarqué, s'est pointé sur le champ de fouilles archéologiques, de l'autre côté de la frontière tunisienne. Des hommes armés ont enlevé le professeur Emile Bumford, le représentant du gouvernement tunisien et un membre de l'équipe locale, un jeune garçon qui est peut-être de sa famille.

Max plongea le regard dans celui d'Eric.

— Une question secondaire, hein ? (Il retourna au technicien de service.) C'est bon. Envoie un mot à Lang pour lui dire qu'on a bien reçu son message. (Il coupa la communication et s'enfonça dans son siège.) Encore une pièce du puzzle qu'on ne sait où mettre.

Sagement, Eric ne lui dit pas que cette pièce faisait peut-être partie d'un autre puzzle.

19

Sur son joli petit visage on lisait un mélange de joie et de détermination. Il avait la bouche ouverte, et, en dépit du chlore qui le piquait, il gardait les yeux grands ouverts. Des gouttes d'eau pendaient à ses longs cils comme des éclats de diamant. Tout son corps gigotait au rythme de ses petites jambes qui fouettaient l'eau et son menton venait rebondir sur les brassards gonflables à chacun de ses mouvements maladroits.

Debout dans la piscine de l'immeuble, de l'eau jusqu'à la taille, Alana avait l'impression que son cœur allait exploser de joie en voyant son petit Josh tenter furieusement de la rejoindre, tandis qu'elle reculait lentement. Il connaissait le jeu et se plaindrait amèrement s'il se fatiguait avant d'avoir rejoint sa mère, ou rayonnerait de fierté s'il parvenait à se blottir dans ses bras accueillants.

Alana avait à présent les fesses pressées contre le rebord de la piscine, tandis que Josh n'était plus qu'à quelques pas d'elle, un sourire triomphant aux lèvres. Et soudain, ses brassards disparurent et son visage s'enfonça dans l'eau. Alana voulut s'écarter de la paroi, mais c'était comme si sa peau et le tissu de son maillot de bain étaient collés aux carreaux.

Josh réapparut, crachant de l'eau et de la salive. Il se mit à tousser, les yeux remplis de terreur. Il cria « maman ! » avant de disparaître à nouveau sous la surface de l'eau.

Alana tendit les bras désespérément mais ne put l'atteindre. Impossible de bouger. Tout autour de la piscine, il y avait des gens allongés dans des chaises longues, ou qui laissaient négligemment tremper leurs pieds dans l'eau. Elle voulut les prévenir mais aucun son ne sortait de ses lèvres.

Les mouvements de Josh se firent moins violents et ses cheveux longs se répandirent à la surface, agités par les vaguelettes. Il avait les poings serrés, comme s'il cherchait encore à lutter, mais Alana ne pouvait rien pour lui. Le système de filtrage de la piscine l'éloignait d'elle. Ses bras tendus et sa nuque arquée lui faisaient mal : c'était pour la punir d'être une mauvaise mère, elle le savait.

Son bébé était en train de mourir.

Elle aurait pu accepter un tel destin, mais la réalité était bien plus cruelle encore.

Elle s'éveilla de son cauchemar.

Si elle avait mal à la tête, c'était que l'un de ses gardiens venait de la frapper à coups de matraque. Si elle avait mal aux bras, c'était qu'on la tirait de la queue où quelques instants auparavant, elle versait un maigre gruau dans les assiettes en métal des autres prisonniers. Elle avait le dos engourdi parce que le sol était caillouteux et que l'homme qui la tirait marchait d'un pas vif.

Un autre garde cria quelque chose à l'homme qui venait de la frapper. Il s'immobilisa et la laissa tomber au sol. Elle ne prêta aucune attention aux salves de phrases arabes que les deux hommes échangèrent. Si seulement ils pouvaient l'oublier là !

L'image de son fils en train de se noyer ne faisait qu'ajouter à sa douleur. Josh avait à présent onze ans, et pas cinq, comme dans son rêve, et c'était un excellent nageur.

Le ton ne cessa de monter entre les deux gardiens jusqu'à ce qu'un troisième homme intervienne. C'était l'un des chefs et un seul mot de lui suffit à mettre un terme immédiat à l'algarade. L'homme qui l'avait frappée lui donna un petit coup de pied dans les côtes pour l'obliger à se lever et lui fit signe de reprendre place derrière la table où les femmes servaient leur pitance à des hommes hâves, vêtus de haillons.

Alana, prisonnière depuis moins d'une semaine, savait que la plupart de ces malheureux étaient là depuis des mois. Ils ne faisaient pas meilleure figure que les déportés libérés des camps nazis.

Lorsqu'elle reprit sa place derrière la table, sa voisine lui murmura quelques mots en arabe.

— Désolée, je ne comprends pas.

La femme, qui avait dû être grosse si l'on en jugeait par la chair pendant à son cou, désigna les yeux d'Alana puis la table. Ne regardez pas les gardes, semblait-elle lui dire. Ce fut du moins ce qu'elle comprit. Ou alors, occupez-vous de votre travail. En tout cas, lorsque le prisonnier suivant se planta devant elle, elle se contenta de lever le regard à hauteur de l'assiette qu'il tendait d'une main tremblante.

Après avoir touché leur nourriture et une tasse remplie d'une eau chaude capable de brûler la langue, les prisonniers mangeaient par terre. Les plus chanceux pouvaient s'adosser à l'un des vieux bâtiments, hauts d'un ou deux étages, recouverts de toits en tôle rouillée. Les flancs de ces bâtiments étaient faits de planches tordues et fendues par le soleil. De l'autre côté, on apercevait des rails, quelques wagons et deux locomotives, dont l'une pas plus grande qu'un camion. A la différence des bâtiments et des wagons, les locomotives étaient récentes, quoique recouvertes de poussière. Un peu plus loin, le long de la voie ferrée, avant qu'elle ne disparaisse derrière un pan de montagne, se dressait une énorme structure en métal rouillé, avec de vieux tapis roulants et des morceaux de ferraille qui pendaient dans le vide.

Il n'avait pas fallu longtemps à Alana pour comprendre qu'il s'agissait d'une ancienne mine et que les prisonniers travaillaient à sa réouverture. Des groupes de détenus, parmi les plus costauds, partaient tous les matins travailler sur les voies au nord, tandis que d'autres descendaient dans l'énorme puits ouvert, au fond de la vallée. On utilisait peu d'équipement lourd, seulement une grue montée sur rails et deux bulldozers. Tout le reste était effectué à la main, sous l'œil vigilant et la chicotte des gardiens.

Soudain, un brouhaha parcourut les rangs des prisonniers assis et ils tournèrent les yeux vers le fond de la vallée. Un véhicule s'approchait sur la piste étroite, soulevant un nuage de poussière.

Ce véhicule était identique à celui qui les avait capturés : un 4 × 4 équipé pour le désert, avec de gros pneus et une mitrailleuse montée sur le toit. Au fur et à mesure de son approche on distinguait une forme sur le capot, et l'on découvrit bientôt qu'il s'agissait d'un cadavre d'homme. Il était nu, et sa peau autrefois brune avait rougi sous l'effet des brûlures et s'en allait par lambeaux. On voyait bien qu'il avait été également la proie d'un animal tant la chair était lacérée sur les bras et la poitrine. Quant à son visage, ce n'était plus qu'une masse informe et sanguinolente.

La patrouille ramenait un prisonnier évadé.

Le camion s'arrêta tout près des tables à tréteaux et la porte côté passager s'ouvrit à la volée. L'homme qui descendit s'entretint pendant un moment avec le chef des gardes, qui se mit ensuite à haranguer les prisonniers. Alana n'avait pas besoin de parler arabe pour comprendre qu'il leur disait, voici ce qui arrive à ceux qui tentent de s'évader. Il tira ensuite un couteau de sa ceinture, coupa les liens retenant le corps au capot et s'éloigna à grands pas. Le cadavre heurta le sol avec un bruit sourd et les mouches qui bourdonnaient autour des assiettes trouvèrent soudain un repas plus appétissant.

Alana n'avait pas suffisamment de nourriture dans l'estomac pour vomir, mais elle se pencha en avant, les mains aux genoux, et bientôt son estomac se contracta. Lorsqu'elle se redressa, un garde qu'elle ne connaissait pas la regardait avec intérêt.

Une demi-heure plus tard, le repas terminé, Alana et une autre femme nettoyaient les plats de service avec des poignées de sable. Cela dit, les prisonniers qui travaillaient dans la mine et sur la voie ferrée n'avaient pas laissé grand-chose dans leurs assiettes, car l'un des principaux moyens de coercition était de les laisser dans un état permanent de dénutrition.

Elle était à genoux, occupée à nettoyer un bol, lorsqu'une ombre se pencha sur elle. Elle leva les yeux. La femme qui travaillait avec elle continua de travailler avec application. Soudain, Alana fut remise brutalement sur ses pieds par le garde qui l'avait giflée auparavant. Il ne devait pas avoir plus de vingt ans. Il était si près d'elle qu'elle sentait son haleine chargée de tabac et elle vit dans son regard qu'il ne la considérait pas comme un être humain.

Les autres gardes chargés de surveiller les femmes détournèrent le regard. Visiblement, ils avaient passé un accord. Alana Shepard appartenait à cet homme.

Elle tenta de lui donner un coup de genou, mais son geste fut tellement annoncé qu'il se détourna et reçut le coup dans la cuisse. Le regard toujours aussi vide, il la gifla sur la même joue qu'auparavant, encore gonflée et qui commençait à bleuir.

Alana se retint pour ne pas pleurer ni s'écrouler sur le sol. Elle tituba jusqu'à ce que la brûlure sur sa peau s'apaise et que la tête cessât de lui tourner. Le garde la fit alors pivoter à nouveau, lui enfonça durement les doigts dans l'épaule et la poussa en avant.

A une centaine de mètres de là, se trouvait un vieil appentis. La moitié du toit manquait et les flancs étaient bombés comme ceux d'un vieux cheval. La porte pendait sur un unique gond. Lorsqu'elle fut arrivée sur le seuil, il la poussa si violemment à l'intérieur qu'elle tomba à terre. Elle avait déjà vécu un semblable supplice à l'université et s'était jurée de ne plus jamais le subir. En se retournant pour lui faire face, elle ramassa une poignée de graviers et de poussière.

Il se rua en avant et lui lança un coup de pied au poignet. Ses doigts s'ouvrirent et son bras s'engourdit. Ses maigres munitions s'éparpillèrent sur le sol. Il prononça quelques mots en arabe et pouffa.

Il se jeta alors sur elle, lui plaqua une main sur la bouche et le nez, tandis que l'autre... Elle tenta de se débattre sous son poids, d'échapper à l'horreur de ce qui allait arriver, mais il la plaquait impitoyablement au sol. Elle n'arrivait plus à respirer. Sa tête commençait à tourner, et après quelques secondes, en dépit de toute sa volonté, elle sentit que son corps la trahissait. Ses mouvements devinrent moins violents. L'inconscience planait comme une ombre noire.

C'est alors que retentit un fort craquement, comme celui de branches sèches, et elle put se tourner et respirer. Elle aperçut au-dessus d'elle une main d'homme et l'arrière du crâne de son agresseur. L'homme repoussa le garde et elle put respirer plus librement. Celui qui avait tenté de la violer gisait à présent à ses côtés, et la mort avait donné quelque semblant de vie à ses yeux qui ne cilleraient plus.

Agenouillé au-dessus d'elle, le garde qui avait observé son haut-le-cœur derrière la table où elle servait les repas. Il avait brisé le cou de son agresseur à mains nues.

Il lui parla d'un ton apaisant, et il lui fallut une bonne seconde pour se rendre compte qu'elle reconnaissait les mots. Il s'adressait à elle en anglais.

— Ça va aller, maintenant. Ses ardeurs se sont refroidies. A jamais.

— Qui... ? Qui êtes-vous ?

Il retira son keffieh, et elle vit qu'il était plus âgé que les autres gardes, la peau tannée par le grand air. Elle remarqua aussi qu'il avait un œil brun et l'autre d'un bleu intense.

— Je m'appelle Juan Cabrillo, et si vous voulez rester vivante, il faut qu'on parte d'ici très vite tous les deux.

— Je ne comprends pas.

Juan se leva et tendit à la main à Alana.

— Pas besoin. Il suffit de me faire confiance.

*

Après avoir traversé la vallée de nuit, en profitant de la clarté de la lune, il lui avait été des plus faciles de gagner le site lui-même. Les gardes avaient ordre de tenir les prisonniers enfermés, mais rien n'empêchait les gens vêtus comme lui de circuler librement.

Alors qu'il avait pris place dans la file pour prendre son petit déjeuner comme les autres, on lui avait demandé les raisons de sa présence, et il avait répondu qu'on l'avait envoyé là depuis l'autre camp pour le punir d'avoir échoué à une épreuve de parcours du combattant. Le jeune homme qui l'avait interrogé avait jugé sa réponse plausible et n'avait pas cherché à en apprendre davantage.

Après tout, avec sa tenue de combat et son visage à moitié dissimulé par le keffieh, Juan ne déparait pas dans le paysage. Mais il fallait demeurer prudent. Lors de sa chute dans la montagne, il avait perdu l'une de ses lentilles de contact brunes. Il avait lavé l'autre du mieux qu'il le pouvait dans sa bouche, mais elle avait été rayée, et chaque fois qu'il cillait, il avait l'impression qu'on lui frottait la cornée avec du papier de verre, et son œil larmoyait sans cesse.

Il passa la matinée à déambuler au milieu des travaux, sans trop s'éloigner des autres gardes pour ne pas attirer l'attention. Il comprit rapidement qu'il se trouvait dans un camp de travail forcé, et, d'après l'état des prisonniers, soit ce camp existait depuis longtemps soit ils y étaient arrivés en bien piètre condition. Il penchait plutôt pour la dernière explication, car il ne semblait pas qu'on eût accompli beaucoup de travail.

C'était d'ailleurs là le problème, car il ne tarda pas à se rendre compte que ces gens n'étaient pas censés accomplir quoi que ce soit. Les trous creusés au fond de la vallée semblaient l'être au hasard, sans qu'un ingénieur des mines en ait supervisé l'excavation. On avait affaire là à des travaux en trompe l'œil, destinés à épuiser ces gens, à les rendre reconnaissants pour la maigre pitance qu'on leur concédait. Mais, au moins pour l'instant, on ne cherchait pas à les faire mourir.

Il songea alors à Fiona Katamora, elle aussi disparue dans les limbes. Ni vivante ni morte, au moins officiellement.

En écoutant les autres gardes, Juan avait fini par obtenir une image relativement claire de l'endroit ; non pas de sa destination (personne n'en parlait) mais des gens qui y vivaient. Les accents arabes les plus différents s'y côtoyaient, depuis le dialectal le plus guttural des bidonvilles du Maroc jusqu'au parler raffiné des universitaires d'Arabie Saoudite. Cette Babel d'accents et de dialectes le confirmait dans l'idée qu'il y avait là des terroristes recrutés aux quatre coins du Moyen-Orient et de l'Afrique du Nord.

A un moment, au cours de la journée, il avait pu s'approcher suffisamment de la tente de commandement pour entendre le chef des gardes parler dans un téléphone satellitaire. Sous l'œil du garde posté à l'entrée de la tente, il fit mine de relacer sa chaussure et fut presque sûr d'entendre prononcer le nom de Suleiman Al-Jama. Il dut cependant s'éloigner rapidement pour ne pas éveiller les soupçons.

Au cours du repas de midi, il se rendit compte que tous les prisonniers n'étaient pas arabes. Il remarqua au milieu d'eux un homme aux cheveux blonds, cruellement brûlé par le soleil. Puis, lorsque l'un des gardes frappa une femme, il remarqua qu'elle non plus ne venait pas de la région. Elle était petite, des mèches s'échappaient du foulard qu'on lui avait donné, et elle avait les yeux d'un vert éclatant. Elle aurait pu être turque, mais il y avait chez elle une incontestable allure d'Américaine moyenne.

Il l'avait surveillée du coin de l'œil et s'était donc retrouvé prêt lorsque l'homme qui avait été sévèrement admonesté par son chef pour l'avoir frappée était revenu venger son humiliation.

Avec l'aide du chef de l'armurerie de l'*Oregon*, Kevin Nixon, de la Boutique magique, avait dissimulé dans sa prothèse un garrot en fil de fer et un pistolet compact Kel-Tec 380. Le pistolet ne possédant pas de silencieux, il avait opté pour le garrot et brisé le cou de l'homme.

*

— Je crois que je n'ai pas le choix, dit Alana en prenant la main que lui tendait Juan.

L'appentis était assez éloigné des autres bâtiments pour que les gardes ne puissent pas le voir directement. En outre, ils savaient ce qui devait s'y passer et détournaient sciemment le regard. Juan réussit à conduire Alana jusqu'à une petite corniche en contrebas. Ils s'aplatirent sur le sol et attendirent.

Apparemment, rien d'anormal.

Quelques minutes plus tard, Juan estima que le danger était passé : ils se laissèrent glisser le long de la pente et gagnèrent le désert, mettant le plus de distance possible entre eux et le camp d'entraînement.

D'après lui, ils disposaient d'environ une heure avant qu'on s'inquiète de l'absence du garde et qu'on découvre qu'il ne manquait personne parmi les prisonniers capables de lui briser la nuque. En outre, il ne craignait guère qu'on lançât des patrouilles à leur recherche. A l'heure du déjeuner, il avait vu le camion revenir avec le cadavre, et en avait déduit que les gardes comptaient sur le désert pour accomplir la besogne ; il ne leur restait plus, ensuite, qu'à repérer les vautours pour les conduire à leur proie.

Selon toute vraisemblance, ils enverraient un véhicule d'ici un jour ou deux à la recherche de vautours tournoyant dans le ciel.

A ce moment-là, il serait allongé dans sa baignoire, à bord de l'*Oregon*, un verre dans une main et un cigare cubain dans l'autre. Mais parce qu'il avait perdu son téléphone satellitaire, il y aurait un bandage taché de sang sur sa jambe.

20

Une alarme inconnue réveilla le Dr Julia Huxley. Sa cabine jouxtait son bureau et la porte entre les deux restait toujours ouverte. L'alarme venait de son ordinateur et un coup d'œil lui apprit que l'écran s'était réveillé et projetait à présent une lumière laiteuse sur le bureau et les accoudoirs en acier chromé de son fauteuil.

Elle rejeta les couvertures et comme par réflexe, ramena ses cheveux en queue-de-cheval et la noua avec un élastique posé sur sa table de nuit. Pieds nus, elle traversa sa cabine et alla se planter devant son ordinateur. Dès qu'elle eut allumé la lampe, elle comprit qu'il s'agissait de l'une des puces biométriques implantées dans les jambes des agents opérant au sol. L'ordinateur générait un son différent suivant l'erreur détectée. D'ordinaire, on avait affaire à une décharge de la batterie, mais là, un frisson glacé lui parcourut l'échine : le son suraigu signifiait soit que la puce avait été retirée soit que son possesseur était mort.

L'explication s'inscrivait sur l'écran de l'ordinateur.

La puce de Juan Cabrillo ne transmettait plus sa localisation aux différents satellites en orbite GPS. Elle vérifia alors ses déplacements au cours des heures précédentes et vit qu'il avait quitté le camp et l'ancienne mine pour s'enfoncer dans le désert à la vitesse constante de 6 km/h et qu'il avait déjà couvert presque quarante kilomètres. Dix minutes plus tôt, il s'était arrêté, et, sans avertissement, la puce avait cessé de fonctionner.

Elle s'apprêtait à téléphoner à Max lorsque l'alarme s'interrompit. La puce émettait à nouveau. Remarquant que le directeur n'avait pas bougé, elle tapa un code pour effectuer un diagnostic système. Les dispositifs de pistage étaient le produit d'une technique relativement nouvelle, et, quoique robustes, n'étaient pas pour autant infaillibles. D'après le système, Juan était soit mort depuis trente-huit secondes, soit la puce avait été retirée de son corps avant d'y être remise et donc se trouvait à nouveau en contact avec le sang oxygéné et le circuit qu'elle était chargée de transmettre.

Mais, aussi soudainement qu'elle s'était arrêtée, l'alarme reprit pendant une trentaine de secondes. Elle se déclencha et s'éteignit ainsi plusieurs fois, apparemment au hasard.

A travers le chaos apparent, il lui sembla reconnaître un certain ordre. Après s'être assurée que l'ordinateur enregistrait bien les données télémétriques de la puce de Juan, elle ouvrit une connexion Internet et vérifia son intuition. Il lui fallut presque une minute pour déchiffrer la première série de sons, alors même qu'ils se poursuivaient.

Debout...

Hux...

Juan interrompait le signal d'une façon ou d'une autre et envoyait un message en bon vieux morse.

— Sacré malin, va, murmura-t-elle, admirative.

Au même instant, l'alarme retentit de façon continue.

Julia renversa un pot à crayons en se précipitant sur le téléphone.

*

A environ six kilomètres du camp des terroristes, Juan avait trouvé un endroit abrité pour échapper un peu à la brutale morsure du soleil. Alana Shepard et lui devraient attendre la tombée de la nuit pour reprendre leur course en plein désert. Il lui enjoignit de dormir, tandis qu'il refaisait le chemin en sens inverse sur un kilomètre et demi pour s'assurer que le vent avait bien effacé leurs traces. Il savait que les musulmans n'utilisaient jamais de chiens, même pour des recherches, et il était à peu près sûr qu'on n'était pas sur leurs talons, au moins pour l'instant.

Lorsqu'ils se remirent en route, un peu après le coucher du soleil, il insista pour qu'ils mettent le plus de distance possible entre eux et le camp, craignant de ne plus guère pouvoir se remettre en marche une fois qu'ils se seraient arrêtés. Si Alana et lui se retrouvaient encore seuls en plein désert à l'aube, les vautours commenceraient à tournoyer au-dessus d'eux. La nourriture était si rare dans le désert, que ces oiseaux pouvaient attendre pendant des jours la mort de leurs futures proies. Mais leur vol indiquerait avec certitude l'endroit où ils se trouveraient. Si les terroristes envoyaient une patrouille, mais surtout l'hélicoptère, ils seraient rapidement repérés.

Il fallait aussi compter avec l'endurance d'Alana. Elle semblait en meilleure condition physique que les autres prisonniers, mais avait quand même souffert de privation d'eau et de nourriture. Il avait dérobé deux gourdes au cours de ses déambulations du matin et lui permit de boire autant qu'elle le désirait, mais elle demeurait très déshydratée. Et il ne pouvait rien faire pour les gargouillis qui montaient de son ventre et dont elle se croyait sans cesse obligée de s'excuser.

Vers trois heures du matin, il constata qu'elle était épuisée. Peut-être pourrait-elle encore franchir un kilomètre ou deux, mais il n'en voyait pas la raison. Le moment était venu de compter sur ses amis et non plus sur les forces d'Alana.

— Bon, dites-m'en un peu plus sur vos recherches.

Il l'avait conduite au sommet d'une petite éminence rocheuse où se trouvait un creux bien pratique pour se dissimuler.

— C'est frustrant, dit-elle avant de boire une rasade d'eau.

En dépit d'une soif dévorante, elle possédait un sûr instinct de survie et ne but que le strict nécessaire.

— D'après nos sources, reprit-elle, le *Saqr* de Suleiman Al-Jama se trouverait toujours dans une grotte, quelque part, mais nous n'avons rien découvert. D'abord, les indications géologiques sont toutes erronées en ce qui concerne les grottes et les cavernes.

— Apparemment, les indications de ce Lafayette étaient mauvaises et vous ne cherchiez pas dans le bon lit de rivière, ajouta-t-il, en complétant sa phrase.

Il releva sa jambe de pantalon.

Sans un mot, Alana contempla la prothèse en titane et plastique moulé.

— Je me suis coupé en me rasant, dit Juan avec un sourire en coin.

— Vous devriez opter pour la crème dépilatoire, répondit-elle sur le même ton. Troisième scénario, le plus probable, c'est que les serviteurs arabes dont Henry Lafayette parle dans son journal soient retournés à la grotte après la mort d'Al-Jama, aient pillé ce qu'ils pouvaient et détruit le reste.

— C'est le scénario le moins vraisemblable des trois, rétorqua Juan.

De sa jambe artificielle, il tira un poignard de combat affûté comme un rasoir.

— S'ils avaient été loyaux envers Al-Jama, reprit-il, leur loyauté se serait poursuivie après sa mort. Un musulman dévot ne violerait pas plus une tombe qu'il ne mangerait de jambon pour Pâques.

— Mais les musulmans ne mangent pas de... Oh, j'ai compris.

— Si cette génération de serviteurs a gardé le silence sur l'endroit où était caché le navire, je suis à peu près persuadé qu'il s'y trouve encore.

— En tout cas, pas là où on a cherché. Dites-moi, est-ce qu'on va pouvoir sauver Greg Chaffee ?

Il la regarda droit dans les yeux.

— Je ne vais pas vous raconter de bobards. Mon équipe et moi avons une autre priorité. Je le regrette. Mais dès que nous aurons rempli notre mission, j'y retournerai. Je vous le promets.

— Vous cherchez l'avion de Fiona Katamora, n'est-ce pas ? On l'a vu descendre. C'est pour ça que Greg, Mike et moi avons traversé la frontière et pénétré en Libye. Nous aussi, on le cherchait.

— Cela explique pourquoi vous avez été faits prisonniers.

— Une patrouille nous a trouvés. Ils ont... ils ont tué Mike Duncan. Ils l'ont abattu parce qu'il essayait de m'aider.

A la lumière de la lune, des larmes brillaient dans ses yeux. Juan savait qu'en de telles circonstances, bien des femmes auraient aimé être prises dans ses bras et réconfortées, mais à la façon dont elle gardait le menton levé, on sentait encore comme une certaine défiance chez Alana Shepard. Elle n'avait pas besoin de sa compassion, seulement de son aide. Son respect envers elle n'en fut que plus grand.

— Il doit bientôt y avoir une importante conférence de paix, dit-il doucement. La présence de Fiona Katamora aurait été un gage de succès.

— Je le sais. J'ai été engagée par le Département d'Etat pour retrouver le navire d'Al-Jama. Ils pensent qu'il y a dans ce navire des écrits qui pourraient contribuer à la réussite de la conférence de paix.

— Il ne s'agit donc pas seulement d'archéologie ? Racontez-moi tout depuis le début.

Il ne lui fallut que quelques minutes pour déployer toute l'histoire, depuis sa rencontre avec Saint Julian Perlmutter dans le bureau de Christie Valero, au Département d'Etat, jusqu'à sa capture par une patrouille de ce qu'elle pensait être des gardes-frontières.

— Je connais Perlmutter de réputation, dit Juan lorsqu'elle eut terminé. C'est probablement l'un des plus grands chercheurs du monde en matière de marine, et s'il est convaincu que le *Saqr* se trouve encore quelque part dans le désert, je ne demande qu'à le croire. Mais je me demande pourquoi il n'a pas confié cette recherche à la NUMA. Je croyais qu'il travaillait comme consultant pour eux.

— Je ne sais pas. Je n'avais jamais entendu parler de lui auparavant. J'ai eu le sentiment qu'en raison des implications diplomatiques de cette affaire, il penchait plutôt pour le Département d'Etat.

— Pourtant, c'est quand même la NUMA qui aurait dû s'en charger, rétorqua Juan en songeant aux professionnels qu'il avait rencontrés depuis tant d'années dans cette agence. A part ça, dites-moi, savez-vous d'où viennent les autres détenus, dans ce camp de travail ?

— Non. Mais Greg a peut-être une idée sur la question. Il parle arabe. Moi, en dehors des repas, j'étais tenue à l'écart des hommes, et aucune des femmes avec qui je me trouvais ne parlait l'anglais, ni même l'espagnol, que je connais un peu.

— Encore un mystère à dissiper. Bon, le moment est venu d'appeler la cavalerie.

Juan déboucla sa ceinture et baissa son pantalon, découvrant ainsi le haut de ses cuisses et une petite cicatrice rouge sur l'une d'elles.

Calmement, Juan ouvrit la cicatrice avec son poignard, faisant couler un sang sombre de la plaie.

— Mais qu'est-ce que vous faites ? s'écria Alana, inquiète.

— Il y a un dispositif de pistage dans ma jambe. Je vais m'en servir pour appeler à l'aide.

Il plongea alors deux doigts dans l'ouverture, et, les dents serrées, il partit à la recherche de l'appareil. Un moment plus tard, il en sortit un petit objet en plastique noir, de la taille d'une montre digitale. Il l'essuya contre sa chemise d'uniforme, attendit silencieusement une trentaine de secondes, puis la pressa dans le sang coulant de sa blessure. Il répéta ensuite le geste de plus en plus vite, en sorte que ses mains étaient constamment en mouvement.

D... E... B... O... U... T... H... U... X...

Soudain, comme un djinn jailli du sol, une silhouette spectrale bondit depuis le saillant de rocher qui les abritait et s'écrasa sur Juan, envoyant au loin le petit transmetteur. Des doigts osseux se refermèrent sur sa gorge, des ongles acérés s'enfoncèrent dans sa chair.

Avec sa blessure dégoulinante de sang et ses pantalons aux genoux, Juan était en mauvaise posture pour se défendre. Avec un cri guttural, la créature crasseuse tenta d'enfoncer un genou dans la poitrine de Juan, tandis que ses pieds lui raclaient les jambes comme un chat tentant d'éviscérer sa proie.

Le pistolet Kel-Tec était enfoui au fond de sa poche et le poignard hors d'atteinte, mais Juan réussit à balancer un violent coup de tête sur le nez de son agresseur. Il manquait de recul pour le lui casser, mais il eut la satisfaction de voir le sang jaillir.

Juan parvint ensuite à le projeter au loin en utilisant ses jambes comme ressort, et la créature alla s'écraser au fond de la cuvette. Lorsque l'être indistinct tenta de se relever, Juan était déjà sur lui, le couteau à la main.

Juan leva le bras et aurait certainement enfoncé la lame dans la chair s'il n'avait remarqué, au dernier moment, que son attaquant, d'une maigreur effroyable, était vêtu des mêmes haillons que les prisonniers du camp de travail. Le couteau s'enfonça dans le sable durci, à deux centimètres de sa tête.

Cinq secondes s'étaient écoulées depuis le début de l'attaque, mais Alana n'avait pu que porter la main à sa bouche pour étouffer un cri.

Juan laissa filer l'air de ses poumons.

— Mon Dieu, s'écria Alana. Greg m'a dit que deux prisonniers s'étaient échappés, il y a quelques jours. Ils n'en ont ramené qu'un.

Ils étaient tombés sur le seul être humain présents à trente kilomètres à la ronde, mais en y réfléchissant, cela n'avait rien de bien étonnant. Comme Juan et Alana, l'homme avait emprunté le chemin le plus facile pour fuir le camp et couvrir le plus de distance possible. Comme eux, il avait fait le choix le plus logique.

Ils s'étaient déplacés plus rapidement que lui, mais vu son état physique, cela n'avait rien de surprenant. Sa présence en ces lieux tenait même du miracle. Il avait dû utiliser l'escarpement comme poste d'observation, repérer Juan et Alana et bondir sur eux au moment le plus favorable.

Juan tendit la main à Alana pour qu'elle lui passe la gourde.

— Bois, dit Juan en arabe. On ne te fera pas de mal.

Sous la crasse et la barbe, l'homme semblait avoir à peu près le même âge que Juan, le nez fort et le front large, les joues creusées par la faim et la déshydratation, les yeux profondément enfoncés dans leurs orbites. Pourtant, il avait eu la force de fuir aussi loin et de s'attaquer à eux de façon bien calculée. Juan était impressionné.

— Tu t'es bien débrouillé, mon ami, lui dit-il. On ne va pas tarder à être secourus.

— Tu es saoudien, dit l'homme d'une voix rauque après avoir vidé la moitié de la gourde. J'ai reconnu ton accent.

— Non, mais j'ai appris l'arabe à Riyad. En fait, je suis américain.

— Loué soit Allah.

— Et son prophète Mohammed, ajouta Juan.

— Que la paix soit sur lui. Nous sommes sauvés.

— Nous ?

21

Juan n'émit plus rien après l'appel que Julia avait laborieusement transcrit, et Max décida d'envoyer Linc, Linda et Mark à bord du Pig jusqu'à l'endroit d'où provenait cet appel.

Il leur fallut deux heures pour y parvenir.

Hanley se trouvait dans le Centre d'opérations. L'ordinateur du bord maintenait leur position et il n'y avait besoin que d'une veille minimale dans cette salle bourrée d'électronique ; pourtant, une dizaine d'hommes et de femmes y étaient rassemblés, assis ou appuyés contre les parois. On n'entendait que le souffle de la climatisation et la déglutition occasionnelle d'une gorgée de café.

Au-dessus de leurs têtes, sur le moniteur principal, on voyait l'obscurité d'avant l'aube autour du navire, et une vague couleur du côté de l'est. Quant à la progression du Pig, elle s'affichait sur un écran plus petit. Les points lumineux représentant le Pig ne se trouvaient plus qu'à quelques millimètres de la dernière position signalée de Juan.

La sonnerie d'un téléphone fit sursauter tout le monde. Le technicien assis au poste de communication de Hali Kasim jeta un coup d'œil à Max qui acquiesça, coiffa un casque sur ses oreilles et ajusta le micro.

— Ici Hanley, dit-il d'une voix neutre pour ne pas donner à Juan la satisfaction de savoir à quel point il était inquiet.

Mais ce fut une autre voix qui répondit.

— Ah, Max. Ici Langston Overholt.

Max étouffa un grognement d'impatience.

— Vous nous prenez à un mauvais moment, Lang.

— Rien de grave, j'espère.

— Vous nous connaissez. C'est toujours grave. Alors, vous êtes sur le point d'aller vous coucher après une nuit blanche, ou bien vous venez de vous lever ?

Il était minuit à Washington.

— Pour être franc, je n'en sais plus rien. C'est l'un des jours les plus longs de ma vie.

— Ça doit être mauvais, alors, dit Max. Vous étiez pourtant à la CIA pendant la crise des missiles à Cuba.

— A l'époque, j'étais un tel gamin qu'on ne m'aurait même pas donné le code pour aller dans les toilettes des chefs.

Max Hanley et Langston Overholt étaient issus des deux extrêmes de la société américaine. Le père de Max, syndicaliste, avait été ouvrier dans une usine d'aéronautique en Californie, et sa mère professeur. Pendant la guerre du Vietnam, il avait gagné ses galons au mérite. Overholt, lui, venait d'une famille riche depuis tant de générations qu'elle en considérait les Astor comme des parvenus. Il était le pur produit de douze ans d'école privée, quatre années à Harvard et trois années supplémentaires à la faculté de droit de

Harvard. Et pourtant, les deux hommes éprouvaient l'un pour l'autre le plus profond respect.

— Mais maintenant, je crois qu'une des cabines de WC porte votre nom, lança Max.

— Profitez de votre prostate tant qu'elle est en bon état, mon ami.

— Bon, qu'y a-t-il ?

— D'après les Libyens, un de leurs chasseurs en exercice de nuit a repéré quelque chose dans le désert, non loin de la frontière avec la Tunisie. Ils y ont dépêché une patrouille qui a découvert une base secrète équipée d'un hélicoptère Hind. L'endroit avait été sérieusement bombardé. L'hélico était détruit et apparemment il n'y avait pas de survivants.

— Oui, je voulais vous en parler. Ce sont nos gens qui sont tombés dessus. Ils ont examiné le Hind et en ont conclu qu'il avait été modifié pour tirer des missiles air-air (il se tourna vers Eric, qui, du bout des lèvres, murmura « Apex »). Des Apex. De fabrication russe.

— Bon sang, Max, vous auriez dû m'en parler quand je vous ai appris l'enlèvement du professeur Bumford.

— Excusez-moi, Lang, mais vous nous avez engagés pour retrouver la secrétaire d'Etat. Pour moi, le reste était secondaire.

Max comprit qu'Overholt cherchait à se calmer parce qu'il ne dit rien pendant près de trente secondes, mais peu lui importait. Ils avaient fait appel à la Corporation parce qu'ils ne savaient à qui s'adresser. La façon dont les missions étaient accomplies, en dépit du récent fiasco en Somalie, demeurait l'affaire exclusive de Juan.

— Vous avez raison. Excusez-moi. Parfois, j'oublie que vous pouvez agir avec un degré d'autonomie dont moi-même je ne peux que rêver.

— Ne vous inquiétez pas pour ça. Bon, et cette histoire d'hélicoptère ?

— Les Libyens affirment avoir retrouvé un ordinateur enfoui sous la tente de commandement, ou du moins ce qu'il en restait.

Max fut sur le point de répondre que son équipe avait fouillé le site, mais il savait que cette fouille n'avait été que sommaire. Il se ravisa donc.

— Qu'ont-ils trouvé dans cet ordinateur ?

— D'abord qu'il y avait un lien entre cet hélicoptère et Suleiman Al-Jama, et ensuite qu'ils avaient ouvert un camp d'entraînement terroriste sous le nez des Libyens sous couvert d'une société bidon censée rouvrir une vieille mine de charbon.

Max et Eric échangèrent un regard de connivence. C'était exactement ce dont ils avaient discuté la nuit précédente.

— Comment a-t-on eu cette information ? demanda Hanley.

— Grâce à une fuite délibérée à l'intention du chef de poste de la CIA à Tripoli, un type nommé Jim Kublicki. Son contact est un opposant politique au sein de l'OSJ, l'or...

— L'organisation de la sécurité de la Jamahiriya. On sait qui ils sont. La source est fiable ?

— Etant donné le degré de coopération qu'on a eue avec les Libyens et qui s'est traduite par l'organisation de ce sommet, et l'aide qu'ils nous ont fournie pour retrouver l'avion de Fiona Katamora, je dirais qu'elle est très fiable.

— Ou ça pourrait être un piège. Les Libyens sont peut-être mouillés là-dedans jusqu'au cou.

— D'après les dernières informations dont je dispose, ça n'est pas le cas.

— Max, l'interrompit l'officier chargé des communications, il y a un appel du Pig.

Max jeta un coup d'œil à l'écran. Le point lumineux représentant le Pig et celui indiquant la dernière position de Juan venaient de se rejoindre.

— Attendez une seconde, Lang. Vas-y, passe-moi le nouvel appel. Ici Hanley.

— Bonjour, Max.

Au ton de sa voix, Max comprit que le président allait bien.

— Ne quitte pas, Juan. (Il revint à sa conversation avec Overholt.) Je vous écoute, Lang.

— Qu'est-ce que c'était, cet autre appel ?

— Rien. Seulement Juan qui donnait de ses nouvelles. Il peut attendre. Qu'est-ce qui me prouve que ce n'est pas l'OSJ ou une autre faction au sein de l'appareil d'Etat libyen qui tire les ficelles ?

— Parce que les Libyens vont attaquer ce camp d'entraînement dans deux heures environ. Jim Kublicki se trouve en ce moment sur l'une de leurs bases aériennes et doit les accompagner à bord d'un hélicoptère pour vérifier par lui-même. Si ça n'est pas suffisant, sachez qu'en ce moment même, Fiona Katamora est peut-être déjà sur la base. Autre chose, grâce à l'ordinateur, nous avons pu remonter jusqu'à Al-Jama lui-même. L'hélico et d'autres équipements ont été introduits dans le pays grâce à un pilote de port corrompu nommé Tariq Assad. Apparemment, ce type existe bel et bien et travaille pour les autorités portuaires depuis cinq ans, mais il n'y a rien avant cela le concernant. Pas de traces à l'école. Pas de traces chez d'autres employeurs. Rien. Il est possible que cet Assad soit en fait une couverture pour Al-Jama lui-même, et ils sont déjà en route pour l'appréhender.

Cette fois-ci, ce fut un regard d'horreur qu'échangèrent Max et Eric.

Juan et les autres se trouvaient à quarante kilomètres du camp d'entraînement terroriste et ils avaient tout le temps de se mettre à couvert avant l'assaut libyen. Mais l'horreur venait du fait qu'Eddie Seng et Hali Kasim surveillaient Tariq Assad depuis la nuit où l'*Oregon* s'était amarré au port. Juan ne faisait pas entièrement confiance à leur intermédiaire chypriote, l'Enfant, et il avait donné l'ordre à son meilleur agent sous couverture, Seng, et à son seul Arabe, Kasim, de surveiller l'homme au cas où il se livrerait à une quelconque trahison.

A part le fait qu'Assad dépensait sans compter pour ses différentes maîtresses dans toute la ville de Tripoli, ils n'avaient rien découvert de suspect. Voilà pourquoi le sanglant affrontement du premier soir, au barrage, à la sortie de Tripoli, avait été considéré comme une coïncidence. Max se rendait compte, à présent, qu'Assad les avait piégés depuis le début.

Tout dépendait des moyens que l'OSJ déploierait pour sa capture, mais Eddie et Hali couraient le danger d'être pris dans la nasse.

Hanley finit par retrouver l'usage de la parole.

— Lang, ce que vous venez de nous apprendre change la donne pour nous du tout au tout. Je dois me mettre d'accord avec Juan, sinon nous allons nous retrouver dans un sacré pétrin.

— D'accord. Tenez-moi au cou...

Max coupa la communication et revint à Cabrillo.

— Juan, tu es encore là ?

— Je ne sais pas si j'ai encore envie de te parler, fit Juan, l'air faussement ennuyé.

— On est dans la mouise.

Le ton grave de Max ôta à Juan toute envie de poursuivre sur ce ton badin.

— Que se passe-t-il ?

— D'ici deux heures, les Libyens vont attaquer le camp où vous vous trouviez. Ils pensent que la secrétaire d'Etat s'y trouve peut-être et ce sera donc à la fois une mission d'attaque et de sauvetage. En outre, ils vont arrêter Tariq Assad, parce qu'il ne serait autre que Suleiman Al-Jama en personne.

— Et la mine ? demanda Juan.

— Je ne sais pas exactement. Pourquoi ?

Juan ne répondit pas, mais dans les écouteurs on l'entendait respirer. Visiblement, le président hésitait sur la décision à prendre.

— Bon sang, grommela Juan avant que sa voix ne se raffermisse. D'abord, il faut prévenir Eddie et Hali d'être sur leurs gardes.

— Eric est en train de s'en charger.

— Il y a plus de deux cents terroristes en garnison dans ce camp. Si Fiona Katamora se trouve là-bas, ce qui à mon avis est fort possible, elle est condamnée. Il faudra aux forces libyennes entre vingt minutes et une demi-heure pour sécuriser le camp, plus qu'il n'en faut pour qu'on lui loge une balle dans la tête. Il va falloir conjurer le sort.

— Comment ?

— J'y réfléchis. Où êtes-vous, les gars ?

— A environ cent cinquante kilomètres de la côte.

— Et on a deux heures ?

— Plus ou moins.

— Bon, Max, je ne veux pas t'entendre râler à propos de tes précieux moteurs, mais je veux que tu rappliques sur la côte le plus rapidement possible. Lance l'appel aux postes de combat et met Gomez Adams en alerte à quinze minutes.

— Passerelle, passez en vitesse d'urgence ! hurla Max. En avant toute ! Direction le quai de livraison de charbon. Ne t'inquiète pas, Juan. On va te tirer de là.

*

Allongé à l'arrière du Pig, tandis que Linc recousait sa jambe sous anesthésie locale, Juan observait sur le siège avant le prisonnier arabe qu'Alana et lui avaient sauvé. Il s'appelait Fodl et les litres d'eau accompagnés de tablettes de sel lui avaient déjà rendu une grande partie de sa vitalité.

— Je sais que tu y arriveras, dit Juan qui s'adressait à la fois à Max et à Fodl. On va tous y arriver.

22

Dans un pays aussi homogène ethniquement que la Libye, le fait qu'Eddie Seng fût chinois constituait un incontestable handicap en matière de discrétion. Lorsque Juan leur avait confié, à lui et à Hali Kasim, la tâche de suivre leur pilote, il en avait eu pleinement conscience, mais n'avait pas songé à discuter. Comme Juan, il trouvait Assad suspect, et il éprouvait même vis-à-vis de lui comme une sorte de frayeur.

Mais avoir des soupçons et en apporter la preuve sont deux choses différentes. De là cette filature à laquelle ils devaient se livrer, dans les conditions les plus difficiles.

Pourtant, tout n'était pas désespéré. Il n'existe pas de ville au monde qui ne possède de quartier chinois. Et ce premier soir, tandis que Hali suivait Tariq Assad, avec dans la poche une carte écrite à la main proclamant qu'il était muet, de façon à cacher le fait qu'il ne parlait pas arabe, Eddie était parti explorer le Chinatown de Tripoli.

Il avait beau s'y attendre un peu, la découverte qu'il fit ne laissa pas de l'impressionner. Inondée de pétrodollars, la Libye, et notamment Tripoli, connaissait une explosion de la construction, et une grande partie de ces nouveaux bâtiments étaient l'œuvre de sociétés de Hong Kong et de Shanghai. Outre les travailleurs venus de Chine, il y avait également un grand nombre de restaurants, bars, boutiques et bordels dédiés uniquement à la clientèle chinoise, en sorte qu'Eddie, natif de Chinatown à New York, ne se sentait nullement dépaysé.

Et, comme à New York, il existait là une société interlope. Il ne lui avait fallu que quelques minutes de déambulation pour reconnaître des symboles de gangs peints à la bombe sur quelques devantures de boutiques. Et quelques minutes de plus pour découvrir celui qu'il cherchait, petit, peint en rouge sur une porte en métal gris. Cette porte donnait accès à un entrepôt doté d'une rangée de fenêtres au premier étage.

Eddie frappa à la porte un code utilisé aux Etats-Unis. Aucune réponse. Il frappa alors de façon normale. A en juger par l'écho assourdi, l'acier de la porte devait être des plus solides.

Quelques secondes plus tard, le battant s'entrouvrit sur un garçon d'environ dix ans, qui passa la tête par l'entrebâillement. Il devait y avoir trois ou quatre hommes armés hors de vue, et le garçon ne dit pas un mot.

Eddie non plus.

Il sortit les pans de sa chemise, se tourna et exposa son dos nu.

Le garçon poussa un cri, et Eddie sentit d'autres yeux posés sur lui. Lentement, il remit sa chemise dans son pantalon et se retourna face à la porte. Les deux hommes qui le contemplaient avaient baissé leurs pistolets, ce qu'il jugea de bon augure.

— Qui êtes-vous ? demanda l'un d'eux.

— Un ami.

— Qui vous a donné ce tatouage ? demanda le deuxième.

Eddie le toisa d'un air dédaigneux.

— Personne ne me l'a donné. Je l'ai gagné.

Sur son dos un dragon aux formes élaborées combattait un griffon. C'était le symbole d'une très ancienne société criminelle, le Dragon vert Tong, datant des années trente, époque où ils avaient vaincu une bande rivale pour la maîtrise du port de Shanghai. Seuls les membres les plus élevés dans la hiérarchie de la société ou les exécutants les plus courageux avaient le droit de porter ce tatouage sur leur peau, et, connaissant les ramifications mondiales de la pègre chinoise, Eddie savait qu'il lui assurerait l'entrée dans ce milieu.

Il craignait seulement qu'on l'examine de trop près, car Kevin Nixon n'avait appliqué le stencil que quelques heures auparavant, en utilisant un catalogue de tatouages de gangs et de prisonniers conservé à bord de l'*Oregon*.

— Que faites-vous ici ? demanda le premier truand.

— Il y a un homme qui travaille sur le port, et qui doit beaucoup d'argent à des gens que je représente. Je voudrais engager certains d'entre vous pour le surveiller jusqu'au moment où il versera cette somme.

— Vous avez de l'argent ?

Eddie ne prit même pas la peine de répondre. Personne de sensé n'aurait demandé un tel service sans être capable de le rémunérer.

— Quatre ou cinq jours. Huit ou dix hommes. Dix mille dollars.

— Trop durs à changer. Disons dix mille euros.

Vu les taux de change, cela faisait presque cinquante pour cent de plus. Eddie acquiesça.

En un tournemain, il avait placé Tariq Assad sous surveillance vingt-quatre heures sur vingt-quatre, tandis que Hali et lui attendaient dans un hôtel minable, tenu par les Tong. L'organisation fournissait des informations sur les activités d'Assad toutes les six heures au moyens de téléphones jetables, en sorte qu'en quelques jours ils eurent une vision relativement exhaustive de ses déplacements.

D'ordinaire, Assad travaillait de nuit sur le port, huit heures d'affilée, mais il lui arrivait de partir deux heures avant si aucun navire n'était annoncé. Ces nuits-là, il se rendait dans un appartement proche du port, où il entretenait une maîtresse. Ce n'était pas la plus belle de celles qu'il fréquentait, mais la proximité de son logis était des plus pratiques.

Après son travail, il rentrait chez lui auprès de sa famille, dormait environ six heures, puis allait prendre le café avec des collègues avant de rendre visite à d'autres appartements dans Tripoli. Eddie demanda à ses nouveaux employés de dresser une liste de ces femmes, et lorsqu'il demanda à Eric Stone de croiser ces informations grâce à l'ordinateur de l'*Oregon*, il apparut qu'Assad couchait avec des femmes de hauts fonctionnaires. Par exemple, la fille plutôt laide vivant à côté du port était la sœur du directeur adjoint du ministère de l'Energie.

Si l'on tenait compte du fait qu'Assad lui-même n'était pas particulièrement bel homme, ses conquêtes apparaissaient d'autant plus impressionnantes.

Eddie et Hali en arrivèrent à la conclusion qu'Assad n'était qu'un pilote de port corrompu, pourvu d'une libido hors norme et plutôt chanceux en amour. C'est alors que Max Hanley leur apprit la nouvelle par téléphone. Les prouesses d'alcôve d'Assad prirent dès lors une toute autre dimension.

*

L'oreille collée au téléphone, Juan écouta Eric Stone lui décrire le chemin qu'empruntait la vieille voie ferrée à travers les montagnes jusqu'à la côte, distante d'environ trente-deux kilomètres. Les images satellite ne donnaient pas l'inclinaison de la pente, mais lors de son arrivée au camp d'entraînement, le dispositif de pistage de Juan lui avait donné environ trois cents mètres au-dessus du niveau de la mer.

Alors même qu'Eric lui fournissait les détails demandés, Juan élaborait son plan. Le voyage promettait d'être mouvementé !

En outre, le temps était plus que compté, et il n'avait aucune raison à avancer pour qu'Overholt demande aux Libyens de retarder leur assaut.

Et comme si cela ne suffisait pas, il n'avait pas dormi plus de six heures au cours des deux jours précédents, et vu leurs têtes, ses trois compagnons n'avaient pas dû faire mieux.

— Qu'y a-t-il ? demanda Linc, les gants en caoutchouc recouverts de sang, alors qu'il terminait de recoudre la blessure.

Il avait utilisé trois rangées de catgut, depuis la profondeur de la plaie jusqu'à la peau, en sorte qu'elle ne pouvait plus se rouvrir.

— Quoi ? demanda Juan.

— Tu viens de rire, répondit Linc en ôtant ses gants.

— Vraiment ? Eh bien je me disais qu'on était vraiment dans la mouise jusqu'au cou et que je n'étais pas sûr que mon plan allait marcher.

— Encore un de tes horribles plans B ? grommela Linda, qui se tenait à côté du Pig.

— C'est pour ça que je riais. Le rire du condamné. Parce que là, il ne s'agit plus de plan B, mais de plans C, D, E ou F.

Deux options s'offraient à Juan, mais en réalité il n'avait guère le choix. Ils allaient tous pénétrer sur le champ de tir, et le Pig servirait de cible.

Linc posa un pansement adhésif sur la blessure, puis Juan enfila avec peine son pantalon, tellement incrusté de sable qu'il craqua lorsqu'il le passa sur ses hanches. Il descendit ensuite du Pig et fit quelques flexions. En dépit de la couture serrée, et grâce à l'anesthésie locale et aux analgésiques, la douleur était supportable.

Le soleil n'était pas encore levé derrière les montagnes et les étoiles brillaient dans la nuit glaciale. Juan les contempla pendant un instant, et, une fois encore, se demanda s'il serait là le lendemain pour les voir.

— En voiture ! lança-t-il. Le spectacle sera en grande partie terminé quand l'*Oregon* arrivera, et on a du pain sur la planche en attendant.

— Par simple curiosité, Juan, dit Linc d'un air détaché, qui sont ces gens que nous devons sauver ? Des prisonniers politiques, de droit commun ?

— La réponse est peut-être la clé de toute cette histoire.

— D'accord, dit Linc avec un petit hochement de tête.

— Quant à moi, fit Mark, j'ai un mauvais pressentiment à propos de...

Juan l'interrompit d'un regard mauvais.

Quarante-huit minutes plus tard à sa montre, Juan estima qu'ils étaient prêts. A peine. En petit nombre, les hommes assurant la garde des prisonniers n'auraient pas représenté une menace sérieuse, mais ils étaient une quarantaine, et s'ils n'agissaient pas dans les temps impartis, les deux cents autres qu'il espérait attirer du camp d'entraînement auraient atteint la mine avant qu'ils aient pu s'enfuir.

Au cours de leur approche, ils avaient déposé Linc, qui devait gagner le sommet d'une éminence surplombant la cour derrière le vieux bâtiment de l'administration. Avec un fusil Barrett de calibre .50, l'ancien SEAL aurait pu atteindre une cible à plus de 1 600 m de distance. Avec le fusil d'assaut REC7, plus petit, il pouvait quand même tirer à 650 m, soit bien plus loin que ce qui était nécessaire. Le Pig se trouvait à présent hors de vue de la mine, en haut de la piste par où la veille, la patrouille avait débouché avec le corps d'un des fuyards.

Les premières lueurs de l'aube ne parvenaient pas encore à dissiper les ténèbres autour d'eux et le vent charriait des senteurs de mer.

Juan aurait aimé tenir Alana et leur nouveau compagnon, Fodl, en dehors du combat, mais il ne pouvait prendre le risque de les laisser dans le désert au cas où ils n'auraient pas pu y retourner. Il leur avait expliqué son plan, s'assurant qu'ils en avaient bien saisi tous les dangers, et tous deux s'étaient montrés disposés à accomplir ce que l'on attendait d'eux.

— Pour que vous ne dépariez pas au milieu de tous ces archéologues aventuriers, je vais vous trouver un feutre.

Et il avait souri à Alana lorsqu'elle lui avait dit qu'elle avait l'impression d'être un gibier.

— Et un fouet ? avait-elle riposté.

— Osé, avait-il dit en souriant à nouveau.

— Au rapport, dit Linc dans l'écouteur.

— Je te reçois cinq sur cinq, mon grand.

— Je suis en haut du quai de chargement, répondit le tireur d'élite. Les gardes commencent à rassembler les prisonniers pour le petit déjeuner. C'est maintenant ou jamais.

— Compris.

Juan déglutit, la gorge sèche comme du papier de verre, et jeta un coup d'œil en direction de Mark : le succès ou l'échec de son plan reposait sur ses capacités à manier le système d'armes du Pig.

— Prêt ?

Mark acquiesça.

— Taïaut !

Mark engagea les mortiers montés sur le toit. Avec l'aide de Linc, il les avait déjà ajustés en utilisant un viseur laser. Ils tirèrent en même temps, et le chargeur automatique engagea une deuxième munition dans chacun des quatre tubes avant que la première salve ait franchi cent mètres de leur trajectoire parabolique.

La deuxième salve partit avec un bruit sourd, presque comique, et Mark s'écria :

— Vas-y !

Juan avait déjà emballé le moteur, en sorte que dès qu'il engagea la vitesse, les quatre pneus mordirent le sol. Ils franchirent l'escarpement dans un rugissement de moteur et le camp surgit à leurs yeux. Comme il l'avait prévu, personne n'avait entendu les mortiers. Les prisonniers en haillons se rassemblaient pour leur maigre petit déjeuner, sous les vociférations de leurs gardiens. L'un de ces derniers abattit si fort son gourdin sur les reins d'un homme que celui-ci ploya en arrière avant de s'abattre dans la poussière.

Chargés chacun d'un kilo d'explosifs, les obus de mortier atteignirent le point culminant de leur trajectoire et se mirent à redescendre. Mark avait occupé une partie du trajet à les débarrasser de la plus grande partie de leurs shrapnels, de façon à réduire les risques pour les détenus.

Linc prit dans le viseur de son REC7 le gardien qui venait de frapper le prisonnier, relâcha une petite respiration et appuya sur la détente.

— Nuage rose, annonça-t-il en voyant exploser la tête du gardien.

Il abattit encore deux gardiens avant qu'un flottement naisse dans leurs rangs. Le chef des gardes sortit alors de sa tente, torse nu, son pantalon d'uniforme rentré dans ses bottes. Apercevant l'antenne radio qui passait par un trou de la toile, il choisit délibérément une autre cible.

Quatre nouveaux obus de mortier s'écrasèrent au sol au même moment. Sur le chemin menant au carreau de la mine, des geysers de poussière et de flammes explosèrent. Quelques secondes plus tard, d'autres obus éclatèrent encore plus près du camp.

Gardiens et prisonniers reculèrent d'un même mouvement en direction des vastes bâtisses en bois, tandis que Linc continuait d'éclaircir les rangs des terroristes, tuant à chaque coup de fusil et choisissant en priorité les hommes armés.

Juan se rua à l'intérieur du camp comme un pilote de rallye en vue de la ligne d'arrivée. A ses côtés, Mark avait le plus grand mal à garder le viseur des missiles verrouillé sur l'un des camions des terroristes. Finalement, il déclencha le tir.

La roquette jaillit bruyamment de ses rails, fila dans les airs et explosa contre la cabine du camion, brisant le châssis en deux en sorte qu'il se souleva comme un navire torpillé.

L'explosion poussa plus encore les prisonniers effrayés du côté du bâtiment, tandis que les gardes se ruaient vers leurs tentes où la plupart avaient laissé leurs armes automatiques.

Le Pig se trouvait à moins de cent mètres du camp lorsque les terroristes ayant récupéré leurs AK-47 se mirent à tirer de longues rafales dans toutes les directions. Depuis la coupole du Pig, Linda les observait à travers le viseur de sa mitrailleuse M60. Avec les cahots, l'arme lui meurtrissait l'épaule, mais la précision de son tir n'en souffrit pas.

Les balles faisaient jaillir la poussière autour des terroristes, des hommes s'effondraient, tenant à deux mains d'effroyables blessures, d'autres étaient blessés par leurs propres camarades qui ripostaient à cette attaque soudaine par des tirs désordonnés.

— Il a eu suffisamment de temps, hurla Juan pour couvrir le rugissement du moteur. Bousille la tente de commandement.

Juan visait deux objectifs. Le premier était de sauver le maximum de prisonniers, car au cours de leur attaque, les militaires libyens ne feraient certainement pas dans le détail. Lui-même, d'ailleurs, s'interrogeait sur la possible distinction entre gardiens et prisonniers. Le deuxième objectif consistait à attirer le maximum de terroristes hors du camp d'entraînement avant l'attaque libyenne. Si Fiona Katamora se trouvait vraiment là-bas, c'étaient autant d'hommes qui ne chercheraient pas à la tuer avant qu'on lui porte secours.

Voilà pourquoi il avait enjoint à Linc de laisser au chef des gardiens de la mine le temps de prévenir le camp d'entraînement par radio. Mais maintenant que c'était fait...

Mark logea un missile dans la tente de façon à ce qu'il heurte le sol juste devant avant de poursuivre sa course jusqu'au fond. Une colonne de flammes s'éleva et la pile de matériel militaire à l'extérieur s'effondra. La tente prit feu comme une torche en papier et ses cendres retombèrent sur le sol comme des flocons de neige sale.

Ils se trouvaient à présent en plein centre du camp. Au-dessus de Juan et de Mark, Linda tirait toujours à la mitrailleuse, abattant des rangées de gardiens et forçant les prisonniers à se diriger vers le terrain où les terroristes entreposaient wagons et locomotives.

Juan se rendait compte que cette soudaine attaque avait brisé le moral des gardiens. La plupart fuyaient dans la mine ou vers le désert, tandis qu'une cinquantaine de prisonniers était rassemblés contre l'ancien bâtiment de l'administration. Soudain, un homme surgit de derrière un bulldozer, tenant sur l'épaule un RPG-7 braqué sur les prisonniers sans défense.

Mark passa les commandes de tir de « missiles » à « mitrailleuse » et la calibre .30 disposée sous l'avant du Pig se mit à cracher. Le terroriste s'effondra, mais il eut le temps de tirer sa grenade. Le missile de cinq livres franchit moins de trois mètres avant d'exploser en l'air.

— C'était toi, Linc ? demanda Juan, sidéré.

— Suffit de viser juste.

Plus tard, il avouera avoir visé le terroriste, mais que la roquette avait rencontré sa rafale de balles.

Juan contourna le bâtiment et freina brutalement. Le Pig s'immobilisa sur des rails, l'arrière à quelques centimètres seulement d'un wagon équipé sur le toit d'une roue destiné à le freiner. La voie était plus étroite que les pneus du Pig. Après quelques secondes de recherche, Juan trouva la commande permettant d'abaisser la garde au sol du véhicule en ramenant les roues sur des jointures de suspension articulées.

Tandis que les roues rentraient vers l'intérieur, il manœuvra le camion vers l'avant et vers l'arrière jusqu'à ce qu'elles reposent directement sur les rails.

Grâce à un autre bouton, Juan désactiva le système de gonflage automatique des pneus, puis descendit du camion.

— Mark, Linda, allez-y, dit-il dans la radio. Linc, couvre-les. Fodl, suis-moi.

Il saisit un fusil d'assaut REC7 et prit dans l'autre main son pistolet FN Five-seveN avec lequel il tira dans les pneus du côté gauche. En raison du poids du camion, les pneus s'aplatirent immédiatement et les jantes en acier reposèrent sur le rail, tandis que le caoutchouc aidait à les maintenir en place. Juan ne put s'empêcher de sourire d'un air satisfait. Pour que son plan aboutisse, il fallait absolument que le Pig puisse rouler sur les rails.

Juan gagna ensuite en courant le coin du bâtiment, tandis que son nouvel ami libyen descendait du camion, toujours vêtu de ses haillons de prisonnier.

Quelques prisonniers, plaqués contre le mur du bâtiment, regardèrent avec frayeur l'arme que tenait Juan, jusqu'à ce que Fodl apparaisse à ses côtés.

— Venez avec nous, leur dit Fodl avec une autorité qui ne surprit pas le directeur de la Corporation. Ces gens-là sont venus pour nous aider.

Des prisonniers émaciés le considérèrent d'un air méfiant.

— Allez-y. C'est un ordre.

Comme une digue qui se rompt, un flot d'hommes et de femmes finit par rejoindre les quelques prisonniers qui se dirigeaient vers le wagon que Linda venait d'ouvrir. Juan, lui, se tenait au coin du bâtiment, prêt à abattre le premier gardien qui ferait mine d'intervenir, tandis que Fodl encourageait du geste les prisonniers hésitants à rejoindre les autres. Mais, au moment où un groupe de femmes quittait en courant les tables des repas, un gardien ouvrit le feu. L'une des femmes s'écroula avant que Juan ait pu riposter en direction de la pile de caisses d'où était venu le tir.

Les femmes aidèrent leur camarade à se relever, la soutinrent sous les bras et l'amenèrent à l'abri, dans le wagon.

— Dieu vous bénisse, dit l'une des femmes en passant devant Juan.

Puis un prisonnier s'immobilisa à côté de Juan qui ne lui accorda qu'un bref regard avant de reprendre la surveillance du terrain. Mais l'homme le toucha à la manche et Juan le regarda avec plus d'attention. Il n'était pas arabe. Il avait les cheveux blonds, et, en dépit des brûlures du soleil, on devinait une peau claire.

— Vous êtes Chaffee ? demanda Juan.

— Oui. Comment le savez-vous ?

— Il faut remercier Alana Shepard pour votre sauvetage.

Chaffee poussa un soupir de soulagement.

— Dieu merci. Hier soir, on nous a dit qu'elle avait été abattue en tentant de s'échapper.

— Vous êtes en état de vous battre ?

L'agent de la CIA tenta de se redresser.

— Donnez-moi une arme et vous verrez.

Juan lui montra Mark Murphy, qui accrochait le vieux wagon aux deux crochets arrière du Pig. De loin, le wagon semblait énorme et la chaîne mince comme un collier en argent, mais ils n'avaient rien d'autre à leur disposition.

— Allez voir ce type, là-bas, il va s'occuper de vous.

— Merci.

Juan consulta sa montre. Huit minutes s'étaient écoulées depuis le premier coup de feu. Dans moins de dix minutes, une horde de terroristes venus du camp d'entraînement se ruerait sur eux, et dans une heure exactement, l'armée libyenne arriverait sur place et mitraillerait tout ce qui bouge.

En dépit des injonctions de Juan, les prisonniers arrivaient lentement au wagon, en un flot continu. La fin de leur supplice s'offrait à eux mais on eût dit que la seule promesse de la liberté ne suffisait pas à les hâter. Pourtant, le temps pressait et il lui semblait entendre le tic-tac inexorable de sa montre.

Mais soudain, il comprit : ce n'était pas sa montre mais le bruit sourd et régulier d'un hélicoptère qui approchait. Il fallait encore vingt minutes à George Adams pour arriver sur les lieux, c'était donc le Mi-8 des terroristes.

Finalement, peu importait que le wagon fût déjà plein et que seule une vieille femme cherchât encore à y monter, tandis que derrière eux les tentes et les équipements brûlaient, lançant d'épaisses colonnes de fumée dans le ciel rosissant.

Il était trop tard.

23

Lorsque les balles firent jaillir la terre derrière la vieille femme, Juan glissait un nouveau chargeur dans son fusil d'assaut. Il n'avait pas épuisé le premier et n'eut donc pas besoin de réarmer son fusil.

En cet instant, le sort de cette vieille femme lui importait plus que celui de la centaine de personnes déjà entassées dans le wagon.

Défaut de logique, peut-être, ou éclatement d'une synapse. Il ne faisait aucune différence entre les besoins d'une seule personne et ceux d'une multitude. Pour l'heure, la vie de cette femme lui paraissait aussi importante que toutes les autres.

Il sortit de son abri et tira à la hanche une longue rafale qui fit taire l'arme du terroriste. La femme, elle, s'était figée sur place. Une biche tétanisée par la lueur des phares, songea Juan.

Il bondit jusqu'à elle, courbé en deux, et la chargea sur son épaule gauche. En dépit de son régime de famine, elle devait bien peser quatre-vingts kilos. Juan tituba sous le poids et sa jambe blessée faillit se dérober sous lui. La femme poussa un cri mais ne se débattit pas et il put reprendre le chemin du bâtiment en courant maladroitement, se retournant de temps à autre pour brandir son fusil.

Soudain, elle poussa un nouveau cri. Juan se retourna d'un bloc et aperçut un homme qui se ruait sur eux, un gourdin à la main. La charge était suicidaire, mais le fusil de Juan était pointé dans la direction opposée. En se retournant, Juan fit pivoter la vieille femme dont les pieds ne manquèrent la tête du terroriste que de quelques centimètres. Puis, alors qu'il cherchait à braquer son REC7, la femme en profita pour décocher un violent crochet qui atteignit l'homme au menton. Il tituba en arrière et s'apprêtait à charger à nouveau lorsqu'une balle tirée par Linc le coucha par terre.

— Madame, lui dit Juan en arabe, votre crochet du droit vaut bien celui de Mohammed Ali.

— J'ai toujours pensé que George Foreman cognait plus fort, répondit-elle.

Juan éclata de rire et faillit la lâcher, puis il la jeta dans le wagon et fit signe à Linda de fermer la porte roulante.

— Murph, tu es prêt ? lança-t-il par radio.

— C'est bon.

— Linc, prépare-toi, on part dans trente secondes.

En gagnant le Pig côté passager, Mark tira dans les deux pneus du côté droit à bout portant. Linda avait aidé Fodl à s'installer à l'arrière du camion, tandis que Greg Chaffee avait déjà la tête et les épaules hors du toit ouvrant.

A quelque distance, on apercevait une grosse locomotive diesel capable de tirer des wagons de minerai dans les montagnes. L'idée que cette locomotive puisse les poursuivre était inquiétante, mais ses moteurs étaient froids et il faudrait au moins une demi-heure pour les amener à la bonne température.

Max Hanley avait équipé le Pig d'une boîte à vingt-quatre vitesses. Juan passa dans le rapport inférieur et sélectionna la vitesse la plus basse des quatre en marche arrière. Il appuya ensuite sur l'accélérateur et sentit le moteur tourner de plus en plus vite tandis que les turbos hurlaient. D'après l'écriteau apposé sur ses flancs, le wagon derrière eux pesait 8,16 tonnes, et si l'on y ajoutait les 4,5 tonnes d'êtres humains, cela faisait un poids énorme qu'il n'était pas sûr de pouvoir bouger depuis l'arrêt.

Les pneus crevés se mirent à patiner sur les rails.

Juan décrocha un dispositif de sûreté près du changement de vitesse et appuya sur un bouton rouge. Aussitôt, de l'oxyde nitrique fut injecté dans les cylindres, élevant considérablement la température et relâchant de l'oxygène supplémentaire pour la combustion.

Comme le disait Max, le Pig n'avait pas le couple moteur pour pousser l'*Oregon* en haut des Chutes du Niagara, mais les deux cents chevaux supplémentaires apportés par l'oxyde nitrique permirent à Juan de vaincre l'inertie statique du train.

Débutant à une allure d'escargot, le Pig se mit à pousser le wagon sur la voie, et chaque centimètre gagné accroissait leur vitesse lorsque le train passa sous le vieux pont de chargement métallique où Linc avait installé son poste de tir.

Quand Juan avait annoncé qu'ils s'apprêtaient à partir, Linc avait quitté le sommet du vieux tapis roulant et s'était posté au-dessus de la gueule ouverte d'un déversoir à charbon surplombant les voies. Lorsque le wagon amorça son passage, il se laissa glisser et atterrit sur le toit. Mais ce poste de chargement avait été conçu pour des wagons bas, découverts, et non pour ces gros wagons de marchandises fermés et alors qu'il s'apprêtait à se remettre sur ses pieds, il aperçut le bord tranchant comme un rasoir d'un autre déversoir.

Il se jeta à plat ventre et la pièce métallique ne passa qu'à quelques centimètres de sa tête. Il demeura allongé un long moment, évitant ainsi une dizaine de ces redoutables déversoirs. Lorsqu'ils eurent enfin quitté la station de chargement, il laissa échapper un long soupir.

— Je suis à bord, annonça-t-il par radio.

— Parfait, répondit Juan. Maintenant, c'est à toi de conduire cet engin. Ramène ta fraise.

Pendant le premier kilomètre et demi après la mine, la terrain était plat et le Pig accélérait de façon modérée ; Juan enclencha donc le régulateur de vitesse et quitta sa place de conducteur. Il gagna la partie réservée au chargement et fourra dans la poche de son pantalon des chargeurs pour Barrett REC7.

— Comment ça va, vous deux ? demanda-t-il à Alana et à Fodl sans même les regarder.

— Pour la première fois depuis six mois, vous m'avez redonné espoir, répondit le Libyen. Jamais je ne me suis senti aussi bien.

— Et vous, Alana ? dit-il en se tournant finalement vers elle après avoir bouclé un double étui à sa ceinture pour ses deux FN Five-SeveN.

— Je n'ai encore rien fait pour mériter ce feutre.

— Vous avez fait plein de choses.

— Mais qui conduit le train ? lança Linc en se glissant au milieu d'eux.

— On a encore huit cents mètres avant le premier tournant. Ça se passe exactement comme prévu. Oh, flûte ! s'écria soudain Juan en passant la tête dans la cabine du Pig. Max, le wagon pèse 8,16 tonnes, ajoutes-y 4,5 tonnes d'êtres humains. Fais les calculs.

— Il me faut les dimensions.

— Devine.

Mark le regarda, abasourdi.

— Deviner ? Tu plaisantes ?

— Pas du tout.

— Fais les calculs, grommela Mark en imitant Juan. Devine ! Allez !

Juan grimpa alors sur le toit du Pig, estima qu'ils roulaient à environ 25 km/h et qu'ils accéléraient sans cesse. Jusque-là, ça va, se dit-il en levant les yeux sans apercevoir d'hélicoptère dans le ciel.

Il s'apprêtait à sauter sur le toit du wagon lorsque Greg Chaffee ouvrit le feu avec la mitrailleuse M60. Juan aperçut alors un camion peint en couleur camouflage qui se ruait vers le carreau de stockage. C'était le premier véhicule venu du camp d'entraînement. Une dizaine d'hommes étaient agrippés aux ridelles de la plate-forme découverte et les canons de leurs fusils étincelaient au soleil.

La route sur laquelle ils roulaient se trouvait à flanc de colline, un peu au-dessus de la voie ferrée et parallèle à elle. Chaffee, réagissant rapidement, avait tiré sur les pneus avant que le chauffeur ne reprenne la maîtrise de son véhicule, faisant jaillir des morceaux de caoutchouc comme un feu d'artifice.

Les hommes se mirent à hurler lorsque la jante déchiquetée s'enfonça dans le bas-côté de pierre tendre. A vive allure, le camion se coucha sur le côté et se mit à dévaler la pente. Quelques terroristes furent éjectés, d'autres s'accrochèrent aux montants lorsque le camion se renversa complètement. La cabine creusa un sillon dans la terre avant de basculer à nouveau, broyant hommes et métal au milieu d'un nuage de poussière.

Un deuxième véhicule de patrouille fit alors son apparition, avant même que le premier ait terminé sa course sur le toit. Son chauffeur freina et s'immobilisa. Greg Chaffee avait vidé tout son chargeur et demeurait les bras ballants tandis que Linda lui montrait comment l'extraire. Le camion des terroristes dévala alors la pente et alla se mettre à couvert derrière la locomotive. Les hommes à l'arrière ouvrirent le feu, obligeant Linda et Chaffee à plonger à l'intérieur.

Juan avait perdu de précieuses secondes à observer le spectacle et se releva, furieux. Le toit du wagon se trouvait à plus d'un mètre au-dessus de lui et il lui fallait pour l'atteindre un élan dont il ne disposait pas. Il sauta, heurta le rebord avec la poitrine et réussit à se hisser péniblement. Le premier tournant se trouvait à environ quatre cents mètres, et ils roulaient à présent à plus de 30 km/h.

D'après la carte que lui avait envoyée Eric depuis l'*Oregon*, il savait que ce long virage faisait le tour du sommet de la montagne et que la voie commençait à descendre dès le début. A 30 km/h, cela allait encore, mais s'ils continuaient de prendre ainsi de la vitesse, le wagon finirait par dérailler.

Juan gagna l'avant du wagon où un volant en métal rouillé permettait d'actionner le frein. Avant que George Westinghouse eût inventé le système de freinage pneumatique, des équipes de freineurs chevauchaient les wagons pour tourner ces volants en un ballet peu coordonné et souvent mortel. Pourvu, se dit-il, que la rouille n'ait pas bloqué le volant et qu'il reste encore des freins en état de fonctionner.

Il tourna le volant de toutes ses forces et poussa un juron en le sentant jouer librement, certain qu'il ne commandait plus rien. Heureusement, on entendit un grincement de métal contre le métal : les vieux freins mordaient sur les roues du wagon. De toute évidence, ils avaient été récemment graissés. En souriant, il donna un nouveau tour de volant, mais il dut déchanter, car le grincement du métal demeura identique.

Il y avait des freins, certes, mais ils ne freinaient guère.

Le Pig poussa le wagon dans le tournant et Juan perdit de vue la superstructure métallique permettant le chargement du charbon. A sa droite, on apercevait une autre vallée et de nombreux wagons rouillés qui avaient dû dérailler un siècle auparavant, empilés comme des jouets au rebut. Il se dit que la locomotive qui les avait accompagnés dans leur chute devait avoir cinq fois la puissance du Pig.

— Linc, tu es là ? demanda-t-il par radio.

— Oui.

— Quelle est notre vitesse ?

— 45 km/h.

— Très bien. Ne dépasse pas les 50. Les freins du wagon ne sont pas très efficaces.

— C'est aussi grave que ça ? demanda Linda sur le réseau.

— C'est pas bon.

Juan utilisa alors l'échelle métallique pour descendre jusqu'à l'espace où se trouvait l'engrenage actionnant les freins. Il passa les jambes au-dessus de l'attelage et agrippa d'une main un étai de façon à pouvoir regarder sous le wagon. Les traverses noires enduites de créosote défilaient à quelques centimètres de son visage, mais il aperçut une pierre coincée entre la tige et l'engrenage. Quand il avait actionné le volant, la pierre avait fait sauter les dents de l'engrenage qui tournait à présent à vide. S'assurant fermement, il s'étendit de façon à passer la poitrine sous le wagon. Des herbes folles lui griffaient les joues.

Il plongea les doigts dans la graisse de l'engrenage mais ne parvint pas à retirer la pierre.

— Eh merde, grommela-t-il en saisissant l'un de ses pistolets automatiques.

Il dut pour cela se retourner et aperçut alors sur la voie un bidon métallique tombé d'un train ou abandonné entre les rails par une équipe d'entretien. Le train roulait à plus de 50 km/h et il n'avait pas le temps de se relever. Il ouvrit le feu. Les balles du FN Five-SeveN traversèrent le bidon sans le faire bouger. Il n'était plus qu'à trente centimètres et le bidon menaçait de lui éclater le visage lorsqu'une dernière balle le fit voler sur le côté.

Il se tourna de nouveau et tira sur l'engrenage. La pierre sauta au loin.

— Et voilà le travail, lança-t-il.

— Tu peux répéter, président ? fit Linc.

— Rien. Je crois avoir réparé les freins. Quelle est notre vitesse ?

— Presque 55 km/h. J'utilise les freins du Pig et la poussière de fibre de carbone sort comme d'une cheminée.

— Pas de problème. C'est pour ça qu'on a commencé en marche arrière. Passe en première et ralentis en utilisant le frein moteur. Je vais remonter au frein du wagon, et à nous deux ça devrait aller.

Juan remonta sur le toit du wagon. Ils roulaient à présent à flanc de colline, à une trentaine de mètres en dessous du sommet. Il s'aperçut alors qu'une route courait parallèlement à la voie ferrée, un peu au-dessus, et ne vit pas tout de suite le camion couleur sable qui émergeait d'un tournant.

Un homme, la tête enveloppée de l'inévitable keffieh, se tenait debout à l'arrière du camion. Juan avait laissé son REC7 sur le toit du wagon avant de descendre réparer les freins et il se jeta à plat ventre pour le récupérer avant que l'homme saute du camion.

Juan venait à peine de refermer ses doigts sur le canon de l'arme que l'homme sauta sur le toit avec un hurlement de triomphe, envoyant le fusil au loin, puis lui balança un violent coup de pied en plein visage.

Tout s'obscurcit devant ses yeux. Lorsqu'il les rouvrit, l'homme avait déjà pris son AK-47 dans son dos et le tenait en joue. Juan roula sur le côté et lui lança un coup de pied, atteignant le terroriste au tibia. L'AK-47 tira quatre balles qui s'enfoncèrent dans le toit, à quelques centimètres seulement de la tête de Juan. A l'intérieur du wagon, on entendit un hurlement de douleur.

Fou de rage, Juan saisit alors l'arme par la poignée verticale et en reculant, l'homme l'aida en fait à se remettre sur ses pieds. Puis Juan lui envoya deux coups de poing au visage. L'homme était tellement occupé à garder son arme qu'il ne se défendit pas. Juan lui balança deux nouveaux coups, et, par-dessus l'épaule du terroriste, aperçut deux autres hommes qui s'apprêtaient à sauter sur le toit du wagon.

Juan lui enfonça alors le coude dans le ventre, lui saisit la main droite et la fit pivoter, puis appuya sur la détente alors que le canon du fusil était braqué sur le camion. La rafale de balles traçantes toucha l'un des hommes au moment où il allait sauter. Il bascula en avant et le camion tressauta à peine en lui roulant dessus.

Le deuxième homme, lui, bondit et atterrit sur le toit du wagon avec l'agilité d'un chat.

Juan pendant ce temps, continuait de tirer sur l'arme du terroriste, et lorsqu'il la lâcha, l'homme fit un pas en arrière, puis un autre... et bascula dans le vide, laissant traîner son foulard derrière lui comme un papillon égaré.

Puis il se retourna contre son nouvel adversaire, lui jeta son pistolet vide et se rua sur lui avant qu'il ait pu saisir son fusil d'assaut accroché à sa bretelle en toile. Juan le saisit à bras-le-corps, le souleva et le projeta sur le toit du wagon. S'il n'avait pas le dos brisé, il était au moins hors de combat pour un certain temps.

A moins que Linda et Linc aient vu le premier homme basculer, ils ne se trouvaient pas en position d'apercevoir ce qui se passait sur le toit du wagon et comme Juan avait perdu son oreillette, il n'avait plus aucun moyen de les prévenir. Le Pig faisait le maximum pour ralentir le convoi, mais sans les freins du wagon, ils

Le convoi émergea du tournant. Juan, soulagé, s'apprêtait à s'asseoir pour se reposer un peu lorsque la voix paniquée de Mark explosa dans ses oreilles.

— Enlève les freins ! Dépêche-toi !

Juan obtempéra et jeta ensuite un coup d'œil derrière lui. On ne voyait plus la route et le camion plein de terroristes avait quitté la scène, mais au loin, sur la voie, un camion transformé pour rouler sur les rails se ruait vers eux à une vitesse vertigineuse. Même à cette distance, on voyait des hommes armés de lance-roquettes.

Linc repassa en marche arrière, dans le rapport le plus haut, espérant gagner un peu de temps, car avec ces nombreux virages, les terroristes ne pouvaient ajuster leurs tirs.

— A quand le prochain virage serré ? demanda Juan, qui savait que grâce au GPS du Pig, Mark disposait d'une carte sur son ordinateur portable.

— Trois kilomètres vingt.

— Il nous reste des missiles ?

— Seulement un.

— Garde-le. J'ai une idée.

Juan sauta alors sur le toit du Pig, où Linda avait remplacé Greg Chaffee à la mitrailleuse. Ce dernier était assis dans la partie chargement avec Alana et Fodl. Il avait l'air épuisé.

— Les instructeurs à la Ferme seraient fiers de vous, surtout...

Il cita le nom d'un célèbre instructeur du centre de formation de la CIA, un nom connu seulement de ceux qui avaient fréquenté ce centre.

Chaffee ne cacha pas sa surprise.

— Vous êtes de...

— A la retraite.

Juan ôta alors la porte d'un des placards encastrés à l'intérieur du Pig. Avec l'aide de Linda, il la passa par la trappe puis rampa lui-même sur le toit. Le camion sur rails se trouvait à cinquante mètres en arrière et approchait rapidement. Un des terroristes lâcha sur Juan une rafale d'AK-47. Juan utilisa la porte comme bouclier et les balles ricochèrent dessus comme une pluie de plomb.

Le Pig aborda alors un tournant qui le déroba à la vue de ses poursuivants et Juan en profita pour laisser glisser la porte sur la voie.

Trente secondes plus tard, le camion apparut au sortir du tournant, à une vitesse d'environ 95 km/h. Cette fois-ci, le Pig constituait une cible trop tentante pour les hommes équipés de RPG.

24

Le conducteur du camion hybride n'eut que quelques secondes pour réagir, et en sauvant sa vie il sauva du même coup celle de Juan et des autres occupants du Pig. Apercevant la plaque métallique sur la voie, il enfonça la pédale de frein et tira un levier à côté de lui. Un système hydraulique souleva les roues de train logées à l'intérieur des pneus, et lorsque les roues se glissèrent sous le châssis, les pneus extérieurs entrèrent en contact avec les rails.

Entre la brutale décélération et la secousse due au contact des pneus avec les rails, les tireurs ne purent ajuster leur tir de RPG. Les roquettes partirent dans toutes les directions : vers le ciel, où elles tire-bouchonnèrent comme d'énormes feux d'artifice, ou vers la vallée en contrebas, où elles explosèrent sans dommage dans les sables du désert.

Le camion rebondit sur la plaque en métal, mais une fois l'obstacle franchi, le conducteur dut ralentir une nouvelle fois pour remettre en service les roues du train.

La ruse de Juan avait échoué et ne leur avait fait gagner que huit cents mètres environ. Le prochain virage approchait : il fallait retourner au frein de wagon. Il grimpa à l'arrière du Pig, où il fut pris à la gorge par l'odeur âcre de caoutchouc brûlé. Ils roulaient de nouveau à 65 km/h et le vent rendait périlleux le saut jusqu'au toit du wagon. En dessous de lui, les rails brillaient dans le petit espace entre le Pig et sa lourde charge.

La voie s'élevait légèrement à l'approche du tournant, ralentissant le convoi, mais ils ne tarderaient pas à accélérer et l'aborderaient à une vitesse trop élevée. Les secousses avaient projeté à l'extérieur les corps des deux terroristes, et ne restait plus que celui dont Juan avait brisé le cou.

Le wagon franchit la petite montée, et en dépit de la puissance du Pig pour le retenir, se mit à accélérer.

Juan enjamba le corps et s'apprêtait à tourner la roue lorsque le terroriste lui allongea un coup. Trop tard, Juan se rappela alors que l'homme qu'il avait tué portait un keffieh bleu, alors que celui-ci en avait un rouge. Dans le même éclair, il se rappela le troisième terroriste qui semblait n'avoir pas réussi à sauter sur le toit du wagon. En fait, profitant du retour de Juan dans le Pig, il avait pris la place du mort.

Ces pensées jaillirent dans son esprit en une fraction de seconde, mais déjà il s'abattait sur le toit, sans pouvoir amortir son impact. Et lorsque le terroriste pesa de tout son poids sur ses cuisses, Juan se rendit compte que son adversaire était immense et pesait bien vingt kilos de plus que lui.

Juan voulut saisir le pistolet qui lui restait, mais l'homme lui saisit la main droite. De la gauche, il chercha à se dégager. Devant le wagon, le tournant s'approchait à toute vitesse.

— Lâche-moi, hurla-t-il, sinon on va mourir tous les deux.

— Eh bien mourons tous les deux, lança-t-il avec un rictus en enfonçant son coude dans l'arrière de la cuisse de Juan.

Il semblait avoir compris la situation et se contentait d'immobiliser Juan sur le ventre jusqu'à ce que le train fou les entraîne tous les deux dans la mort.

Mais ignorant la douleur, Juan parvint à se retourner à moitié et lui lança un coup de poing dans la mâchoire. Avec un bruit affreux, celle-ci se disloqua, et, profitant du bref instant d'étourdissement de son adversaire, Juan se dégagea du poids mort et lui asséna un nouveau coup de poing, exactement au même endroit. L'homme hurla de douleur. Juan bondit sur ses pieds, saisit le volant à deux mains et le tourna frénétiquement.

Il avait à peine fait deux tours que le terroriste le saisissait par derrière et tentait de l'étrangler. Dès qu'il sentit l'étreinte se refermer sur son cou, Juan plia les genoux, planta un pied sur le volant, se propulsa en arrière et se retrouva derrière son adversaire. L'homme faisait bien une tête de plus que lui, et lorsqu'il se retourna, Juan n'attendit pas pour lui lancer un troisième coup de poing à la mâchoire. Cette fois-ci, l'os se brisa avec un bruit sec.

Aveuglé par la douleur, l'homme chercha à étouffer Juan, mais celui-ci se baissa et lui balança un coup dans les parties. Puis, sans perdre une seconde, il se précipita de nouveau sur le volant du frein, qu'il parvint à tourner deux fois.

Il sentit plus qu'il n'entendit l'attaque et eut le temps de tirer son pistolet avant de se retourner. Mais l'homme coinça la main tendue sous son bras et le souleva de façon à ce que Juan se retrouve sur la pointe des orteils. Puis le colosse s'apprêta à lui enfoncer le coude dans l'épaule, cherchant à lui briser la clavicule. Juan parvint à s'écarter et à amortir le coup.

Desserrant l'étreinte du terroriste, il défit les deux lanières qui maintenaient sa jambe artificielle lorsqu'il allait au combat. Il saisit alors sa prothèse et l'utilisa comme un gourdin. Le bout ferré de sa botte l'atteignit à l'œil, qui se remplit instantanément de sang. Le coup en lui-même n'était pas extrêmement violent, mais l'effet de surprise joua à plein.

Juan lui porta un nouveau coup au visage, le forçant à relâcher son étreinte sur le bras. Mais en voulant dégager sa main, Juan lâcha son pistolet qui tomba sur le toit du wagon. Il frappa une fois encore avec sa prothèse, faisant tituber son adversaire. Juan ne perdit pas une seconde, et profitant de l'équilibre qu'il avait su acquérir sur une seule jambe au cours des années, il frappa encore et encore, comme avec une hache.

Droite, gauche, droite, gauche. Il parvint à mettre une certaine distance entre l'homme et lui, appuya sur un bouton logé dans la cheville de la prothèse, et libéra ainsi un petit pistolet de calibre .44, à un seul coup, qui tirait à travers le talon. Le dernier gadget de la Boutique magique l'avait sauvé plus d'une fois, et il s'acquitta à nouveau de sa tâche. La balle atteignit en plein cœur le terroriste qui bascula du wagon comme une poupée de chiffon.

Lorsque Juan revint au volant de frein, le train abordait le tournant, et comme précédemment, les roues extérieures décollèrent du rail. Mais dans le wagon, quelqu'un avait dû comprendre la situation, parce que soudain les roues reprirent contact avec le rail. La masse des gens avait réussi à faire contrepoids.

Juan se retourna et aperçut alors le camion-train des terroristes franchir la crête. De la fumée sortait du Pig et quelques instants plus tard, on entendit distinctement le bruit saccadé du tir automatique.

Une rafale de balles de calibre 7.62 atteignit l'avant non blindé du camion qui les poursuivait. Le pare-brise éclata, projetant des milliers d'éclats de verre dans la cabine. Le radiateur fut percé en cinq ou six endroits et un nuage de vapeur enveloppa le camion, tandis que les balles poursuivaient leur course dans le moteur. Le distributeur, particulièrement vulnérable, fut haché menu, coupant l'alimentation, et une balle sectionna le tube hydraulique maintenant les roues de train en position.

Le camion descendit si brutalement sur son deuxième jeu de roues que le conducteur ne put rien faire. Les pneus claquèrent sur une traverse, soulevant l'arrière et projetant les hommes sur la voie par-dessus le toit de la cabine. Ils disparurent sous le camion.

Avec sa suspension brisée, le camion s'immobilisa sur le ballast dans un nuage de vapeur et de poussière.

Juan poussa un cri de triomphe en voyant leurs adversaires bloqués en pleine voie.

Les parois des montagnes renvoyèrent soudain l'écho d'un puissant coup de sirène.

Comme un monstre rampant, la locomotive diesel électrique que Juan avait jugée incapable de les poursuivre surgissait derrière eux, en haut de la côte. La fumée qui en sortait était d'un noir d'encre, témoignage de son mauvais entretien, mais sa vitesse était sans commune mesure avec la leur.

Deux hommes particulièrement chanceux réussirent à sauter du camion sur rails avant que la locomotive n'emboutisse l'arrière. Le véhicule s'éparpilla comme sous l'effet d'une charge explosive, projetant en tout sens fragments de métal et morceaux de moteur. Le réservoir brisé s'enflamma, et l'on eût dit que la locomotive traversait les feux de l'enfer.

Juan lâcha un juron et desserra le frein. Du flanc du Pig, jaillit alors une flèche laissant derrière elle un panache de fumée. Mark venait de tirer leur dernier missile. Juan retint sa respiration. La roquette toucha son but un instant plus tard, secouant l'air. La locomotive ressemblait à un météore crachant des flammes et de la fumée.

Pourtant, le missile n'eut aucun effet sur le monstre de quatre-vingt-dix tonnes qui avait subi le choc comme un char d'assaut un coup de carabine à plomb.

Leur petit convoi reprenait de la vitesse mais ne pouvait lutter contre le moteur diesel électrique. La locomotive était deux fois plus rapide qu'eux. L'espace d'un instant, Juan songea à sauter, mais à peine cette idée s'était-elle formée qu'il l'écarta de son esprit. Jamais il n'abandonnerait ses compagnons pour sauver sa peau.

Véritable boule de flammes, la locomotive n'était plus qu'à une cinquantaine de mètres d'eux. A l'avant, on distinguait un trou et de la peinture noircie, mais le missile ne semblait pas avoir causé d'autres dégâts.

Pourtant, invisibles de l'extérieur, les goujons de fixation des roues avaient été directement touchés par le plasma brûlant du missile. Lorsque la locomotive passa sur un joint irrégulier entre deux rails, les goujons sautèrent et les quatre roues avant déraillèrent, déchiquetèrent les traverses et arrachèrent des portions de rails.

La partie avant n'étant plus guidée par les rails, la locomotive ralentit avant de se coucher sur le côté. La friction contre les pierres du ballast et l'arrachement de dizaines de traverses ne permit toutefois pas de beaucoup ralentir le bolide métallique. Même agonisant, le monstre allait entrer en collision avec le Pig.

La locomotive ne se trouvait plus désormais qu'à six mètres d'eux et ne semblait pas vouloir ralentir. Linc devait avoir le pied au plancher pour tenter l'impossible et leur convoi aborda le virage à toute vitesse.

Mais sans les rails pour la guider, la locomotive poursuivit sa course tout droit, entraînée par son poids énorme, passa à moins d'un mètre devant le Pig et bascula dans le vide. Nulle barrière pour entraver sa course folle vers le fond du précipice au milieu d'une gerbe de pierres du ballast.

Depuis la cabine du Pig, Linc et Mark ne pouvaient l'apercevoir, mais Juan, sur le toit du wagon où il actionnait déjà le frein, vit la locomotive dévaler la pente en roulant sur elle-même, gagnant de la vitesse à chaque culbute. Son ventre s'ouvrit, libérant le gazole qui enflamma les tubulures d'échappement déjà brûlantes. L'explosion et le nuage de poussière obscurcirent ses derniers instants avant qu'elle ne s'écrase sur le fond rocheux de la vallée.

Le wagon sortit du tournant sur les roues extérieures et Juan craignit qu'il ne retombe jamais, mais elles finirent par reprendre contact avec les rails. Appuyé au frein, Juan reprit haleine pendant un instant avant de replacer sa jambe artificielle sur son moignon.

Ils ne devaient plus se trouver qu'à une quinzaine de kilomètres du port charbonnier où l'*Oregon* les attendait.

La seule chose qu'il ignorait, c'était le sort de l'hélicoptère Mi-8 qu'il était sûr d'avoir entendu avant leur départ de la mine. Les terroristes n'avaient pas tenté de l'utiliser pour le suivre, ce qui semblait absurde. Il est vrai qu'un hélicoptère cargo n'était pas l'outil le plus adapté pour un assaut, mais étant donné les moyens qu'ils avaient utilisés pour les arrêter, l'hélicoptère aurait semblé au moins aussi adéquat.

Pendant les cinq minutes suivantes, le train négocia plusieurs virages plutôt faciles et Juan eut à peine besoin d'actionner les freins. Il était occupé à changer de fréquence pour se mettre en rapport avec Max, à bord du navire, lorsque son sang se glaça dans ses veines.

La voie ferrée quittait le flanc sûr de la montagne pour plonger dans la vallée grâce à un pont de bois fait d'un entrelacs de madriers et de poutrelles blanchies par le soleil et par le vent, et qui semblait tout droit sorti de l'Ouest américain. Au pied du pont, ses rotors tournant doucement, on apercevait l'hélicoptère Mi-8.

Nul besoin de voir en détail à quoi s'affairaient les hommes en dessous du pont pour comprendre qu'ils s'apprêtaient à le faire sauter.

25

Lorsque quelqu'un finit par répondre à son coup de téléphone, Abdullah, le chef du camp terroriste, qu'on appelait irrévérencieusement East Gitmo, fut partagé entre la crainte et le soulagement.

— J'écoute, dit une voix.

Dans ces deux mots semblait concentrée toute la malveillance que l'être humain s'emploie d'ordinaire à garder enfouie au fond de son âme.

Nul besoin pour Abdullah de se présenter. Ils n'étaient qu'une poignée à posséder le numéro de ce téléphone satellitaire. Chose agaçante, cet appareil était de fabrication israélienne (maudits soient-ils !) mais il fallait bien reconnaître qu'ils bénéficiaient d'une sécurité absolue.

— J'ai besoin de lui parler.

— Il est occupé. Tu peux me parler à moi.

— C'est urgent.

Mais en même temps, Abdullah se promettait de ne pas insister s'il était éconduit. Dans le fond, on entendait la sirène d'un bateau et le joyeux cliquetis d'une balise flottante.

— Très bien, reprit-il après un moment de silence. Dis à l'imam que les prisonniers tentent de s'échapper.

Apparemment, ils se sont attaqués aux gardiens et se sont emparés d'un de ces petits camions prévus pour pouvoir rouler aussi sur rails, comme des wagons. On n'a pas pu les arrêter à la mine, et des hommes venus du camp n'y sont pas parvenus non plus. J'ai envoyé certaines de nos unités d'élite en hélicoptère. Elles vont faire sauter le pont. Comme ça, on sera sûrs de les avoir tous. Et puis, euh... je me suis dit qu'avec les informations obtenues par l'archéologue américain, notre présence ici n'est plus nécessaire. Nous nous sommes trompés en pensant que l'ancienne base secrète de Suleiman Al-Jama se trouvait dans la vallée, au sud du « noir qui brûle ». Al-Jama avait installé son repaire dans le lit d'une autre rivière, en Tunisie. Les hommes que nous avons envoyés là-bas devraient l'avoir trouvée, à présent.

A nouveau, Abdullah entendit le tintement de la balise flottante et des coups de sirène.

— Où es-tu ? demanda-t-il vivement.

— Ça ne te regarde pas. Continue.

— Eh bien, puisque nous n'avons plus besoin de cette fausse histoire de mine de charbon, le fameux « noir qui brûle », je me suis dit que le mieux était encore de faire sauter le pont. D'une pierre deux coups. On tue tous les fugitifs et on commence à démonter notre opération ici.

— Combien d'hommes des commandos d'élite sont encore sur place ?

— Une cinquantaine.

— Inutile de risquer la vie de ces combattants d'élite pour quelque chose d'aussi trivial que des prisonniers. Envoie plutôt les hommes les moins entraînés. Et dis-leur que s'ils tombent en martyrs au cours de cette opération, Allah leur réservera un traitement de faveur au paradis. C'est un décret de l'imam.

Abdullah préféra ne pas expliquer qu'il était déjà trop tard pour retirer ses troupes d'élite du pont.

— Et la femme ministre ? demanda-t-il.

— Les hélicoptères devraient être là d'ici une demi-heure. L'un d'entre eux a reçu l'ordre de s'en charger. Votre tâche principale est de vous assurer de la mort des prisonniers et de la concentration de nos hommes à Tripoli. A la réunion, il y aura des forces de sécurité loyalistes qu'il faudra neutraliser pour pénétrer dans le hall principal. Une fois à l'intérieur, bien entendu, les membres du gouvernement que nous visons ne sont pas armés. Ce sera une saignée magnifique et la fin de cette stupide offre de paix.

Jamais Abdullah ne l'avait entendu parler aussi longtemps. Il croyait en leur cause, au moins autant que l'imam Al-Jama lui-même, mais il fallait bien reconnaître qu'il n'en était pas arrivé à un tel degré de fanatisme.

Souvent, il avait entendu les discussions entre les jeunes qu'ils recrutaient aussi bien dans les milieux privilégiés que dans les bidonvilles. Pour stimuler leur hardiesse, ils se complaisaient à imaginer les tortures les plus effroyables contre les ennemis de l'islam. Des lustres auparavant, il avait agi de même, lors de la guerre civile au Liban. Mais, même s'ils ne l'avouaient pas, ils savaient bien que tout cela n'était que vantardise, un moyen de doper leur haine et leur engagement. En fin de compte, la plupart se révélaient trop tétanisés pour tenir correctement un pistolet, et les ceintures d'explosifs devaient surtout être résistantes à la bêtise.

Mais ce n'était pas le cas de l'homme qu'il avait en ligne. Lui, s'amusait à trancher des têtes d'Occidentaux avec un cimeterre datant des croisades. Dans les montagnes arides de Tchétchénie, il avait brûlé vifs des soldats russes, et à Bagdad, pendu les corps mutilés de soldats américains. Il avait recruté son propre neveu, un jeune homme qui avait un âge mental de deux ans, qui adorait faire des piles de cent grains de sable. Un jour, à Bassorah, pour attiser la haine communautaire, il avait déposé une bombe chargée de clous dans une laverie automatique fréquentée par des sunnites, tuant cinquante femmes et jeunes filles. Les représailles et contre-représailles avaient fait des centaines d'autres victimes.

Abdullah accomplissait sa tâche pour Allah. L'homme avec qui il s'entretenait et qui, en sa qualité de garde du corps d'Al-Jama, appartenait au premier cercle des fidèles de l'imam, tuait et mutilait par plaisir. Dans l'organisation, on savait que cet homme ne pratiquait même pas les rites musulmans : il ne priait pas, ne jeûnait pas pendant le ramadan et faisait fi de toutes les prescriptions alimentaires.

Les chefs de l'organisation débattirent longuement sur le point de savoir pourquoi l'imam tolérait une telle abomination, jusqu'au jour où ces discussions parvinrent à ses oreilles. Deux jours plus tard, on retrouva les quatre chefs qui avaient remis en cause le choix de l'imam avec la langue coupée, les yeux arrachés, le nez et le bout des doigts sectionnés et les tympans crevés. Le message était clair.

— La volonté de l'imam sera accomplie, que la paix soit sur lui, se hâta de dire Abdullah en se rendant compte qu'il aurait dû répondre.

Mais la communication était déjà coupée.

*

— Linda, ramène ta fraise avec la M60, hurla Juan dans la radio. Et autant de munitions que tu pourras. Mark, il faut que tu sépares le Pig du wagon.

— Quoi ? s'écria Murphy. Pourquoi ?

— En marche arrière, tu ne peux pas aller assez vite.

Linc intervint sur le réseau.

— Je croyais que notre problème c'était de ralentir cette caravane de dingues.

— Plus maintenant.

Quelques secondes plus tard, la mitrailleuse de calibre .30 atterrit sur le toit du wagon avec un bruit sourd. Juan se précipita pour aider Linda. Derrière elle, Alana Shepard arborait une bande de munitions autour du cou en guise de collier. A ses pieds, deux boîtes de balles. Elle lui tendit les boîtes et il l'aida à grimper sur le toit.

— Je vois que vous cherchez à gagner ce feutre, dit Juan en souriant.

En découvrant le pont pour la première fois, Linda comprit pourquoi le directeur avait besoin d'une arme lourde. Elle déploya les robustes pieds de la M60 et s'allongea derrière, de façon à le laisser introduire la première bande de munitions. Puis, tandis qu'Alana tirait de l'une des boîtes une deuxième bande de cent balles, Juan chargea la mitrailleuse et referma le magasin d'un coup sec. Linda tira la culasse en arrière et fit feu.

Le pont se trouvait bien au-delà de la portée de la mitrailleuse, mais même des balles criblant au hasard le chevalet en bois forceraient les terroristes à se mettre à couvert, donnant ainsi aux occupants du train le temps dont ils avaient besoin.

Linda tremblait de tout son corps, comme si elle tenait un câble électrique sous tension, et une langue de feu jaillissait de la gueule de l'arme sur près de trente centimètres. Après avoir observé les balles traçantes, elle releva le canon jusqu'à ce que les munitions à tête de phosphore atteignent leur but. Il fallut tirer près du tiers de la première bande avant que les hommes qui travaillaient sous la voie ferrée se rendent compte de ce qui se passait. Apparemment, aucun n'avait été touché, mais ils se ruèrent tous pour se dissimuler dans l'entrelacs de traverses.

Maîtrisant la longueur des rafales pour éviter la surchauffe du canon, Linda clouait les hommes sur place, et parvint même à en abattre un. Le corps bascula du pont et tomba sans bruit, comme au ralenti, avant de rebondir contre une poutre et de s'écraser au sol en soulevant un nuage de poussière que la brise emmena lentement au loin.

Mark Murphy, lui, entendait cracher la mitrailleuse, mais n'avait aucune idée de leur cible. Accroupi sur le pare-chocs arrière, il s'efforçait de ne pas regarder les traverses qui défilaient sous ses pieds.

Avant leur départ, il avait passé deux fois un câble autour de leur pare-chocs et de l'attelage du wagon. Linc accélérait un tout petit peu plus vite que la vitesse du wagon de façon à ce que le câble ne fût pas trop tendu. Au moyen d'une grosse pince coupante, il s'attaqua rapidement au câble d'acier tressé. Si le wagon commençait à s'éloigner du Pig, la tension couperait le câble et sectionnerait probablement ses jambes au niveau des genoux.

Ils abordèrent un tournant. Murph n'entendit plus crépiter la mitrailleuse de Linda et comprit que les collines lui dérobaient sa cible. Le wagon prit alors de la vitesse. Le mince câble se tendit et des brins commencèrent à céder, s'entortillant sur eux-mêmes comme des volutes de fumée argentées.

— Linc, accélère un peu, dit Mark.

Linc obtempéra.

Dès que la tension diminua, Mark appuya de nouveau de toutes ses forces sur les pinces.

— Quand tu auras coupé le dernier brin, lui cria Juan dans la radio, saute sur l'attelage de façon à ce que tu ne perdes pas de temps à remonter sur le Pig.

L'inquiétude s'empara de Mark qui ne savait pas ce qui lui déplaisait le plus : l'idée de se retrouver sur l'attelage rouillé, ou bien les raisons qui avaient amené le directeur à lui demander cela.

— Tu as entendu, Linc, ajouta Juan. Dès que Mark aura terminé, fais tourner le Pig et pousse ce wagon au maximum. Tu m'as entendu ?

— J'ai terminé, annonça Mark avant que l'ancien SEAL ait pu répondre.

Linc écrasa la pédale de frein, faisant jaillir des nuages de poussière de carbone des plaquettes presque totalement usées, puis braqua le volant dès le moment propice. Les pneus se mirent à rouler sur les traverses avec un horrible bruit et le lourd camion pencha dangereusement d'un côté. Il passa alors la première avant l'arrêt complet, faisant gicler des pierres de ballast des deux côtés, et se rua en avant en s'efforçant de remettre le Pig sur les rails.

Une fois les roues alignées, il se lança à la poursuite du wagon jusqu'à ce que le pare-chocs renforcé heurte l'attelage. A cet instant, il aperçut, sidéré, Mark Murphy un pied sur le pare-chocs avant, qui détachait un bout du câble de remorquage au treuil du Pig et l'enroulait sur l'attelage du wagon. Linc n'avait jamais douté du courage de ce garçon, mais même lui aurait hésité avant de se lancer dans une manœuvre aussi dangereuse.

— Président, annonça-t-il, j'ai réussi et je pousse le plus possible. Mark est en train d'attacher le wagon avec le câble de remorquage.

— Mark, tu as fait tes calculs ? demanda Juan en allant voir ce que faisait le jeune spécialiste des armes.

Après avoir passé deux fois le câble autour des attelages, Mark, l'air satisfait, remonta sur le pare-brise du Pig avant de se tourner vers Juan.

— Oui, j'ai fait comme tu l'as demandé. Le wagon a assez de flottabilité pour tenir à la surface. Seule inconnue, le temps que l'eau mettra à le remplir.

— Il faudra que Max agisse vite avec la grue de l'*Oregon*.

— Dis-lui qu'il utilise le grappin magnétique à la place du crochet.

Juan comprit immédiatement l'intérêt de la remarque de Murphy. Avec le gros électroaimant, pas besoin d'hommes pour arrimer le wagon à la grue.

Derrière lui, le train avait dû dépasser une autre colline parce que Linda ouvrit à nouveau le feu avec la M60 et une odeur de cordite se répandit autour d'eux. Le pont se trouvait encore à quelque distance et ressemblait par sa délicatesse à une maquette pour petit train électrique. Dès les premières rafales de balles traçantes, les hommes qui s'affairaient sous le pont coururent se mettre de nouveau à l'abri derrière les chevalets. A la vitesse à laquelle le Pig poussait le vieux wagon, ils ne tarderaient pas à atteindre le prochain tournant et les terroristes pourraient dès lors terminer leur travail.

La peur s'empara de Juan. Ils n'y arriveraient pas. Ils étaient encore trop loin, et sans un feu nourri pour les clouer sur place, les artificiers parviendraient à faire sauter le pont au moment même où ils l'atteindraient.

Il s'apprêtait à donner à Linc l'ordre de freiner, dans le vain espoir qu'ils parviendraient à débarquer les passagers et à résister d'une quelconque façon, lorsqu'un mouvement de l'autre côté du pont attira son attention. Il eut du mal à en croire ses yeux.

Soudain, l'hélicoptère de la Corporation passa en rugissant au-dessus du pont. Avec sa turbine soufflant de l'air dans la queue éjecté par des fentes, ce qui éliminait la nécessité d'un rotor arrière, le McDonnell Douglas MD-520N, piloté par George « Gomez » Adams, créait un véritable effet de sidération.

Dans les oreillettes de Juan, résonnèrent le bruit du rotor et le cri de guerre d'Adams, bientôt remplacés par le martèlement d'une mitrailleuse. Depuis la porte arrière ouverte de l'hélicoptère, une silhouette venait d'ouvrir le feu presque à bout portant. Les grosses poutres du pont avaient tenu plus de cent ans dans la fournaise du désert au point de devenir dures comme de l'acier, et pourtant les rafales incessantes firent jaillir le bois, laissant derrière elles des blessures blanches, une pluie tenace de sable et de poussière.

— Il était temps, lança Juan par radio.

— Désolé pour cette arrivée en fanfare, répondit Gomez Adams. Le vent est contraire par ici.

— Garde-les cloués sur le pont jusqu'à ce qu'on ait traversé, ensuite couvre-nous jusqu'au quai. (Il changea de fréquence.) Max, tu m'entends ?

— Bien sûr, répondit Max d'un ton faussement nonchalant.

— Dans combien de temps vous devez arriver ?

— On sera le long du quai environ deux minutes avant vous. Autant que tu le saches, c'est un pont flottant, et à la vitesse à laquelle vous toucherez les butoirs en bout de course, vous allez tuer tous les passagers du wagon.

— C'est ça ton information ? Tu as un plan ?

— Bien sûr. On a tout prévu.

— Parfait, répondit Juan, qui faisait confiance à son second.

Ils se ruaient à présent vers le tournant. Les ingénieurs qui avaient construit la voie ferrée avaient creusé comme une étroite tablette au flanc de la montagne, à peine assez large pour le wagon. Juan se dit qu'en temps normal, le train devait avancer à une vitesse d'escargot, mais là, il n'y avait plus entre le rocher et le wagon que la largeur d'une main.

Mais soudain, les roues extérieures du wagon quittèrent les rails et le rebord du toit claqua violemment contre le rocher, projetant sur Juan mille éclats tranchants comme du verre. Pourtant, le choc remit le wagon sur ses rails, avant que la force centrifuge ne le soulève à nouveau. Mais cette fois-ci, Juan se tourna pour se protéger.

— Président ?

Dans la voix de Linc, Juan entendit pour la première fois de la peur.

— Ne ralentis pas ! hurla-t-il.

En dessous, on entendait les hurlements de terreur de leurs passagers. Voyager sur le toit du wagon n'avait rien d'agréable, mais il imaginait ce qu'ils pouvaient ressentir dans l'obscurité la plus totale.

Deux fois encore ils touchèrent le rocher avant que la courbe du virage s'adoucisse et que les roues retrouvent l'acier des rails. C'était le dernier tournant avant le pont. Devant eux, une descente. Des jumelles renvoyèrent un éclat de lumière dans la vallée, en dessous du pont. En dépit de la distance, Juan avait l'impression de deviner les pensées de l'homme. Quelques secondes plus tard, on avait dû lancer un ordre, car les hommes qui avaient placé les charges explosives sous le pont se précipitèrent en bas des chevalets, sans se soucier des rafales de mitrailleuse crachées depuis l'hélicoptère.

Juan rejoignit Linda et Alana, accroupies derrière la M60.

— Je sais que j'ai l'air de me vanter un peu, dit Linda, le visage pâle sous ses taches de rousseur, mais on peut dire que c'est une expédition extraordinaire. A côté de ça, l'ascension du Cervin c'est de la petite bière.

Vu leur position, elle ne pouvait plus tirer à la mitrailleuse, mais Adams se chargeait de transformer en enfer la retraite des terroristes.

— On ne peut plus rien faire, hurla Juan pour couvrir le rugissement du vent. On retourne au Pig.

Il souleva la grosse mitrailleuse avec sa bande de balles cuivrées, de façon à ce que Linda et Alana puissent ramper ensemble jusqu'à l'arrière du wagon. Elles se glissèrent sur le toit du Pig puis disparurent par la trappe. Juan demeura un instant immobile, clignant des yeux pour mieux distinguer les voies. De son côté, Adams faisait virevolter son hélico pour échapper au feu de l'ennemi, tandis que son mitrailleur arrosait les piliers du pont chaque fois que l'appareil demeurait suffisamment immobile pour permettre le tir.

Soudain, le bruit des roues sur les rails se modifia. Ils avaient atteint la première partie du pont.

L'explosion retentit plus loin, dans la vallée, près de l'un des chevalets. Flammes et fumée escaladèrent les traverses en bois et s'épanouirent en un champignon vénéneux. Juan se jeta à plat ventre, mais le train traversa la tornade de flammes et émergea de l'autre côté sans autres dommages que de la peinture noircie.

Derrière eux, l'explosion avait affaibli la structure du pont, mais le mitraillage nourri de Linda et d'Adams avait empêché les terroristes de miner convenablement l'ouvrage. Les supports tinrent bon dix secondes après le passage du train avant de commencer à s'affaisser. Les grosses poutres s'effondrèrent les unes sur les autres, emplissant la vallée d'un nuage de poussière qui obscurcit l'hélicoptère Mi-8 en attente et les silhouettes minuscules des terroristes qui s'enfuyaient.

Le pont se disloqua comme des dominos qui tombent les uns après les autres, et les rails se mirent à pendre comme des cordes de piano détendues. Linc devait avoir vu dans les rétroviseurs ce qui se passait, car le rythme du moteur se modifia lorsque les cylindres se remplirent d'oxyde nitrique.

Bois et acier s'effondraient en avalanche, poursuivant le wagon. Fasciné, Juan observait le pont disparaître dans leur sillage. Il aurait dû avoir peur, mais son sort ne dépendait plus de lui et il assistait au spectacle avec un détachement presque clinique. Plus le Pig accélérait et plus la dislocation du pont s'accélérait de même. A une trentaine de mètres derrière leur pare-chocs, les rails se tordaient avant de disparaître dans un maelström de poussière.

Il n'osait même pas regarder devant pour voir quelle distance les séparait encore du but. Mieux valait ne pas savoir.

Au moment précis où les rails commençaient à céder sous leurs roues, le bruit sourd de l'air sous le wagon se modifia et d'épaisses traverses en bois apparurent à nouveau sur la voie. Derrière eux, les derniers tronçons du pont s'abîmaient dans la vallée.

Le poing serré, Juan poussa un hurlement de triomphe et faillit perdre l'équilibre.

— Magnifique, tu as réussi ! lança-t-il à Linc dans la radio. Tout le monde va bien ?

— Oui, tout le monde va bien.

Mais quelque chose dans sa voix alerta Juan.

— Qu'est-ce qu'il y a, mon grand ?

— J'ai bousillé la transmission la dernière fois que j'ai balancé la nitro. Dans mon rétro, je vois qu'on laisse une putain de traînée d'huile.

A cet instant seulement, Juan se rendit compte qu'il n'entendait plus le grondement agressif du moteur.

Sans transmission, inutile, en effet, de laisser tourner le moteur.

— Mark m'a dit que la pente, maintenant, est plutôt douce, mais...

— Laisse-moi deviner, dit Juan. Nos freins sont HS, c'est ça ?

— J'ai le pied appuyé à fond sur la pédale de freins, mais pour ce que ça sert...

Juan regarda au loin la mer d'un gris d'ardoise. Un repli de terrain dissimulait la fin de la voie, mais il ne devait plus y avoir que quelques kilomètres à parcourir. Pourvu, se dit-il, que le plan de Max fonctionne, car en manœuvrant le frein du wagon, il venait de s'apercevoir qu'ils n'étaient pas plus efficaces que ceux du Pig.

— Max, tu m'entends ?

— Parfaitement.

— Où es-tu ?

— Nous sommes en position, prêts à vous cueillir.

— Des nouvelles des hélicos libyens ?

— Non. J'imagine qu'ils vont venir du sud et qu'on ne les verra pas. Mais surtout, eux non plus ne nous verront pas.

— Dès qu'on sera accrochés à l'électroaimant, je veux qu'Eric fonce le plus rapidement possible vers les eaux internationales.

— Tranquille, Juan. Tout est prêt. Le Dr Huxley et son équipe ont prévu des couchages et des perfusions. Les cuisines ont préparé à manger pour tous les gens que tu amènes, et tous les systèmes d'armement du navire sont en batterie pour le cas où ils voudraient les récupérer.

— C'est bon, c'est bon. On sera là dans environ trois minutes.

La dernière portion de voie suivait une vallée débouchant sur la mer. Les membres de la Corporation, avec Alana, Greg Chaffee et leur nouvelle recrue libyenne, Fodl, s'étaient attachés à l'intérieur du Pig, et Juan avait hurlé aux occupants du wagon de s'asseoir par terre et de se serrer les uns contre les autres.

Le terminal houiller se réduisait à deux bâtiments dont il ne restait que les carcasses métalliques et quelques planches pendantes. Les grues destinées au chargement des navires avaient depuis longtemps disparu, comme le désert avait fait disparaître l'endroit où l'anthracite était autrefois entassé, à l'abri d'une falaise.

L'*Oregon* dominait le nouveau pont flottant. La grue principale était en position et le gros électroaimant dansait à moins de six mètres au-dessus du pont.

D'ordinaire, Juan se sentait envahi de fierté lorsqu'il contemplait sa création, mais aujourd'hui, seule le préoccupait la vitesse à laquelle le train s'approchait du quai. Pourquoi Max n'avait-il pas disposé sur les voies une sorte de barrière légère pour le ralentir ? C'est alors qu'il se rendit compte que l'extrémité du quai était complètement submergée.

Il éclata de rire lorsque le train quitta les voies et poursuivit sa course sur le quai. Max avait criblé de trous, probablement avec la mitrailleuse Gatling de l'*Oregon*, les piliers en plastique soutenant le quai, et celui-ci s'affaissa doucement sous le poids du wagon.

Deux vagues s'ourlèrent à l'avant et la mer absorba la vitesse du train avec tant de douceur que personne à bord du Pig ne ressentit la moindre tension dans sa ceinture de sécurité.

Le wagon, lui, avançait à peine lorsqu'il quitta le bord du quai, entraînant le camion avec lui. Il ne s'enfonça dans l'eau que quelques secondes avant que l'électro-aimant ne les soulève. Juan se dit alors que Max Hanley lui-même devait piloter l'opération, parce que le centre de gravité du train avait été parfaitement calculé.

La grue déposa sur le pont le wagon dégoulinant d'eau et le camion, et Juan ouvrit la portière dès que les pneus du Pig eurent touché la surface. Déjà, un homme d'équipage coupait au chalumeau le câble d'acier reliant le camion au wagon. Juan passa devant lui en courant et se rua vers le wagon pour ouvrir les portes coulissantes et faillit entrer en collision avec le Dr Huxley qui se tenait au milieu d'autres membres de l'équipage munis de brancards.

— Vous pensiez que je n'avais pas assez de travail avec vos tueurs, il a fallu que vous m'ameniez un train entier de patients !

Sous ses pieds, Juan sentait le vrombissement des propulseurs magnétohydrodynamiques.

— Quel autre cadeau offrir à un médecin après de courtes vacances à terre ?

Juan ouvrit la porte coulissante, libérant une cascade d'eau de mer qui se répandit sur le pont. Puis, de l'intérieur plongé dans l'obscurité, émergea la première silhouette squelettique et trempée.

— Vous êtes en sécurité, maintenant, dit Juan en arabe. Tous. Mais il faut vous dépêcher. Vous comprenez ?

Fodl le rejoignit, puis le Dr Huxley, et à eux trois ils accueillirent avec douceur les hommes et les femmes en état de choc qui sortaient du wagon. En dehors de quelques contusions et de deux jambes cassées, il n'y avait guère de blessés, mais un homme avait tout de même reçu une balle dans le poignet, tirée par le terroriste contre lequel Juan s'était battu sur le toit du wagon.

Juan aperçut alors Mark Murphy. Le spécialiste des armements, un sac en bandoulière sur l'épaule et un ordinateur portable imperméable à la main se dirigeait vers sa cabine.

— Laisse tomber, Mark. A partir de maintenant, toi et Eric allez vous consacrer à une recherche prioritaire.

— Ça ne peut pas attendre après ma douche ?

— Non. Tout de suite. Je veux tout savoir sur un truc appelé le Joyau de Jérusalem. D'après Alana Shepard, il pourrait être enterré avec Suleiman Al-Jama, mais elle ne sait pas exactement ce que c'est.

— On dirait une légende sortie d'un roman à deux sous.

— C'est possible. Trouvez ce qu'il en est. Je veux un rapport dans une heure.

— A vos ordres, chef, lança Mark d'un air faussement militaire.

— Qui sont ces gens ? demanda alors Julia Huxley en passant devant une femme qu'un homme d'équipage accueillait dans ses bras.

— Ce sont tous des hauts fonctionnaires du ministère libyen des Affaires étrangères, répondit Juan. L'un de ces malheureux devrait être le ministre lui-même.

— Je ne comprends pas. Pourquoi sont-ils tous prisonniers ?

— Parce que si je ne me trompe pas, le nouveau ministre des Affaires étrangères, le très respectable Ali Ghami n'est autre que Suleiman Al-Jama.

26

Les hélicoptères aux couleurs de l'armée libyenne jaillirent des vastes étendues désertiques comme des guêpes enragées. Quatre des cinq hélicoptères russes étaient peints en camouflage tandis que l'autre arborait le gris de la Marine libyenne.

Au cours de ses quinze années de CIA, Jim Kublicki n'aurait jamais imaginé participer un jour en tant qu'observateur à un assaut de l'armée libyenne contre un camp de terroristes. C'était l'ambassadeur Charles Moon qui avait négocié sa présence à bord d'un des hélicoptères, directement avec le ministre des Affaires étrangères, Ali Ghami. En surface, Tripoli coopérait de façon stupéfiante, mais Moon et Kublicki se confiaient volontiers leurs doutes. Et ces doutes étaient notamment nourris par le rapport secret reçu de Langley, le siège de la CIA. Kublicki ignorait comment les services de renseignements américains avaient réussi à pénétrer dans l'espace aérien libyen au cours des recherches de l'avion, mais le résultat était là. De toute évidence, l'avion de la secrétaire d'Etat avait été contraint d'atterrir avant l'écrasement, probablement pour procéder à l'enlèvement de la secrétaire elle-même. Puis le

Boeing s'était intentionnellement écrasé contre une montagne.

Le rapport décrivait également la façon dont un groupe d'hommes débarqués d'un hélicoptère avait délibérément brouillé les pistes sur le site de l'accident.

Le rapport préliminaire du National Transportation Safety Board confirmait les conclusions de la CIA. En dépit des efforts déployés par les terroristes, certains éléments relevés sur l'épave ne pouvaient être facilement expliqués. Après avoir lu le rapport de la CIA et s'être entretenu avec David Jewison, le représentant du NTSB, l'ambassadeur n'avait d'ailleurs pas caché le peu de crédit qu'il accordait à la version officielle.

A son arrivée sur une base aérienne des environs de Tripoli où se préparait l'assaut, Kublicki avait fait la connaissance du chef de l'opération, le colonel Hassad, des Forces spéciales. Ce dernier lui avait expliqué que le désert libyen était truffé de centaines d'anciens camps d'entraînement datant de l'époque où son gouvernement offrait l'asile aux terroristes. Depuis quelques années, l'Etat libyen avait renoncé au terrorisme et détruit la plupart de ces camps, mais il reconnaissait volontiers que quelques dizaines avaient échappé à la destruction.

Hassad prit place à la droite du pilote, tandis que Kublicki s'installait sur un siège pliant juste derrière le cockpit. Seule une poignée de soldats occupait l'arrière de cet hélicoptère de transport, tandis que la plupart des commandos s'entassaient dans les autres appareils.

Le colonel libyen plaqua la main sur le micro de son casque et se pencha en arrière.

— Nous allons atterrir dans une minute environ, dit-il d'une voix forte pour couvrir le bruit sourd des rotors.

Kublicki ne cacha pas sa surprise.

— Quoi ? Je croyais que nous ne descendions qu'après l'assaut.

— Vous je ne sais pas, monsieur Kublicki, mais moi j'ai envie de m'offrir personnellement un certain nombre de ces types, dit-il avec un sourire carnassier.

— Je comprends, colonel, mais si vous m'avez donné un uniforme, vous avez oublié de me confier une arme.

L'officier libyen prit son pistolet à sa ceinture et le lui tendit, crosse en avant.

— Faites seulement en sorte que dans votre rapport n'apparaisse pas le fait que je vous ai donné une arme.

Kublicki lui adressa un sourire complice et ouvrit le magasin du pistolet pour s'assurer qu'il était chargé. Il compta treize cartouches brillantes de couleur cuivre. Il remit le chargeur en place mais décida de ne pas armer le pistolet avant d'être à terre.

De là où il se trouvait, à l'arrière de l'hélico, Kublicki ne pouvait voir à travers le pare-brise, mais il comprit qu'ils étaient sur le point d'atterrir lorsque la vue qu'il avait du ciel fut obscurcie par le nuage de poussière soulevé par le rotor. Il ne s'était pas retrouvé en situation de combat depuis la première Guerre du Golfe, mais il éprouvait à nouveau ce mélange inoubliable de peur et d'exaltation.

L'appareil se posa et Kublicki déboucla sa ceinture de sécurité. En se levant, il aperçut par-dessus l'épaule de Hassad le camp d'entraînement, une centaine de mètres plus loin. Des hommes à la tête entourée de keffiehs et brandissant des AK-47 accouraient vers eux.

Nulle part il ne vit les soldats débarqués des autres hélicoptères.

La peur commença de balayer l'exaltation.

Hassad ouvrit la porte et sauta à terre. Il disparut pendant un instant, puis la porte latérale de l'hélicoptère s'ouvrit à son tour.

Ebloui par la soudaine luminosité, Kublicki cligna les yeux.

Puis les deux hommes se dévisagèrent pendant un moment qui parut une éternité à l'Américain, mais qui en fait ne dura que quelques secondes. Ils semblaient se comprendre. Le vétéran de la CIA arma son pistolet et le braqua sur le Libyen. Des cris de triomphe s'élevèrent de centaines de poitrines.

Kublicki appuya quatre fois sur la détente avant de se rendre compte que le pistolet n'avait pas tiré. Il sentit alors le canon d'une arme dans ses reins tandis que Hassad lui arrachait son pistolet.

— Il n'y a pas de percuteur.

Il répéta la phrase en arabe et le groupe de terroristes éclata de rire.

Au cours des dernières secondes qu'il lui restait à vivre, Jim Kublicki décida qu'il ne mourrait pas sans combattre. Ignorant le fusil d'assaut pressé dans son dos, il se jeta à la gorge de Hassad. Il s'en fallut de quelques centimètres qu'il ne l'atteigne, mais l'homme derrière lui ouvrit le feu et la rafale de l'AK-47 le coupa en deux des reins à l'omoplate. Il retomba aux pieds de Hassad. Le Libyen le contempla un instant en silence, puis, au lieu de saluer un ennemi valeureux tombé dans une embuscade, il cracha sur le cadavre avant de tourner les talons.

Il retrouva le commandant du camp, Abdullah, devant sa tente. Les deux hommes se saluèrent avec effusion, puis Hassad coupa court aux longues salutations pour entrer directement dans le vif du sujet.

— Parle-moi des fugitifs.

Les deux hommes occupaient un rang similaire dans l'organisation terroriste d'Al-Jama, mais la forte personnalité de Hassad lui donnait un incontestable ascendant.

— On les a eus.

— Tous ? Ah, oui, j'ai appris que tu voulais faire sauter le pont. Ça a marché ?

— Non, ils ont réussi à le franchir. Mais ils roulaient tellement vite qu'ils se sont jetés dans la mer à l'extrémité du quai.

— Quelqu'un les a vus ?

— Non, mais un quart d'heure environ après le passage du pont, notre hélicoptère a survolé le dépôt de charbon. Aucune trace des prisonniers sur le quai, donc ils n'étaient pas sortis, mais ils ont repéré le wagon dans la mer, à environ deux cents mètres du rivage. On ne voyait que le toit au-dessus de l'eau.

— Excellent, dit Hassad en lui administrant une tape sur l'épaule. L'imam, que la paix soit sur lui, regrettera certainement de n'avoir pas assisté à la mort de notre ancien ministre des Affaires étrangères, mais il sera rassuré par l'échec de cette évasion.

— Il y a quand même quelque chose, dit Abdullah. Les déclarations de mes hommes ne sont pas très claires, mais apparemment, les prisonniers ont reçu de l'aide.

— De l'aide ?

— Un camion, avec à son bord plusieurs hommes et peut-être une femme a attaqué le camp au moment où les prisonniers s'évadaient.

— Qui étaient ces gens ?

— Aucune idée.

— Et leur véhicule ?

— Il a dû couler avec le wagon. Mais ces témoignages viennent de nos recrues les moins fiables, et il est possible que dans leur enthousiasme, ils aient confondu l'un de nos camions avec celui des assaillants.

Hassad pouffa.

— Ces gamins doivent voir des agents du Mossad derrière le moindre rocher.

— Après l'attaque de demain, quand nous gagnerons notre base au Soudan, la moitié d'entre eux, au moins, resteront ici. Les plus prometteurs viendront avec nous. Les autres ne valent pas le coup.

— Nous n'avons jamais eu de problème de recrutement. C'est la qualité qui pose problème. Justement...

— Ah, oui.

Abdullah glissa quelques mots à l'un de ses assistants. Un moment plus tard, celui-ci revint en compagnie d'un autre homme. Fini les uniformes camouflage couverts de poussière et les keffiehs autour de la tête. Celui-ci portait un uniforme noir flambant neuf, le bas du pantalon serré dans des bottes étincelantes. Il avait les cheveux coupés court et le visage soigneusement rasé. L'étui en cuir de son pistolet reluisait et les galons à ses épaules jetaient des éclats dorés.

Alors que les recrues utilisaient des AK-47, apparues bien avant la naissance de la plupart d'entre elles, cet homme était équipé d'un fusil d'assaut dernier cri. Pas une éraflure sur le canon ni une égratignure sur la crosse en bois.

— Vos papiers, aboya Hassad.

L'homme mit son fusil à l'épaule et tira d'une poche de bras sur sa veste un porte-cartes en cuir qu'il ouvrit d'un geste sec. Hassad l'examina avec attention. La carte militaire avait été contrefaite par un sympathisant de la cause dans le bureau même où étaient fabriquées les vraies. L'armée libyenne était d'ailleurs truffée de ces sympathisants, à tous les échelons, ce qui leur avait ainsi permis de disposer des hélicoptères pour cette opération et du Hind qui avait endommagé l'avion de Fiona Katamora.

En face de la carte d'identité militaire se trouvait un laissez-passer autorisant le porteur à faire partie du service de sécurité pour la conférence de paix du lendemain. Il eût été trop risqué d'en obtenir un du bureau ad hoc, et ce document-ci avait été fabriqué au camp. Hassad avait des amis militaires qui assuraient le service de sécurité de la conférence, et il avait étudié leurs laissez-passer. Celui-ci paraissait irréprochable.

Il lui rendit les documents.

— Qu'attendez-vous, demain ?

— De subir le martyre au nom de l'islam et de Suleiman Al-Jama.

— Pensez-vous être digne d'un tel honneur ?

L'homme mit un certain temps à répondre.

— Il me suffit de savoir que l'imam m'en juge digne.

— Bien dit, répondit Hassad. Vous et vos compatriotes allez porter à l'Occident un coup dont ils mettront des années à se remettre, s'ils y arrivent un jour. L'imam Al-Jama a décrété qu'ils ne pouvaient plus nous dicter notre façon de vivre. Désormais sera interdite la corruption qu'ils propagent au moyen de leurs télévisions et de leurs films, de leur musique et de leur démocratie. Bientôt, nous assisterons au début de leur fin. Ils finiront par comprendre que leur mode de vie n'est pas pour nous et qu'il appartient à l'Islam de dominer le monde. Tel est l'honneur dont Al-Jama vous juge digne.

— Il peut compter sur moi, dit le terroriste d'un ton ferme, le regard assuré.

— Vous pouvez y aller, dit Hassad avant de se tourner vers Abdullah. Très bien, mon vieil ami.

— L'entraînement militaire a été relativement facile, dit le commandant. Le plus difficile a été de cultiver leur foi en la cause sans qu'ils aient l'air de fanatiques au regard illuminé.

Les deux hommes savaient que nombre d'attentats-suicides avaient échoué parce que ceux qui devaient les commettre semblaient si égarés, si nerveux que même le moins méfiant des civils voyait bien ce qui allait se passer. Les cinquante hommes qu'ils enverraient à Tripoli le jour même seraient entourés de militaires loyalistes, à l'affût du type d'attaque qu'ils projetaient. Ils avaient été sélectionnés parmi des centaines de recrues venues de camps d'entraînement et de madrasas de tout le Moyen-Orient.

Hassad jeta un coup d'œil à sa montre.

— Dans dix-huit heures, tout sera terminé. La secrétaire d'Etat américaine sera morte et le hall du palais transformé en mare de sang. La paix sera une nouvelle fois repoussée, et nous pourrons poursuivre notre prédication.

— Comme l'a écrit le premier Suleiman Al-Jama, « lorsque au cours de la lutte pour préserver notre foi de la corruption, nous voyons notre volonté faiblir, notre résolution fléchir, notre force diminuer, nous devons réaliser l'effort suprême, consentir si nécessaire au sacrifice suprême pour montrer à nos ennemis que jamais nous ne serons vaincus ».

— Je préfère cette autre citation : « Ceux qui ne se soumettent pas à l'islam sont un affront envers Allah et ne méritent que nos balles. »

— Bientôt ils les auront.

— Et maintenant, pourquoi ne pas me présenter à l'Américaine ? Il reste un peu de temps avant son rendez-vous avec le destin, et j'aimerais voir à quoi elle ressemble.

27

Juan se promettait de prendre un long bain à son arrivée sur l'*Oregon*, mais il dut se contenter d'une douche rapide, et encore, seulement après s'être assuré que tous les prisonniers avaient été confortablement installés. A ce moment-là, Fodl, qui avait été son adjoint, lui avait présenté l'ancien ministre libyen des Affaires étrangères.

Il était occupé à s'habiller lorsque Max Hanley frappa à la porte de sa cabine et entra sans attendre la réponse. Il était suivi d'Eric Stone et de Mark Murphy, qui portait encore son uniforme crasseux.

En apercevant Juan, il s'écria :

— Oh, ça c'est pas juste !

— Privilège du rang, répondit Juan d'un ton léger en finissant de lacer ses bottines noires. Qu'avez-vous pour moi ?

— Apparemment, ils ont gobé l'histoire du wagon abîmé en mer, dit Max. Un quart d'heure après votre arrivée ici, un de leurs hélicoptères est passé faire une reconnaissance. Les estimations de Mark sur le moment où le wagon allait couler se sont révélées justes. Ils ont dû l'apercevoir quelques secondes avant qu'il ne disparaisse.

— Ensuite, dit Eric, j'ai envoyé le drone sur le camp terroriste. J'ai dû le garder très haut pour qu'ils ne l'entendent pas, et la résolution de la caméra n'était pas excellente, mais on sait maintenant très bien ce qui se passe.

— Et donc ?

— Tu avais raison, répondit Max. Les hélicos militaires libyens n'ont rencontré aucune opposition. Apparemment, il n'y avait que quelques hommes à bord.

— Ça ressemble plutôt à des hélicos venus chercher du monde, fit Juan.

— C'est également ce qu'on s'est dit, fit Eric. Ils vont transporter plus d'hommes que la norme dans ce vieux Mi-8 où ils t'ont embarqué.

— Quelle est la capacité de ces hélicos ?

— Au moins cinquante personnes.

— Une belle force d'intervention...

Eric secoua la tête.

— Impossible. Le service de sécurité est impénétrable. Un terroriste ne pourrait approcher à moins d'un kilomètre et demi de n'importe quel dignitaire.

— Sauf si le gouvernement libyen est complice, rétorqua Max.

— C'est la question à un million de dollars. Si Ali Ghami est bien Suleiman Al-Jama, est-ce que Kadhafi est au courant ?

— Comment ne le serait-il pas ? C'est lui qui l'a nommé !

— Bon, dit Max, admettons qu'il soit au courant. Ça ne prouve toujours pas qu'il connaisse les préparatifs d'Al-Jama.

— Quelle différence ? dit Max.

— Peut-être aucune, mais c'est quelque chose qu'il faudrait savoir.

— Et comment ?

— J'y viens tout de suite. Mark, pourrait-on abattre ces hélicos ?

— Il faudrait lancer un autre drone, dit Eric avant que Mark ait pu répondre. Le premier n'a plus de carburant et j'ai dû le laisser s'écraser. Mais pas avant d'avoir pris ça.

Il tendit à Juan une photo à gros grain tirée de la caméra vidéo du drone. Les détails étaient plus que grossiers, mais on distinguait deux hommes armés escortant une silhouette vers l'un des hélicoptères.

— Mme Katamora ?

— Possible. En calculant la taille moyenne de l'homme libyen et en comparant avec le personnage du milieu, ça correspondrait, de même que la carrure. La tête de cette personne est couverte, en sorte que l'on ne peut voir ses cheveux : dommage, parce que les siens arrivent au milieu du dos.

— A ton avis ?

— C'est elle, et le temps qu'on arrive là-bas, elle sera partie depuis longtemps.

Juan fronça les sourcils. C'était en toute connaissance de cause qu'il avait pris la décision de sauver les prisonniers libyens plutôt que d'attendre les terroristes. Entre une centaine de vies et une seule, fût-ce celle d'une ministre, il n'avait pas hésité. Mais se savoir si près et ne pas pouvoir intervenir !

— Bon, et si on descendait les autres hélicos ?

— On pourrait les abattre à coups de missiles depuis le deuxième drone, mais c'est risqué avec la présence de la secrétaire d'Etat.

— D'autres options ?

— Coincer les hélicos en plein vol s'ils sont au-dessus de la mer, mais là aussi, on risque de mettre sa vie en danger si elle se trouve à bord de l'un d'entre eux.

— De toute façon, ils voleront au-dessus du désert, fit valoir Eric.

Max s'éclaircit la gorge.

— Euh... pourquoi ne pas transmettre tout ce que l'on sait à Overholt en lui disant de mettre au courant les autres délégués d'une possible attaque de la conférence ?

— On avertira Lang, répondit Juan, mais je ne veux pas que cette information soit divulguée.

— Mais pourquoi ?

— Pour deux raisons. D'abord, s'ils savent qu'il va y avoir une attaque, ils vont annuler la conférence, et on n'aura plus jamais l'occasion de rassembler tous ces gens pour parler de paix. Cette conférence doit se tenir. Ensuite, nous n'avons pas la preuve tangible que Ghami et Al-Jama ne sont qu'une seule et même personne. C'est notre seule chance de le confondre et de faire échouer son opération.

— Tu risques beaucoup de vies, et la vie de gens importants.

— La mienne, par exemple, fit Mark.

— Je reconnais que c'est un formidable coup de poker, mais le jeu en vaut la chandelle. Overholt sera d'accord. Il sait que si nous arrivons à coincer Al-Jama à la veille de la conférence de paix, ça créera un tel choc que les délégués en viendront à signer un véritable traité. D'un seul coup, nous mettrons hors d'état de nuire le deuxième terroriste le plus recherché du monde et nous assurerons la paix pour longtemps.

— Ecoute, Juan... je ne suis pas sûr. L'enjeu est de taille, certes, mais le prix à payer...

— Fais-moi confiance.

Pas tout à fait convaincu mais incapable de mettre en doute une décision du président, Max demanda :

— Bon, comment va-t-on faire ?

— J'y viens, dans un instant.

— Murphy, Stone, qu'est-ce que vous avez trouvé ?

— Une minute, l'interrompit Max. Qu'est-ce que tu leur as demandé de chercher ?

— D'après Alana, il existerait un joyau de Jérusalem enfoui dans la tombe du vrai Suleiman Al-Jama. C'est Saint Julian Perlmutter qui lui en a parlé. Mais même lui ne savait pas très bien ce que c'était. Alors, qu'avez-vous trouvé, tous les deux ?

— Tu ne nous as pas accordé beaucoup de temps, alors notre rapport est plutôt succinct. Il y a deux écoles de pensée. Enfin... trois si on compte la majorité des chercheurs qui pensent que tout ça est une vaste blague. En tout cas, pour la première école, le joyau est un énorme rubis de la taille d'une grosse balle de tennis avec des mots gravés dessus. Des gens disent qu'il s'agirait de la sourate 115, un chapitre supplémentaire du Coran qui n'apparaîtrait nulle part ailleurs parce que Mohammed le jugeait tellement parfait qu'il ne pouvait être écrit que sur un joyau sans défaut.

— Une idée de ce qu'il pourrait dire ?

— Ça dépend de ta position politique. Pour les cinglés, il est écrit qu'il faut tuer les infidèles à longueur de temps. Les modérés, eux, sont d'avis qu'il défend l'idée d'une paix entre islam et chrétienté.

— Donc, personne n'en sait rien.

— Exactement. On prend n'importe quel objet censé détenir un certain pouvoir, et on obtient une légende qui traverse les siècles. Du genre de l'Arche d'Alliance. Un délire, mais aujourd'hui encore, il y a des gens qui la cherchent.

— Evite les digressions.

— D'accord. On dit que c'est Saladin qui, le premier, a amené le joyau à Jérusalem après le siège de la ville en 1187, et qu'il était conservé dans un coffret en bois de cèdre dans une caverne sous le Dôme du Rocher. D'après la légende, tous ceux qui osaient regarder le joyau devenaient fous, aveugles ou les deux à la fois. Pratique, non ?

« Donc, le joyau demeure dans sa cache souterraine jusqu'à la sixième croisade, en 1228. Au cours de cette croisade, Frédéric II, empereur d'Allemagne, conclut un traité avec le sultan d'Egypte qui rend Jérusalem aux chrétiens, sauf le Dôme du Rocher et la mosquée voisine Al-Aqsa. C'est au cours de cette période que des mercenaires germains au service des Templiers saccagent le Dôme et s'emparent du joyau.

— Pourquoi des chevaliers chrétiens auraient-ils voulu d'une relique islamique ?

— Parce qu'ils croyaient que c'était quelque chose d'autre. Rappelle-toi, j'ai dit qu'il y avait deux écoles. C'est là que leurs chemins se croisent. Pour les Templiers, le joyau de Jérusalem n'était pas du tout un rubis. Pour eux, c'était un pendentif confectionné un millier d'années auparavant pour un homme nommé Didyme, ou Judas Thomas.

— Jamais entendu parler de lui, grommela Max.

— Tu le connais mieux sous le nom de Thomas l'Incrédule, l'un des douze apôtres du Christ.

— Et ce pendentif ? demanda Juan.

— Comme tu le sais, il est dit dans la Bible que Thomas ne croyait pas à la résurrection du Christ et qu'il a demandé à toucher la blessure. La Bible ne dit pas s'il l'a ou non touchée, mais les Templiers étaient persuadés qu'il l'avait fait. Pour eux, le joyau de Jérusalem était un cristal dans lequel un alchimiste du nom de Jho'acabe avait emprisonné les traces de sang du Christ laissées sur les doigts de Thomas. Le cristal a ensuite été transformé en pendentif qui est tombé aux mains des musulmans quand Saladin s'est emparé de la ville.

— Si c'était vrai, les musulmans ne l'auraient pas détruit ? demanda Hanley.

— En fait, non, répondit Eric. Saladin a traité avec égards les chrétiens et leurs églises. Il ne leur a peut-être pas rendu le pendentif, mais je crois qu'il ne l'aurait pas détruit intentionnellement.

— Mais comment ce joyau, rubis ou pendentif, désormais aux mains des Templiers, a-t-il fini dans la tombe de Suleiman Al-Jama ?

— Parce que le navire les ramenant à Malte...

— .... a été attaqué par les pirates barbaresques, dit Juan, répondant ainsi à sa propre question.

— En fait, par un des ancêtres d'Al-Jama, corrigea Eric. Le coffret en cèdre contenant le joyau a été transmis de père en fils jusqu'à la mort d'Al-Jama. Henry

Lafayette l'a laissé dans la tombe où il se trouve encore aujourd'hui.

— Foutaises, lança Mark. Juan, si tu avais vu les sites Internet où on a trouvé ces conneries ! C'est un mythe, comme le Monstre du Loch Ness ou le Vaisseau Fantôme.

— Si tu te rappelles notre aventure d'il y a quelques mois, tu sais bien qu'il y avait un noyau de vérité derrière le mythe de l'Arche de Noé, rétorqua Juan. Nous savons de source sûre, grâce à Lafayette, qu'à la fin de sa vie, Al-Jama nourrissait l'espoir d'une paix entre musulmans et chrétiens. Ça n'est apparu que récemment, n'est-ce pas ? Ce ne sont pas des choses que connaissent les conspirationnistes. Allons-y, extrapolons un peu. Et si la première version de l'histoire était vraie, s'il y avait vraiment des choses écrites sur ce rubis, et si Al-Jama avait lu les derniers mots de Mohammed et changé d'opinion ? Ça n'est pas complètement incroyable.

— Peut-être. Mais enfin... Comment aurait-il fini dans les mains d'Al-Jama ?

— Pourquoi pas ? C'était un imam célèbre, issu d'une longue lignée de pirates. Même si l'un de ses ancêtres n'a pas participé à l'attaque contre le vaisseau des Templiers, il est possible qu'on lui ait remis le joyau en guise de tribut.

— Messieurs, revenons sur terre, suggéra Max. Pour l'instant, peu importe la nature de ce joyau ou même l'endroit où il se trouve. Notre tâche est de sauver la secrétaire d'Etat et d'empêcher l'attaque d'Al-Jama.

— Max, tu as bien dit que les Libyens prétendaient que notre vieux copain du port, Tariq Assad était Al-Jama.

— De toute évidence, c'est un rideau de fumée.

— Eddie aurait-il rapporté quelque chose permettant de croire qu'Assad est lié au groupe d'Al-Jama ?

— Non, mais ce matin, ils ont constaté que la maison et le bureau d'Assad sont surveillés par des policiers sous couverture. Les Libyens tiennent leur promesse de le coincer.

— Et au moment opportun, ça leur fera un bouc émissaire, fit remarquer Eric. Ils organiseront un rapide procès spectacle et il sera exécuté pour l'attentat.

— Si les Libyens l'ont choisi, c'est qu'il y a une raison. Ils doivent avoir quelque chose sur ce type. Max, dis à Eddie de l'emballer. Il faut qu'on l'interroge. (Il observa quelques instants Mark, visiblement épuisé, avachi dans sa chaise comme s'il faisait corps avec elle, mais dont les yeux brillaient d'excitation.) Prêt pour une nouvelle opération ?

— J'aimerais quand même prendre une douche avant, mais c'est d'accord.

— Je veux qu'Eric et toi franchissiez la frontière tunisienne pour retrouver la tombe d'Al-Jama.

— Il vaudrait mieux emmener deux gars en plus, suggéra Max. N'oubliez pas que les terroristes ont enlevé le quatrième membre de l'équipe d'Alana Shepard.

— Il s'appelle Bumford, dit Eric. Emile Bumford. D'après Linda et Lino, c'est un crétin.

— Sachez quand même, reprit Hanley, que d'après les autres archéologues, il y avait une dizaine de terroristes pour l'enlever.

— Gomez peut vous déposer en hélicoptère et revenir deux heures plus tard.

— Il y a encore le carburant qu'on a laissé dans une cache dans le désert, quand on a parlé la première fois avec Bumford.

— Parfait. Je veux que vous partiez dans deux heures. Il faut absolument trouver cette tombe. S'ils y sont arrivés avant vous, restez à proximité et surveillez-les. Sous aucun prétexte n'engagez le combat. Greg Chaffee s'est proposé de recueillir les témoignages des prisonniers, mais d'après ce que j'ai déjà appris d'eux, Al-Jama a autant hâte que nous de retrouver cette tombe. Toute cette opération dans le désert visait à la retrouver. Soyez prêts à tout.

— Prêt, c'est mon deuxième prénom.

— Non, toi c'est Herbert, dit Eric d'un ton plaisant.

— Ça vaut mieux que Boniface.

La sonnerie du téléphone de Juan retentit. C'était le responsable des communications du Centre d'opérations.

— Président, notre radar a repéré un appareil volant à basse altitude parallèlement à la côte, près du camp des terroristes.

— Vous avez pu le suivre ?

— Pas vraiment. Il n'est apparu que pendant une seconde et il a disparu. Je pense qu'il volait très bas pour échapper aux radars.

— Vous avez pu déterminer sa vitesse ou sa direction ?

— Rien. Seulement un signal, et puis il a disparu.

— D'accord. Merci. Les hommes d'Al-Jama foutent le camp.

Max consulta sa montre.

— Il ne leur a pas fallu longtemps.

— J'aimerais pouvoir dire que notre petite escapade a bousculé leur planning, fit Juan, mais je ne crois pas que ce soit le cas. Mais qu'est-ce qu'ils foutaient près de la côte ? se demanda-t-il songeur.

— Hein ?

— L'hélico. Pourquoi s'approcher de la côte où ils risquent d'être repérés ? Eric a raison. Ils devraient rester dans le désert, où il n'y a personne. Max, je veux que tu fasses une recherche sur les forces navales libyennes. Je veux la position exacte de tous les navires capables d'accueillir un hélicoptère.

— A quoi penses-tu ? demanda Hanley.

— Je vais appeler Langston et le convaincre de s'en tenir à mon plan. Ensuite, je demanderai au Dr Huxley d'examiner mon transmetteur sous-cutané et de me donner une nouvelle dose d'anesthésique local. J'ai l'impression que je vais en avoir besoin.

28

Eddie Seng referma doucement son téléphone portable et faillit pousser un soupir, mais, de l'autre côté de la chambre d'hôtel surchauffée, Hali Kasim lui demanda :

— C'était quoi ?

Max avait déjà expliqué aux deux hommes ce qui se passait et ce dernier coup de téléphone avait duré moins de cinq secondes, mais à la tête que tirait Seng, Hali devina que les nouvelles n'étaient pas bonnes.

— Le président veut qu'on s'empare de Tariq Assad.

— Quand ? Ce soir ?

— Tout de suite.

— Pourquoi ?

— Je n'ai pas posé la question.

Il n'y avait ni climatiseur ni même l'eau courante dans la chambre minable qu'ils avaient louée au gang de Chinois, et les deux hommes étaient en caleçon. Tous deux étaient trempés de sueur, surtout Hali, qui en dépit de ses origines libanaises semblait plus souffrir de la chaleur que son compagnon.

— Ça paraît dingue, cette histoire, dit Hali, le visage ruisselant.

— D'après Juan, Assad est la clé de tout ça, alors dingue ou pas, il faut le faire.

— La clé ? Assad serait la clé ? Ce type n'est qu'un minable fonctionnaire corrompu.

Seng jeta un coup d'œil au spécialiste des communications de la Corporation.

— Raison de plus pour se demander pourquoi ils surveillent sa maison et son bureau au port. D'après Max, des membres du gouvernement libyen ont dit hier qu'ils le soupçonnaient d'être lié au groupe d'Al-Jama, même si ça paraît absurde. Assad mène une vie trop dissolue, trop voyante pour être un terroriste. Les terroristes n'entretiennent pas une demi-douzaine de liaisons féminines et ne risquent pas d'attirer l'attention de la police en acceptant des pots-de-vin.

Hali demeura un instant songeur.

— D'accord. Mais alors s'il n'est pas lié à Al-Jama, pourquoi les Libyens le recherchent-ils à ce point-là ?

— Pour les mêmes raisons que Juan. Il sait des choses à propos de toute cette histoire, mais personne ne sait quoi.

Hali se leva et glissa un Glock 19 dans un étui de cheville avant d'enfiler son pantalon.

— Voilà pourquoi je reste d'ordinaire sur le bateau. Là, j'ai un boulot facile. Je réponds aux appels radio. Si quelqu'un veut parler à un type à l'autre bout du monde, je les mets en relation. Pour les opérations à terre, il faut des téléphones cryptés qui ressemblent à des paquets de cigarettes, et moi ça me gonfle. Essayer d'enlever en plein jour un mec recherché par la police secrète libyenne, c'est pas vraiment mon truc.

Eddie adopta alors le ton d'un vieux sage chinois.

— Elargis ton appétit, ô sauterelle, et le monde entier viendra nourrir ton âme.

Seng n'était pas réputé pour son sens de l'humour. Non qu'il n'appréciât pas une bonne plaisanterie, mais il en était rarement l'auteur, aussi Hali éclata-t-il d'un rire un peu trop tonitruant.

— Ne t'inquiète pas. D'après notre dernier rapport, Assad se trouvait chez sa maîtresse numéro trois. Les flics libyens ne sont pas là-bas. A l'heure qu'il est, il doit savoir qu'il est recherché, et celui qui lui offrira un refuge sera pour lui comme un envoyé du Ciel. On va tout simplement se pointer, lui expliquer qu'il n'a plus le choix et le ramener ici. C'est du gâteau.

La maîtresse d'Assad, épouse d'un juge, aux formes généreuses et qui semblait tout droit sortie d'un tableau de Rubens, vivait avec son mari dans un quartier de petits immeubles de trois ou quatre étages datant de plus d'un siècle. Fenêtres et balcons étaient protégés par des grilles en fer forgé et les toits plats abritaient une forêt d'antennes paraboliques, tandis que des boutiques occupaient tous les rez-de-chaussée.

Les trottoirs larges formaient un contraste saisissant avec l'étroitesse des chaussées, vestige d'une époque où le quartier était desservi par des carrioles à cheval et non par des voitures. Cet entrelacs de petites rues étroites donnait au quartier un caractère d'enclave paisible au sein d'une ville bourdonnante d'activité.

Les petits voyous chinois qu'ils avaient chargés de surveiller Tariq Assad avaient garé leur vieille camionnette bien en vue, devant l'immeuble, le capot levé et des pièces de moteur éparpillées sur le trottoir. Les passants, certains vêtus à l'européenne, d'autres en costume traditionnel, ne leur accordaient même pas un regard.

Eddie réussit à se garer devant une petite épicerie, un peu plus loin. Une odeur d'oranges flottait dans l'air.

Tout en faisant semblant de fouiller dans sa boîte à gants, il observait les lieux. Rien d'anormal, apparemment. Les deux vieillards jouant au backgammon à la terrasse d'un café semblaient bien inoffensifs. L'employé nettoyant une table à la devanture d'un magasin de meubles gardait les yeux baissés sur son travail et non sur les passants. Personne assis dans une voiture en cette après-midi torride. Et en dehors de celle qu'utilisaient les membres de la bande, aucune camionnette qui eût pu servir de base d'observation.

Au bout de la rue on apercevait un gros chantier de construction avec une grue qui hissait du matériel jusqu'au dixième étage de ce qui ressemblait à un futur immeuble de luxe d'acier et de béton. Là non plus, Eddie ne remarqua rien de suspect dans le ballet de camions qui allaient et venaient.

— Prêt ? demanda-t-il à Hali.

Celui-ci laissa échapper un gros soupir et gonfla les joues comme un joueur de trompette.

— Comment ça se fait que Juan, toi et les autres vous soyez aussi calmes ?

— Juan envisage tous les scénarios possibles et s'assure d'avoir un plan de rechange en cas d'imprévu. Moi ? Je ne réfléchis à rien du tout. Je me vide l'esprit et je réagis comme il le faut. Ne t'inquiète pas, Hali. Ça ira.

— Si tu le dis. Allez, on y va.

Ils ouvrirent chacun leur portière. Eddie ajusta ses lunettes noires, seul objet qu'il utilisait pour dissimuler ses traits asiatiques. Avec leurs pantalons baggy de couleur beige et leurs chemises à col ouvert, les deux hommes auraient pu passer inaperçus dans n'importe quelle ville du Moyen-Orient.

Alors qu'ils passaient devant la camionnette, Eddie glissa un téléphone jetable à l'un des membres de la bande.

— Allez vous mettre plus loin, murmura-t-il, et surveillez la Fiat rouge qu'on a laissée là. Le premier numéro en mémoire est le mien.

Le jeune Chinois ne fit même pas mine d'avoir entendu et claqua la portière de la camionnette. Eddie et Hali poursuivirent leur chemin sans ralentir l'allure.

La porte d'entrée de l'immeuble n'était pas fermée, mais un gardien en uniforme était assis sur un canapé dans le hall, et lisait un journal. Les deux hommes pénétrèrent dans le hall en riant comme si l'un d'eux venait de lancer une plaisanterie et ignorèrent la remarque que le gardien leur adressa en arabe, et que de toute façon ils n'avaient pas comprise.

Hali ne vit même pas son compagnon bouger.

Eddie se fendit comme un escrimeur, les doigts de la main droite tendus et atteignit le gardien à la gorge, juste sous la pomme d'Adam. Il aurait pu le tuer s'il l'avait voulu, mais la force du coup était volontairement mesurée. Le Libyen s'étrangla et Eddie lui porta une manchette à la base du cou. L'homme s'effondra sur son canapé.

Après avoir jeté un regard au dehors par la porte vitrée pour s'assurer que personne ne les regardait,

Eddie et Hali tirèrent l'homme inconscient dans un petit local où un mur entier était recouvert de boîtes aux lettres.

— Combien de temps va-t-il rester évanoui ?

— Environ une heure. (Dans la poche de l'homme, il trouva une carte au nom d'Ali.) Viens. Assad est au troisième étage, côté rue, au coin.

Les deux hommes tirèrent leur pistolet et foncèrent dans l'escalier.

Sur le palier du troisième étage, Eddie ouvrit précautionneusement la porte. Le couloir, au sol recouvert de moquette, était éclairé par des appliques. Les six portes d'appartement étaient solides, en bois sculpté, témoignage d'un temps révolu où l'artisanat était à l'honneur. Heureusement, elles n'étaient pas munies de judas.

Il frappa doucement, respectueusement, à la porte de la maîtresse d'Assad. Quelques instants plus tard, on entendit une voix de femme.

— Ali, *sayyidah*, répondit Eddie.

Elle prononça encore quelques mots qu'Eddie ne comprit pas et il répondit la première chose qui lui passa par la tête :

— Al-Zajal, sayyidah.

Federal Express, madame. Il avait vu les camions colorés partout en ville.

« Recule », fit-il du bout des lèvres à l'intention de Hali, tandis qu'on entendait bouger une chaîne et deux verrous. Puis il ouvrit la porte d'un coup d'épaule, repoussant la femme sur le côté, et se baissa instinctivement au moment même où une balle, tirée par un pistolet muni d'un silencieux, passait juste au-dessus de son épaule.

La femme hurla. Eddie plongea derrière un canapé avant de se remettre à genoux.

— Tariq, ne tirez pas ! Arrêtez. Nous sommes venus vous aider.

Une vieille horloge accrochée au mur égrenait son tic-tac au milieu des sanglots étouffés de la femme.

— Qui êtes-vous ? demanda Tariq Assad.

— Il y a quelques jours, vous vous êtes arrangés pour que nous débarquions un gros camion sur le port.

— Les Canadiens ?

— Oui.

— Par qui m'avez-vous contacté ?

— Par l'Enfant.

— Vous pouvez vous relever.

Eddie se redressa lentement, et fit en sorte qu'Assad pût voir qu'il n'avait pas le doigt sur la détente de son pistolet.

— Nous sommes venus vous aider à vous enfuir.

Hali pénétra dans la pièce avec précaution. Assad l'observa pendant un moment puis reporta son attention sur Eddie, qui avait ôté chapeau et lunettes noires.

— Je vous reconnais, dit Assad. Cette nuit-là vous étiez à la barre. Vous savez, depuis ce moment-là, j'ai l'impression de devenir fou. Je suis surveillé par de jeunes Chinois qui se conduisent de façon bizarre. J'imagine que c'est à vous que je dois ça.

— J'ai engagé des jeunes du coin pour vous surveiller, dit Eddie en glissant son pistolet dans sa ceinture.

Assad releva la grosse femme qui sanglotait. Elle s'essuya le nez d'un revers de main.

Avec ses sourcils broussailleux et ses cheveux grisonnants, Assad n'avait rien d'un Adonis, mais il ne manquait pas de charme et Eddie songea qu'il aurait pu avoir une maîtresse plus attrayante que cette femme d'allure bovine. S'il n'était animé ni par l'amour ni par le seul plaisir des sens, il devait rechercher des informations. Après tout, c'était la femme d'un juge.

Tandis que le Libyen lui murmurait des mots rassurants à l'oreille, Eddie étudiait l'appartement. Il y avait un canapé en cuir récent, une table basse au plateau en marbre sur laquelle étaient posés des magazines. Un coûteux tapis d'Orient recouvrait en partie le parquet et sur les étagères de la bibliothèque s'alignaient des livres reliés de cuir. Il remarqua aussi, accrochées aux murs, des broderies encadrées, probablement réalisées par la maîtresse des lieux. Une brise légère soufflait à travers les rideaux en mousseline et l'étage était assez élevé pour que le bruit de la rue ne fût plus qu'une vague rumeur.

Assad tapota l'ample croupe de sa maîtresse pour la renvoyer vers la chambre à coucher.

— C'est une brave fille, dit-il avant même qu'elle ait quitté la pièce. Pas très maligne, c'est vrai, mais une véritable tigresse là où il faut.

Eddie et Hali réprimèrent un frisson.

— Puis-je vous offrir un verre, messieurs ? proposa Assad lorsque la porte de la chambre se fut refermée. Le juge aime bien le gin, mais j'ai apporté du whisky écossais. Oh, et puis je vous prie de m'excuser de vous avoir tiré dessus. J'ai cru que c'était lui.

— Je crois que vous pouvez cesser votre petite comédie, monsieur Assad.

Quelques secondes de silence suivirent les paroles d'Eddie. Exposé à découvert depuis quelque temps, il se demandait visiblement si ces deux inconnus allaient lui permettre de s'en sortir. Il sembla se détendre.

— Bon, d'accord, j'arrête la comédie. De toute façon, je suis grillé, alors ça n'a plus d'importance. Qui êtes-vous ? De la CIA ? C'est ce que j'ai pensé quand j'ai fait votre connaissance, sur le bateau.

— Pas loin, en tout cas, répondit Eddie. Je vous présente Hali Hakim. Moi, c'est Eddie Seng.

— Vous êtes en Libye pour découvrir ce qu'est devenue votre secrétaire d'Etat ?

— Oui. Mais la mission s'est également transformée en traque de Suleiman Al-Jama.

— Je m'en doutais. Son organisation est une véritable pieuvre, avec des tentacules à tous les niveaux de l'appareil d'Etat. Ils travaillent dans l'ombre et infiltrent petit à petit les institutions au niveau le plus élevé.

— Qui êtes-vous et que faites-vous ici ?

— Je m'appelle Lev Goldman.

Eddie eut l'impression de recevoir un coup de poing dans le ventre.

— Mon Dieu, le Mossad. On a appris que vous étiez ici depuis cinq ans.

— Non, c'est seulement ma couverture qui est là depuis tout ce temps. Moi, je suis arrivé à Tripoli il y a dix-huit mois. Tel-Aviv soupçonnait Al-Jama de vouloir investir lentement un pays d'Afrique du Nord. Ils ont envoyé des agents sous couverture au Maroc, en Algérie, en Tunisie et ici. Quand il est devenu évident que la cible était la Libye, les autres agents ont été retirés, mais moi je suis resté.

— Et ces femmes ?

Goldman baissa encore plus la voix.

— Des épouses esseulées de gens importants. C'est une ruse vieille comme le monde.

— Et votre travail, au port ?

— Je suis au courant de tout ce qui rentre et sort. Armes, équipements, tout ce qu'Al-Jama amène ici. Y compris un Hind modifié qu'ils ont acheté aux Pakistanais. Il a été utilisé dans les hautes montagnes du Cachemire, et peut monter bien plus haut que n'importe quel hélicoptère. Je ne comprenais pas pourquoi ils en avaient besoin, jusqu'au jour où j'ai appris que l'avion de Fiona Katamora s'était écrasé.

— Des membres de notre équipe l'ont détruit, dit Eddie. Ils ont aussi sauvé une centaine de personnes qui travaillaient auparavant pour le ministère libyen des Affaires étrangères.

— Quand Ali Ghami a été nommé ministre, on a parlé de purges, même si la presse évoquait des départs à la retraite ou des transferts dans d'autres ministères. Mais c'est encore un Etat policier, et les gens ont appris à ne pas remettre en question une version officielle.

— Ecoutez, on pourra parler de tout ça plus tard. Il faut qu'on vous fasse sortir d'ici. La police secrète surveille votre bureau et votre domicile.

— A votre avis, pourquoi est-ce que je me cachais ici ?

— Vous avez un plan pour vous échapper ?

— Deux, mais je m'attendais à un avertissement de la part de certains de mes contacts. Maintenant, j'en suis réduit aux expédients. J'avais prévu de coincer le juge à son retour du travail et de lui voler sa voiture. J'ai un appareil électronique qui transmet ma position à un satellite israélien. J'ai reçu l'ordre de me rendre dans le désert, au sud, le plus loin possible, et d'attendre mon extraction par un hélicoptère militaire déguisé en appareil d'une organisation humanitaire qui travaille au Tchad pour les réfugiés du Darfour.

— On peut vous faire quitter le pays plus rapidement et de façon plus sûre, mais il faut qu'on parte tout de suite.

Eddie n'avait pas plutôt prononcé ces mots que la sonnerie de son téléphone retentit. Il écouta quelques secondes sans répondre avant de couper la communication.

— Trop tard. Nos gars viennent de nous signaler l'arrivée dans le coin d'une camionnette de police. Ils ont aussi entendu un hélicoptère. Ils vont établir un large périmètre avant de venir.

— J'ai repéré une sortie secrète, mais de toute façon, ça ne nous amènera pas assez loin. J'avais ça au cas où le juge rentrerait chez lui plus tôt que d'habitude.

Eddie prit rapidement la décision.

— Nous allons nous séparer. Hali, reste avec Lev. Allez dans une ambassade, mais pas la nôtre. Essayez la Suisse ou un autre pays qui ne fait pas partie de la coalition. Vous serez en sûreté jusqu'à ce que les choses se calment.

— Et vous ?

— Moi, Lev, je serai l'appât. Dites-moi, où est la salle de bains principale ?

— Par là, dit-il en montrant la porte de la chambre, à présent fermée.

Les trois hommes se ruèrent dans la chambre. Lev et la femme du juge parlèrent pendant quelques instants : il s'efforçait de la rassurer, tandis que de son côté, elle l'accusait de Dieu sait quoi. Eddie, lui, se rendit directement à la salle de bains et fouilla dans tous les tiroirs avant de trouver ce qu'il cherchait.

D'abord, il se frisa les cheveux pour qu'ils ressemblent à ceux de Goldman, puis les saupoudra de talc pour leur donner un aspect poivre et sel. Il se donna ensuite un coup de noir entre les sourcils, puis, avec du papier toilette, il s'étala du mascara sur le visage pour imiter son côté mal rasé.

Voyant ce qu'Eddie était en train de faire, Goldman lui donna sa chemise et prit la sienne à sa place.

L'agent israélien les conduisit ensuite dans une penderie, et, ignorant les questions insistantes de la femme du juge, écarta quelques vêtements accrochés à des cintres. Puis il déplaça un casier à chaussures, révélant un morceau de bois fixé contre la paroi ; lorsqu'il retira ce morceau de bois, apparut un espace ouvert au fond duquel on devinait le lattis et le plâtre de l'appartement voisin. Ce puits était éclairé d'en haut par deux vasistas crasseux.

— Cet espace résulte de la conversion en appartements d'anciens bureaux, expliqua Lev. Je l'ai découvert sur les plans de l'immeuble. En bas, j'ai découpé une autre ouverture qui donne sur le garage.

Bon, vous deux vous descendez, dit Eddie. Hali, tu iras ensuite à notre voiture et tu prendras Lev au garage. Le cordon de police ne devrait pas être encore très étoffé, et avec un peu de chance, la police s'occupera surtout de moi.

— Si c'est la police, dit Goldman. N'oubliez pas qu'Al-Jama dirige un Etat fantôme au sein même de celui de Kadhafi.

— Quelle importance ? dit Hali en s'engageant dans l'ouverture.

Un pied sur chaque paroi, il entama sa descente, faisant ployer le lattis et soulevant un épais nuage de poussière blanche. Des morceaux de plâtre se détachèrent et tombèrent en bas du puits.

Goldman dut se déprendre de l'étreinte de sa maîtresse. Son maquillage coulait sur ses joues rebondies et sa croupe imposante s'agitait à chacun de ses sanglots.

— Ah, les femmes ! dit-il en réussissant finalement à se glisser dans le puits à la suite de Hali.

Eddie les suivit à son tour, mais au lieu de descendre, il se déplaça latéralement pendant un moment de façon à ne pas faire tomber de plâtre sur ses deux compagnons et se mit ensuite à grimper. Il n'y avait qu'un seul étage, et en dépit de la chaleur suffocante régnant dans ce puits, il ne lui fallut que quelques minutes pour se retrouver sous l'un des vasistas.

Au bruit que faisait le rotor de l'hélicoptère, il se dit qu'il disposait encore de quelques secondes. Le mastic maintenant les carreaux à l'armature métallique était devenu dur comme de la pierre sous l'effet du soleil et céda à la première pression.

Une ombre passa sur le vasistas. L'hélicoptère.

Il poussa l'un des grands carreaux. Le bruit de l'hélico redoubla, et en dépit du soleil de midi, un frisson glacé le parcourut.

Il roula sur le toit plat recouvert de goudron et se releva. L'hélicoptère survolait des immeubles un peu plus loin, à quelques dizaines de mètres d'altitude. Eddie dut attendre presque une minute avant d'être repéré. Le gros engin bascula sur le côté et fonça dans sa direction. La porte latérale était ouverte et un tireur d'élite braquait sur lui un fusil à lunette.

Eddie se mit à courir vers le mur séparant son immeuble de l'immeuble voisin, et ses semelles collaient un peu sur le goudron chaud. Le mur s'élevait à hauteur de poitrine et était surmonté de tessons de bouteille. Mais à la différence du fil de fer barbelé qui ne perd jamais son tranchant, le verre avait été poli par le vent au cours des décennies. Il se hissa sans difficulté par-dessus et atterrit de l'autre côté.

Constitué d'une vaste étendue de gravier mêlé à du goudron, ce toit était presque semblable au précédent, et offrait au regard un logement d'ascenseur, des dizaines de paraboles pour satellites et de vieilles antennes de télévision.

L'hélicoptère survola le toit à basse altitude et Eddie fit en sorte que le tireur voie son visage et le prenne pour Tariq Assad. La réponse vint une seconde plus tard sous forme d'une rafale d'arme automatique à ses pieds.

Maintenant que la police était occupée à traquer son suspect sur le toit, Hali et Goldman pouvaient s'échapper en toute discrétion.

Eddie se mit à courir vers l'arrière du bâtiment, en zigzag pour éviter les rafales du tireur d'élite, et faillit basculer dans le vide en se rendant compte qu'à la différence de l'autre immeuble, celui-ci ne disposait pas d'un véritable escalier de secours, mais seulement d'une échelle d'incendie. S'il se risquait sur ces barreaux métalliques scellés dans la maçonnerie, il constituerait une cible de choix.

Il jeta un coup d'œil derrière lui. En revenant en arrière, il se plaçait directement sous le feu de l'hélico. Il sauta par-dessus le mur sur le bâtiment voisin, s'écorchant la main au passage. Tous les tessons de bouteille n'étaient pas usés de la même façon.

Des balles ricochèrent sur le toit à côté de lui, arrachant des bouts de goudron qui lui brûlèrent le visage. Il sortit son pistolet et riposta, forçant le pilote à battre en retraite, au moins pour un instant.

Il se rua alors vers l'immeuble d'à côté, sauta pardessus le muret et faillit tomber dans le vide. Ce bâtiment faisait un étage de moins que les précédents et donnait ensuite sur l'immeuble en construction. Dressé sur la pointe des pieds, il chercha du regard un escalier de secours et n'en vit pas. Il n'y avait pas même de local pour une machinerie d'ascenseur.

Il s'apprêtait à rebrousser chemin pour trouver un autre moyen de s'enfuir lorsque le tireur d'élite le prit à nouveau pour cible. Des balles arrachèrent des morceaux de brique et de mortier, forçant Eddie à sauter. Il atterrit en roulé-boulé, mais le fait d'avoir survécu à une chute de trois mètres ne signifiait pas pour autant qu'il était tiré d'affaire.

Hali tourna le coin, ralentit mais ne s'arrêta pas pour embarquer Lev Goldman qui se jeta sur le siège du côté passager. Ensuite, il se faufila dans la circulation de la rue suivante.

Chaque coin de rue les éloignait du périmètre que la police devait boucler. Après huit feux de signalisation, Goldman jugea la situation suffisamment sûre pour lever la tête au-dessus du tableau de bord.

— Arrêtez-vous à la station-service, ordonna-t-il.

— Vous ne pouvez pas vous retenir ?

— Il ne s'agit pas de ça. Il faut qu'on change de place. Visiblement, vous ne connaissez pas la ville et vous ne conduisez pas comme les gens du pays. Ici, personne ne respecte le code de la route.

Hali se gara sur le parking de la station-service. Lev attendit que Hali bondisse hors de la voiture pour prendre sa place mais soudain, il fut éjecté brutalement de son siège et Hali s'assit du côté passager.

En s'installant au volant, il eut un petit rire contraint.

— D'après le Mossad, dans une situation pareille, le conducteur doit sortir du véhicule.

Hali le considéra d'un air sceptique.

— Vraiment ? En agissant comme vous le dites, il n'y a personne au volant pendant un plus long laps de temps. Vous devriez en parler à vos instructeurs.

— Peu importe, dit Lev en souriant, mais cette fois-ci de bon cœur. On y est arrivés.

Quelques instants plus tard, tandis qu'ils s'éloignaient de plus en plus de la rue où vivait sa maîtresse, il demanda :

— Excusez-moi, comment vous appelez-vous, encore ?

— Kasim. Hali Kasim.

— C'est un nom arabe. D'où êtes-vous ?

— De Washington, D.C.

— Non. Je veux dire votre famille. D'où est-elle originaire ?

Ils s'engagèrent dans une ruelle entre deux grands immeubles.

— Mon grand-père est venu du Liban quand il était encore enfant.

— Vous êtes musulman ou chrétien ?

— Quelle importance ?

— Si vous êtes chrétien, je le regretterais moins.

Un bruit sourd retentit à l'intérieur de la Fiat, et un nuage de sang arrosa le pare-brise lorsque la balle jaillit de la poitrine de Hali. Goldman tira de nouveau avec son pistolet muni d'un silencieux au moment même où la voiture roulait dans un nid-de-poule. La balle manqua son but et fit éclater la vitre latérale.

Tétanisé par le premier coup de feu, Hali n'avait rien fait pour éviter la deuxième balle. Il sentait à présent le sang couler sur son ventre et ses jambes.

Après le deuxième tir, il saisit le canon de l'arme, forçant Goldman à lâcher le volant et à le frapper à l'endroit même où la balle était entrée. Hali hurla de douleur et lâcha le canon du pistolet, encore chaud.

Plutôt que d'engager un combat perdu d'avance, Hali ouvrit la portière avec le coude et se laissa basculer au-dehors. Ils roulaient à environ 40 km/h, et au lieu de tomber brutalement, il glissa sur la chaussée en s'arrachant la peau.

Les témoins de frein de la Fiat s'allumèrent aussitôt, mais Hali eut le temps de sortir son pistolet de son étui et il fit feu dès que la tête de Goldman émergea de la voiture. Il manqua son coup, tira de nouveau, cette fois-ci à travers la voiture. Le verre éclata dans un tintement de clochettes. Le recul de son arme lui fit mal comme s'il avait reçu un coup de pied, mais il tira encore et encore. Trois balles atteignirent la voiture, d'autres l'immeuble voisin. Finalement, l'homme que Hali prenait pour un agent israélien décida de ne pas l'achever.

— Si tu étais descendu normalement à la station-service, je serais tout simplement parti.

Il claqua la portière de la Fiat qui démarra dans un hurlement de pneus.

Hali s'écroula sur le dos. Le sang sortait par les deux blessures, d'entrée et de sortie. Il souleva sa chemise pour constater les dégâts. De petites bulles moussaient sur le côté droit de la blessure. Pas besoin du Dr Huxley pour savoir qu'il avait été touché au poumon et qu'il mourrait s'il n'était pas rapidement transporté à l'hôpital.

La ruelle où il gisait était longue et ni d'un côté ni de l'autre il n'apercevait de circulation. Les dents serrées, il parvint à se mettre debout et se dit qu'il était tombé dans un traquenard parfaitement monté. Ce soi-disant Goldman était un virtuose dans son domaine !

Hali ne fit que quelques pas avant de s'effondrer contre le mur de l'immeuble, au milieu de bouteilles vides, de détritus et de mauvaises herbes.

Avant de sombrer dans l'inconscience, il songea, soulagé, qu'Eddie s'en était vraisemblablement sorti. Rien ne pouvait arrêter l'ancien agent secret.

*

Eddie Seng, de son côté, espérait bien que Hali et Goldman fussent sains et saufs, parce que lui-même se trouvait dans un sacré pétrin. L'hélicoptère de la police surgit soudain au-dessus de lui et il tira deux balles avant qu'il ne soit hors de portée. Mais le tireur d'élite à son bord ouvrit un feu nourri et des balles martelèrent le mur derrière Eddie qui dut s'enfuir à nouveau. Le policier parvint à loger une balle à travers le toit à moins de deux centimètres de son orteil droit.

Eddie se sentait exposé comme un acteur seul en scène. Le tireur d'élite n'allait pas tarder à faire mouche. Devant lui, le toit se terminait par une corniche basse, tandis qu'au-delà s'élevait la carcasse de l'immeuble en construction. Même un champion olympique de saut en longueur raterait l'immeuble de quinze mètres. La flèche de la grue était plus proche, mais même s'il y arrivait il n'y avait rien où s'accrocher.

Elle tournait dans le ciel et l'on apercevait son câble qui remontait, mais il n'avait aucune idée de ce qu'elle amenait ainsi aux étages supérieurs.

Au point où il en était, cela n'avait guère d'importance.

Il se mit à courir à toute vitesse, tout droit. Le tireur d'élite, en haut, tira une rafale qui effleura ses talons. Au moment d'atteindre la corniche, Eddie vit alors que la grue remontait une palette de plaques de plâtre. Il se jeta dans le vide.

La palette se trouvait à près de quatre mètres en dessous et remontait, et lorsqu'il atterrit dessus, il se tordit la cheville et faillit glisser de l'autre côté.

Avant qu'il ait pu saisir l'un des câbles, son poids déséquilibra le chargement. Des plaques de plâtre commencèrent à glisser les unes sur les autres et l'angle devint menaçant. Il réussit à saisir le câble au moment même où les deux tonnes de plaques basculaient et s'éparpillaient comme si un géant avait jeté en l'air un jeu de cartes.

Eddie eut toutes les peines du monde à ne pas lâcher le câble, secoué par la perte brutale de son chargement, et parvint finalement à enrouler une jambe autour pour affermir sa prise.

Heureusement pour lui, le grutier réagit rapidement. Il avait vu un homme sauter depuis le toit de l'immeuble voisin et compris pourquoi ses lourdes plaques de plâtre étaient tombées. Plutôt que de descendre lentement jusqu'au sol la silhouette bringuebalante, il bloqua le câble et fit poursuivre à la flèche sa course vers l'immeuble en construction.

Le lourd crochet à l'extrémité du câble permit par son poids à Eddie de se propulser par le flanc ouvert du bâtiment. Les ouvriers qui avaient vu son saut dans le vide se trouvaient plusieurs étages au-dessus de lui et il leur faudrait un certain temps pour descendre jusqu'à lui par les échelles servant d'escaliers.

S'appuyant sur sa cheville valide, Eddie gagna le rebord du bâtiment, où l'on avait fixé une colonne de goulottes d'évacuation des gravats. Il se pencha et vit que la colonne métallique se terminait dans une grosse benne posée sur le plateau d'un camion. Il se glissa à l'intérieur, s'entoura de ses bras et se laissa descendre doucement en maîtrisant sa vitesse, craignant seulement qu'on jette quelque chose dans les goulottes avant qu'il ne soit arrivé en bas.

Il atterrit en douceur sur un lit de morceaux de ciment, et, quelques secondes plus tard, traversait déjà à grands pas le chantier. Comme tout le monde le croyait encore au deuxième étage, personne ne fit attention à lui. Mais surtout, le tireur d'élite surveillait le bâtiment et ne prêtait aucune attention à la silhouette qui traversait le chantier.

Un camion toupie déversait par sa glissière un flot de béton dans le camion pompe qui devait l'envoyer dans les étages supérieurs. Eddie sauta sur le pare-chocs du camion toupie, pénétra dans la cabine par la vitre en se tenant au rétroviseur extérieur, balança un violent coup de pied dans la mâchoire du conducteur et s'installa au volant à sa place.

Le camion vibrait sous l'effet de la toupie qui tournait juste derrière la cabine. Eddie repoussa l'homme inconscient sur le plancher, passa la première et démarra. Il ne pouvait entendre les hurlements des ouvriers mais, dans son rétroviseur, les voyait courir derrière lui.

Il gagna le chemin réservé aux véhicules de chantier, tandis que dans son sillage, le béton mouillé se répandait de façon continue. L'hélicoptère avait dû avertir les forces de police au sol que leur homme avait gagné l'immeuble en construction, car une dizaine d'agents se ruaient vers le grillage métallique qu'Eddie pulvérisa en même temps qu'il dispersait les policiers.

Puis il donna un brutal coup de volant, faisant pivoter la glissière à béton qui assomma deux hommes et pulvérisa le pare-brise d'une berline. Une voiture de police, sirène hurlante, le prit en chasse. Lorsqu'elle fut arrivée à côté de lui, Eddie freina brusquement et tourna le volant. Le camion toupie escalada le capot de la voiture, faisant éclater les pneus et écrasant le radiateur. Puis les roues arrière du camion la poussèrent en travers, bloquant ainsi les deux voies de l'étroit chemin.

La glissière à béton ondoyait de droite et de gauche comme une queue en métal, écrasant les voitures, tenant à distance les véhicules de police.

Dans son rétroviseur, Eddie vit des policiers descendre de voiture pour lui tirer dessus, mais leurs balles venaient s'écraser contre l'énorme toupie en mouvement et il ne cessait de gagner du terrain. Mais le problème venait plutôt de l'hélicoptère qui tournoyait au-dessus de lui et signalait sa position.

Lorsqu'il quitta le quartier, la rue s'élargit et devint plus droite. Au loin, trois autres voitures de police se ruaient vers lui, gyrophare tournoyant, suivies d'un véhicule blindé, probablement armé d'une mitrailleuse lourde.

Il enfonça la pédale d'accélérateur et changea de rapport pour atteindre la vitesse désirée le plus rapidement possible. A une trentaine de mètres des voitures, il écrasa la pédale de frein et donna un violent coup de volant. L'aile avant heurta l'arrière d'un gros camion de livraison, ce qui suffit à déséquilibrer le camion toupie qui bascula sur les roues extérieures puis sur le flanc.

Eddie s'agrippa au volant pour ne pas basculer du côté passager et se couvrit le visage de son bras replié pour se protéger des éclats de verre du pare-brise. Quant au chauffeur du camion, allongé sur le plancher, il reçut sans dommage la pluie de verre.

La collision avec le sol fut si brutale que la toupie à béton se détacha.

Onze tonnes d'acier et de béton dévalèrent la rue. Les chauffeurs de deux voitures de police eurent la présence d'esprit de grimper sur le trottoir. La première emboutit un poteau de signalisation, la deuxième un mur. Mais la dernière voiture de patrouille et le véhicule blindé, plus proches, n'avaient aucune chance. La toupie escalada l'avant de l'automitrailleuse et arracha la tourelle. Le mitrailleur aurait été coupé en deux s'il n'avait pas sauté à bas de son véhicule au dernier moment.

La toupie retomba ensuite sur la route et déchira l'asphalte avant d'aplatir la troisième voiture de police et de terminer sa course contre un bâtiment, laissant échapper son béton comme un tube de dentifrice laissé ouvert.

Eddie attrapa une chemise de travail accrochée à l'arrière de la cabine et sortit par le pare-brise ouvert. Le camion le dissimulait à la vue de l'hélicoptère et il prit quelques secondes pour ôter le maquillage sur son visage et enfiler la chemise en jean. Maîtrisant la douleur à sa cheville, il se fondit dans la foule des badauds sortis des boutiques et des maisons pour contempler l'accident.

Les policiers ne tardèrent pas à arriver sur place pour interroger les témoins, mais on l'ignora. On recherchait un Libyen, pas un Asiatique qui ne parlait pas un mot d'arabe. Il quitta tranquillement les lieux et personne ne songea à l'en empêcher. Cinq minutes plus tard, après avoir appelé les petits truands qu'il avait embauchés, il quittait le quartier à bord d'une camionnette.

*

A huit kilomètres de là, Tariq Assad, toujours au volant de la Fiat, téléphonait depuis son portable.

— C'est moi. Il y a eu une descente de police aujourd'hui. Ils ont failli m'avoir. D'abord, trouve pourquoi je n'ai pas été prévenu. Cela n'aurait jamais dû se produire. En fait, j'ai pu m'échapper grâce à l'aide de ces gens du bateau. J'essayais de leur soutirer des informations quand la police est arrivée. (Il écouta pendant un moment.) Baisse d'un ton ! Ce sont les hommes que tu as toi-même choisis qui ont organisé cette embuscade sur la route côtière. Nous avons tous les deux eu sous les yeux le rapport d'enquête, grâce à notre taupe. Au lieu de laisser passer les véhicules, tes soi-disant recrues bien entraînées rançonnaient les automobilistes. Je ne sais pas comment ces mercenaires américains ont réussi à tous les tuer, mais en tout cas ils l'ont fait. Ensuite, ils ont fait sauter notre Hind, libéré la plupart de nos prisonniers, et bousillé un plan minutieusement élaboré... Quoi ? Oui, j'ai dit libéré. Leur cargo devait mouiller au quai du port à charbon. Nos hommes ont vu un wagon en train de couler... qu'est-ce que tu veux que je te dise ? Leur bateau est peut-être plus rapide qu'il n'en a l'air ou les gars de l'hélicoptère étaient encore plus cons que ceux que tu avais envoyés intercepter leur camion la première fois.

« Bon, maintenant il faut que je quitte la ville. Et même le pays. Je connais un pilote sympathisant de notre cause. Je lui demanderai de me conduire en hélicoptère là où nos hommes recherchent la tombe d'Al-Jama, et je prendrai personnellement la direction des opérations. De ce côté-là, malgré les revers, vous semblez avoir les choses bien en main. A l'heure qu'il est,

Fiona Katamora devrait être sur le lieu de son exécution, et le colonel Hassad m'a prévenu par téléphone que notre unité de martyrs est en route.

« Je ne te reparlerai plus avant la fin de l'opération. Alors que la bénédiction d'Allah soit sur nous tous.

Il coupa la communication et jeta à côté de lui le téléphone crypté. Il avait toujours su maîtriser ses émotions. Sans cela, il n'aurait pas vécu aussi longtemps. Mais les événements d'aujourd'hui le mettaient en fureur. Il n'avait pas menti en disant qu'ils avaient des espions et des sympathisants à tous les niveaux de l'appareil d'Etat libyen. Il savait que la police surveillait son bureau et son appartement, et il aurait dû être averti de la descente.

Apparemment, il convenait de rappeler au dirigeant suprême, Mouammar Kadhafi, que son autonomie était limitée.

30

D'un geste infiniment lent, Eric ôta la pierre qui depuis un quart d'heure lui meurtrissait les côtes. A côté de lui, il sentait la désapprobation que ce mouvement suscitait chez Linc. De l'autre côté se trouvaient Mark, Linda et Alana.

En dépit de tout ce qu'elle venait de vivre et des dangers que représentaient les terroristes, Alana avait tenu à les accompagner. Après un rapide examen, le Dr Huxley l'y avait autorisée.

En raison de son rang au sein de la Corporation, c'était Linda qui dirigeait cette opération, et, persuadée que Cabrillo aurait refusé, elle avait pris la décision sans le consulter.

Ils se trouvaient au sommet d'un escarpement dominant la vallée où Alana et son équipe avaient passé tant de semaines à rechercher la tombe de Suleiman Al-Jama. En dessous d'eux, des dizaines de terroristes venus du camp d'entraînement. Peut-être étaient-ils habiles dans l'art de tuer et de mutiler, mais ils se révélaient de bien piètres archéologues. Le chef de l'escouade n'avait aucune notion de ce qu'ils cherchaient et il avait envoyé ses hommes un peu au hasard retourner des pierres et fouiller les pentes à la recherche d'un indice permettant de localiser la tombe. A cette allure, ils devraient atteindre dans quatre ou cinq heures l'ancienne chute d'eau que l'équipe d'Alana avait découverte.

Le professeur Emile Bumford se trouvait au milieu des terroristes. Sans jumelles, qu'ils ne pouvaient utiliser par peur que le soleil ne se reflétât sur les lentilles, il était difficile de bien le distinguer, mais il ne semblait pas mort de peur. Il cherchait comme les autres, et bien qu'il se déplaçât lentement, il ne boitait pas et ne présentait pas de signe de blessures. Aucune trace du représentant du ministère tunisien des Antiquités ni de son fils. Payé pour trahir les Américains, il devait déjà être de retour à Tunis.

Pas de trace non plus du vieil hélicoptère Mi-8 qu'utilisaient les terroristes et l'équipe en conclut qu'il se trouvait en aval de la rivière et devait récupérer les chercheurs dès qu'ils avaient franchi une certaine distance.

Linc tapota la jambe d'Eric, signal pour eux de redescendre de l'escarpement. Il se laissa doucement glisser, suivi de Linda, de Mark et d'Alana. L'ancien SEAL, lui, demeura en position deux minutes de plus pour s'assurer que personne n'avait repéré leur mouvement.

Puis il les conduisit vers le sud pendant vingt minutes avant d'estimer qu'ils pouvaient parler en toute sécurité, ce qu'ils firent tout de même à voix basse.

— Qu'en pensez-vous ? demanda Mark.

— Je crois qu'il faut se demander ce qu'aurait fait Juan en pareil cas.

— Facile, répondit Eric. Descendre les méchants, trouver la tombe et se débrouiller ensuite pour coucher avec une Bédouine.

Alana réprima un éclat de rire.

— Non, sérieux, fit Linc. Nous savons où se trouvent les terroristes : d'ici quelques heures, ils atteindront les chutes. Les deux génies, là, vous avez une idée de l'endroit où pourrait se trouver cette tombe ?

— Il faudrait voir les chutes pour être sûrs, mais on a effectivement quelques idées sur la question.

C'était la première fois qu'Alana entendait parler de leur plan.

— Attendez un instant ! dit-elle vivement. Moi-même j'ai examiné ces chutes. Jamais un voilier n'aurait pu les franchir. La pente est trop raide. Presque verticale.

— Fais-nous confiance, répondit doucement Eric.

Linda regarda dans les yeux chacun des membres de l'équipe.

— Voilà le plan, dit-elle. Nous allons essayer de trouver cette tombe. Linc, je veux que tu restes en arrière et que tu gardes un œil sur ces gars-là. Préviens-nous par radio quand tu estimeras qu'ils sont à environ une heure des chutes, ça nous permettra de nous tirer. Des questions ?

Il n'y en eut pas.

Fatigués par leur marche depuis l'endroit où l'hélicoptère les avait déposés, les deux hommes et les deux femmes mirent un certain temps à franchir les dix kilomètres jusqu'aux chutes qui formaient un barrage sur cette rivière sans nom. Ayant marché tout le long au sommet du plateau, ils découvrirent les chutes depuis le haut. Linda ordonna à Alana de rester avec les hommes tandis qu'elle explorerait les lieux. Mark et Eric entreprirent alors d'examiner méticuleusement les falaises aux jumelles.

D'en haut, le lit de l'ancienne rivière apparaissait dans toute son étendue, ce que n'avaient jamais pu voir Alana et son équipe. De l'amont jusqu'à la première cascade, un bassin naturel occupait toute la largeur de la rivière, formé de rochers qui avaient résisté depuis des lustres à l'érosion. Un mur construit de main d'homme courait sur toute sa longueur. A la différence du lit de la rivière, lessivé par le courant puissant qui courait autrefois entre ses berges, le sol du bassin était recouvert de grosses pierres arrondies.

D'en haut, l'on pouvait également apercevoir les fondations d'un autre mur, depuis longtemps disparu qui s'étendait depuis la base de la première chute vers l'aval sur une trentaine de mètres.

En découvrant les pierres arrondies, Alana emprunta ses jumelles à Eric et les observa plusieurs minutes, comme si elle s'attendait à les voir bouger.

— C'est du basalte, déclara-t-elle en lui rendant les jumelles. Même chose pour le mur.

— Et alors ?

— C'est la première fois que je vois autre chose que du grès dans ce patelin ingrat. Cela veut dire qu'il y a eu dans le coin une certaine activité volcanique.

— Ce qui veut dire ? demanda Mark.

— Qu'il y a peut-être des cavernes.

— Là, il n'y a aucun doute.

— Mais ça ne change rien, ajouta-t-elle, comme déçue. Al-Jama n'aurait jamais pu hisser son bateau au-dessus des chutes. Point final.

— Vous regardez cet endroit avec un œil de géologue, pas d'ingénieur. (Il se tourna vers Eric.) Où, à ton avis ?

— Il en faudrait sur les deux rives. La rivière est trop large pour qu'il n'y en ait qu'un seul. (Il montra une saillie plate juste au-dessus de la berge.) Ici pour notre côté, et ce promontoire, qui doit être six mètres plus haut, de l'autre côté.

— Je suis d'accord avec toi.

— Mais de quoi parlez-vous ? demanda Alana.

Jusque-là, elle avait vu les membres de la Corporation comme des soldats et ne savait que penser d'Eric Stone et de Mark Murphy. Pour elle, c'étaient avant tout des maniaques de la technique, pas des mercenaires, et ils semblaient utiliser un jargon connu d'eux seuls.

— Des mâts de charge, dirent-ils d'une même voix.

Et Eric ajouta :

— On va vous montrer.

Ils gagnèrent la saillie qui devait se trouver à quelques dizaines de centimètres au-dessus de l'eau, même lorsque le niveau de la rivière était le plus élevé. Elle se trouvait presque au même niveau que la première falaise et suffisamment grande pour accueillir un autobus. Les deux hommes scrutèrent le sol. Lorsque quelque chose attirait son regard, l'un des deux s'accroupissait pour balayer la poussière recouvrant le grès.

— Ça y est, s'écria soudain Mark.

Il ôta le sable remplissant un trou parfaitement circulaire foré dans la roche. Il eut beau s'allonger et enfoncer le bras jusqu'à l'épaule, il ne parvint pas à en atteindre le fond.

— Qu'est-ce que c'est ? demanda Alana.

— C'est là qu'ils ont planté le mât de charge, répondit Mark. Probablement un tronc d'arbre. Il devait y avoir une bôme attachée qui pouvait atteindre le milieu de la rivière. Comme vous le voyez d'après le trou, la bôme était massive et devait être capable de soulever plusieurs tonnes. Il y en avait forcément un deuxième sur l'autre rive.

— Je ne comprends pas. A quoi pouvaient-ils servir ?

— Avec ça, ils pouvaient déposer des pierres dans la rivière...

— Non, pas des pierres, rétorqua aussitôt Eric. On en a déjà parlé. Ils ont dû utiliser des paniers tressés ou peut-être de gros sacs en toile à voile remplis de sable. Comme ça, le sable pouvait être ensuite emporté par le courant.

— C'est bon, concéda Mark, un peu agacé.

Alana avait beau avoir une dizaine d'années de plus que lui, elle était fort attirante, et l'étalage de son intelligence représentait pour Mark son arme principale avec les femmes.

— Ils descendaient de gros sacs de sable sur le mur construit sous la première cascade pour diviser le cours de la rivière. Comme ça, ils pouvaient endiguer le flot sans le retenir complètement, car ce genre de barrage n'aurait pas tenu avec la force du courant.

« Tandis que le *Saqr* était retenu dans une sorte de bassin d'écluse, ils le remplissaient d'eau jusqu'à ce que le bateau s'élève au niveau du deuxième bassin, celui créé par la nature et qui avait probablement inspiré les ingénieurs de Suleiman.

— Ils répétaient ensuite le processus, ajouta Eric, et amenaient le *Saqr* sur le cours supérieur de la rivière.

— Vous avez découvert tout ça sans même avoir vu les lieux ? demanda Alana avec une admiration non dissimulée.

Mark voulut répondre en bombant le torse, mais Eric fut plus rapide.

— L'écluse est la seule chose qui pouvait correspondre à ce que Henry Lafayette qualifiait de « dispositif ingénieux ». A partir de là, nous avons étudié des images-satellites pour vérifier notre hypothèse.

— Impressionnant, leur dit Alana. Et je m'en veux un peu. J'ai contemplé cet amas de rochers pendant des heures sans rien y voir.

Mark s'apprêtait à utiliser cette dernière remarque pour se faire valoir mais Linda fit son apparition, si silencieuse que personne ne l'avait entendue approcher.

— Vous devriez faire attention à ce qui vous entoure, les gars. Je ne cherchais même pas à être discrète. Qu'avez-vous trouvé ?

— Ce dont on se doutait, dit Mark en coulant un regard en direction d'Eric. Au cours d'une sécheresse, alors que la rivière avait presque cessé de couler, les gens d'Al-Jama ont transformé les chutes en écluse de façon à pouvoir hisser le navire dans un endroit où personne n'irait jamais le chercher.

— Donc la grotte est en amont ?

— Certainement.

— Alors on y va, dit Linda.

Par radio, elle informa Linc de leur décision en lui précisant qu'ils risquaient de perdre le contact en raison de la distance et de la topographie. Il devait être trop près des terroristes pour répondre, et il se contenta de deux petits clics pour signifier qu'il avait bien reçu le message.

Ils se mirent en route en direction du sud, marchant à mi-pente pour que leurs silhouettes ne se détachent pas sur l'horizon, mais également pour se protéger du vent qui venait de se lever. Cette partie du désert pouvait ramener chacun à l'insignifiance. Le ciel cuivré semblait peser sur leurs épaules et la chaleur torride ralentissait leur progression. Chaque marcheur emportait de l'eau pour une journée, ils n'avaient donc aucune crainte à avoir de ce côté-là, mais sur les quatre, trois avaient à peine dormi et la tension nerveuse des derniers jours commençait à se faire sentir.

Les membres de la Corporation considéraient tout cela comme leur devoir, quant à Alana, elle n'aurait pu y renoncer sauf à être hantée pour le restant de ses jours par l'image de Mike Duncan gisant sans vie sur le sable du désert, du sang coulant par un trou dans son front. Elle était archéologue et mère de famille, et sa place ne semblait pas au milieu d'eux, mais elle sentait que dans le cas contraire, elle n'aurait jamais pu se regarder à nouveau dans une glace.

Ceux qui avaient tué Mike et l'avaient enlevée avaient enfreint les règles qui régissaient sa vie, et elle voulait tout simplement se venger.

Trois kilomètres après les chutes, le lit de la rivière se modifia. Les berges de grès laissèrent place à un calcaire gris plus léger qui avait dû se trouver en mer des millions d'années auparavant.

— Ça doit être là, dit Alana. Il y a souvent des grottes et des cavernes dans le calcaire.

Mark tapota le bras d'Eric et lui montra un endroit de l'autre côté du lit à sec.

— Qu'en penses-tu ?

A cet endroit, un glissement de terrain avait arraché une partie de la berge et déversé des tonnes de rochers dans le lit de la rivière. Cet effondrement s'étendait sur quarante-cinq mètres de long, et derrière lui la rive était notablement plus haute qu'ailleurs.

— C'est ça ! s'écria Eric. Ils ont fait sauter l'entrée de la grotte du côté de la rivière et l'ont bouchée. Derrière cet amas de pierres se trouve le vaisseau d'Al-Jama, le *Saqr*, sa tombe et peut-être même le joyau de Jérusalem.

Mais leur excitation ne tarda pas à retomber.

— Impossible de remuer une telle quantité de pierres sans matériel de chantier, dit Alana, et il faudrait de toute façon plusieurs semaines.

— Mais nous, on est là, fit Mark le plus sérieusement du monde.

— Que voulez-vous dire ?

— La porte de derrière, répondirent Eric et Mark à l'unisson.

Il leur fallut dix minutes pour descendre dans le lit de la rivière et passer sur l'autre rive pour se retrouver en haut de l'éboulis. L'arrière de la colline, face au désert, formait un ensemble de rigoles et de ravines qui avaient subi l'érosion depuis que le Sahara n'était plus la luxuriante jungle subtropicale d'autrefois. Ils se séparèrent en deux groupes pour mener leurs recherches et trouvèrent presque aussitôt la première entrée de la caverne.

Eric tira une lampe-torche de la poche de sa manche et s'engagea dans l'ouverture large à peu près comme un corps d'homme. Trois mètres plus loin, après un coude à angle droit, se dressait une muraille de roche.

Linda et Alana, elles, trouvèrent une deuxième caverne, qui se prolongeait un peu plus loin avant de se terminer, elle aussi, par un cul-de-sac. La troisième était plus petite : Mark et Eric durent marcher à quatre pattes. Elle s'enfonçait profondément sous la colline, formant plusieurs coudes suivant les méandres de la roche. Parfois, ils pouvaient se redresser et marcher normalement, puis ils étaient obligés de ramper. Eric utilisa un morceau de craie pour marquer les murailles lorsque la caverne commença de se diviser en plusieurs embranchements.

— Qu'en pensez-vous ? demanda Eric au bout d'un quart d'heure, en montrant une inscription en lettres arabes gravée sur une paroi. C'est du genre « Kilroy était ici », mais version Al-Jama ?

— Ça doit être quelque chose comme ça, répondit Mark. Il va nous falloir de l'aide pour explorer toutes ces galeries.

Il tenta de joindre Linda par radio mais ils étaient trop profondément enfoncés sous terre.

— Pierre, feuille ou ciseaux ?

Ils firent leur choix. La feuille recouvrant la pierre, Mark retourna à la surface en grommelant.

Eric coupa la lumière pour économiser la batterie, mais lorsqu'il sentit peser sur lui le poids de l'obscurité, il se hâta de la rallumer. Il lui fallut ensuite quelques respirations pour se calmer et, les yeux fermés, éteindre à nouveau la lumière.

Il attendit ainsi une demi-heure avant d'entendre les autres progresser dans le boyau.

Mark pouffa en éclairant de sa lampe le visage d'Eric.

— Dis donc, t'es blanc comme un linge.

— J'ai jamais aimé les petits espaces clos, reconnut Eric. Quand il y a de la lumière, ça va encore, mais dans le noir...

En temps normal, Mark aurait poussé plus loin la raillerie, mais il tint compte de leur situation à tous.

— T'inquiète pas, mon vieux.

Linda dressa alors un plan d'exploration du réseau souterrain de grottes et de galeries. A chaque fois qu'ils arriveraient à un embranchement, une équipe irait à gauche, l'autre à droite. Dix minutes plus tard, quelle que soit la découverte, ils se retrouveraient à l'embranchement. Le chemin le plus prometteur serait alors exploré ensemble.

Pendant une heure, ils fouillèrent chaque passage. Leur travail était rendu particulièrement pénible par la quantité d'armes et de munitions qu'emportaient avec eux les trois membres de la Corporation. Ils s'écorchaient mains et genoux aux arrêtes rocheuses, et, dépourvus de casque, se cognaient de temps en temps la tête au plafond des galeries. Eric, par exemple, avait appliqué un tampon de gaze à la naissance des cheveux et du sang avait séché sur son front.

Soudain, Eric braqua sa lampe-torche sur le plafond. D'abord, il prit les centaines de concrétions pendantes pour des stalactites, puis s'aperçut que l'une d'entre elles portait un pantalon.

— Oh, mon Dieu, s'écria-t-il, horrifié.

Alana leva les yeux et poussa un cri.

Des dizaines de paires de jambes momifiées pendaient du plafond, certaines ne laissant apparaître que les chevilles, d'autres les mollets et les cuisses, comme jaillissant du sein même de la roche. Un corps était penché sur le côté, à moitié pris dans la pierre, tandis qu'un autre pendait de façon grotesque, le cou tordu de telle façon que l'arrière du crâne était caché et que le visage cadavérique les contemplait à travers ses orbites vides.

Il y avait également des pattes d'animaux, notamment de chameaux et de chevaux, reconnaissables à leurs sabots. La sécheresse de l'air avait retardé la putréfaction, en sorte que la peau pendait sur les os comme du parchemin et que les vêtements étaient demeurés intacts.

Mark observa le sol, s'accroupit puis se redressa en tenant à la main une sandale en cuir qui s'effrita presque aussitôt.

— Qu'est-ce qui leur est arrivé ? Comment est-ce qu'ils ont pu se fondre comme ça dans le rocher ?

Passé le choc initial, Eric entreprit d'examiner le plafond avec attention. A la différence du reste de la grotte, il était ici noir et brillant sous une couche de poussière.

— Bouchez-vous les oreilles ! lança-t-il en amenant son fusil d'assaut à son épaule.

Le bruit du coup de feu fut particulièrement assourdissant dans cet espace confiné.

La balle avait détaché un morceau de plafond. Il le retira complètement puis l'examina avant de le passer à Mark.

— Complètement solidifié, dit-il. Quand la grotte en dessous du puits s'est effondrée, ils sont restés suspendus.

— Bien sûr, dit Alana en examinant à son tour le morceau de roche.

— Un petit peu d'explications pour les ignorants, dit Linda sans même prendre la peine d'examiner le fragment.

— Au-dessus de nous se trouve le fond d'un puits de goudron, répondit Eric.

— En fait, ce sont des sables bitumeux, corrigea Alana.

— Pendant les mois d'été, avec la chaleur, ils s'amollissaient au point de piéger des animaux. Je pense que ces gens-là y ont été jetés, ce qui était une forme d'exécution. Puis, à un moment donné au cours des deux cents dernières années, le fond du puits s'est effondré, ce qui explique tous ces gravats sur le sol, et les victimes sont apparues.

— Je me rappelle ce que m'avait dit un jour Saint Julian Perlmutter, quelques jours après notre première rencontre, dit soudain Alana. Il venait de découvrir des informations supplémentaires sur une croyance locale touchant à la tombe d'Al-Jama. On disait qu'il était enterré sous « le noir qui brûle ». Voilà pourquoi on nous faisait creuser dans une mine de charbon abandonnée. Les terroristes croyaient que ce « noir » c'était du charbon, mais en fait c'était ça : des sables bitumeux.

Eric lui prit des mains le fragment de goudron durci et alluma en dessous la flamme d'un briquet. Il s'enflamma en quelques secondes et il le jeta sur le sol. Sans un mot, ils le regardèrent se consumer.

Linda finit par le repousser du bout du pied.

— Je dirais qu'on approche.

Mais une nouvelle heure d'exploration ne leur permit pas de découvrir la tombe.

Eric et Mark venaient de se séparer des femmes à un nouvel embranchement. Alors qu'ils approchaient l'extrémité en cul-de-sac d'une portion droite et facile d'une galerie située juste sous le lit de la rivière, Eric s'immobilisa pour boire à sa gourde avant de rebrousser chemin. La galerie se terminait par une pente qui rejoignait le plafond, mais quelque chose l'intrigua et il grimpa jusqu'à ce que son visage ne se trouve plus qu'à quelques centimètres de la roche.

Il distingua alors une fente d'à peine un millimètre de large qui parcourait toute la largeur de la galerie. Il tira le briquet de sa poche et lança par-dessus son épaule :

— Eteins ta lampe.

— Quoi ? Pourquoi ?

— Vas-y, pose pas de questions.

Il alluma le briquet et approcha la flamme de la rainure. Il y avait forcément un espace libre derrière parce qu'un courant d'air faisait vaciller la flamme. Il ralluma alors sa lampe et examina soigneusement la rainure, centimètre par centimètre. Le travail avait été réalisé avec le plus grand soin, car le minuscule espace était à peine visible.

— Ça a été fait à la main, annonça-t-il. On dirait une sorte d'énorme balançoire à bascule. Viens me filer un coup de main.

Ils s'avancèrent le plus loin qu'ils purent, le dos appuyé au plafond.

— A trois, dit Eric. Un... deux... trois.

Ils poussèrent ensemble de toutes leurs forces. Au début, il ne se passa rien. Puis, imperceptiblement, le sol sous leurs pieds se mit à céder. Lorsqu'ils relâchèrent leurs efforts, il se remit en place.

— On recommence. Plus fort.

A la deuxième tentative, la grosse pierre s'abaissa d'environ deux centimètres et demi, mais l'ouverture fut suffisante pour qu'Eric entrevoie une vaste pièce en dessous. Il glissa son briquet dans la fente, mais le poids était trop important et le plastique fut écrasé.

— Je crois qu'à quatre on devrait y arriver. Il y a suffisamment de place pour qu'on se tienne tous côte à côte.

Quelques minutes plus tard, ils retrouvèrent Linda et Alana, assises, qui partageaient une barre protéinée.

— J'ai peur de me répéter, dit Linda, la bouche pleine, mais on est encore arrivées dans un cul-de-sac.

— Je crois qu'Eric et moi on a trouvé quelque chose.

Une fois sur place, en haut de la rampe, ils se placèrent l'un à côté de l'autre, les épaules contre le plafond de la galerie.

— On y va ! ordonna Linda.

La pierre crissa contre la pierre et la pente s'abaissa doucement. Bientôt, la rainure se mua en ouverture, découvrant l'entrée d'une pièce partiellement recouverte de briques. Ils redoublèrent d'efforts et bientôt, la rampe fut parfaitement horizontale.

— Vous savez qu'une fois là-dedans, on ne pourra pas revenir en arrière, dit Linda, le visage ruisselant de sueur.

— Je sais, dit Mark. Allez, on continue à pousser.

La plaque de pierre commença de s'incliner dans la salle aux murs de brique. Ils se tenaient à présent au rebord, tous les muscles tendus pour ne pas glisser. Ils n'étaient plus très éloignés du sol couvert de sable. Lorsque la hauteur lui parut suffisante, Linda s'écria :

— Prêts ? On saute !

Ils sautèrent tous les quatre en même temps et tombèrent dans le sable mêlé de poussière. Derrière eux, la lourde dalle se referma avec un bruit de tonnerre. En dessous, il y avait un espace comme un recoin sous une volée de marches. Le point d'appui était en fait une grosse poutre appuyée sur des blocs de pierre entaillés. Dans le creux où le rocher rejoignait le sol, se trouvait un autre petit machin en bois dont on ne voyait pas la fonction.

Dès que l'écho de la lourde pierre se fut dissipé, un nouveau bruit se fit entendre au-dessus d'eux. Eric braqua sa lampe sur le plafond, six mètres au-dessus d'eux, au moment même où du sable se mit à couler à travers des dizaines d'ouvertures.

— C'est une blague ! s'écria Mark.

Le morceau de bois actionnait une trappe qui s'ouvrait lorsque la dalle revenait à sa position initiale.

Ils promenèrent les faisceaux de leurs lampes tout autour de la salle, qui faisait environ un mètre carré. Trois des murs étaient constitués par la roche naturelle, en grès, mais le quatrième était fait de briques assemblées au mortier. Ignorant le rocher, ils concentrèrent leur attention sur les briques, mais ne découvrirent ni trous ni ouvertures d'aucune sorte, ni aucun mécanisme permettant de s'échapper.

Au cours des cinq minutes que dura leur inspection, le sable atteignit soixante centimètres de hauteur. Linda tira son couteau de son étui et se mit à attaquer le mortier entre les briques. Bientôt, elle parvint à détacher une brique du mur, révélant une autre couche identique. Il pouvait aussi bien y en avoir une dizaine l'une derrière l'autre.

— Il va falloir essayer de lever cette pierre par en dessous, dit Linda.

Par inadvertance, elle recula d'un pas et dut secouer la tête pour en ôter le sable.

Il y avait trois ouvertures devant l'alcôve qui était déjà remplie de sable.

— Avec tout ce sable qui coule, rétorqua Eric, on sera ensevelis avant d'avoir pu l'ouvrir.

— On est piégés, dit Alana, prise de panique. Qu'est-ce qu'on va faire ?

Eric regarda Mark, mais pour la première fois, aucun des deux hommes n'avait de réponse.

31

Tariq Assad remercia son ami le pilote et sauta à bas de l'hélicoptère qui s'éleva ensuite dans le ciel avec un nuage de sable. Assad dut se retourner et fermer les yeux.

Une fois l'appareil éloigné, il se dirigea à grands pas vers le chef du groupe. La colère qu'il avait éprouvée à la suite de l'opération de police à Tripoli avait fait place à la joie. Il serra dans ses bras le chef terroriste et l'embrassa sur les deux joues avec effusion.

— Ah, Ali, ce sera un grand jour, dit Assad en souriant.

Il avait prévenu par radio de son arrivée et constatait avec satisfaction que ses ordres avaient été exécutés. Les hommes attendaient en bas de la rampe d'accès de l'hélicoptère Mi-8. Lorsque Assad leur adressa un signe, ils l'acclamèrent. Leur prisonnier était attaché à l'un des sièges et bâillonné.

Ali remarqua le regard d'Assad.

— Quand on ne le bâillonne pas, il crie comme une femme. S'il n'était pas expert de Suleiman Al-Jama, que la grâce soit sur lui, je lui aurais déjà collé une balle dans sa grosse tête de chien.

— Quelle remarquable succession d'événements, dit Assad en oubliant totalement le sort d'Emile Bumford. Il y a quelques heures, j'étais à deux doigts d'être arrêté par la police, et maintenant, nous sommes sur le point de découvrir la tombe disparue.

— Raconte-moi encore comment vous l'avez trouvée, dit Ali, tandis qu'ils se dirigeaient vers l'hélicoptère dont les pales commençaient à tourner lentement dans l'air surchauffé.

— En venant en hélicoptère, j'ai demandé au pilote de prendre au sud quand nous avons franchi la frontière tunisienne, et en survolant l'ancien lit de la rivière, j'ai remarqué qu'à un endroit, une partie de la berge s'était effondrée. Si j'avais su qu'un peu en aval il y avait une chute d'eau, je n'y aurais pas prêté attention, parce qu'un voilier n'aurait jamais pu la franchir, mais j'ignorais son existence, alors j'ai demandé au pilote de se poser pour pouvoir examiner cette berge de plus près.

— Quand était-ce ?

— Quelques instants avant de t'appeler par radio. Il y a environ une demi-heure, c'est ça ? Quand on s'est posés, j'ai vu quatre empreintes récentes de chaussures. Deux de femmes, ou alors d'hommes de petite taille, mais je crois qu'il devait y avoir là l'archéologue américaine qui travaillait avec notre ami, là, dit-il en montrant Bumford par le hublot de l'hélicoptère.

Le hurlement des turbines forçait désormais Assad à crier pour être entendu de l'homme assis à sa gauche.

— Les empreintes disparaissaient dans une grotte située derrière une colline, près de la rivière. Ils doivent tous être à l'intérieur. On les tient, Ali, ces Américains qui ont violé la tombe de Suleiman. C'est la dernière fois qu'ils bouleversent nos plans.

*

Juan accepta la tasse de café que lui tendait Maurice, le chef steward de l'*Oregon*.

— Comment vous sentez-vous, président ? demanda l'austère Anglais.

— Je dirais que ce fut une rude chevauchée, dit Juan en avalant une gorgée de café corsé.

— Encore une référence équine. Créatures infectes, tout juste bonnes pour les fabriques de colle et les paris à Ascot.

Juan pouffa.

— Le Dr Huxley a bien soigné ma jambe et la poignée de comprimés d'Ibuprofène commence à faire son effet. L'un dans l'autre, ça ne va pas trop mal.

Il n'avait révélé qu'à Julia Huxley, médecin du bord, qu'en réalité, cette douleur il l'éprouvait constamment. Les médecins la qualifient de douleur fantôme, mais pour lui elle était bien réelle. Cette jambe manquante, tranchée par un bateau de guerre chinois plusieurs années auparavant, lui faisait mal en permanence. Et parfois, la douleur était si intense qu'il lui fallait faire des efforts prodigieux pour ne pas hurler.

En sorte que lorsqu'il s'agissait de la banale extraction d'une puce informatique, il n'y avait nulle forfanterie de sa part à affirmer qu'il s'en moquait.

Autour d'eux, le Centre d'opérations bourdonnait d'activité. Max Hanley et deux techniciens avaient fait déplacer un panneau d'accès sous l'une des consoles pour remplacer un moniteur tombé en panne. Le technicien chargé des armements s'entretenait avec différentes équipes du bord pour s'assurer que les armes étaient disposées suivant les consignes, tandis que l'homme de barre maintenait le cap bien au-delà de la limite des douze milles des eaux territoriales libyennes.

Le navire et son équipage étaient fin prêts, mais pour l'heure, Juan n'avait aucune tâche à leur confier.

Faute d'avoir reçu la liste des installations navales libyennes capables d'accueillir un hélicoptère, l'*Oregon* ne pouvait qu'attendre.

Or Juan détestait attendre. Surtout lorsqu'il avait des gens sur le terrain. Il avait l'impression d'éprouver physiquement tout ce qu'ils éprouvaient.

— Un appel, dit l'opératrice radio par-dessus son épaule.

Juan appuya sur un bouton disposé sur l'accoudoir, et du haut-parleur dissimulé dans le fauteuil lui parvint une respiration saccadée, presque haletante.

— Ça n'est pas le moment de faire des appels obscènes, lança-t-il.

— Président, c'est Linc. On a des problèmes.

— Que s'est-il passé ?

— Laisse tomber ta théorie selon laquelle c'est Ali Ghami qui est Al-Jama. (Lincoln continuait de haleter. Visiblement, il courait.) Notre vieux copain Tariq Assad vient de se pointer, et après quelques salamalecs avec le chef du groupe chargé de la recherche du tombeau, ils sont partis vers le sud à bord de leur vieil Mi-8. C'est lui, Al-Jama, Juan. J'ai essayé de prévenir Linda, mais ils sont encore sous terre. Je suis en train de les rejoindre, mais je dois avoir encore sept ou huit kilomètres à franchir.

— Ça confirme ce qu'on pensait, dit Juan, inquiet, en se mettant à faire les cent pas dans la salle. Il y a deux heures, on a commencé à avoir des soupçons parce que Hali Kasim n'avait pas donné de nouvelles et que sa puce GPS n'avait pas bougé depuis un certain temps. J'ai envoyé Eddie à sa recherche. On lui avait tiré dessus à bout portant. La dernière personne avec lui n'était autre que Tariq Assad.

— Mon Dieu ! Et comment va Hali ?

— On n'en sait encore rien. D'après Eddie, c'était grave. Il l'a mis en position de sécurité et a appelé une ambulance. Il a réussi à la suivre jusqu'à l'hôpital, mais il ne peut pas vraiment demander de nouvelles.

Un fax se mit à bourdonner.

— Pour qu'Assad déboule comme ça, dit Linc en soufflant, c'est qu'il a dû découvrir quelque chose dans la même zone que Linda et les autres.

— Je peux vous envoyer des renforts par hélico, mais ça prendra deux heures, dit Juan qui savait bien que tout serait déjà terminé depuis longtemps.

La préposée aux communications lui tendit le fax. C'était le rapport sur la marine libyenne qu'ils attendaient depuis des heures.

— Non, ça ira, répondit Linc. J'aurai encore des réserves quand j'arriverai là-bas. De toute façon, une dizaine de terroristes dans une grotte alors que je bénéficie de l'effet de surprise, ça ne devrait pas poser de problème.

Mais Juan lui prêtait à peine attention. Il gagna l'ordinateur du bord et y introduisit les données GPS et les récents mouvements du navire qu'on venait de lui signaler.

L'évidence lui sauta aux yeux. Ce navire se trouvait à portée d'hélicoptère du camp des terroristes, et tandis que le reste de la flotte convergeait vers Tripoli à l'occasion de la conférence de paix, celui-ci s'attardait du côté de la frontière tunisienne.

— Linc, rappelle-moi quand tu auras atteint la grotte. Il faut que je te laisse.

— Compris.

— Barreur, le cap sur ce navire.

Il montra le point clignotant sur l'écran principal. Au ton de sa voix, les gens autour de lui levèrent les yeux de leur travail. Un frisson parcourut le Centre d'opérations.

— Cap pris en compte, président.

— Combien de temps pour y arriver à la vitesse maximum ?

— Un peu plus de trois heures.

— C'est bon. Allez-y.

Une alarme bien connue de tout l'équipage se mit à retentir. Lorsque le navire naviguait à la vitesse maximum, cela tanguait souvent dans l'entrepont et il fallait tout assurer, depuis les soucoupes dans la coquerie jusqu'aux pots de maquillage dans la Boutique magique de Kevin Nixon.

L'accélération se fit cependant en douceur, tandis que les cryopompes émettaient un sifflement inaudible à l'oreille humaine mais qui aurait jeté un chien dans une rage paroxystique.

Juan retourna à son fauteuil de direction et demanda les spécifications du navire libyen. Il s'agissait d'une frégate russe modifiée, acquise en 1999, jaugeant 1 400 tonneaux. Il faisait les deux tiers en longueur de l'*Oregon* et le navire de la Corporation le surpassait en matière d'armement. Mais la frégate *Khalij Surt* était tout de même bien équipée avec ses quatre canons de pont de trois pouces, ses multiples lanceurs pour missiles mer-mer SS-N-2c, son parapluie de missiles Gecko et ses canons à tir rapide de 30 mm pour la défense aérienne. Le *Khalij Surt* (Golfe de Sidra) pouvait également tirer des torpilles à partir de lanceurs de pont et déposer des mines depuis sa poupe.

Juan étudia une photo du vaisseau tirée du site internet de la *Jane's Defence Review*. La frégate était impressionnante, avec une proue large et élevée, et un mât de radio festonné d'antennes. Les gros canons étaient disposés par paires dans des tourelles blindées à la proue et à la poupe, tandis que les lanceurs de missiles mer-mer se trouvaient juste derrière le canon principal.

Juan ne doutait pas de l'emporter en cas de combat. Les missiles mer-mer de l'*Oregon* avaient une portée deux fois supérieure au système Styx du *Khalij Surt*, mais il ne s'agissait pas d'effacer de loin la frégate libyenne à coups de missiles.

Il fallait l'aborder, et, si son intuition était juste, sauver Fiona Katamora.

— C'est lui ? demanda Max qui venait de rejoindre Juan et montrait l'écran d'ordinateur.

— Oui. Qu'est-ce que tu en penses ?

— Compte tenu de leurs radars, ils vont voir approcher un hélico à quatre-vingts kilomètres. Et apparemment, ils sont armés de triples A et de SAM.

— Ce qui veut dire qu'il va falloir se glisser à leur côté et faire ça à l'ancienne.

— Tu veux dire les affronter directement ?

— Il faudra faire diversion pour pouvoir l'approcher, mais effectivement, c'est bien ce que je pense.

Max demeura un moment silencieux. La doctrine de la bataille navale avait beaucoup évolué depuis le perfectionnement des missiles. Les gros navires blindés n'échangeaient plus de salves d'obus. Les batailles navales se déroulaient souvent à des centaines de kilomètres de distance. La puissance des missiles à tête explosive était telle que les navires modernes n'étaient plus que rarement cuirassés d'épais bordages métalliques.

L'*Oregon* disposait d'une telle protection, mais elle se révélerait inefficace contre les canons de trois pouces du *Khalij Surt* et contre les missiles Styx. Pourtant, Juan proposait de s'approcher suffisamment près de la frégate libyenne pour pouvoir envoyer une équipe à l'abordage.

— Quand deux navires de cette taille se sont-ils affrontés ainsi à coups de canon pour la dernière fois ? demanda finalement Max.

— Je crois que c'est le 9 mars 1862 à Hampton Roads, en Virginie.

— Le *Monitor* et le *Merrimack* ? Ils ont fait match nul. Pour nous, ça n'est pas envisageable. J'espère que tu te rends compte aussi qu'il faudra le couler dès qu'on aura récupéré la ministre, parce que sans ça ils ne nous laisseraient pas repartir.

— J'y ai déjà réfléchi.

— Tu as une idée ?

— Non, dit Juan d'un air détaché, mais j'y ai beaucoup réfléchi.

— Et la diversion ? Des idées, de ce côté-là ?

— Pas la moindre. Mais comme on attaquera dans l'obscurité, on a jusqu'au crépuscule pour y penser. Une chose, quand même...

— Oui ?

— Pour couler, un navire de la taille du *Khalij Surt* doit mettre au moins vingt minutes. Ça lui laisse tout le temps de nous balancer un missile.

— En voilà, une bonne nouvelle, fit Max, l'air faussement peiné.

— Permets que j'en rajoute. Avant d'affronter le *Khalij Surt,* on embarquera nos nouveaux amis libyens dans les canots de sauvetage. Je ne veux pas qu'ils soient encore à bord au moment où on engagera le combat. Comme ça si quelque chose tourne mal, on n'aura aucun moyen de quitter l'*Oregon*.

— Ah ! pourquoi ai-je répondu à ton premier coup de téléphone, tant d'années en arrière ? s'écria Max en levant les yeux d'un air tragique.

— Président, lança la préposée aux communications, vous avez un autre appel.

— De Linc ?

— Non, monsieur. De Langston Overholt.

— Merci, Monica. Allô, Lang ? Ici Cabrillo.

— Comment vous sentez-vous ?

— Bien. Fatigué, mais ça va.

— Et vos hôtes ?

— Ravis et reconnaissants. En une journée, ils ont dévalisé la moitié de nos provisions.

— Je viens aux nouvelles et vous en apporte aussi.

— Tariq Assad vient d'arriver sur les lieux où mon équipe recherche la tombe de Suleiman.

— C'est lui que le gouvernement de Kadhafi dénonce comme étant Al-Jama ?

— Apparemment, ils avaient raison, et nous l'avons aidé à fuir et avons failli perdre un homme dans cette opération.

— Vous avez perdu quelqu'un ? Qui ?

— Hali Kasim, mon chef des communications, a reçu une balle dans la poitrine. Eddie Seng l'a fait conduire à l'hôpital, mais on ne sait pas dans quel état il est.

— Je vais en toucher un mot à notre ambassadeur, pour qu'il se renseigne.

— Merci beaucoup.

— Cela ôte-t-il M. Ghami, le ministre des Affaires étrangères, de la liste des suspects ?

— Pas du tout. Les terroristes ont peut-être abattu l'avion de la secrétaire d'Etat sans l'aide du gouvernement libyen, mais ensuite ils ont été couverts. Ça aurait aussi bien pu être orchestré depuis en haut que manipulé dans l'ombre. Si les gens d'Al-Jama ont autant infiltré l'appareil d'Etat que nous le soupçonnons, les terroristes ont pu être rencardés suffisamment à l'avance pour mettre en place la couverture.

— Ou alors Ghami occupe un poste élevé dans l'organisation d'Al-Jama et c'est lui qui a ordonné qu'on détruise l'épave de l'avion et qui a également choisi le moment adéquat de sa découverte.

— Exact. Et n'oublions pas non plus que le prédécesseur de Ghami au poste de ministre des Affaires étrangères, ainsi que la plupart de ses hauts fonctionnaires ont été arrêtés et mis au secret. Soit c'est Ghami soit c'est Kadhafi lui-même qui a ordonné la purge.

— Quel sac de nœuds, dit en soupirant le vétéran de la CIA. En dépit de nos mises en garde, le vice-président insiste pour se rendre ce soir à une réception donnée chez lui par Ghami pour les principaux représentants à la conférence de paix.

— Mauvaise idée, fit aussitôt Juan.

— Je suis d'accord, mais il ne veut rien entendre. Le Service Secret a été informé de la possibilité d'une attaque, mais le vice-président est intraitable : il assistera à la réception.

— Il est complètement idiot.

— Là aussi je suis d'accord. Mais ça ne change rien. Cela dit, la maison de Ghami est totalement isolée et le personnel de sécurité est le même que celui qui sera en service le lendemain à Tripoli pour la conférence de paix. Ils ont tous été soumis à une enquête serrée. Même si Ghami est lié aux terroristes, je pense que cette soirée devrait bien se dérouler.

— Vraiment ? Pourquoi ?

— Est-ce que vous organiseriez une attaque massive chez vous ? Surtout en sachant que le lendemain, il y aura la presse du monde entier à l'affût du moindre mouvement ? Rappelez-vous l'impact qu'a eu l'assassinat d'Anouar El Sadate, retransmis dans le monde entier. S'il doit y avoir une attaque...

— Pas « si », l'interrompit Juan.

— S'il doit y avoir une attaque, persista Overholt, elle aura lieu demain ou à un autre moment pendant la conférence de paix.

— Ça ne me plaît pas.

— Ça ne plaît à personne, mais il n'y a pas d'autre moyen. Tous ces dirigeants savent qu'ils risquent leur vie en assistant à cette conférence, soit à Tripoli soit chez eux, au retour, lorsque leurs propres intégristes laisseront éclater leur fureur. En ces temps troublés, être le président d'un pays du Moyen-Orient est une tâche risquée, surtout pour ceux qui veulent la paix. Ils le savent et pourtant ils sont décidés à aller de l'avant. C'est quand même quelque chose.

Puis, comme il en avait l'habitude pour annoncer la fin prochaine de la discussion, il changea de sujet.

— Où en êtes-vous de vos efforts pour retrouver Fiona Katamora ?

— Je crois que nous avons une piste. Elle se trouve probablement à bord d'une frégate nommée *Khalij Surt*, et nous nous dirigeons vers elle en ce moment même.

— Comment comptez-vous opérer ?

— Aborder le navire, sauver la secrétaire d'Etat et ensuite couler le *Khalij Surt*.

— Il n'en est pas question ! rugit Overholt. Vous ne coulerez pas un navire appartenant à une nation souveraine. Je ne peux même pas fermer les yeux sur cet abordage.

— Je ne demande aucune autorisation, rétorqua sèchement Juan.

— Ecoutez, Juan, si vous coulez ce navire, je jure devant Dieu que je vous ferai condamner pour piraterie. Je peux vous autoriser à vérifier si elle est ou non à bord. Après cela, c'est l'affaire des diplomates, et éventuellement de nos forces armées.

— Des diplomates ? s'étrangla Juan. Mais on a affaire à des terroristes. A des assassins. On ne peut pas négocier avec eux.

— Dans ce cas, s'il faut en arriver là, c'est la Marine de guerre qui se chargera de l'assaut. Ai-je été clair ?

— Autant renoncer tout de suite, Lang, parce que si vous suivez ce plan, c'est perdu d'avance, vous ne la retrouverez pas en vie.

— Vous croyez que je ne sais pas quels sont les enjeux ? hurla Overholt. Je sais qu'elle est probablement condamnée, mais j'ai des règles à respecter, et donc vous aussi. Vous avez été engagés pour la retrouver, et si elle est à bord du *Khalij Surt*, vous avez fait votre boulot. Prenez votre argent et allez-vous-en.

— Bon sang, s'écria Juan, furieux, il ne s'agit pas d'argent, et vous le savez bien.

— Oh, je vous prie de m'excuser, répondit Lang. C'était un coup bas. Mais cette situation est tellement compliquée...

— Je comprends. C'est le marquis de Queensbury.

— Hein ? C'est quoi, ça ?

— Quelque chose qu'a dit Max, il y a déjà un certain temps. Ne vous inquiétez pas. Je ne détruirai pas leur navire, vous avez ma parole. Mais s'il y a une chance de la récupérer, je la tenterai. C'est d'accord comme ça ?

— C'est bon. C'est seulement qu'on ne peut pas se permettre un nouvel incident diplomatique avec la Libye en ce moment. Après l'écrasement de l'avion, la destruction d'une de leurs frégates équivaudrait à une mesure de représailles, quel qu'en soit le responsable, et ils y verraient un acte de guerre. Ça plomberait la conférence de paix avant même qu'elle ait commencé.

— On est sur la même longueur d'ondes, Lang. Détendez-vous, je vous rappelle plus tard. (Il coupa la communication et se tourna vers Max.) Heureusement qu'on n'était pas en liaison vidéo.

— Ah bon, pourquoi ?

— Parce qu'il aurait vu que je croisais les doigts.

32

Avec le sable qui s'écoulait à travers le plafond, l'air dans la petite pièce souterraine commençait à devenir irrespirable, et cela en dépit des foulards noués sur le visage. A travers l'étouffant linceul, leurs lampes ne projetaient que de pâles rayons, très éloignés de l'habituelle lueur argentée des halogènes.

Avec obstination, Linda, Alana, Eric et Mark s'efforçaient de se maintenir en hauteur. Le sable descendait si vite qu'après quelques secondes de repos ils avaient déjà les membres ensevelis. Ils agissaient par pur instinct de survie, tâchant de gagner un peu de temps avant le dernier soupir. Le sable était à présent tellement haut qu'ils ne pouvaient plus se tenir droits et devaient se courber sous le plafond.

Ceux qui avaient conçu ce piège, quelques centaines d'années auparavant, pouvaient s'estimer satisfaits, au paradis ou en enfer : après plusieurs siècles, il fonctionnait encore.

Plus légères, les femmes devaient déployer moins d'efforts que les hommes et leur portaient parfois assistance.

Alana venait de l'aider à dégager son pied lorsque Eric eut une soudaine révélation.

— Tu es sûr que cette salle est sous le niveau de l'ancienne rivière ? hurla-t-il à l'adresse de Mark.

— Tout à fait sûr, pourquoi ?

— On est idiots. 1,6.

— 1,6 ?

— Mais oui, 1,6, confirma Eric. Et tiens compte de 50 % de suringénierie.

— Bien sûr. Comment n'ai-je pas pensé à ça ?

— Vous pourriez m'expliquer ce qu'il y a de si important dans votre histoire de 1,6, lança Linda d'une voix forte pour couvrir le bruit du sable qui s'écoulait.

— Comme cette partie de la galerie se trouve sous le niveau de la rivière, le piège était vraisemblablement conçu pour se remplir d'eau et noyer ses victimes. Avec les années, c'est le sable qui a rempli le bassin.

— Et alors ?

— Le sable est 1,6 fois plus lourd que l'eau.

Ne voyant pas où il voulait en venir, Linda lui fit signe, avec agacement, de continuer.

— Le mur de brique a été construit pour supporter la pression d'une certaine quantité d'eau, mais maintenant que la salle se remplit de sable, il soutient 1,6 fois plus de poids que ce qu'avaient prévu ses constructeurs. Cela dit, n'importe quel bon ingénieur prévoira une marge de 50 % pour être sûr. Donc, même s'ils ont renforcé le mur, le sable est quand même 10 % plus lourd que ce que pourra supporter le mur. Il va s'écrouler d'un moment à l'autre.

Sceptique, Linda regarda tour à tour Eric et Mark. Tous deux luttaient encore pour se maintenir en haut du sable dont le niveau ne cessait de monter, mais on ne lisait plus aucune résignation sur leurs visages. Visiblement, ils étaient persuadés de s'en sortir vivants. Il n'en fallait pas plus à Linda.

Un peu plus tard, le mur n'était toujours pas tombé et les Américains étaient à présent à quatre pattes. Dans cette position, il leur était beaucoup plus difficile de se maintenir en haut du tas de sable. Le dos appuyé au plafond, il ne leur restait plus que cinquante centimètres et quelques secondes avant que la salle fût entièrement remplie.

Pourtant, Linda demeurait persuadée qu'ils allaient survivre, tandis que Mark et Eric se débattaient et qu'Alana avait renoncé et sanglotait.

— Merde, s'écria Eric, la joue plaquée contre le plafond, et qui venait d'aspirer une goulée d'air avant que le sable ne recouvre son visage.

Six mètres en dessous d'eux, les multiples couches de briques à la base du mur ployèrent sous le poids du sable, le mortier se mit à craquer par endroits et de minces filets de poussière s'infiltrèrent par les crevasses.

Soudain, le mur de trois mètres de large s'effondra dans une autre salle. Un monceau de sable s'engouffra dans l'ouverture, repoussant les restes du mur comme une épave.

Les quatre personnes qui murmuraient leurs dernières prières furent emportées par le tsunami et déposées sans cérémonie dans un enchevêtrement de membres, tandis que ce même sable qui menaçait de les tuer amortissait leur chute.

Mark fut le premier à récupérer et son hurlement de joie retentit contre les murs de la vaste salle. Il tendit le poing à Eric pour que celui-ci pût lui rendre cette forme de salut.

— Bien vu, mon vieux. Sacrément bien vu.

Eric était un peu pâle.

— A la fin, j'en étais plus si sûr.

— Moi, j'en ai jamais douté.

Mark aida Eric à se remettre debout, puis les deux hommes aidèrent Alana et Linda à faire de même.

Alana se jeta au cou d'Eric et l'embrassa comme si c'était sa prédiction qui avait fait s'effondrer le mur.

— Merci, lui souffla-t-elle à l'oreille.

— Pas de quoi, répondit-il, un peu gêné.

Il leur fallut ensuite quelques minutes pour retrouver leurs armes et ôter le sable des canons et chargeurs. Les fusils d'assaut n'étaient pas prévus pour subir une telle punition et ils durent consacrer beaucoup de temps à l'opération.

Ils se retrouvaient dans une autre salle qui faisait toujours partie du réseau de grottes et galeries en grès courant sous la colline au-dessus d'eux. Il n'y avait là qu'une seule sortie, un passage étroit situé six mètres en haut du mur du fond et accessible par des marches taillées dans la roche.

— Maintenant que nous savons que cet endroit est piégé, dit Linda, je passe la première. Eric, tu marcheras derrière moi, puis Alana et enfin Mark. Et à partir de maintenant, on reste ensemble, plus question d'explorer chacun de son côté. On doit être aux aguets, tenter de repérer le moindre détail inhabituel : un rocher bizarre, une inscription sur la paroi.

Ils grimpèrent le long d'un boyau dont la hauteur ne posait pas de problème, mais si étroit qu'ils s'écorchaient les épaules à chaque instant. La pente était forte et leurs pas incertains tant ils risquaient de se tordre les chevilles. Bien qu'attentive à ses mouvements, Linda remarqua le fil avant de buter dessus.

C'était un fin câble de cuivre tendu à hauteur de tibias, rivé à une paroi grâce à une vis en fer mais dont l'autre fixation se perdait dans l'obscurité. Elle le montra aux autres et l'enjamba avec précaution.

Trente mètres environ après le fil de cuivre, la galerie en pente débouchait dans une petite salle basse de plafond qu'ils ne purent atteindre qu'en rampant sous un chevalet en bois disposé à l'entrée. Ils se rendirent compte, alors, que le fil de cuivre était attaché à un levier en métal inséré dans un dispositif destiné à basculer en arrière une fois enclenché. Ce dispositif, à son tour, libérerait une grosse boule en pierre posée sur une étagère creusée dans la pierre. Après avoir roulé le long de la galerie, elle aurait sans nul doute aplati un homme contre le sol rocheux.

— On devrait la libérer, dit Mark, qui, comme un gamin, avait surtout envie de la voir dévaler la galerie en pente.

— Pas question, dit Alana.

En bonne archéologue, elle détestait l'idée qu'on pût déranger une découverte.

— On va trouver un compromis, fit Linda.

Elle glissa un caillou sous la boule en pierre, en sorte que même si quelqu'un s'empêtrait dans le fil de cuivre, il empêcherait la pierre de bouger.

La salle révélait la présence d'autres objets manufacturés : une commode en bois dépourvue de tiroirs, un fourreau de cimeterre en cuivre martelé, ayant visiblement appartenu à un pirate barbaresque, quelques longueurs de filin, et une demi-douzaine de minces baguettes en métal où Mark vit des refouloirs à canon. Ils profitèrent de ce répit pour changer les batteries de leurs lampes et poursuivirent leur exploration.

Trois galeries différentes partaient de cette salle. Ils explorèrent la première sans encombre, mais dans la deuxième, Linda posa le pied sur un dispositif dissimulé. Elle sentit son pied s'enfoncer un tout petit peu, mais comprit aussitôt qu'ils allaient avoir des ennuis.

Juste sous le sol sablonneux, on avait enfoui une planche. Le poids de Linda suffit à faire frotter un morceau de fer contre une pierre à briquet, produisant une étincelle qui enflamma un cordon. Le baril disposé au fond du trou contenait assez de poudre pour les tuer tous les quatre.

Linda bondit en arrière, et, dans un tackle qui aurait fait la fierté d'un rugbyman professionnel, repoussa ses trois compagnons tellement fort qu'ils tombèrent les uns sur les autres. Mais l'explosion n'eut pas lieu. La poudre se mit à brûler, dégageant une flamme vacillante et remplissant la galerie d'une fumée blanche nauséabonde. Au cours des deux siècles écoulés, l'acidité de la poudre avait entamé le bois du baril, et, n'ayant plus rien pour contenir le feu, cette poudre ne pouvait plus exploser.

— Tout le monde va bien ? demanda Linda lorsque la poudre eut cessé de se consumer.

— Oui, je crois, dit Alana en toussant.

— J'ai l'impression d'avoir fait trois rounds avec Eddie dans son dojo, dit Eric en se massant les côtes là où Linda l'avait frappé de son épaule. Jamais j'aurais cru que quelqu'un d'aussi petit pouvait frapper aussi dur.

— Eh oui, c'est fou ce qu'on arrive à faire avec un peu d'adrénaline. Le fait que cette galerie soit piégée me dit qu'on est sur la bonne voie.

Ils poursuivirent leur chemin. La galerie se mit à monter. Impossible de savoir à quelle profondeur ils étaient précédemment descendus ni leur position par rapport aux berges de la rivière, mais ils avaient tous le sentiment de toucher au but.

Dans le sable, les traces de pas de ceux qui avaient installé tous ces pièges prouvaient qu'on s'était beaucoup activé dans cette partie de la grotte. Deux fois encore, Linda s'immobilisa pour inspecter le sol, mais ils ne trouvèrent pas d'autres charges explosives.

Soudain, la galerie forma un coude. Linda inspecta le coin et découvrit une porte en fer encastrée dans le rocher. Le métal arborait une teinte de rouille, certainement due à l'humidité de l'air à l'époque où la rivière coulait encore. Ni verrou ni serrure. La porte se présentait comme une simple plaque de métal, ce qui voulait dire que les gonds se trouvaient de l'autre côté.

Linda mit un genou en terre pour fouiller dans son sac.

Mark s'approcha alors de la porte, et, les bras écartés, s'écria d'une voix théâtrale :

— Sésame, ouvre-toi.

Le panneau ne bougea pas. Il jeta un coup d'œil à Alana.

— Un instant, je me suis dit que ça allait marcher.

— Ça, ça marchera, dit Linda qui tenait à la main un bloc de plastic.

Elle utilisa un morceau de carton tiré de sa trousse de premiers secours, qu'elle glissa entre la porte et le montant pour déterminer de quel côté se trouvaient les gonds et disposa les charges au bon endroit. Puis elle choisit deux crayons détonateurs à deux minutes et les enfonça dans l'explosif.

— On y va ? dit-elle doucement.

Tous les quatre se reculèrent d'une cinquantaine de mètres à l'intérieur de la galerie. La distance étouffa le bruit de la détonation, mais l'onde de choc fit flotter leurs vêtements.

En s'approchant, ils découvrirent que la porte avait été arrachée de ses gonds et projetée à l'intérieur d'une salle.

A la différence des précédentes, celle-ci offrait de vastes proportions et le rayon de leurs lampes n'en atteignait pas l'extrémité, ni d'un côté ni de l'autre. Le plafond se trouvait à une hauteur d'environ douze mètres. Cette salle semblait constituée de grès, comme depuis le début de leur périple, mais la paroi sur leur droite était constituée de gravats, probablement dus au fait que Henry Lafayette avait fait sauter l'entrée de la grotte avant de s'en retourner dans son pays.

Sur leur gauche, ils avisèrent une plate-forme élevée qui avait dû servir de quai à Suleiman Al-Jama. Et attaché à ce quai, légèrement penché parce que sa quille reposait sur le sol, l'infâme vaisseau pirate, le *Saqr*.

Le mât avait été abaissé et les gréements rangés pour lui permettre de pénétrer dans la grotte, mais en dehors de cela, le navire semblait tout à fait capable de reprendre la mer tant la sécheresse de l'air avait bien conservé sa coque en bois. De là où ils se trouvaient, les gueules des longs canons de poupe semblaient autant d'énormes trous noirs.

En l'inspectant de plus près, depuis le quai, ils reconnurent les dommages causés par son affrontement avec le ketch américain, le *Siren*.

Une canonnade avait emporté des morceaux de bastingage, et en une dizaine d'endroits, le feu avait roussi le pont. Un canon manquait et vu les dégâts autour de l'endroit où il se trouvait, il avait dû exploser à un moment quelconque de la bataille et basculer par-dessus bord.

— C'est absolument sidérant, dit Alana, la gorge serrée. C'est un morceau d'histoire.

— On entendrait presque le fracas de la bataille, renchérit Mark.

Il y avait encore beaucoup de choses à explorer, mais pendant un long moment encore, ils demeurèrent là, fascinés, à contempler le navire pirate.

Un mouvement sur sa droite attira l'attention d'Eric et le tira de sa rêverie. Il braqua le rayon de sa lampe sur les restes d'un chambranle de porte au moment même où une silhouette se glissait à travers. Il s'apprêtait à crier lorsqu'un fusil d'assaut ouvrit le feu à trois mètres de là où se trouvait le premier homme, déchirant l'obscurité de sa flamme.

Dans la demi-seconde précédant sa réaction, il aperçut plusieurs hommes dans la pénombre. D'autres armes se mirent alors à cracher leurs rafales de balles.

Comment les hommes d'Al-Jama avaient-ils pu découvrir le lieu aussi rapidement ? En tout cas, ils étaient là et presque trois fois plus nombreux qu'eux. En outre, ils disposaient de plus de munitions parce que préparés au combat et tenaient l'unique voie de sortie de la grotte.

33

Juan prit une seconde pour observer la mer, un spectacle dont il ne se lasserait jamais. Pour lui, la mer était mystère et majesté, promesse de ce qui se dérobait derrière l'horizon. Que ce soient les eaux chaudes et calmes d'un lagon tropical ou la rage folle d'un typhon asiatique déchirant la surface en feuilles s'étendant à l'infini, la mer était à la fois sirène et adversaire, et cette dualité ajoutait encore à son amour pour elle.

Lorsqu'il avait conçu la Corporation, il lui avait semblé tout naturel d'en établir le siège social à bord d'un bateau, et cela pour des raisons de mobilité et d'anonymat. Mais, secrètement, il s'était félicité d'avoir ainsi besoin d'un navire comme l'*Oregon*, ce qui lui offrait des moments tels que ceux-ci.

Une légère brise soufflait et les vagues léchaient doucement la coque, berçant le navire comme un bébé dans son berceau. A cette distance du rivage, l'air était frais, chargé de senteurs salines qui rappelaient à Juan son enfance sur les plages du sud de la Californie.

— Excusez-moi, capitaine, dit une voix, je ne voudrais pas vous déranger mais je tiens à vous remercier une fois encore avant notre départ.

Juan se retourna. Devant lui, vêtu d'un complet fourni par la Boutique magique, se tenait l'ancien ministre libyen des Affaires étrangères.

Juan serra avec chaleur la main que l'homme lui tendait.

— Ce n'était pas nécessaire.

Juan tenait à ce que les prisonniers évadés quittent l'*Oregon* en plein jour. Il avait pleine confiance en son navire et en son équipage, mais aucun capitaine n'aime mettre des gens dans des canots de sauvetage, et le faire de nuit ne faisait qu'ajouter aux risques. Il baissa les yeux sur la masse de gens rassemblés sur le pont, à côté de l'un des canots.

On n'avait pu donner de nouveaux vêtements à tout le monde, et certains portaient encore les haillons de la détention, mais au moins avaient-ils pu manger et se laver. Quelques-uns aperçurent Juan et lui adressèrent un signe. Bientôt, ce fut une véritable ovation qui s'éleva.

— Sans vous, ils seraient tous morts, dit le ministre.

— Le simple fait qu'ils soient en vie est pour moi le meilleur remerciement. Nous resterons en contact avec les hommes d'équipage qui vont vous accompagner, et vous saurez ainsi tout ce qui se passe. En principe, nous devrions vous récupérer à l'aube. Si les choses devaient mal tourner, mes hommes vous emmèneront en Tunisie. Là, ce sera à vous de décider de votre destination.

— Moi, je retournerai dans mon pays, dit le Libyen avec véhémence, et je retrouverai mon poste.

— Comment se fait-il que vous ayez été arrêté ? Est-ce Ghami qui en a donné l'ordre ?

— Non, c'est le ministre de la Justice. Un de mes rivaux politiques. Du jour au lendemain, j'ai cessé d'être ministre des Affaires étrangères, on m'a fourré à l'arrière d'une camionnette et Ghami a pris ma place.

— Quand est-ce que cela s'est passé ?

— Le 7 février.

— Et quelles fonctions Ghami occupait-il avant cette date ? Il travaillait pour votre ministère, n'est-ce pas ?

— C'est ce qu'il veut faire croire. Je ne sais pas ce qu'il faisait avant de prendre mon poste, mais il ne travaillait pas au ministère des Affaires étrangères. En revanche, j'ai réussi à savoir qu'il s'est débrouillé pour avoir une entrevue avec le président Kadhafi, ce qui n'est pas facile, c'est le moins qu'on puisse dire. Le lendemain, on annonçait mon arrestation et sa nomination à ma place.

— Pouvait-il avoir un moyen de pression sur Kadhafi ?

— On ne peut pas faire chanter un homme qui est président à vie.

— Attendez une seconde. (Juan s'avança, gagna la passerelle et tapota quelques touches sur le téléphone accroché à la paroi. L'officier de quart dans le Centre d'opérations répondit aussitôt.) S'il vous plaît, vérifiez la presse internationale pour voir s'il y a eu des crimes impliquant des citoyens libyens à l'étranger, un mois avant le 7 février de cette année.

— Que soupçonnez-vous ? demanda le diplomate lorsque Juan retourna sur le pont.

— On n'offre pas un poste comme le vôtre à un inconnu sans une bonne raison. (Juan avait envie d'appeler Overholt séance tenante et lui demander qu'au moins le vice-président n'assiste pas à la réception prévue le soir même.) Je ne sais toujours pas si Ghami est lié à Suleiman Al-Jama, mais je ne fais aucune confiance à ce type. Il a fait un véritable cirque dans les cercles diplomatiques et cette conférence de paix est l'œuvre de sa vie...

— Qu'y a-t-il ?

— Le moment où tout cela s'est passé, vos fonctions. Ça n'est pas une coïncidence si vous vous êtes retrouvé dans un camp de terroristes tenu par Al-Jama. Ghami et lui sont liés, j'en suis persuadé.

— Capitaine, il faut que vous sachiez quelque chose à propos de mon pays, quelque chose dont je ne suis pas fier. Nous avons accueilli beaucoup de combattants qui sont venus s'entraîner ici, et il était fréquent qu'on les autorise à utiliser nos prisonniers politiques.

— Je croyais que votre régime avait renoncé au terrorisme.

— Oui, mais au sein de l'appareil d'Etat, il y en a beaucoup qui ne sont pas d'accord avec cette politique. Le ministre de la Justice, par exemple. Je sais de source sûre qu'autrefois, il a apporté de l'aide à Al-Jama.

— Pour vous, Ghami serait donc blanc comme neige ?

— Même si cela me contrarie de le dire, c'est possible. Et j'ai plus de raisons que vous ne le croyez de lui en vouloir. Non seulement cet homme a pris mon poste, mais maintenant il vit dans ma maison.

L'interphone de la passerelle bourdonna. Juan poussa le bouton.

— Vous avez quelque chose ?

— Rien de bien terrible, si c'est ça que vous cherchiez. Après une recherche rapide, on trouve un couple de Libyens arrêtés pour trafic d'héroïne à Amsterdam, un autre tué en Suisse dans un accident de la circulation qui a fait quatre autres morts ; un Libyen résidant en Hongrie a été arrêté pour violences conjugales, et un autre pour une tentative de meurtre envers un commerçant, juste au-delà de la frontière tunisienne.

— C'est bon, merci. Chou blanc, ajouta Juan à l'adresse du ministre.

— A quoi pensiez-vous ?

— Franchement, je n'en sais rien.

En dessous d'eux, on abaissait le canot de sauvetage de ses bossoirs de façon à ce que les réfugiés puissent monter à bord, à travers une ouverture dans le bastingage. Pour embarquer tout le monde, il faudrait surcharger ces canots, mais ils étaient entièrement fermés et pouvaient affronter un cyclone, en sorte que les passagers ne risquaient rien, même avec la surcharge.

Juan serra une deuxième fois la main du diplomate.

— Bonne chance.

Lorsque le dernier Libyen eut embarqué, Juan adressa un signe de tête à Greg Chaffee, visiblement mécontent de son exil avec eux. Mais Juan, de son côté, était mécontent qu'Alana Shepard fût partie avec Linda et les autres derrière son dos.

Il adressa un autre signe de la main au technicien qui commandait l'embarcation avant que celui-ci ne refermât le capot de plexiglas. Les treuils déposèrent alors le canot le long de l'*Oregon*. Quelques instants plus tard, après le largage des amarres, le canot à moteur s'éloigna du gros cargo.

Le deuxième canot, mis à flot à bâbord, alla retrouver le premier. Les deux embarcations devaient demeurer côte à côte tout au long de la nuit, et, si tout se passait bien, être de retour dans leurs berceaux pour l'heure du petit déjeuner.

Juan prit l'ascenseur secret derrière la cabine de pilotage pour gagner le Centre d'opérations, et s'installa dans son fauteuil. Il n'avait pas encore de plan pour l'approche finale du *Khalij Surt* et ne savait pas non plus s'ils pourraient se dispenser de le couler après avoir sauvé la secrétaire d'Etat. Dans un coin du moniteur principal, on apercevait le signal radar. Grâce à l'excellent système de l'*Oregon*, les Libyens ne se doutaient pas qu'ils étaient surveillés alors même qu'ils croisaient à un mille environ des côtes, en direction de l'est. Le seul autre navire sur l'écran était une supertanker évoluant sur une route parallèle et qui se dirigeait vraisemblablement vers le terminal pétrolier d'Az-Zawiya.

Il jeta un coup d'œil à sa montre. La réception chez Ali Ghami allait débuter dans un peu plus d'une heure et les hôtes devaient déjà être en route. La nuit tomberait complètement deux heures plus tard. Ce soir, il y avait un quartier de lune qui ne se lèverait qu'après minuit, ce qui restreignait d'autant leurs possibilités d'intervention.

Pour se distraire dans l'espoir de faire naître l'inspiration, Juan consulta sur Internet les rapports de police concernant les Libyens incriminés. L'accident de voiture avait été particulièrement brutal. Les corps de trois des victimes avaient été calcinés au point qu'il avait fallu recourir aux archives dentaires pour les identifier.

Quant au Libyen, un étudiant, on n'avait pu l'identifier que parce qu'il conduisait une voiture de location.

Il examina deux autres rapports tout en songeant à sa récente conversation, sur le pont, et fit apparaître une photo du ministre libyen de la Justice. Il eut un mouvement de recul. L'homme était particulièrement laid, avec un nez bulbeux, des yeux étroits et la peau grêlée.

En outre, il avait été blessé. Il lui manquait la moitié de la mâchoire inférieure et son visage portait de nombreuses cicatrices. D'après sa biographie officielle, il avait été blessé en 1986, lors du bombardement américain sur Tripoli, mais en fouillant dans la base de données de la CIA, Juan apprit qu'en fait il avait été très sévèrement rossé par un mari trompé, au point qu'il avait failli y laisser la vie.

Juan fit la grimace et songea à tout ce qui séparait cet homme de l'ancien ministre des Affaires étrangères. Ce dernier faisait preuve d'une grande dignité : il avait perdu son poste, été réduit aux travaux forcés et pourtant il n'accusait pas Ghami d'avoir orchestré toute l'affaire. En fait, il semblait surtout fâché de voir que Ghami occupait sa maison.

Il lui fallut quelques minutes de recherches pour découvrir un article de presse mentionnant l'adresse de cette villa. Il trouva ensuite les coordonnées GPS sur un site cartographique et les introduisit dans Google Earth. Tandis que l'ordinateur zoomait sur l'endroit, les pixels se brouillèrent pendant un instant. Lorsque la résolution redevint nette, Juan bondit de son siège, faisant sursauter les gens qui travaillaient dans le Centre d'opérations.

Il enfonça la touche de l'interphone dans l'accoudoir du fauteuil.

— Max, monte ici. On a des ennuis.

Juan contempla une nouvelle fois l'image satellite. Entourée d'un mur d'enceinte, la maison se dressait au milieu du désert, isolée, à des kilomètres du moindre bâtiment. L'allée qui y conduisait tournait ensuite sur elle-même sous une porte cochère. Il y avait sur un côté une véranda faite de hautes vitres et les pelouses, derrière, offraient un véritable labyrinthe de haies. Sur le toit, on distinguait une parabole satellitaire.

Moins de quarante-huit heures auparavant, il avait contemplé une maquette exactement semblable.

Il comprit tout en un éclair. L'attaque était prévue pour le soir même. Al-Jama voulait la mener à bien avant l'ouverture de la conférence pour démontrer que la paix n'avait aucune chance d'aboutir. Connaissant le sens de la mise en scène dont faisaient preuve les terroristes et leur penchant pour la décapitation, il savait par quoi débuterait cette attaque. L'espace d'un instant, il vit ployer le cou gracieux de Fiona Katamora et un homme à ses côtés avec un sabre.

Lorsqu'il ferma les yeux, le sabre étincelant s'abattit.

34

Le bourreau examina la pièce d'un œil critique. Pour l'instant il était seul, mais il y avait un vaste espace pour les spectateurs, bien qu'on eût dû recourir à un système de loterie, tant les candidats étaient nombreux. Un épais tissu noir pendu à un tuyau constituait le fond, tandis que la caméra installée sur un trépied avait déjà été testée. Quant à la liaison montante, elle fonctionnait parfaitement. Enfin, on avait recouvert le sol d'une bâche en plastique pour faciliter le nettoyage.

Il se rappelait la première fois qu'il avait utilisé un sabre pour décapiter un homme. Le cœur du futur supplicié battait à tout rompre et sa pression sanguine était dangereusement élevée, en sorte que ce fut une véritable fontaine qui jaillit au moment de la séparation de la tête et du tronc. Il y avait tellement de sang, qu'au lieu de la nettoyer, ils décidèrent d'abandonner la maison de Bagdad où avait eu lieu l'exécution.

Ce soir, il procéderait à sa onzième décapitation, et elle serait pour lui la plus satisfaisante. Il n'avait encore jamais tué de femme, du moins avec un sabre. En revanche depuis qu'il avait pris les armes, il en avait tué des dizaines dans des attentats à la bombe, depuis l'Indonésie jusqu'au Maroc. Et dans les fusillades échangées avec des Américains en Afghanistan et en Irak, des balles perdues en avaient certainement tué d'autres.

Il n'y pensait guère. Il n'avait fait qu'exécuter les ordres d'Al-Jama. Sa conscience ne lui pesait pas plus que si on lui avait dit de serrer la main de ses victimes plutôt que de les faire sauter.

L'ironie de l'histoire, et le fait était largement connu au sein de l'organisation, c'était qu'il ne pratiquait pas l'islam. Il était né musulman, mais ses parents n'étant pas des pratiquants assidus, il ne s'était rendu dans les mosquées, au cours de sa jeunesse, que les jours de fête. Il n'avait rejoint l'organisation d'Al-Jama qu'après un passage dans la Légion étrangère de l'armée française, qui lui avait donné le goût du combat. Il se battait et tuait pour lui-même, pas pour une croyance religieuse insensée suivant laquelle le meurtre accomplissait la volonté de Dieu.

Du moment qu'ils obéissaient aux ordres, il ne cherchait pas à comprendre les motivations de ceux qui se battaient à ses côtés. Cependant, il reconnaissait que la peur de ne pas aller au paradis animait les combattants, même dans les armées les mieux entraînées. Et la capacité à persuader les gens d'aller se faire exploser constituait une arme à nulle autre pareille. Cela allait tellement contre les conceptions occidentales sur la préservation de la vie, que ses effets, en ondes concentriques, se faisaient sentir chez tous ceux qui avaient connaissance de ces attentats.

Un subalterne frappa à la porte derrière lui.

— Tout a-t-il été réalisé selon tes souhaits, Mansour ?

— Oui, répondit-il d'un air distrait. Ça ira.

— Quand doit-on amener la pute américaine ?

— Pas avant l'exécution. Je sais d'expérience que ces gens-là sont terrifiés quand ils se rendent compte qu'ils vivent leurs derniers instants.

— Comme tu voudras. Si tu as besoin de quelque chose, je suis juste à la porte.

Le bourreau ne prit même pas la peine de répondre et l'homme franchit à nouveau le seuil.

A son avis, cette femme ne réclamerait pas la pitié. Il ne l'avait observée que brièvement, mais, avait conclu à la force de caractère. Finalement, il aimait autant cela. Les hommes aimaient voir les condamnés gémir et pleurer, mais lui trouvait cela agaçant. Mieux vaut accepter son sort que se répandre en supplications inutiles. Croyaient-ils donc surseoir à leur exécution en gémissant de la sorte ? Mais quand ils lui faisaient face, leur sort était déjà scellé, et alors autant lever les bras pour tenter d'arrêter une avalanche.

Non, cette femme-ci ne le supplierait pas.

*

— Surveille le côté droit, dit Linda avant de lâcher une rafale par-dessus le bastingage du *Saqr*. Ils essayent de nous contourner en rampant le long du mur de gravats.

La flamme sortie de la gueule de l'arme attira des ripostes de différentes directions.

Accroupi six mètres plus loin le long du pont, Eric s'y attendait. Il arrosa l'endroit où se dissimulait l'un des terroristes, mais l'obscurité totale régnant dans la grotte ne lui permit pas de voir s'il avait fait mouche.

Au cours des premières secondes de fusillade, les deux camps cherchèrent à s'organiser, tant leur rencontre les avait surpris. Linda ordonna aussitôt aux autres de monter dans le *Saqr*, qui leur offrait pour l'instant le meilleur abri, tandis que le chef des terroristes hurlait à ses hommes d'économiser leurs munitions pour l'assaut futur.

Ils se déplaçaient rapidement, allumant de temps à autre leurs lampes électriques pour ne pas trop s'exposer. L'équipe de la Corporation concentra ses tirs sur les porteurs de lampes avant de comprendre son erreur : ils n'allumaient leurs lampes qu'une fois à couvert. Les rayons lumineux étaient destinés à ceux qui se trouvaient en avant.

— Allez, allez, grommela Mark en fouillant dans son sac. Je sais que c'est là.

Des balles cisaillaient les flancs du navire ; certaines, passant à travers un sabord, firent éclater le bois à quelques centimètres de lui.

Linda se tourna vers Eric.

— Prêt ? On y va !

Ils jaillirent en même temps et lâchèrent leurs rafales. En cherchant à se mettre à couvert, un terroriste marcha dans le rayon lumineux projeté par son compagnon. Il escaladait la berge de l'ancienne rivière pour gagner le quai. S'il avait réussi, il aurait pu arroser le pont et mettre ainsi un terme rapide au combat.

Le rayon effleura à peine sa jambe, mais ce fut suffisant. Linda visa l'endroit où devait se trouver son torse et ouvrit le feu. Elle fut récompensée par un hurlement dont l'écho se répercuta par-dessus le fracas des armes automatiques.

Eric et elle plongèrent aussitôt pour éviter la grêle de balles qui s'abattit autour d'eux.

— C'est de la folie, fit Eric en haletant.

Il ne put voir son sourire déluré, mais il le sentit dans le ton de sa réponse.

— C'est toujours comme ça quand on se tire dessus.

On entendit un bruit sourd à la proue du *Saqr*.

— Baisse-toi, s'écria Linda.

Un instant plus tard, une grenade explosa. Les éclats volèrent par-dessus les silhouettes allongées, arrachant un peu plus de bois au navire.

Les oreilles encore bourdonnantes, Linda ne se laissa pas distraire. La grenade devait servir à les tenir allongés quelques secondes, mais elle était bien déterminée à ne pas leur offrir ce répit.

Elle jeta un coup d'œil par-dessus le bastingage. Des lumières s'allumaient d'une entrée à l'autre de la grotte. Un frisson de peur lui parcourut l'échine. Comme Alana n'avait pas d'arme et que Mark Murphy ne pouvait pas tirer, ils étaient vraiment deux contre dix.

Elle prit dans une poche un pain de plastic, choisit un crayon détonateur de soixante secondes et le balança par-dessus bord avant de lâcher une rafale de trois coups et de s'allonger de nouveau.

— Il faut qu'on les empêche de nous prendre sur les flancs, lança-t-elle à Eric. J'ai balancé du plastic : quand il explosera, essaye de trouver des cibles.

Sans savoir exactement combien de balles elle avait tirées, elle en profita néanmoins pour glisser un nouveau chargeur dans son arme. S'ils avaient le temps, elle demanderait à Alana de garnir des chargeurs avec les balles qui leur restaient.

L'explosion eut lieu quelques secondes plus tard. Elle ressentit comme un coup dans la poitrine, mais elle s'y attendait. La boule de feu s'écrasa contre le plafond, baignant la grotte d'une lueur démoniaque.

Linda et Eric ouvrirent le feu. Des terroristes furent fauchés alors qu'ils couraient pour s'abriter.

Les tirs de riposte vinrent de huit endroits différents. Le menton ensanglanté par un éclat de bois arraché au bastingage, Linda dut demeurer allongée sous le déluge de balles.

Lorsque la fréquence des rafales diminua un peu, elle tira à l'aveuglette en direction de la berge, sous le niveau du quai, au cas où quelqu'un en aurait à nouveau tenté l'escalade. Puis, par-dessus l'odeur âcre de la cordite, elle en reconnut une autre : celle du bois qui se consume.

Elle jeta un coup d'œil vers l'arrière au moment même où la partie de pont touchée par la grenade prenait feu. La flamme était basse et produisait beaucoup de fumée, mais elle grandissait rapidement. Si le pont s'embrasait, c'était la mort assurée. Le *Saqr* deviendrait leur bûcher funéraire.

— Mark, vas-y. On te couvrira.

En rampant, Alana s'approcha de Linda.

— Il travaille sur quelque chose. Je vais m'en charger.

— Restez baissée, dit Linda, impressionnée par le courage de l'archéologue.

Les flammes s'élevèrent plus haut, illuminant d'abord la seule proue. Mais, comme un soleil levant, la lumière ne tarda pas à se répandre. Les terroristes en profitèrent et leurs tirs se firent plus précis.

A dix mètres de Linda, Alana se glissa au bord de la partie enflammée et s'aperçut que ce n'était pas le pont qui brûlait mais le banc du pilote. Elle roula sur le dos, glissa les pieds sous le banc en flammes et tenta de le jeter au loin. Mais au lieu de basculer par-dessus bord, le banc se brisa en deux et l'inonda de braises.

Alana se tapa alors violemment le corps, puis passa son tee-shirt par-dessus sa tête et s'en servit pour étouffer le feu. Seul le fin tissu de coton protégeait ses mains de la morsure des flammes. Pendant ce temps, Linda et les terroristes échangeaient des tirs au-dessus de sa tête.

Lorsque Alana parvint enfin à éteindre le début d'incendie, son tee-shirt avait entièrement brûlé et la plus grande partie de la peau de ses mains était partie, ce qui la faisait atrocement souffrir.

La douleur était si intense qu'elle ne put se déplacer à quatre pattes et dut les rejoindre en rampant.

Linda examina les blessures d'Alana avec un crayon lumineux et étouffa un petit cri.

— Ça ira, réussit à dire Alana.

— Bouchez-vous les oreilles ! lança soudain Mark.

Il attendit une fraction de seconde, puis examina le canal de lumière de l'un des gros canons du *Saqr*. Lorsqu'il estima le moment venu, il y glissa un crayon détonateur qui s'enfonça dans le plastic qu'il avait fourré à l'intérieur. Entre la charge et la gueule du canon, se trouvait un projectile fait de dizaines de petites sphères métalliques plus ou moins amalgamées.

Une flamme de trois mètres jaillit du canon qui propulsa sa charge. Les filins censés retenir le canon au moment du recul cédèrent et les deux tonnes de bronze défoncèrent le plat-bord opposé avant de basculer sur la berge de l'ancienne rivière, en dessous du quai.

Le bruit de l'impact se perdit dans le rugissement de la pièce d'artillerie, mais lorsque Mark jeta un coup d'œil à l'endroit qu'il avait visé, deux des trois lampes-torches avaient disparu.

Pourtant, on eût dit que le coup de canon avait sonné la fin du premier round et le début du deuxième. Les terroristes ouvrirent le feu avec une fureur redoublée comme s'ils voulaient hacher menu le *Saqr*. Les trois membres de la Corporation ripostèrent, mais l'intensité de la fusillade les clouait sur place.

Le hurlement des terroristes qui chargeaient domina soudain le fracas des armes. Ils se ruaient sur eux.

Au moment où il allait tirer, Eric reçut une balle dans l'épaule. Incapable de viser, il passa en mode automatique et arrosa le sol à une dizaine de mètres du *Saqr*, créant un rideau de balles infranchissable.

Lorsqu'un claquement sec révéla que le chargeur était vide, Mark prit la relève, lâchant de longues rafales pour tenter de briser la charge. Mais lui aussi finit par vider son chargeur. Linda, alors, hurla comme une Walkyrie en arrosant autour du navire. Peu lui importait de faire mouche. Le but était de tenir les terroristes éloignés suffisamment longtemps pour briser leur détermination et les forcer à se mettre à couvert.

Les balles sifflaient autour d'elle, mais à son grand soulagement, elle constata que les flammes des fusils s'allumaient de plus en plus loin. Ils avaient brisé l'assaut.

Elle se laissa glisser sous le bastingage, le corps encore vibrant des effets du recul.

— Ça va, vous ?

— J'ai pris une balle dans l'épaule, répondit Eric dans l'obscurité.

— Je suis encore furieux contre moi de ne pas avoir pris à Linc les jumelles de vision nocturne, dit Mark avec aigreur. On joue les spéléologues et j'oublie l'outil principal !

— Alana ?

— Je suis ici, dit-elle d'une petite voix où s'entendait la douleur.

— Mark, donne-lui quelque chose de ta trousse d'urgence.

La fusillade qui crépitait par vagues d'intensité variable depuis dix minutes cessa soudain.

Les oreilles encore bourdonnantes, les Américains entendirent alors une voix s'élever du côté de l'entrée de la grotte.

— Je vous donne une dernière chance de vous rendre.

— Putain, s'écria Eric, je connais cette voix.

— Hein ? Qui est-ce ?

— J'ai entendu ce type parler avec le président à bord de l'*Oregon*. C'est Assad, le pilote du port.

— Ça explique l'embuscade sur la route côtière, fit Mark.

— En tout cas, pour nous ça ne change rien, dit Linda.

Elle demeura un instant silencieuse puis lança d'une voix forte :

— Comme l'a dit le général Austin McAuliffe à la bataille de Bulge quand on lui a demandé de se rendre : des nèfles !

— C'est justement ce qui va nous tomber dessus, grommela Mark, sarcastique.

Le troisième round débuta aussitôt.

35

Première bonne nouvelle depuis un bout de temps, Juan s'aperçut qu'il connaissait bien le supertanker qui s'approchait lentement de la frégate libyenne. Il s'agissait de l'*Aggie Johnston*, de la compagnie pétrolière Petromax, que l'*Oregon* avait sauvé quelques mois auparavant en lançant une torpille contre le sous-marin iranien qui l'attaquait.

Ils étaient si près que toutes leurs communications pouvaient être surveillées par le *Khalij Surt*. Pour contourner l'obstacle, il trouva l'adresse électronique du navire sur le site internet de Petromax et envoya un message au capitaine. Ce n'était guère commode et ils échangèrent ainsi des messages pendant dix minutes avant de réussir à convaincre le capitaine qu'il était bien le commandant du cargo qui croisait à moins de mille mètres d'eux et pas un ado facétieux qui écrivait depuis chez ses parents, à Ploucville, aux Etats-Unis.

En attendant la réponse à chacun de ses messages, Juan regrettait l'absence à bord de Mark et d'Eric. Ces deux-là auraient su comment pirater le réseau de la compagnie pétrolière pour donner des ordres directement sans avoir besoin de se lancer dans de longues explications.

Un nouveau courriel apparut dans sa boîte de réception.

« Capitaine Cabrillo, cela va contre mes intuitions et mes années de formation, mais j'accepte de faire ce que vous me demandez, sous réserve que nous ne nous approchions pas à plus d'un demi-mille de cette frégate et que vous m'offriez le même genre de protection que dans le détroit d'Ormuz s'ils ouvrent le feu sur nous.

« J'aimerais pouvoir faire plus, mais la sécurité de mon équipage l'emporte sur mon désir de vous aider sans réserve. J'ai passé la plus grande partie de ma carrière à desservir les ports du Moyen-Orient et je déteste ce que les terroristes font subir à cette région, mais je ne peux prendre le risque qu'il arrive quoi que ce soit à mon navire. Comme vous pouvez l'imaginer, si je transportais une cargaison de pétrole au lieu de naviguer à vide, la réponse aurait été non, et cela sans la moindre hésitation.

Bien à vous,

James McCullough.

PS : Balancez-leur un bon crochet du gauche de ma part. Bonne chasse. »

— Génial ! s'écria Juan. Il accepte !

Max Hanley se tenait de l'autre côté de la cabine de pilotage, penché sur les cartes, la pipe coincée entre ses dents tachées de nicotine.

— A ta place, je ne serais pas aussi excité, parce qu'on va jouer à la bataille navale avec une frégate puissamment armée.

— Ce sera parfait, rétorqua Juan. Nous serons prêts avant qu'ils se rendent compte de quoi que ce soit. On a calculé les directions et tout en réduisant la distance on a réussi à garder le pétrolier entre nous et le *Khalij Surt*. Ils ne savent pas qu'on est là et ne s'en rendront compte que quand le *Johnston* s'éloignera.

Tout en parlant, il écrivait une réponse sur son ordinateur portable :

« Capitaine McCullough, votre rôle est décisif dans le sauvetage de la secrétaire d'Etat, et je vous remercie infiniment vous et votre équipage. J'aurais aimé qu'après cela vous receviez les félicitations qui vous sont dues, mais cet épisode doit rester secret. D'ici dix minutes environ, nous éclairerons votre pont avec notre lampe Aldis pour vous signaler que vous devez commencer.

Recevez une fois encore mes plus sincères remerciements.

Juan Cabrillo. »

Sur la table, Juan avait déployé un plan des aménagements intérieurs de la frégate russe de classe Koni. Mike Trono et Jerry Pulaski, qui devaient diriger l'assaut avec une dizaine d'hommes, se tenaient à ses côtés. Ces deux-là étaient parfaitement entraînés et avaient une longue habitude du combat, mais il regrettait tout de même l'absence d'Eddie Seng et de Franklin Lincoln.

Par le hublot de bâbord, on apercevait la coque d'acier du pétrolier. L'*Oregon* avait rempli ses ballasts pour abaisser sa ligne de flottaison alors que le supertanker était presque vide et le dominait de toute sa hauteur, même à cette distance. La superstructure à la proue avait la taille d'un immeuble de bureaux, et sa courte cheminée ressemblait à un wagon de chemin de fer renversé.

— Bon, fit Juan. On est tous d'accord pour dire que le lieu le plus probable de l'exécution serait le mess de l'équipage ?

— C'est le plus grand espace ouvert du bateau, dit Mike Trono, un homme mince, les cheveux bruns, qui avait été parachutiste de recherche et sauvetage avant d'intégrer la Corporation.

— Ça me paraît logique, dit Pulaski.

Surnommé Big Pole, c'était un ancien *marine*, qui les dominait tous d'au moins une tête.

Plutôt que des tenues de combat, ces hommes avaient revêtu un uniforme de marin que Kevin Nixon avait modifié pour qu'il ressemble à celui de la marine libyenne. Un instant d'hésitation de l'adversaire à la vue d'un uniforme familier pouvait se révéler crucial.

— Pourquoi sur un bateau ? demanda soudain Mike.

— Pardon ?

— Pourquoi procéder à l'exécution sur un bateau ?

— Il sera presque impossible de le trianguler lorsque le signal vidéo apparaîtra, répondit Max. Et même si l'on y parvient, le navire aura disparu avant qu'on puisse se rendre sur place.

— Nous pénétrerons dans le *Khalij Surt* par là, dit Juan en montrant une écoutille sur le pont principal, au milieu du navire. On franchit ensuite deux portes sur la droite jusqu'au premier escalier. On descend un étage, ensuite c'est à gauche, à droite, à gauche. Le mess se trouvera juste en face de nous.

— Il y aura beaucoup de marins de garde, prédit Jerry.

— En principe, je serais d'accord avec toi, dit Juan. Mais dès qu'on aura manœuvré, ils se rendront à leurs postes de combat. Les couloirs seront déserts et quiconque se trouvera dans le mess sera un terroriste. On descend les terroristes, on s'empare de Mme Katamora et on aura quitté le rafiot avant même qu'ils se soient rendu compte de quelque chose.

— Il y a quand même un problème avec ton plan, dit Max en rallumant sa pipe. Tu n'as pas expliqué ta stratégie pour la fin. Dès qu'on s'écartera, le *Khalij Surt* va nous canarder. J'y ai réfléchi, et je propose qu'une autre équipe l'aborde, avec des explosifs. Au cours de l'attaque, l'*Oregon* pourra mettre hors de combat certains armements du *Khalij Surt*, et l'équipe pourra faire sauter ce qui restera.

Hanley n'était pas connu pour ses intuitions tactiques, et Juan n'en fut que plus impressionné.

— Mais dis-moi, Max, voilà un plan bien conçu.

— C'est aussi ce que je me suis dit.

— Le seul problème, c'est que ces hommes se feront tailler en pièces avant même d'avoir approché les premiers systèmes d'armements du *Khalij Surt.* Il y a des emplacements pour des mitrailleuses de calibre 30 aux quatre coins de la superstructure. On pourra faire taire celles qu'on verra, mais les deux aux extrémités sont protégées par le navire lui-même. Nos gars seront taillés en pièces.

— Envoie Gomez avec l'hélico, il leur balancera un missile, rétorqua Hanley, un peu vexé que l'on remette son plan en cause.

— La couverture SAM est trop serrée. Il n'arrivera jamais suffisamment près.

— Bon, monsieur j'ai réponse à tout, qu'est-ce que tu proposes ? demanda Hanley, mortifié.

Juan replia les plans du navire, laissant apparaître une carte de la côte libyenne, au sud de leur position actuelle. Du doigt, il tapota un point à dix-huit kilomètres à l'ouest de là où ils se trouvaient.

— Ça.

Le regard de Max se porta alternativement sur la carte et sur les yeux de Juan. Un sourire démoniaque illumina alors son visage.

— Magnifique.

— Je me disais aussi que ça te plairait. C'est la raison pour laquelle nous repoussons l'attaque de quelques minutes. Pour que ça marche, il faut qu'ils soient plus près.

— Très bien, fit Mike Trono.

Les hommes descendirent alors sur le pont principal. Juan et Max s'attardèrent un instant.

— Tu as encore l'air un peu maussade, dit Juan à son meilleur ami.

— Tu vas te jeter dans la gueule du loup, Juan. Il y a de vrais durs à bord de ce navire : dès qu'ils se rendront compte qu'il se passe quelque chose, j'ai peur qu'ils la tuent sur-le-champ, et on aura fait tout ça pour rien.

Une réplique désinvolte mourut sur les lèvres de Juan.

— Je sais, dit-il d'un air sombre. Mais si on n'essaye pas, on les laisse gagner. Quand on y pense bien, cette guerre a commencé dans ces mêmes eaux il y a deux cents ans. Lorsque notre pays a lutté pour défendre ses valeurs. Cela vaut quand même le coup de se battre aujourd'hui pour les mêmes raisons.

— Cela relèverait au moins de la justice poétique.

En souriant, Juan lui administra une claque dans le dos.

— Voilà qui est bien dit. Bon, maintenant descends au Centre d'opérations et ne bousille pas mon bateau en mon absence.

— Tu sais bien que c'est la seule promesse que je ne peux pas tenir.

Dès que le capitaine McCullough eut reçu le signal, l'énorme tanker infléchit subtilement sa route vers le sud, sans avertissement, en direction de la frégate libyenne. En suivant son cap, l'*Aggie Johnston* serait passé à neuf kilomètres du *Khalij Surt*, mais la distance entre les deux navires s'amenuisa petit à petit. Collé au flanc du tanker, l'*Oregon* s'approchait lui aussi de sa proie.

Les radios demeurèrent silencieuses jusqu'au moment où le tanker ne fut plus qu'à deux milles nautiques au nord de la frégate. Le soleil commençait à disparaître à l'horizon, et bien que la température eût notablement décru, il faisait encore une chaleur d'enfer sur le pont de l'*Oregon*.

— Tanker qui approchez de ma proue, ici le *Khalij Surt* de la marine libyenne. Vous passez trop près. Modifiez votre cap et éloignez-vous de nous avant d'arriver par le travers.

— *Khalij Surt*, ici James McCullough, capitaine de l'ULCC *Aggie Johnston*. Nous sommes soumis à des courants violents. La barre est mise au maximum et le navire commence à répondre. Nous respecterons vos consignes, je vous le promets.

— Très bien, répondit sèchement le *Khalij Surt*. Faites-nous savoir si vous éprouvez toujours des difficultés.

McCullough s'en était tenu au scénario de Juan, et le premier épisode s'était déroulé à la perfection. Bien entendu, le capitaine du tanker allait maintenir son cap, donnant ainsi plus de temps à l'*Oregon*.

Dix minutes s'écoulèrent et la distance entre les deux navires se réduisit encore d'un demi-mille. Les Libyens auraient dû rappeler beaucoup plus tôt, et la confiance dont ils témoignaient sembla de bon augure à Juan.

— *Aggie Johnston*, *Aggie Johnston*, ici le *Khalij Surt*. Avez-vous toujours des difficultés ?

— Un instant, s'il vous plaît, dit McCullough, comme pressé par le temps.

Lorsque au bout de deux minutes il ne répondit toujours pas, le Libyen répéta sa demande, mais cette fois de façon un peu plus urgente.

— Oui, désolé. Le courant s'est intensifié. Nous en sortons, à présent.

— Nous n'éprouvons pas le même courant auquel vous êtes confronté.

— C'est parce que notre quille est profonde de douze mètres et s'étend sur la longueur de trois terrains de football.

Du calme, Jimmy, songea Juan.

Juan et le capitaine avaient fait en sorte que l'appel suivant vienne du tanker. Deux minutes après son dernier commentaire, il reprit contact.

— *Khalij Surt*, ici l'*Aggie Johnston.* Nous vous informons que notre commande de gouvernail vient de lâcher. J'ai ordonné un arrêt immédiat, mais vu notre vitesse, cela prendra plusieurs milles. D'après mes calculs, je passerai sur votre flanc bâbord à environ un demi-mille. Puis-je vous suggérer de modifier votre vitesse et votre cap ?

Mais au lieu de ralentir, le tanker se mit à accélérer et un bouillonnement plus important apparut dans son sillage. Cela n'était pas prévu et Juan comprit que McCullough ignorait les conditions qu'il avait lui-même fixées de façon à amener l'*Oregon* le plus près possible de la frégate. Juan se promit de le retrouver après toute cette histoire et de lui offrir un verre.

Le *Khalij Surt* avait commencé à virer de bord et à augmenter sa vitesse, mais il était encore lent et ses manœuvres pataudes. Plus le tanker se rapprochait, à la vitesse de dix-huit nœuds seulement, et plus il dominait la frégate libyenne.

Juan sentit sous ses pieds vibrer le pont de l'*Oregon*. Les grosses pompes du navire expulsaient l'eau de mer des ballasts.

Dans le Centre d'opérations, Max tenait la barre. Comme Juan, il avait écouté les échanges radio, mais à la différence de ce dernier, il avait pu assister à une partie des actions. Le responsable des armements se tenait à ses côtés. Toutes les portes extérieures étaient ouvertes et tous les canons et mitrailleuses sortis. L'*Oregon* était hérissé d'armes.

Il coupa les pompes et renversa le flux.

L'eau explosa en grosses vagues hors des tubes de poupe, et le navire ralentit si rapidement que sa proue s'éleva un peu hors de l'eau. Dès que l'*Oregon* ne fut plus dissimulé par l'*Aggie Johnston*, Max coupa la poussée inversée et passa en propulsion. Les cryopompes qui maintenaient les propulseurs magnétohydrodynamiques à cent degrés sous zéro commencèrent à siffler au fur et à mesure que les moteurs réclamaient de l'énergie.

L'*Oregon* accéléra comme un cheval de course, creusant une courbe gracieuse à l'arrière du tanker. Devant lui se dressait la silhouette basse et grise de la frégate libyenne.

Il imaginait déjà la consternation à bord du *Khalij Surt* en voyant apparaître soudain un navire deux fois plus gros que le leur. Après trente secondes de stupeur, ce fut un jaillissement de messages comminatoires, d'exigences et de menaces.

Tandis que McCullough virait au nord pour mettre son tanker à l'abri, Max glissa l'*Oregon* entre les deux navires.

— Identifiez-vous ou nous ouvrons le feu.

C'était la deuxième fois qu'ils proféraient la menace et il doutait qu'il y en eût une troisième. L'espace entre eux était encore suffisant pour que le *Khalij Surt* balaye l'*Oregon* avec ses canons de trois pouces. Max éprouvait une furieuse envie d'empoigner le micro et de s'identifier comme le USS *Siren*, mais bien sûr il n'en fit rien.

Sur l'écran du moniteur, on aperçut soudain une grosse balle de coton fleurir devant le canon de proue du *Khalij Surt*. L'obus s'abattit en mer à quinze mètres de la proue, et une seconde plus tard l'onde de choc secoua l'*Oregon*.

— Le coup de semonce c'est gratuit, fit Max. Au prochain, on sort la grosse artillerie.

Le canon de poupe tonna et un obus explosif balaya complètement la passerelle.

Max faillit bondir de son siège.

— Ça suffit ! Feu à volonté !

Tandis que la distance se réduisait entre les deux navires, les mitrailleuses Gatling de 30 mm et le canon mitrailleur Bofors de l'*Oregon* se mirent à cracher le feu de façon continue. Les canons antiaériens du *Khalij Surt* ajoutèrent au tonnerre de leurs batteries qui tiraient à un rythme de quatre coups à la minute.

A chaque impact, l'*Oregon* résonnait comme une cloche. Les obus de DCA pénétrèrent la coque mais furent arrêtés par la première cloison. En revanche, ceux tirés par les canons de pont éclatèrent à l'intérieur.

Déjà, trois cabines étaient ravagées, et un obus arracha des plaques de marbre doublant le ballast qui servait également de piscine. Chaque impact provoquait de nouvelles destructions. La salle où se réunissait la direction fut directement touchée. La table de deux cent cinquante kilos fut renversée et les fauteuils en cuir réduits en miettes.

Le système automatique anti-incendie arrosait simultanément six incendies, car les équipes de pompiers avaient reçu pour consigne de demeurer de l'autre côté du navire.

Mais l'*Oregon* ripostait. Toutes les vitres de la passerelle du *Khalij Surt* avaient volé en éclats et les munitions au tungstène déchiquetaient les instruments de navigation. Des obus perçaient son blindage, et lorsque la mitrailleuse Gatling l'arrosa de rafales, son canot de sauvetage se mit à trembler comme un rat dans la gueule d'un chien de terrier avant de pendre lamentablement au bout d'un des bossoirs.

Aucune de leurs armes de petit calibre ne pouvait percer le blindage qui protégeait les tourelles et le responsable des armements décida de faire donner le canon de 120 mm placé à la proue. Utilisant le même système de stabilisation que sur le char d'assaut M1A2, ce canon possédait une incroyable précision. Son premier obus atteignit le pont au pied de la tourelle, et la masse entière s'éleva d'un mètre cinquante avant de s'écraser, tandis qu'une épaisse fumée s'échappait des canons.

Tandis que l'espace entre eux se réduisait, les deux navires ne cessaient d'échanger des projectiles, tant ils semblaient capables d'encaisser les coups les plus dévastateurs. A bout portant, plus besoin de viser. Les obus atteignaient leur but presque aussitôt après avoir été tirés.

Depuis un siècle, on n'avait jamais assisté à une telle bataille navale, et en dépit du danger, Max Hanley n'aurait cédé sa place pour rien au monde.

Il n'en allait pas de même pour le président et les hommes sur le pont. Ils étaient terrés derrière une section de bastingage qui avait reçu un triple renfort, mais lorsque le canon mitrailleur de 30 mm se mit à tonner ils se sentirent totalement exposés.

Pour Juan, un tel affrontement défiait l'entendement. La technologie avait aseptisé la guerre, l'avait rendue froide et distante. Pour vaincre son ennemi il suffisait à présent d'appuyer sur un bouton. Là, il en allait tout autrement. Il sentait la haine qui les animait, comme si chaque coup de canon était une expression de leur mépris.

Ils voulaient le tuer. Non, pas seulement le tuer, balayer son existence, comme s'il n'était jamais né.

Un nouvel obus vint frapper le blindage, et, l'espace d'un instant, Juan eut l'impression que ses entrailles se liquéfiaient. N'avait-il pas commis une terrible erreur ?

Puis il se dit que non, que ces gens n'arrêteraient que si quelqu'un se dressait face à eux. S'ils ne voulaient pas entendre raison, ils devraient supporter les conséquences de leur attitude barbare.

Un choc brutal. L'*Oregon* et le *Khalij Surt* étaient désormais flanc contre flanc. Max avait rempli les ballasts de façon à ce que les deux bastingages fussent à la même hauteur. Son pistolet-mitrailleur compact à la main, Juan sauta sur l'autre navire.

La traînée d'une roquette RPG tirée depuis la redoute de proue du *Khalij Surt* passa à quelques centimètres au-dessus de sa tête et toucha la plaque de blindage au moment même où les douze hommes de son équipe s'apprêtaient à le rejoindre. Dix d'entre eux furent projetés en arrière par le choc, et, quoique ensanglantés, ne souffrirent que de commotions ; les deux autres furent projetés vers l'avant, au moment où une petite vague sépara les deux navires. Ils tombèrent à l'eau en même temps.

Max, qui avait assisté au désastre grâce au système de télévision intérieure, écarta aussitôt l'*Oregon* de manière à ce que les deux hommes ne soient pas broyés par les coques. Sans savoir s'ils étaient encore vivants, il donna l'ordre à l'équipe de secours qui se tenait dans le garage à bateaux de lancer immédiatement un Zodiac à la mer.

Au moyen d'une manette, un technicien fit balayer le pont du *Khalij Surt* par une caméra.

— Là ! hurla Max.

Juan se tenait seul sur le pont du navire libyen, son pistolet mitrailleur Heckler & Koch fumant à la main : il venait d'abattre le tireur de roquettes au moment où celui-ci rechargeait son arme. On eût dit qu'il se savait filmé par la caméra. Il regarda directement l'objectif, d'un air sauvage que Max ne lui avait jamais vu, et disparut par une écoutille.

36

Charles Moon, l'ambassadeur des Etats-Unis en Libye, échouait à l'une de ses principales tâches de la soirée. Le président l'avait en effet expressément chargé de veiller à ce que le vice-président ne boive pas trop lors de la réception offerte par M. Ghami chez lui.

Le vice-président tenait mal l'alcool, et depuis leur arrivée chez le ministre libyen des Affaires étrangères, une demi-heure auparavant, il avait déjà avalé quatre flûtes de champagne. Cela aurait pu être compréhensible s'il avait su que la maison serait probablement la cible d'une attaque terroriste, mais le gouvernement, qui ne lui faisait pas confiance, avait estimé que pour la réussite de leur plan, on ne pouvait lui divulguer une telle nouvelle.

Moon posa sur une table en marbre sa propre coupe de champagne encore pleine et s'essuya les mains sur son pantalon de smoking. A côté de lui, le vice-président Donner terminait une blague salace. La dizaine d'invités qui l'entourait attendit une fraction de seconde avant de se laisser aller à un rire poli. Son attachée de presse, qui lui servait ce soir-là de cavalière, l'entraîna doucement à l'écart avant qu'il ait pu se lancer dans une autre histoire de la même veine.

Moon en profita pour jeter un coup d'œil sur l'élégante salle de réception. La maison d'Ali Ghami était somptueuse. Bâtie en pierre de taille et ornée de stucs, elle ressemblait à un palais mauresque dont elle offrait le caractère massif et sécurisant. Après la porte cochère, l'entrée principale s'ouvrait sur les trois étages supérieurs. D'élégantes balustrades en fer forgé bordaient chacun des paliers et l'escalier faisait au moins six mètres de large. Un orchestre jouant de la musique traditionnelle était installé en haut de la première volée de marches, là où l'escalier se divisait en deux.

Aussi impressionnante qu'elle fût, la maison pâlissait au regard de l'importance de ses hôtes, puisqu'il n'y avait là pas moins de dix chefs d'Etat. Dans un coin, sous un palmier en pot éclairé par l'arrière, le Premier ministre israélien échangeait quelques mots avec le président libanais, tandis que de l'autre côté de la salle, le Premier ministre irakien s'entretenait avec le ministre iranien des Affaires étrangères.

Moon n'était pas surpris de voir ces gens discuter cordialement lors d'une telle réception : après tout, c'étaient des diplomates, mais il avait l'impression qu'aujourd'hui cela allait un peu plus loin. On sentait dans cette salle régner un véritable optimisme quant à la réussite de la conférence de paix du lendemain.

Mais en lui, une voix de mauvais augure tempéra cette vision idyllique : d'abord survivre à cette soirée.

Debout à côté d'une fontaine en mosaïque, Ali Ghami rassemblait autour de lui l'assistance la plus nombreuse. Les deux hommes échangèrent un regard et Ghami leva son verre, un geste solennel signifiant à

Moon que l'hôte le plus important pour lui n'était pas là ce soir.

Car Fiona Katamora occupait la plupart des conversations. Moon avait d'ailleurs appris que Kadhafi, vêtu d'un costume civil et non d'un uniforme, évoquerait sa disparition au cours de son allocution.

Le garde du corps de Moon, qui avait revêtu pour la circonstance un smoking qui lui allait mal, lui tapota le bras, et, d'un mouvement de menton, lui montra le passage ouvert entre la salle et le salon voisin. A hauteur de plafond, on distinguait une caméra vidéo.

— Jusque-là, j'en ai compté cinq, dit l'homme.

— Pour la sécurité ?

— Ou pour la postérité. On peut parier qu'elles sont branchées et prêtes à enregistrer l'attaque de ce soir. J'ai aussi remarqué que la télévision à écran plasma dans le salon a été installée pour l'occasion. Les câbles sont fixés au sol et non sous le tapis persan. Comme ça, tout le monde pourra assister à la décapitation. Et la foule sera aussi commodément réunie pour l'attaque. Je pense aussi que le spectacle se donnera dans les deux endroits, parce que j'ai vu une petite webcam à côté du poste de télévision.

— Ça va vraiment se passer, hein ?

— C'est leur plan, mais ne vous inquiétez pas, nous savons ce que nous faisons.

— Avez-vous pu déterminer quels sont les gardes loyaux et quels sont les terroristes ? demanda Moon.

— Les terroristes sont encore à l'extérieur. Ceux qui ont préparé cette attaque savent qu'ils ne pourraient pas garder leur couverture s'ils étaient déjà ici.

Le garde du corps semblait confiant, mais il n'en surveillait pas moins avec attention les quelques agents libyens dispersés au milieu des hôtes de marque.

Un micro sans fil à la main, Mouammar Kadhafi escalada deux marches pour se situer un peu au-dessus de la foule. L'orchestre se tut et tout le monde attendit avec impatience l'hommage qu'il devait prononcer en l'honneur de Fiona Katamora.

Le dirigeant libyen était connu pour prononcer des discours aussi longs que ceux de Fidel Castro, et au bout de cinq minutes, Moon cessa de lui prêter attention.

Au cours de ce bref laps de temps, il s'était essuyé deux fois les mains, et il savait que sous sa veste de smoking, sa chemise était trempée aux aisselles.

Curieusement, son garde du corps semblait, lui, parfaitement détendu.

*

Dans l'obscurité de la grotte, Eric introduisit un nouveau chargeur au jugé. Il ne lui en restait plus que deux dans l'étui pendu à sa ceinture. Son épaule le lançait et il n'avait aucun moyen de la panser. Un sang chaud et poisseux coulait jusqu'entre ses doigts.

Une nouvelle grenade jetée au jugé atterrit juste en dessous du plat-bord du *Saqr* et retomba dans la poussière. L'explosion fut assourdie par la coque, mais elle repoussa vers le quai le bateau qui donna de la gîte à dix degrés. Cette fois-ci, le bois desséché prit feu immédiatement et ils ne purent rien faire pour l'éteindre.

— Dès qu'il fera assez clair, on est foutus, dit Mark d'un air grave.

Déjà, Linda distinguait sa silhouette émerger de la pénombre. Il avait raison. L'obscurité les avait sauvés jusque-là, mais dès que l'incendie aurait atteint une certaine intensité il éclairerait la grotte et les terroristes prendraient l'avantage. Fallait-il attendre et tenter de les repousser, ou battre en retraite et trouver un moyen de sortir de la nasse ?

Elle prit rapidement sa décision.

— Bon, on va lâcher une courte rafale en couverture. Mark, Eric, prenez Alana, sautez sur le quai et éloignez-vous de l'entrée. Essayez de trouver une position qu'on puisse défendre. Je vous donne trente secondes d'avance. Ensuite, vous les arrosez à nouveau et moi je vous rejoins.

Ils s'alignèrent derrière le bastingage du *Saqr*. Le feu qui brûlait derrière eux n'était pas encore assez puissant pour illuminer toute la grotte, mais on y voyait environ à cinq mètres. Ils distinguèrent alors le corps d'un terroriste, allongé par terre, une flaque noire sous sa poitrine qui imbibait la poussière.

— Feu ! ordonna Linda.

Ils lâchèrent de longues rafales qui allèrent s'écraser contre l'éboulis qui avait servi à empêcher l'eau de la rivière d'envahir la grotte.

Dès qu'ils eurent vidé leurs chargeurs, Eric et Mark soulevèrent Alana par les avant-bras, tandis que derrière eux, Linda continuait de tirer. Ils sautèrent ensuite sur le quai et Alana serait tombée si Eric ne l'avait pas aussitôt rattrapée.

Courbé autant qu'il le pouvait, Mark ouvrit le chemin, les bras tendus devant lui. Lorsqu'il toucha la paroi au fond de la grotte, il tourna sur sa droite et poursuivit son chemin. Alana, elle, ne pouvait garder la main sur la roche, mais derrière elle, Eric la guidait, une main posée sur son épaule.

Ils marchèrent ainsi à l'aveugle sur une bonne vingtaine de mètres, mais en raison de l'acoustique de la grotte, le bruit de la fusillade sembla ne jamais décroître.

Lorsqu'ils se retrouvèrent à l'extrémité du quai, Mark osa allumer brièvement sa lampe et découvrit un empilement de matériel de navigation, surtout des cordages, mais également des chaînes enroulées dans des paniers et des rames. Mais ce fut surtout l'ouverture d'une grotte latérale qui attira son attention. Sur une barre métallique fixée au rocher pendaient encore des lambeaux de deux tapisseries destinées autrefois à en masquer l'entrée.

— Ça devrait être bon, dit-il, avant que tous trois ne s'engouffrent dans la petite grotte.

Eric referma rapidement les lambeaux de rideaux et remit un nouveau chargeur dans son arme tandis que Mark promenait dans la salle le faisceau de sa lampe.

— C'est incroyable, fit Alana, stupéfaite, qui oublia pendant un instant sa douleur aux mains et le fracas de la fusillade.

Non seulement le sol de la grotte était recouvert de plusieurs épaisseurs de tapis d'Orient, pour faire barrage au froid qui montait de la roche, mais les parois également, ce qui donnait au lieu l'atmosphère chaleureuse d'une tente. Deux lits de cordes occupaient un des côtés de la salle, l'un soigneusement fait, l'autre en désordre. On distinguait également plusieurs coffres et une grande table au plateau orné de marqueterie en nacre, avec des encriers et des plumes qui, avec le temps, s'étaient affaissées dans leur réceptacle en or. Par terre et sur des étagères tout autour, s'amoncelaient des piles de livres. A la place d'honneur, un Coran richement orné et une Bible écornée.

A côté des étagères se trouvait une alcôve remplie de coffres empilés du sol au plafond. Le couvercle de l'un d'eux était fendu et en dirigeant le faisceau de sa lampe dans l'ouverture, Mark aperçut le scintillement inimitable de l'or.

Il voulut voir s'il y avait une ouverture derrière les coffres, mais ils étaient si soigneusement empilés qu'il aurait fallu pour cela les déplacer. Il tenta donc de tirer celui qui se trouvait au sommet, mais en vain.

Il donna la lampe à Alana, qui, incapable de la tenir à la main, la glissa sous son bras.

— Il n'y a pas de sortie, annonça Mark en rejoignant Eric. Le bon côté des choses, c'est qu'on va mourir riches. Il doit y avoir cent millions de dollars en or entassés là-bas derrière.

Au-dehors, la fusillade demeurait toujours aussi intense, mais Linda avait dû à son tour quitter leur précédent abri car ils n'entendaient plus son arme au milieu des claquements secs des AK-47 des terroristes. La proue du *Saqr* était à présent la proie de flammes qui atteignaient le plafond et remplissaient la grotte de fumée.

Dans l'obscurité, Eric ne cessait de chuchoter « Marco » et entendit soudain qu'on lui répondait sur le même ton « Polo ».

Linda se glissa à l'intérieur avant que les terroristes se soient rendu compte qu'elle s'était déplacée.

— De bonnes nouvelles ? demanda-t-elle.

— Nous sommes riches, répondit Mark. Mais coincés.

*

Les deux navires étaient si proches l'un de l'autre qu'aucun des deux ne pouvait tirer au canon, mais l'*Oregon*, plus gros et équipé de moteurs plus puissants, poussait la frégate libyenne vers le rivage. De temps à autre, un terroriste courageux ou suicidaire surgissait sur le pont pour lancer une roquette, mais les mitrailleuses de calibre 30 anti-abordage entraient en action avant qu'il ait pu viser. Les deux roquettes ainsi lancées filèrent au-dessus de l'*Oregon* sans l'atteindre.

A l'intérieur du navire, les équipes de secours se croisaient en tous sens, au sein d'un véritable chaos. L'incendie à la proue dégageait une épaisse fumée qui se répandait dans toutes les coursives et les hommes hurlaient des ordres pour tenter de couvrir le hululement strident des sirènes.

Tout cela ravissait Fiona Katamora, allongée sur un sommier et menottée dans la cabine d'un officier. Elle n'avait aucune idée de ce qui se passait, sauf que ses ravisseurs avaient des ennuis.

Elle savait qu'après le trajet en hélicoptère depuis le camp d'entraînement djihadiste, elle avait été conduite à bord d'un navire. On lui avait placé un sac sur la tête, mais elle avait senti l'air marin, entendu le ronronnement des machines et le clapotis des vagues contre la coque. Mais c'est seulement en entendant tonner les canons qu'elle avait compris qu'il s'agissait d'un navire de guerre.

Il n'y avait rien d'étonnant à ce que Suleiman Al-Jama ait pu disposer d'un bateau de guerre libyen, et tout l'équipage devait faire partie de son organisation.

Les explosions secouaient la frégate, et chaque coup de canon l'enchantait un peu plus. Elle ne se faisait pas d'illusions : ils la tueraient avant la fin de la bataille, mais la marine américaine ferait en sorte qu'ils ne puissent jouir de leur victoire.

Soudain, une explosion plus violente que les autres secoua le navire tout entier. En n'entendant pas riposter le canon de proue, elle comprit que les Américains l'avaient fait sauter.

La porte de la cabine s'ouvrit à la volée. Ses geôliers portaient des foulards pour dissimuler leur visage et une AK-47 dans le dos. On la força à se lever et on la menotta avant de la pousser sans un mot dans la coursive.

Il y avait là des marins en uniforme qui lui accordèrent à peine un regard, tant ils étaient occupés à leurs tâches. Une nouvelle salve d'obus vint frapper les flancs du navire et Fiona heurta la cloison. La férocité de la bataille était telle qu'elle en oublia de prier.

Mais lorsqu'elle aperçut le drap noir tendu sur le mur du fond, la caméra vidéo et l'homme qui tenait un long cimeterre, les mots lui montèrent instantanément aux lèvres. Il y avait d'autres hommes dans la salle, des terroristes, pas des marins libyens. L'un se tenait derrière la caméra, l'autre, à ses côtés, réglait la liaison satellite. Les autres, également masqués et vêtus de treillis kaki étaient là comme témoins. L'homme au sabre, lui, était tout de noir vêtu.

— Au lieu de vous sauver, dit le bourreau en arabe, ce navire a précipité votre fin. Etes-vous prête à mourir ?

— Dès que j'ai compris ce que voulait dire le mot paix, j'ai accepté de mourir pour elle.

Ils l'attachèrent à une chaise devant le drap noir et placèrent une bâche en plastique à ses pieds, puis la bâillonnèrent pour l'empêcher de prononcer d'ultimes paroles.

Le bourreau adressa un signe de tête à l'homme derrière la caméra qui commença de filmer. L'objectif demeura un long moment fixé sur Fiona, de façon à ce que les spectateurs sachent de façon certaine qui allait mourir. Puis il s'avança devant la caméra, exhibant son brillant cimeterre et tenant un papier à la main.

— Nous, serviteurs de Suleiman Al-Jama, venons devant vous aujourd'hui pour débarrasser le monde d'une autre infidèle.

Décidée à ignorer sa déclamation, elle se mit à réciter sa prière.

*

Juan eut le cœur serré en voyant ses hommes touchés, mais il n'était plus temps de faire marche arrière. Il fallait désormais agir seul. D'ailleurs, aucun marin libyen ne lui prêtait la moindre attention. Alors que les terroristes d'Al-Jama utilisaient ce navire pour procéder à l'exécution de Fiona Katamora, ils n'avaient aucune raison de s'inquiéter d'un visage inconnu. Quant aux hommes qui s'activaient un peu partout dans les coursives, ils étaient trop occupés. En voyant se ruer vers lui une équipe de pompiers, Juan s'aplatit contre une cloison comme l'aurait fait n'importe quel marin.

— Viens avec nous, s'écria leur chef sans ralentir le pas.

— Peux pas. J'ai reçu des ordres du capitaine, lança Juan par-dessus son épaule en se mettant à courir dans la direction opposée.

Il descendit les marches d'un escalier quatre à quatre en bousculant un marin qui montait. Sur le pont inférieur, il courut au mess de l'équipage, devant lequel se tenaient deux gardes armés. Le premier regardait à l'intérieur de la pièce, l'autre jeta un coup d'œil à Juan mais le prit pour un membre de l'équipage en raison de son uniforme.

Si Juan avait eu encore un doute sur la présence de terroristes à bord, il aurait été dissipé par la vue de ces deux gaillards, avec leurs keffiehs et leurs AK-47.

Il entendit alors une voix venue de l'intérieur du mess : « .... tué nos femmes et nos enfants dans leurs maisons, bombardé nos villages et outragé la parole d'Allah. »

Il ne lui en fallut pas plus. Pris d'une rage qu'il semblait avoir trop longtemps enfouie en lui, il tira de sous sa veste son pistolet-mitrailleur compact. Le terroriste le regarda faire, les yeux écarquillés, mais ce fut la seule réaction que Juan lui autorisa. L'arme tressauta entre ses mains et la rafale atteignit les deux hommes en pleine poitrine ; l'une des balles fit éclater l'épaule d'un des terroristes, projetant une gerbe de sang sur la paroi, comme un graffiti obscène.

Juan bondit si vite qu'il dut écarter les corps qui s'affaissaient pour pénétrer dans le mess. Six hommes armés se tenaient à sa droite, derrière la caméra sur trépied, deux à côté et un autre devant, une feuille de papier dans une main, un sabre dans l'autre.

Fiona Katamora était assise derrière lui, bâillonnée, les yeux brillants.

Il ne fallut qu'une demi-seconde à Juan pour embrasser le tableau et une autre pour évaluer les risques. Pour frapper le coup mortel, l'exécuteur devrait bouger, et les hommes occupés à la caméra avaient posé leurs armes par terre.

Il posa un genou en terre pour affermir sa position de tir et ouvrit le feu sur les six terroristes. Deux s'effondrèrent avant même d'avoir remarqué sa présence. Un troisième mourut en essayant de saisir son fusil d'assaut. En raison de la tendance bien connue du H & K à relever le canon en tir automatique, le cinquième reçut en pleine tête deux balles qui firent gicler la cervelle autour de lui.

Juan dut ensuite relâcher la détente pour viser, et le sixième en profita pour tirer. La balle atteignit le mur sur la droite de Juan, arrachant la peinture blanche du métal avant de ricocher un peu partout.

Juan lâcha alors une rafale qui le projeta contre une paroi, avant de se tourner vers le bourreau. Celui-ci avait réagi avec une rapidité stupéfiante.

Au lieu de profiter des quelque quatre secondes qu'avait duré l'échange de coups de feu, il avait pirouetté sur lui-même et brandissait à présent son sabre au-dessus du cou de Fiona Katamora.

Juan le contempla, horrifié, comme s'il s'agissait d'une scène tournée au ralenti. Tout en sachant qu'il était déjà trop tard, il tourna vers l'homme le canon court de son H & K et ouvrit le feu. Au même instant, de l'autre côté de la salle, l'homme chargé de la caméra tira un pistolet d'un étui que Juan n'avait pas remarqué.

Il sentit une vive douleur à la tête et sa vision s'obscurcit.

37

Pour la dixième fois depuis le début du discours de Kadhafi, Ali Ghami consulta sa montre tout en jetant un coup d'œil à l'un de ses assistants qui se tenait près de la porte d'entrée, un petit écouteur fiché dans l'oreille. Chaque fois qu'il croisait son regard, l'homme hochait imperceptiblement la tête en signe de dénégation.

Ce manège n'avait pas échappé au garde du corps de Charles Moon, qui observa le ministre libyen avec plus d'attention encore et découvrit d'autres signes d'impatience. Ghami ne cessait de passer d'un pied sur l'autre, fourrait les mains dans ses poches avant de les retirer quelques instants plus tard. De nombreux invités semblaient lassés par l'interminable discours qui durait depuis près d'une demi-heure, mais Ghami, lui, paraissait plus agité qu'agacé.

Une nouvelle fois, il consulta son assistant du regard. L'homme, vêtu d'un complet, se tourna et porta la main à son oreillette pour tenter d'échapper un peu à la voix monotone de Kadhafi. Un instant plus tard, un sourire de triomphe aux lèvres, il adressa un signe de tête à Ghami.

— Le spectacle va commencer, dit nonchalamment le garde du corps à Charles Moon.

Ali Ghami monta alors sur l'une des marches de l'escalier pour attirer l'attention du président libyen. Lorsque Kadhafi interrompit son éloge dithyrambique de Fiona Katamora, le ministre grimpa les autres marches et lui murmura quelques mots à l'oreille.

Kadhafi pâlit.

— Mesdames et messieurs, dit-il d'une voix tremblante qui contrastait avec le ton ferme et attristé dont il faisait preuve jusque-là, je viens de recevoir de terribles nouvelles.

Moon traduisit à son garde du corps les paroles du chef d'Etat libyen.

— Il apparaît que notre chère secrétaire d'Etat américaine a réussi à survivre à l'effroyable accident d'avion. (Un cri de surprise monta de la foule, suivi d'un brouhaha de commentaires.) Je vous en prie, mesdames et messieurs. La suite n'est malheureusement pas aussi heureuse. Après l'accident, elle a été enlevée par des rebelles de Suleiman Al-Jama, et je viens d'apprendre qu'ils vont procéder à son exécution. Monsieur le ministre Ali Ghami m'apprend également qu'ils ont réussi à établir une communication avec nous, dans cette maison.

Kadhafi suivit son ministre des Affaires étrangères dans la pièce voisine qui se remplit aussitôt d'invités. Son garde du corps retint alors légèrement Moon de façon à ce qu'ils demeurent dans le hall d'entrée et regardent par-dessus l'épaule des gens. A la lueur bleutée de la télévision, les spectateurs semblaient tous avoir été vidés de leur sang. Des femmes pleuraient.

Soudain, une image apparut sur l'écran. Fiona Katamora était assise devant un fond noir, les cheveux en désordre, les yeux rougis. Le bâillon enfoncé dans sa bouche tirait ses joues en arrière en un hideux rictus mais elle était pourtant toujours aussi belle.

Les pleurs des femmes redoublèrent.

Un homme s'avança dans le champ de la caméra, le visage dissimulé par un keffieh. Il tenait à la main un cimeterre à la lame gravée.

— Nous, serviteurs de Suleiman Al-Jama, apparaissons devant vous ce soir pour débarrasser le monde d'une autre infidèle. Telle est notre réponse aux tentatives des croisés pour nous imposer leur décadence. Leurs pires mensonges sont venus de cette femme impure, et pour cela elle doit mourir.

Le garde du corps de Moon étudia avec attention la réaction de Ghami, qui semblait désarçonné par ce qu'il voyait sur l'écran.

Kadhafi saisit la petite caméra qui se trouvait sur le poste de télévision et la tint à bout de bras.

— Mon frère, dit-il. Mon frère musulman béni par Allah, que la paix soit sur lui. Ce n'est plus la juste voie. La paix est l'ordre naturel du monde. Le sang n'appelle que le sang. Ne vois-tu pas qu'il ne servira à rien de lui ôter la vie ? Cela ne mettra pas un terme aux souffrances du monde musulman. Seule la négociation peut y parvenir. C'est seulement en s'asseyant à la même table que son ennemi et en parlant de ce qui nous a amenés là que nous pouvons espérer vivre un jour en harmonie.

— Le Coran nous dit qu'il ne peut y avoir d'harmonie avec les infidèles.

— Le Coran nous dit aussi d'aimer toute forme de vie. Allah nous a donné cette contradiction pour que chaque homme puisse faire son choix. Le temps de la haine est passé. Nos gouvernements se rencontrent en ce moment même afin que ce choix soit aussi celui de tous nos peuples. Je te demande de déposer ton sabre. Epargne sa vie.

On ne pouvait voir les traits de l'homme en raison de son foulard, mais son attitude était éloquente. Ses épaules s'affaissèrent et il laissa tomber son lourd cimeterre.

Alors, du fond de la salle de réception on entendit un bruit de course sur le sol en marbre.

Le plan avait échoué.

Ali Ghami arracha la caméra des mains de Kadhafi.

— Mansour, hurla-t-il à son bourreau, mais que fais-tu ? Nos hommes sont ici. Tue-la ! Tout de suite !

Mais au lieu de brandir à nouveau son sabre pour lui trancher la tête, l'homme ôta le bâillon de la bouche de Fiona Katamora.

— Non, Mansour ! s'écria de nouveau Ghami.

On lui arracha la caméra tandis que quelqu'un d'autre lui enfonçait un canon de pistolet dans les reins. Il se retourna et aperçut un Asiatique, le garde du corps de Charles Moon.

— C'est terminé, Suleiman, lui dit Eddie Seng. Regardez.

Sur l'écran, celui que Ghami prenait pour son homme de confiance ôtait le keffieh qui lui dissimulait le visage.

— Alors ? demanda Juan, la tête encore à moitié entourée par le foulard.

— La main dans le sac, répondit Eddie Seng.

Dans l'entrée, les gardes du corps personnels de Kadhafi vinrent annoncer qu'ils avaient maîtrisé l'équipe de sécurité qui se trouvait à l'extérieur sans avoir à tirer le moindre coup de feu.

Kadhafi, mis au courant de l'opération l'après-midi par Charles Moon, s'approcha de son ministre.

— La mascarade est terminée. Après avoir reçu un renseignement anonyme cet après-midi, l'armée suisse a investi la maison où vous reteniez mon petit-fils après avoir fait croire à sa mort dans un accident de voiture. Il est en sécurité, vous ne pouvez donc plus vous abriter contre moi comme une vipère en menaçant de frapper si je ne vous laisse pas agir à votre guise.

« J'ignorais totalement que vous étiez Al-Jama. Je pensais que vous me faisiez chanter par appétit de pouvoir, pour atteindre votre position. Mais maintenant, vous vous êtes démasqué devant le monde entier. Vous êtes coupable et serez promptement exécuté. Et je ne ménagerai aucun effort pour débarrasser l'appareil d'Etat de tous ceux qui ont fait votre éloge.

Kadhafi ouvrit les bras pour montrer les personnalités rassemblées dans la salle.

— Nous sommes unis pour rejeter vos méthodes, et l'échec de votre complot pour assassiner des chefs d'Etats musulmans servira à ceux qui ont emprunté le chemin de la paix. Emmenez cette ordure hors de ma vue.

Un solide soldat libyen empoigna Ghami par le col et lui fit traverser la foule abasourdie.

De l'écran de télévision parvint alors une voix féminine.

— Monsieur le président, je n'aurais su dire tout cela mieux que vous. (Fiona Katamora se tenait aux côtés de Juan Cabrillo.) Et je tiens à assurer tous les participants à la conférence que je serai présente demain matin à neuf heures précises à la table des négociations, et que nous allons inaugurer une ère nouvelle.

*

La balle qui avait effleuré la tête de Juan l'avait étourdi pendant une seconde, alors que celle qu'il avait réussi à tirer avait accompli quelque chose de beaucoup plus remarquable : toucher le sabre et dévier sa course. La lame avait heurté le dossier métallique de la chaise, faisant tomber sur le sol Fiona Katamora.

Allongé lui aussi sur le sol, Juan avait tiré deux courtes rafales, tuant le cameraman et son assistant. Le bourreau recula, les mains sur la tête.

— Je vous en prie, supplia-t-il, je suis sans arme.

— Détachez-la, ordonna Juan. Et ôtez-lui son bâillon.

Avant d'avoir pu obéir, l'homme qui quelques instants auparavant s'apprêtait à décapiter Fiona Katamora, trempa son pantalon.

— C'est un peu plus dur d'affronter des hommes armés au combat que de tuer des innocents, hein ? fit Juan d'un ton moqueur.

Lorsque l'homme lui eut ôté son bâillon, il demanda à la secrétaire d'Etat :

— Ça va ?

— Oui. Je crois. Qui êtes-vous ?

— Disons que je suis le fantôme du lieutenant Henry Lafayette. (Il tira de sa poche une petite radio portative.) Max, tu m'entends ?

— Ah, enfin, tu appelles ! fit Max si durement que Juan comprit qu'il était fou d'inquiétude.

— Je l'ai récupérée, on arrive.

— Dépêche-toi. Le *Khalij Surt* accélère et nous n'avons que deux minutes pour que ton plan fonctionne.

Fiona se leva et massa ses poignets douloureux. Tout en gardant une distance prudente, elle regarda le bourreau et prononça des mots qui laissèrent Juan abasourdi :

— Je vous pardonne, et j'espère qu'un jour vous viendrez me rendre visite et me considérerez non comme votre ennemie mais comme votre amie. (Elle se tourna vers Juan.) Ne tuez pas cet homme.

— Avec tout le respect que je vous dois, êtes-vous devenue folle ?

Mais, sans un regard en arrière, elle quitta la pièce. Juan lui emboîta le pas, puis, se ravisant, se retourna vers l'homme et tira une seule balle. Il ramassa ensuite la feuille tombée sur le sol et nota mentalement la fréquence sur laquelle devait être diffusée l'exécution.

En la rejoignant, il expliqua à Fiona :

— Je ne voulais pas qu'il nous suive, alors je lui ai tiré une balle dans le genou.

Il la prit par la main et ils se mirent tous deux à courir vers le pont principal. La fumée était devenue moins épaisse. Les deux marins qui se trouvaient sur le palier supérieur ne réagirent qu'au moment où ils reconnurent la secrétaire d'Etat à ses traits d'Américano-Japonaise.

Comme dans une chorégraphie, ils se jetèrent sur elle en même temps. Juan tira sur le premier alors qu'il était encore en l'air, ce qui dévia sa trajectoire, mais le deuxième l'atteignit en pleine poitrine et lui coupa la respiration. Le marin en profita pour lui asséner une avalanche de coups de poing.

Fiona tenta de l'arracher à son sauveteur, et en temps normal elle y serait parvenue, mais elle était épuisée par le calvaire qu'elle venait de subir. Le marin la repoussa et balança un coup de pied qui atteignit Juan au menton.

Un terrible grondement fit alors trembler l'escalier.

Tiré par un tube dissimulé sur le pont de l'*Oregon*, un missile venait de toucher la frégate.

Galvanisé par ce coup de tonnerre, Juan sentit monter en lui une rage insensée. A moitié assommé par le coup de pied à la tête, il se battit d'instinct. Il évita le coup suivant et balança un violent coup de coude dans le tibia du marin, le brisant net.

L'homme poussa un hurlement, Juan lui lança alors un coup de genou dans l'aine et le poussa en bas des marches. Puis il saisit à nouveau la main de Fiona et l'entraîna vers la sortie.

L'écoutille qu'il avait utilisée pour pénétrer dans la superstructure du *Khalij Surt* était fermée, mais en l'ouvrant, au lieu de voir l'*Oregon* bord à bord avec la frégate, il s'aperçut que leur navire était éloigné d'environ neuf mètres. Dans son sillage, la traînée blanche d'une roquette déchirait l'air de la nuit comme un serpent menaçant.

Loin au-delà de la frégate, retentit alors une explosion infiniment plus forte que toutes celles entendues depuis le début de la bataille. La roquette mer-sol avait pénétré à l'intérieur de la vanne d'entrée de l'usine hydroélectrique de la baie de Zonzur.

*

Huit fusils d'assaut crachèrent la mort à l'unisson dans l'entrée de la grotte latérale. Des débris de roche et des ricochets de balles s'abattirent comme une tornade. Egratignés par de multiples éclats, les quatre Américains avaient le visage et les mains ensanglantés, mais aucun ne fut blessé aussi gravement qu'Eric à l'épaule.

Les assaillants étaient si nombreux qu'ils ne pouvaient riposter efficacement, et ils s'accroupirent près de l'entrée tandis que les terroristes avançaient, à l'abri d'un déluge de balles.

Un terroriste fit soudain irruption dans la grotte en poussant un hurlement. L'arme à la hanche, il tira des rafales au jugé, déchiquetant le lit et des livres sur les étagères. Linda l'abattit de trois balles dans la poitrine avant qu'il ait pu diriger son tir contre eux. L'homme s'effondra dans la grotte principale.

Ils avaient eu une chance inouïe de le tuer avant qu'il ait pu tirer sur eux, mais elle savait que cela ne se répéterait pas. La prochaine fois, toute la bande se ruerait à l'intérieur et ils seraient massacrés.

Linda vérifia ses munitions. Plus de chargeurs dans ses étuis, et celui qui était engagé dans son arme était déjà à moitié vide. Eric, lui, n'avait plus de balles et tenait son arme comme un gourdin, prêt à défendre chèrement sa vie. Quant à Mark, il ne devait pas non plus lui rester beaucoup de munitions.

A l'extérieur, la fusillade sembla quelque peu diminuer d'intensité. Ils se préparaient à l'assaut final.

Soudain, une grenade atterrit dans l'alcôve encombrée de coffres. Le bois absorba en grande partie l'explosion, mais une pluie d'éclats de métal, d'échardes et de pièces d'or s'abattit dans la grotte. Une fois encore, personne ne fut blessé, mais le choc les laissa comme sonnés. Des morceaux de bois enflammés avaient atteint les lits et la literie avait pris feu. En quelques secondes, une épaisse fumée envahit la petite salle.

Eric hurla quelque chose à Linda, mais la déflagration l'avait à moitié assourdie et elle ne l'entendit pas. A présent, elle était certaine qu'ils allaient arriver. Les nerfs tendus, elle crispa le doigt sur la détente de son REC7.

Mais pendant de longues secondes, il ne se passa rien. Sur les sept terroristes survivants, seuls un ou deux faisaient feu sur la grotte. Linda se dit qu'ils les attendaient dehors, car ils savaient que la fumée les forcerait tôt ou tard à sortir.

Allongée sur le sol pour tenter d'aspirer un peu d'air frais, Linda sentait ses poumons la brûler. Les hommes d'Assad allaient gagner. Ils ne pouvaient plus tenir ainsi. Elle jeta un regard interrogateur à Eric et à Mark, qui semblèrent lire dans ses pensées et lui adressèrent un signe de tête approbateur.

Linda se mit à genoux, puis debout, à côté de ses compagnons.

— Allez, on fonce ! hurla Mark avant qu'ils se ruent tous les trois à l'extérieur.

Ils firent quelques pas, mais aucune fusillade ne les accueillit. A la lueur incertaine du navire qui brûlait au loin, Linda chercha quelque cible mais ne découvrit personne. En revanche, un terroriste gisait au sol à quelque distance, un trou sanglant clairement visible entre les omoplates. Puis elle aperçut les corps de ceux qu'ils avaient dû abattre. Le sol de la grotte en était littéralement jonché. Elle ralentit sa course avant de s'immobiliser tout à fait et compta en tout huit cadavres.

Un frisson de superstition lui parcourut l'échine.

L'un des hommes gisant sur le sol bougea, griffa le sable avec ses doigts et tenta de respirer avec difficulté. Comme le premier qu'elle avait vu, il avait été touché dans le dos. D'un coup de pied, Mark éloigna l'AK-47 hors de sa portée et le remit sur le dos. Des bulles de sang se formèrent à ses lèvres. Linda n'avait jamais vu Tariq Assad et ne le reconnut donc pas.

— Comment... ? parvint-il à souffler.

— Nous aussi on se le demande, mon pote, répondit Mark.

Alors, dominant les craquements de l'incendie du *Saqr*, ils entendirent une voix chanter l'hymne des *marines* : « From the halls of Montezuma/To the shores of Tripoli,/We will fight our country's battles/In the air, on land and sea. »

— Linc ? s'écria Linda.

— Comment ça va, ma toute douce ? (Il émergea de sa cachette, l'arme à la hanche, des lunettes de vision nocturne pendues autour du cou.) Je suis arrivé aussi vite que j'ai pu, mais je suis pas fait pour courir dans le désert, moi.

Linda le serra dans ses bras et se mit à sangloter contre sa poitrine, comme si la volonté farouche de se lancer dans cette dernière charge suicidaire laissait brusquement la place à un débordement d'émotion, au soulagement d'être encore en vie. Mark et Eric lui administrèrent des claques dans le dos, riant et toussant en même temps.

— Apparemment, vous vous êtes bien donnés en spectacle, dit Linc, qui manifestait ainsi, à sa façon, son respect pour ses compagnons.

Alana fit alors son apparition, titubante, à moitié nue, son soutien-gorge autrefois blanc noirci de suie, serrant contre elle deux livres encore fumants. Lorsque l'un d'eux se mit à flamber, Mark le lui arracha, le jeta sur le sol et l'aspergea de sable à coups de pied pour étouffer les flammes.

— J'aurais aimé en sauver d'autres, dit-elle entre deux quintes de toux, mais il y avait trop de fumée. Je n'ai pas pu. Mais j'ai quand même réussi à prendre ça.

— Qu'est-ce que c'est ? demanda Linc.

Elle montra alors un petit morceau de cristal dans une monture rudimentaire, pendu au bout d'une chaîne en argent. Le bijou n'était pas particulièrement beau et ressemblait même presque à un cadeau de Fête des mères réalisé avec de la pâte à modeler et des cure-pipes. Mais au-delà de son incontestable antiquité, il en émanait quelque chose d'étrange, comme s'il était porteur d'une autre présence à leurs côtés.

Une balle avait fracassé la pierre qui reposait dans sa monture en minuscules fragments pas plus gros que des grains de sucre, dont s'échappa alors une unique goutte de couleur rouge.

— Mon Dieu, s'écria Mark en tombant à genoux pour récupérer le sable mouillé par la goutte. Il tira une barre chocolatée de la poche de sa chemise, ôta l'emballage et y déposa le minuscule tas de sable. Sur sa paume, la petite trace rouge se mêla au sang d'une blessure reçue au cours de la bataille.

— Quand les couvertures ont brûlé, expliqua Alana, je me suis rendu compte qu'il y avait une momie sur le lit, le visage tourné vers La Mecque, comme il convient à tout bon musulman. Autour du cou, il y avait ce pendentif. C'est Henry Lafayette qui avait dû disposer Al-Jama ainsi après sa mort et le laisser avec son plus grand trésor. Parce qu'il s'agit bien du joyau de Jérusalem, vous ne croyez pas ? Et ça, c'était son sang, conservé depuis deux mille ans dans le vide, au milieu du cristal.

— Son sang ? demanda Linc. Le sang de qui ?

— Dans le papier de chocolat que tient Mark dans sa main, il y a probablement le sang du Christ.

*

La massive porte en acier du bassin de retenue s'élevait à plus de trente mètres au-dessus de l'usine hydroélectrique installée dans une dépression du désert. Lorsque l'usine fonctionnait à pleine capacité, le barrage mobile pouvait être abaissé pour permettre à l'eau de se déverser dans les larges canalisations puis dans la chambre des turbines, située au-dessous du niveau de la mer. Tandis que le soleil disparaissait rapidement à l'ouest, le barrage avait été fermé et les turbines arrêtées de façon à ce que les ouvriers puissent retirer le sel laissé par l'évaporation, processus clé de cette usine conçue pour n'émettre aucune pollution.

Le missile tiré par l'*Oregon* toucha la machinerie qui opérait le mouvement du barrage central, faisant exploser le système hydraulique et les mécanismes servant de frein. Même la pression de la mer qu'elle devait contenir ne put conserver la lourde porte en place et elle se mit à s'abaisser dans le fossé artificiel.

L'eau commença de submerger le barrage, d'abord lentement puis de plus en plus vite. Le mouvement d'abaissement de la porte s'accéléra et ce fut un véritable torrent qui se déversa. Des millions de tonnes d'eau de mer se déversèrent dans l'ouverture. Les canalisations chargées d'amener l'eau aux turbines de l'usine étaient fermées et ce fut un véritable déluge qui envahit le désert.

Même lorsque l'usine ne fonctionnait pas, une zone de deux milles au-delà du barrage était interdite à la navigation. Cette règle, Max Hanley l'avait délibérément ignorée et avant de tirer le missile il avait poussé le *Khalij Surt* à l'endroit exact qu'il avait calculé. Sur son écran, il vit la mer s'engloutir dans l'ouverture du barrage, mais surtout il sentait la force du courant qui entraînait son cher navire.

Attiré comme par un aimant vers la gueule béante du barrage, le *Khalij Surt* s'éloignait de l'*Oregon*. Max rapprocha alors les deux navires, l'œil rivé sur l'écran pour guetter l'apparition de Juan.

— Allez, mon vieux, on est pressés, là !

Le directeur surgit soudain par l'écoutille de la frégate, tenant par la main Fiona Katamora. Max accéléra le mouvement jusqu'à ce que les deux navires se retrouvent à nouveau bord à bord. Au même instant, Juan rejoignit le bastingage du *Khalij Surt*. Il prit Fiona dans ses bras et la propulsa sur l'*Oregon* où elle atterrit dans les bras accueillants de Mike Trono.

Dès que Juan eut à son tour sauté sur le pont, Max écarta le cargo de la frégate et poussa les machines au maximum. Le navire de guerre tentait lui aussi d'échapper au maelström : une épaisse fumée sortait de ses cheminées et ses hélices brassaient l'eau désespérément, mais ses efforts semblaient vains.

Les moteurs révolutionnaires de l'*Oregon* lui donnaient une puissance dix fois supérieure, et dès que l'eau se mit à jaillir à travers les tubes, le navire commença de s'écarter. Max baissa même un peu le régime des moteurs pour ne pas pousser ses « bébés » au-delà du nécessaire.

Le *Khalij Surt*, lui, tentait toujours de lutter contre le courant, mais sa coque en acier se mettait à grincer sous la pression et il était inexorablement entraîné vers le barrage ouvert.

Sur le pont de l'*Oregon*, les hommes de la Corporation qui avaient été balayés par la déflagration de la roquette entourèrent le directeur et la secrétaire d'Etat. Il s'était écoulé si peu de temps depuis ce moment fatal que l'équipe médicale n'était pas encore arrivée, mais le Dr Huxley n'avait de toute façon pas grand-chose à faire : leurs blessures n'étaient que superficielles.

Juan tendit la main à Fiona Katamora et se présenta avec courtoisie.

— C'est un honneur de vous rencontrer. Je m'appelle Juan Cabrillo. Bienvenue à bord de l'*Oregon*.

Elle écarta sa main et le serra contre elle en lui murmurant d'innombrables fois ses remerciements au creux de l'oreille. Mais avant que Fiona ait pu se rendre compte à quel point il appréciait ce corps serré contre lui, il se désengagea doucement.

— Je sais que vous avez de multiples talents, dit-il, mais je me demande si vous savez également jouer la comédie.

Elle lui lança un regard courroucé.

— La comédie ? Après tout ce que nous venons de vivre, vous me parlez de comédie ? Vous me prenez pour une folle ?

Il la prit par la taille pour la conduire à l'intérieur du navire.

— Ne vous inquiétez pas, il s'agit de jouer votre propre rôle, et nous venons de faire cette scène que je veux refaire pour Ali Ghami.

— Vous êtes au courant ?

— Je sais même comment il avait barre sur Kadhafi. Son petit-fils a soi-disant été tué en Suisse dans un accident de voiture. En fait, l'accident était une mise en scène, et le garçon a été enlevé. Si Kadhafi voulait revoir le garçon en vie, il devait nommer Ghami ministre des Affaires étrangères, mais il ne savait pas qu'il introduisait ainsi aux plus hautes fonctions l'un des pires terroristes du monde et qu'il lui offrait tout ce dont il avait besoin pour réussir ses petites plaisanteries.

— Et vous ? demanda Fiona. Quel est votre rôle dans tout ça ?

Il la serra un peu plus fort contre lui.

— Je crois que j'ai eu de la chance.

Epilogue

L'équipe de direction était rassemblée sur l'héliport de l'*Oregon* lorsque George « Gomez » Adams ramena Hali Kasim de l'hôpital de Tripoli. Huxley était là avec un fauteuil roulant, prête à le recevoir.

L'hélicoptère se posa au centre de la plate-forme et George coupa les turbines. Sans attendre que les rotors aient fini de tourner, tout le monde se précipita vers la porte arrière pour accueillir Hali, la poitrine entourée de bandages. La balle tirée par Assad avait causé des dégâts considérables aux organes, et après cinq heures d'opération, il avait dû encore rester hospitalisé une semaine avant que les médecins ne l'autorisent à partir.

Après l'opération peut-être la plus difficile menée par la Corporation, il était le dernier à revenir. A l'aube, ils avaient récupéré les anciens prisonniers à bord des deux canots de sauvetage. Le ministre des Affaires étrangères avait déjà retrouvé son poste et assistait à la conférence de paix. Peu de temps après, Adams était allé chercher Linda et les autres aux abords de la grotte. En sortant, ils avaient découvert le professeur Emile Bumford, ligoté et bâillonné ; les deux hommes qui avaient fait le plongeon lors de l'attaque contre le *Khalij Surt* avaient été repêchés par le Zodiac, à moitié noyés, légèrement brûlés au visage et aux mains. Huxley et son équipe les avaient pansés, avaient soigné les mains d'Alana, l'épaule d'Eric, et ôté chez les quatre membres de l'équipe une grande quantité d'éclats de pierre.

Impatiente de retrouver son fils en Arizona, Alana n'avait passé qu'une seule nuit à bord de l'*Oregon*. Malheureusement, en l'absence d'historique et avec le cristal détruit, personne ne risquerait sa carrière en affirmant que le collier était bien le fabuleux joyau de Jérusalem. L'équipe de véritables archéologues qui fouillaient la villa romaine avaient été envoyée dans la grotte après extraction de la fumée. Le *Saqr* était réduit en cendres et dans la grotte secondaire on ne retrouva que de l'or. Mais ces pièces constituaient un inestimable trésor numismatique. Elles venaient de toutes les nations d'Europe, de tous les coins de l'empire ottoman et dataient parfois de plusieurs siècles avant leur dépôt dans la grotte. C'était là le trésor accumulé par la famille Al-Jama au cours des générations, et même les estimations les plus mesurées évaluaient leur valeur à plus de dix fois le prix de l'or seul.

Les délégués à la conférence de Tripoli avaient déjà décidé que le produit de la vente de ce trésor miraculeusement conservé contribuerait à un fonds de lutte contre la pauvreté dans le monde musulman. Et ce n'était là que la première d'une série de mesures spectaculaires.

On se bouscula pour aider Hali Kasim à descendre de l'hélicoptère et pour l'installer dans le fauteuil roulant.

— Tu n'as pas l'air si mal que ça, dit Max en s'essuyant les yeux.

— C'est parce que je prends des antalgiques, répondit Hali en souriant.

— Bienvenue à bord, dit Juan en lui serrant la main. On peut dire que cette fois-ci, tu t'es sacrifié pour les autres.

— Je vais te dire, président, je ne sais pas ce qui était le pire : se faire tirer dessus ou se faire complètement entuber. Agent du Mossad, mon cul ! J'espère seulement qu'il a beaucoup souffert à la fin.

— Ne t'inquiète pas pour ça, dit Linc. Une balle dans le poumon, c'est une des pires façons de crever.

Mais la plus belle découverte archéologique dans la tombe était probablement constituée par les trois livres qu'Alana avait réussi à sauver de l'incendie. Le premier était la Bible de Henry Lafayette, qu'il avait laissée à son mentor, et le deuxième le Coran personnel de Suleiman Al-Jama. Le troisième volume était un traité sur la façon dont les deux grandes religions pouvaient coexister si tous ses fidèles se montraient assez forts pour vivre selon les préceptes moraux édictés dans les textes sacrés. L'écriture avait été authentifiée, et bien que certains aient déjà hurlé à la falsification occidentale, d'autres, plus nombreux, prenaient en compte les paroles de paix de l'imam devenu pirate.

Personne, et surtout pas Juan, ne croyait pourtant que le terrorisme était sur le point de disparaître, mais il pensait tout de même, avec optimisme, qu'il était voué à décliner. Il n'en éprouvait aucun regret, même si cela impliquait que l'*Oregon* finisse sa carrière dans un chantier de démolition et lui la sienne dans quelque paradis tropical.

Tout le monde accompagna Hali à l'intérieur du navire, sauf Max et Juan qui s'attardèrent à la poupe, près du drapeau iranien qui flottait sur l'*Oregon*.

Max tira sa pipe de sa poche et la glissa entre ses dents. La poupe était trop venteuse, trop exposée pour qu'il pût l'allumer.

— J'ai quelques bonnes nouvelles pour toi, dit-il. Un commando a attaqué la nouvelle base que les gens de Ghami étaient en train de construire au Soudan. Comme leur chef est en prison, ils n'ont opposé qu'une très faible résistance. Pas comme ceux qui sont encore en Libye. Les derniers ont tenté d'attaquer la prison où Ghami est détenu.

— Et alors ?

— Tous tués. Un seul gardien a été tué par un assaillant qui s'est fait exploser quand il a essayé de le faire prisonnier. Oh ! s'écria soudain Max en se rappelant quelque chose, j'ai lu ton rapport ce matin sur toute cette histoire. J'ai une question à te poser.

— Je t'écoute.

— Sur le *Khalij Surt*, quand la secrétaire d'Etat t'a demandé de ne pas tuer le garde du corps de Ghami...

— Mansour.

— Oui. Tu as écrit que tu lui as tiré une balle dans le genou. C'est vrai ?

— Tout à fait, répondit Juan sans quitter des yeux l'horizon. Ce sont les règles du marquis de Queensbury, tu t'en souviens ? Ce sont les limites que nous nous sommes imposées. Mais en fait, en y réfléchissant, j'aurais pu être plus précis dans mon rapport. Je n'ai pas dit que lorsque j'ai tiré, Mansour était penché pour tenter de récupérer son arme, et que sa tête était derrière son genou. Je crois que le marquis n'a jamais rien dit sur les balles traversantes.

Max pouffa.

— Je crois que non, en effet. Au fait, qu'est-ce que Huxley était en train de te raconter, juste avant l'arrivée de Hali ?

— Je ne sais pas si je dois t'en parler, dit Juan d'un air bizarre. Moi-même, j'ai un peu de mal à m'y faire.

— Vas-y, je suis prêt à tout, dit Max d'un ton détaché pour alléger l'atmosphère devenue subitement grave.

— Elle a réussi à analyser le fluide qui a coulé du joyau. Il était très dégradé et il n'y en avait qu'une toute petite quantité, alors elle n'a pas pu confirmer ses découvertes par une deuxième analyse. Dans son rapport, elle a écrit « résultats non concluants ».

— Mais...

— C'était du sang humain.

— Ça peut être le sang de n'importe qui. Al-Jama a pu confectionner lui-même ce bijou et utiliser son propre sang.

— D'après les analyses au carbone 14, il remonte à une date comprise entre 50 av. J.-C. et 80 apr. J.-C. Le problème, c'est qu'elle n'a trouvé que de l'ADN féminin.

— C'est du sang de femme ?

— Non, l'analyse des chromosomes prouve que le sang provient d'un homme, sauf qu'il possède 100 % d'ADN mitochondrial, même en dehors de la mitochondrie, mais je t'en prie, ne me demande pas de t'expliquer ce que ça veut dire. Huxley a essayé et elle m'a donné la migraine. En résumé, l'ADN mitochondrial n'est transmis que par la mère.

En dépit de la chaleur, Max sentit un frisson glacé lui parcourir l'échine.

— Qu'est-ce que ça implique ?

— Ça implique que l'ADN de celui qui a perdu ce sang lui a été en totalité transmis par sa mère. À cent pour cent. Le père n'a apporté aucune contribution. C'est comme s'il n'avait jamais existé.

— Qu'est-ce que tu es en train de me dire, là ?

— En gros, Huxley m'a dit que si on imaginait la transmission sanguine d'une femme enfantant vierge, ça donnerait ça.

— Jésus !

Max l'avait lancé comme une expression de surprise, mais Juan saisit la balle au vol.

— Apparemment.

Du même auteur aux éditions Grasset :

Série *Dirk Pitt*

LE COMPLOT DU CROISSANT, 2014.
DÉRIVE ARTIQUE (avec Dirk Cussler), 2011.
LE TRÉSOR DU KHAN (avec Dirk Cussler), 2009.
VENT MORTEL (avec Dirk Cussler), 2007.
ODYSSEE, 2004.
WALHALLA, 2003.
ATLANTIDE, 2001.
RAZ DE MAREE, 1999.
ONDE DE CHOC, 1997.
L'OR DES INCAS, 1995.
SAHARA, 1992.
DRAGON, 1991.
TRÉSOR, 1989.

Série *Numa*, avec Paul Kemprecos

MÉDUSE BLEUE, 2012.
LE NAVIGATEUR, 2010.
TEMPÊTE POLAIRE, 2009.
A LA RECHERCHE DE LA CITÉ PERDUE, 2007.
MORT BLANCHE, 2006.
GLACE DE FEU, 2005.
L'OR BLEU, 2002.
SERPENT, 2000.

Série *Oregon*, avec Jack Du Brul

LA MER SILENCIEUSE, 2013.
CROISIÈRE FATALE, 2011.
RIVAGE MORTEL, 2010.
QUART MORTEL, 2008.

Série *Oregon*, avec Craig Dirgo

PIERRE SACRÉE, 2007.
BOUDDHA, 2005.

Série *Isaac Bell*

L'ESPION (avec Justin Scott), 2013.
LE SABOTEUR (avec Justin Scott), 2012.
POURSUITE, 2010.

Série *Chasseurs d'épaves*, avec Craig Dirgo

CHASSEURS D'ÉPAVES, nouvelles aventures, 2006.
CHASSEURS D'ÉPAVES, 1996.

Série *Fargo*, avec Grant Blackwood

L'EMPIRE PERDU, 2013.
L'OR DE SPARTE, 2012.

PAPIER À BASE DE FIBRES CERTIFIÉES

Le Livre de Poche s'engage pour l'environnement en réduisant l'empreinte carbone de ses livres. Celle de cet exemplaire est de :
450 g éq. CO_2
Rendez-vous sur www.livredepoche-durable.fr

Composition réalisée par MAURY IMPRIMEUR

Achevé d'imprimer en avril 2014 en France par
CPI BRODARD ET TAUPIN
La Flèche (Sarthe)
N° d'impression : 3005180
Dépôt légal 1re publication : mai 2014
LIBRAIRIE GÉNÉRALE FRANÇAISE
31, rue de Fleurus – 75278 Paris Cedex 06

31/6719/4